福州大学哲学社会科学学术著作出版资助计划项目

福州大学 哲学社会科学文库

明清古诗选本的
诗歌阐释与批评

POETRY INTERPRETATION
AND CRITICISM OF
THE ANTHOLOGY OF
ANCIENT POEMS
IN MING AND QING DYNASTIES

景献力 ◎ 著

社会科学文献出版社
SOCIAL SCIENCES ACADEMIC PRESS (CHINA)

福州大学哲学社会科学学术著作出版计划项目

序　一

　　献力君的新著《明清古诗选本的诗歌阐释与批评》要我写序,可是从她着手写这个题目算来,已很有些年头了,所以"新著"对我而言是"老熟人"。当然,"慢工出细活",大凡只要不是应急,学术著作即便完稿,也不妨搁一搁,多改一改,兴许能成熟些,严谨些。翻阅一过,果然,书中一些论证要比当年更圆融、更丰满。

　　用"范文+"的选本形式来提倡某种文学主张,是传统的老办法,但像明朝人那样热衷于用讲学与选本来煽起思潮乃至参与政治者,倒是不多见。这已经是一种颇为复杂的文化现象。作者所论古诗选正在此语境中,故能以小见大。通观全篇,作者将明清古诗选当成一个整体来研究,始于明人"师心"与"复古"之争,经文化选择与整合,终于清朝人之"回归传统"。其间不但注重每种选本细部之分析,抽绎出其中主要观点,而且与其他选本对比,左顾右盼,从某些具体批评中提取出共通的内在精神,显示其规律。谨举一例以见其余。

　　作者论王夫之《古诗评选》,主要从"气本论"与"情景论"着手,旨归在"温柔敦厚"。所论不但涉及其文论,且深入王氏之哲学思想与政治主张,并与后来以王士禛为代表的"新诗群"作比对,除上编专章论述外,还在下编末章论对六朝诗"误读"时兜底,再作专节论及,可谓思转自圆。

　　王夫之论诗,历数曹植、陶潜、杜甫、白居易、苏轼诸大家而讥斥之,谓其啼饥号寒为一己之小欲,且诗夹讽刺也不过是"骑两头马","岂敢以笔锋试颈血者"。每读此总觉得不舒服。但将它放在明亡的背景下,则叹其用思之深。明代诸帝无不怯刻残忍,每以酷虐廷臣为乐,久而久之，臣民亦不惜以自虐顶风而上，君臣并民众相激而成一代矫激暴戾之风，促成国家之速亡。王夫之以哲人之思，从历史与现实中抽绎出此种"戾气"而批判之，力倡"温柔敦厚"，良有以也。作者能于诗评中发现并理解此中道理，足见其对文学与历史的感受力。作者进而提出一个"悖论式"的问题：以明遗民自居的王夫之，此论何以与清朝新进王士禛辈之主张暗合？问题或许的确如作者所云，是出在"审美的功能性追求"上，但也许可从价值观上找答案。盖"民族"本是历史性的问题，因时间而可变更其适用范围与定义。中华民族是以滚雪球式糅合而成，所以林则徐在晚清是民族英雄，绝无"汉奸"之嫌。明朝在短短时间内便滑落至清朝，士大夫大多数接受了现实转而忠于满清，与清代最高统治者接受汉文化与秦汉以来的皇权体制不无关系。"温柔敦厚"成了明向清滑落的斜面，并非历史的恶作剧。书中如此例之深入有致者甚多，读者开卷自得。

退休以来，学业荒疏，恐言不及义，幸读者诸君有以教我。

林继中

庚子立秋于我园

序 二

20世纪60年代初，人民文学出版社推出《中国古典文学读本丛书》，那时我正在上高中，如果说，我研治古典文学有点基础的话，应该感谢这套丛书，感谢丛书优秀的选本。60年来，这套丛书已经日趋齐备。数十年来成长起来的古代文学研究者，大多是先读选本，进而读一部又一部的别集，再由别集，进而读断代的诗词文全集。学问就是这样积累起来的。由今及古，古人读书的路径应当也是这样的，例如唐人推崇《昭明文选》。选本的作用都在于启蒙，启示后学，培养后学者的兴趣，引导他们入门。但是，不同的选家，又有不同的眼光，不同的文学观念和文学主张。选本的优劣和选家的眼光、文学观念和文学主张又是分不开的。因此通过选本看选家对文本的阐释与批评，进而看选家的文学观念和文学主张，也就成了文学史一个研究的课题。

古人所作的选本，有各种各样的类别，古诗选本是其中的一类。我在《新编古诗三百首·前言》中对"古诗"的概念有一个界定，认为，"一是指相对于近体诗而言的一种诗体，即古体诗，它既包括近体诗格律尚未形成之前的诗作，也包括近体诗格律已经形成，但并不遵从其格律，或者有意摹仿唐以前诗歌形式而写成的那部分诗作，也就是说，唐及唐以后仍然有人作古体诗，仍然有古诗"。另一"则是专指唐以前的诗作"（江苏古籍出版社，1995）。我们的《新编古诗三百首》是一部唐前诗歌的选本。景献力此书对古诗概念的理解基本相同。她书中"古诗选本"的意思，也是唐以前的诗歌选本之意。个别书如王士禛的《古诗选》兼选唐及唐以后的古诗，献力此书主要是论述唐前古诗那部分。

明清古诗选本，大致有三种类型：一是只选诗，无注无评；二是既选诗还有笺注；三是有选有评，选评的同时发表选诗者的诗歌主张，论述古诗各个发展阶段演变和特色，对古诗各个发展阶段重要作家进行批评。第三种类型无疑是本书作者最关心的对象。这一类型的选本，主要有明代陆时雍《诗镜》，钟惺、谭元春《古诗归》；清代王夫之《古诗评选》、陈祚明《采菽堂古诗选》、吴淇《六朝选诗定论》、沈德潜《古诗源》和张玉谷《古诗赏析》等。王士禛的《古诗选》经闻人倓笺，不属于选评本一类。王士禛古诗理论与批评，《古诗选》没有直接、专门的论述，但是我们从《古诗选序》和《凡例》仍然可以看到他的选诗原则，更重要的是看他选了哪些诗人的哪些诗以及一个诗人选诗的多寡。

景献力为此书的写作，做了很长时间的准备。献力在吉林大学读硕士，读的是魏晋南北朝专业，硕士学位论文作的是晋朝的陆机。博士阶段，专攻古诗选本，颇有心得。早年，我听金启华先生说过，他拟治杜诗，游国恩先生说，你对杜诗熟不熟？意思是说，如果对杜诗不熟，你的硕士学位论文就不能以杜诗为研究对像。献力研究明清古诗的诗歌阐释与批评，前提是熟悉古诗，熟悉古诗选本，这个前提，她做得比较好。

明清最有代表性的几部选本都进入献力的研究视野。她通过这些选本研究明清选家的诗歌理论和主张。她的这部著作有许多优点和长处。

首先，这部书写得紧凑简洁，具有较强的学术性。当下部分著作，追求部头大，字数多，"博士买驴，三纸不一见一驴字"，网开得太大，面撒得太开，铺垫太多，迟迟未能进入主题，即使进入主题，却又旁出枝蔓，常识性的东西一写就好几页。此书惜墨如金，绪论简述明清古诗选本概况之后，直接切入主题。学术著作，必须讲学术，如果学术著作的写作本身不太讲学术，教科书式的介绍所占比例过大，那就失去学术的意义和价值了。当然，学术性，还包括作者提出问题、分析问题、解决问题的能力，学术概念使用得准确严谨，文献数据的发现征引、利用，以及演绎、归纳、判断，通过缜密的行文，最后得出结论等环节。

其次，打破按时间先后顺序每章分别论述一两部选本的老套。上篇把诸种选本归纳为四个问题，即：格调与性灵的对抗与融合，"风雅"的回归，"神韵"的内涵扩充，"格调"的兼容。我一直认为，这个课题的研究，对古诗及古诗选本了解不够深入，对明清各个诗歌流派一知半解的作者，很容易分散地强调各部选本的特色，很容易分散地强调各诗派理论的独特性或对抗性，而相对忽视各种选本的共通性，各个流派之间的相互折中及融合。而本书作者提出李攀龙格调论中包含性灵的要素，钟、谭《古诗归》融合公安性灵说的观点，《采菽堂古诗选》折中竟陵之说，沈德潜格调说对诸说的兼容性，对原来比较含混、分散的某些理论问题，综合进行论述，讲得比较清楚，令人信服。

再次，解读各种选本比较细腻。一般说来，讲古诗都是汉魏连称，以为只有汉魏古诗，才能真正代表古诗的传统。但是汉代的古诗与魏代的古诗仍然存在很大的差异，例如明代的曹学佺，他认为汉代古诗是正统，魏代古诗已经产生变异，已经不是古诗正宗了。学古诗，只能从汉代入手，所以汉与魏的古诗不宜并称。本书下篇有一节，通过明清选本，讨论汉与魏古诗之别，以为汉诗自然、深婉、古朴，而魏诗已经有造作、妍丽的倾向。汉魏古诗之外，较少学者关注两晋南北朝的古诗，如果有，基本上也持批评、贬抑的态度。献力在论述陆时雍的《诗镜》时注意到陆氏选齐梁诗的数量及评价，她认为《诗镜》选齐梁诗的数量远远超过其他同类选本，对齐梁诗的评价也很高，既肯定齐梁诗中的性情，又推崇齐梁诗的韵致。陆时雍的评论反映了古诗从汉魏到齐梁的嬗变过程，也表现了陆时雍独特的古诗观和诗歌观。这个观点，似为前人所未道。

一部著作的创新，就全书、全貌而言，要看论题是否新，材料是否新，研究方法是否新，结论是否新，篇章结构的安排也是其中一个方面。如果大多数章节所提出的分论题有新意，材料翔实，论证严密，结论有所发明，稍事加工，达到单独发表水平，那么这部书就值得肯定。如果一部著作书名冠冕堂皇，各章各节花费很多篇幅去介绍常识性的，或他人已经论述过的概念、历史事件、文学史现象、作家生平事迹、征引常见的文献资料，刚一涉题，就草草作结论，这样的著作可能是一部失败的书。献力此作，大多数章节已经达到单独发表的水平，例如下篇第三章"明清古诗选本与六朝诗歌之'误读'"就是一个好题目，两个小标题"明清时期对六朝诗歌性情蕴含之'误读'""明清时期对六朝诗歌审美趣味之'误读'"，设计也非常好。

献力博士毕业之后到一所"211"大学就职，因为同在一个城市，时或过从，切磋艺文古诗。献力东北人，做事果决有识见，不拖泥带水，文如其人。《明清古诗选本的诗歌阐释与批评》一书马上要出版了，我乐而为之序。

陈庆元

2020 年 8 月 23 日于

福州藤山华庐

目　录

上　编

下　编

上　编

绪 论

选本批评是中国古代文学批评中一种独特的批评方式，尤其是明清以后选评结合的批评方式，是一种介于理论和创作之间的形态，较之单纯的理论阐述，可能不够系统、完整，但更为丰富、细致。较之单纯的创作实践，可能不够直接、深入，但更为直观、理性。由于其中渗透着编选者的价值判断和审美态度，选本实际上参与了文学理论、文学接受以及文学批评的建构。"选本不仅以直观的形式标定了诗人的分量、品第和代表作，其入选之作更直接影响到一般读者的阅读，对整个社会的接受意向产生决定性的塑造。"[1] 选本这种优秀的示范性和广泛的传播性，使其在古代文论的建构中具有不可忽视的地位和作用，甚至可以说，与其他批评形式相比，选本具有更为重要的地位和作用。

本书以明清时期的古诗选本为主线，致力于结合诗话、序跋、尺牍等其他诗学文献，将古诗选本置于时代诗学思潮发展的大背景下，勾勒选本参与诗学理论建构的过程及演变。

一 古诗选本概述

古诗，在中国古代文体论中有两个概念。一个是指相对于近体诗而言的一种诗体，即古体诗，它既包括近体诗格律尚未形成之前的诗作，也包括近体诗格律已经形成，但并不遵从其格律，或有意摹仿唐以前诗歌形式而写成的那部分诗作；另一个概念则是专指唐以前的诗作。本书所说的古诗选本，从严格意义上来说，是指以唐前诗歌为编选对象的选本，如徐陵

---

① 蒋寅：《古典诗歌传统最后的整体重塑——沈德潜历代诗选的诗歌史意义》，《求索》2016年第8期，第140页。

编选的《玉台新咏》，明代钟惺、谭元春编选的《古诗归》，清代沈德潜编选的《古诗源》等。但有些古诗选本虽然以唐前诗歌为主，所选范围又不止于唐前，还包括唐以后的诗歌，如明代李攀龙编选的《古今诗删》，除唐前古诗外，还选录了唐和明两代古诗。又如清代王士禛编选的《五言古诗选》，除唐前古诗外，还选录了唐代陈子昂、张九龄、李白、韦应物及柳宗元等 5 人的五言古诗。这样的古诗选本，虽非本书所说严格意义上的古诗选本，但一则所选主要以唐前古诗为主；二则这些古诗选本所反映的编选者关于古诗的理论主张和审美倾向，对于我们理解特定时期的文学思潮、文学流派，以及文学理论的丰富性都有着重要的参考意义，故亦不能将之排除在研究视野之外。

说到选本，我们第一个想到的就是《诗经》。作为中国文学史上第一部诗歌总集，对后世选本的示范意义是不可低估的，但从汉代以来，《诗经》就被尊奉为"经"，相较于其他诗歌，具有相对的独立性，历代对《诗经》的研究也已蔚为大观。又有《楚辞》，是先秦至汉初人用楚地诗歌形式写成的诗歌总称，自《隋书·经籍志》集部以其别为一门，历代因之，遂逐渐被视为区别于其他诗赋的一种独立文体，对其研究也自成体系，后代的古诗选本亦很少将《诗经》和《楚辞》中的作品作为古诗选入，① 故二者不属于本书的研究对象。

选本的出现，一般以挚虞的《文章流别集》为重要标志，如《隋书·经籍志》以其为"总集"之首。《四库全书总目提要》亦曰："三百篇既列为经，王逸所裒又仅《楚辞》一家，故体例所成，以挚虞《流别》为始。"② 从《文章流别集》的现存残文看，此书涉及的文体有颂、赋、诗、七、箴、诔等，挚虞对各种文体的源流、功能、特色及选文标准都做了阐述。可见从挚虞开始，选本就具有文学批评的作用。

---

① 唐以后的古诗选本中亦有将《诗经》与《楚辞》作为古诗选入者，如清代顾大申编选的《诗原》一书，选《诗经》四卷、《楚辞》五卷、《文选》诗五卷、《文选》赋四卷、李攀龙《古今诗删》中唐诗七卷，是将《诗经》及《楚辞》与其他诗、赋一并选入者，然《四库全书总目提要》评此选曰："夫三百篇列为六经，岂容以后人总集僭续其后，王逸、萧统已病不伦，乃更益以李攀龙，不亦异乎?"（《四库全书总目提要》卷一九四，中华书局，1995，第 1769 页）表达的即一般的看法。

② 《四库全书总目提要》卷一八六，中华书局，1995，第 1685 页。

从《隋书·经籍志》的著录来看，六朝时期的古诗选本也为数不少，如谢灵运撰《诗集》《诗集钞》《诗英》；宋侍中张敷、袁淑补谢灵运《诗集》；颜峻撰《诗集》；宋明帝撰《诗集》；江邃撰《杂诗》；宋太子洗马刘和注《杂诗》《二晋杂诗》；荀绰《古今五言诗美文》《诗钞》《今诗英》《六代诗集钞》；谢朓《杂言诗钞》；萧统《古今诗苑英华》；徐陵《玉台新咏》《诗缵》《众诗英华》《诗类》等。但完整保存到现在的只有萧统的《文选》和徐陵的《玉台新咏》。二书先后而出，但表现的是完全不同的文学观念。在序文中，前者强调"事出于沈思，义归乎翰藻"，[①]后者则"惟属意于新诗……撰录艳歌"；[②]在典范作家的选择上，前者以陆机为冠，后者则以沈约为首。[③]同样是沈约的诗，二书所选风格亦不同，《文选》选录的是其较为严肃的作品，《玉台新咏》则多选艳情诗，相同之作仅《咏月》一首。[④]"萧统的文学思想，主要属于涂饰了齐梁色彩的儒家体系。《文选序》的前半，沿袭《诗大序》中言志抒情的基本观点，注意到了作品的社会功能，要求它们具有真实的思想感情。在美学标准上，他主张兼重文质。"[⑤]《文选》所倡导的"丽而不浮，典而不野"[⑥]的文风，是梁代中期文学复古思潮的一个反映，对于前此永明作家所倡导的清丽文风及其余波流蕴，萧统是有所不满的，所以他倡言古体，意欲恢复太康、元嘉之风，以纠正永明诗风的偏颇。[⑦]而《玉台新咏》所倡导的宫体诗则是永明诗风的继续和发展，较之永明诗风，它"转拘声韵，弥尚丽靡"，[⑧]即"比永明作家更重视诗文的声律对偶"[⑨]，"更重视描写的具体化和文字的华丽"，[⑩]《玉台新咏》所倡导的绮艳诗风，正与梁代中后期所盛行的"好为新变，

---

① 李善注《文选》，上海古籍出版社，1996，第3页。
② 吴兆宜注《玉台新咏》，中州古籍出版社，1991，第2页。
③ 《文选》选陆机诗45首，为入选诗人之冠，而《玉台新咏》选其诗13首；《玉台新咏》选沈约诗27首，为入选诗人之首，而《文选》选其诗13首。
④ 《文选》作《应王中丞思远咏月》。
⑤ 曹道衡、沈玉成：《南北朝文学史》，人民文学出版社，1998，第227页。
⑥ 萧统：《昭明太子集》，俞绍初校注，中州古籍出版社，2001，第155页。
⑦ 刘跃进：《昭明太子与梁代中期文学复古思潮》，载赵福海主编《文选学论文集》，时代文艺出版社，1992，第246~261页。
⑧ 姚思廉：《梁书》，中华书局，1997，第690页。
⑨ 马积高：《论宫体与佛教》，《求索》1990年6月，第86~87页。
⑩ 马积高：《论宫体与佛教》，《求索》1990年6月，第86~87页。

不拘旧体"① 的文学风尚相一致。徐陵等人以之来扩大宫体诗的影响，"从深层的意义来说，《玉台新咏》是萧纲一派诗人为反对过去'陈腐'诗风，宣扬自己的文学观念而编选的一部示范性的诗集"②。所谓"过去的'陈腐'诗风"，也就是萧统所倡导的复古诗风。这两部古诗选本，都是受当时文学风尚影响的产物。

唐代是选本的黄金时期。据陈尚君《唐人编选诗歌总集叙录》所考，唐人选唐诗即有 137 种之多。相对于唐人选唐诗的盛况，古诗选本则处于一种比较沉寂的状态。唐人将他们大部分的才华和注意力投入对律诗的关注和创作中，一部《文选》，作为典范也足以满足唐人对古诗的需求了，尤其是唐高宗以后，以诗赋为科举考试的主要内容，《文选》作为当时士人学习诗文的主要范本，遂逐渐上升到了科举教科书的地位。唐代"文选学"③ 兴盛，现存最早、影响最大的当属唐高宗时代的李善注本，其后又有唐玄宗时代的五臣注本。此外，据现藏在日本的旧抄本《文选集注》，唐代还出现过陆善经等人的注本。虽然除了李善和五臣注外，其他各家注本多已散佚，但当时《文选》研究的盛况于此可见一斑。对《文选》一书的重视，至北宋前期达于极盛，陆游《老学庵笔记》中还记载了"《文选》烂，秀才半"这样的谚语，可见当时《文选》对于科举考试的重要性。王安石执政时，以新经学取士，《文选》才不再被视为科举考试的范本，但其在士人中的影响并未因此而完全消失，严羽在《沧浪诗话》中说："今人例谓五言古诗为'选体'"，④ 士人对《文选》一书的重视可能不如以前，但《文选》所选诗歌经过时间的沉淀而成为五言古诗的代名词，"选体"的特征亦因此成为五言古诗的特征。而一旦上升为一种诗体特征，其对后代古诗所产生的影响，就远较一个古诗选本为大，且这种影

① 姚思廉：《梁书》，中华书局，1997，第 446 页。
② 曹道衡、沈玉成：《南北朝文学史》，人民文学出版社，1998，第 271 页。
③ 《文选》成书后不久，在隋代即已有了萧该的《文选音义》。稍后，唐初又有曹宪的《文选音义》，"文选学"之名，即始见于《旧唐书·儒学·曹宪传》，其文曰："所撰《文选音义》，甚为当时所重。初，江、淮间为《文选》学者，本之于宪，又有许淹、李善、公孙罗复相继以《文选》教授，由是其学大兴于代。"宋祁、欧阳修：《旧唐书》，中华书局，1997，第 4946 页。
④ 严羽：《沧浪诗话》，郭绍虞校释，人民文学出版社，2000，第 69 页。

响是潜在而深入的。《文选》在北宋以后对诗歌所产生的影响，并未因对《文选》一书注释整理的减少而减弱。我们研究《文选》对后世文学的影响，往往着眼于历代对《文选》一书本身所做的研究，这种研究盛行于唐代和清代。唐代对《文选》的研究确实起到有助于诗歌创作的作用，有唐一代很少出现新的古诗选本，这应该说是一个主要的原因。而清代的研究则多是从考据、音韵、训诂等角度入手，很少涉及文学自身，因此也就很难说对诗歌创作及批评有具体的影响。就其对文学的影响而言，选体作为一种特定的文体风格对后世五言古诗的影响，以及《文选》作为早期的、影响最大的选本对后世古诗选本的影响，从某种程度上来说，比对《文选》一书的研究所产生的影响为大。以《文选》对后世古诗选本的影响而论，或沿袭其体例、增补其遗漏，或反对其宗旨、批评其不足，明清两代大量出现的古诗选本，许多或隐或显地体现着《文选》的影响。如明代杨慎特别推崇《文选》，并将其未收之诗辑为《选诗外编》《选诗拾遗》，他也推崇李杜，但更推崇的是他们善学选体，他在《升菴诗话》中说："李太白终始学《选》诗，杜子美好者亦多是效《选》诗，后渐放手，初年甚精细，晚年横逸不可当。"① 又如明代钟惺、谭元春编选的《古诗归》即以《文选》所选为"板诗、庸诗"，② 选诗多与之不同。钟惺在《诗归序》中说："昭明选古诗，人遂以其所选者为古诗，因而名古诗为选体。唐人之古诗曰唐选。呜呼！非惟古诗亡，几并古诗之名而亡之矣"；③ 而清代吴淇的《六朝选诗定论》则专以《文选》所选古诗为评论对象，且以选诗所包括的汉至萧梁为六朝，与我们通常所说的六朝不同。另外，在一些古诗选本序言及凡例中，亦可以明显看到《文选》的影响。

　　五言古诗微仿昭明《文选》，分为三十三卷。（明臧懋循《诗所·凡例》）

---

① 杨慎：《升菴诗话》卷一三，载丁福保辑《历代诗话续编》，中华书局，2001，第899页。
② 《诗归》评萧统《拟古》曰："昭明胸中有此'心怀'（心怀心想甚分明）七妙字，如何爱选板诗、庸诗？"钟惺、谭元春选评《诗归》，张国光等点校，湖北人民出版社，1985，第256页。
③ 钟惺、谭元春选评《诗归》，张国光等点校，湖北人民出版社，1985，第3页。

古乐府以郭茂倩、左克明为主,五言古诗以《文选》为主,五、七言近体诗以《唐诗品汇》为主。(明浦南金《诗学正宗·凡例》)

三百在前,难为继起,若叔师之撰序《楚辞》,昭明之编次诗赋,文而不缛,绮而不靡,质任自然而变化各当,学士留意篇章,雅当奉为绳尺也。(清顾大申《诗原序》)

古诗颇见于今,稍稍诵习学者之口,以有昭明《文选》。《文选》所取严,无勿佳者,即所摈,各有旨,然已不乏遗璧。……自《文选》之传也,人不知外此有古诗。(陈祚明《采菽堂古诗选·凡例》)

古体之选,莫昭明若矣。昭明所取严,未免遗珠之叹,况梁以后有未经昭明论定者乎?(翁嵩年《采菽堂古诗选序》)

昔荀绰撰《五言诗美文》,其书不传。而昭明之选,所录五言诗,自汉迄齐、梁甚具,学诗者宗焉。然其中颇杂四言。又公宴、应教诸篇,率多芜杂。予撰汉魏六朝五言诗,视萧选微有异同,至其菁英,鲜阙略矣。(王士禛《五言古诗选·凡例》)

昭明独尚雅音,略于乐府,然措词叙事,乐府为长,兹特补昭明选未及,后之作者,知所区别焉。(沈德潜《古诗源·例言》)

自昭明《文选》专取翰藻,李善选注专诂名象,不问诗人所言何志,而诗教一敝。(沈德潜《古诗源·例言》)

各家在评价古诗时,也时以《文选》为参照,如陈祚明评沈约《早发定山》曰:"颇仿康乐,故知昭明所选惟取高清",[1] 又评其《游沈道士馆》曰:"后半则洒落有致,如此绝不雕饰,乃为昭明所收,谓《文选》取辞华,此旨大谬",[2] 沈德潜评傅玄《杂诗》曰:"清俊是选体,故昭明独收此篇",[3] 诸如此类的评语甚多。可见,《文选》对于后代古诗及古诗选本的影响及于方方面面,没有哪一个选本可与之相提并论。

唐代除了对《文选》所作注释外,主要还有吴兢《乐府古题要解》。宋元古诗选本亦寥寥无几,宋代的古诗选本主要有郭茂倩《乐府诗集》、

---

[1] 陈祚明选评《采菽堂古诗选》,李金松点校,上海古籍出版社,2008,第732页。
[2] 陈祚明选评《采菽堂古诗选》,李金松点校,上海古籍出版社,2008,第733页。
[3] 沈德潜选《古诗源》,中华书局,1963,第151页。

陈仁子《文选补遗》、唐庚《三谢诗》。元代主要有方回《文选颜鲍谢诗评》、刘履《风雅翼》、左克明《古乐府》，基本上都是对乐府的收集整理及对《文选》诗的再整理。

从明代开始，古诗选本数量较前有大幅度的增长。明代主要的古诗选本多集中在正德、嘉靖、万历和崇祯四朝，其中以嘉靖、万历两朝为最多。正德朝的古诗选本有刘德成编选的《汉魏诗集》，杨慎编选的《五言律祖》和《风雅逸篇》。嘉靖朝的古诗选本有佚名编选的《六朝诗集》，冯惟讷《古诗纪》，浦南金《诗学正宗》，徐献忠《乐府原》和《六朝声偶集》，李攀龙《古今诗删》。万历朝的古诗选本有梅鼎祚编选的《汉魏诗乘》和《古乐苑》，张之象《古诗类苑》，臧懋循《古诗所》，刘一相《诗宿》，钟惺和谭元春编选的《古诗归》，邵一儒《六朝声偶删补》。崇祯朝有曹学佺《石仓历代诗选》和陆时雍《诗镜》。

清代的古诗选本数量较明代又有增长，主要的古诗选本有陈祚明《采菽堂古诗选》，吴淇《六朝选诗定论》，王夫之《古诗评选》，王士禛《五言古诗选》，沈德潜《古诗源》，张玉榖《古诗赏析》，王尧衢《古诗解》，金圣叹《古诗解》，李光地《榕村诗选》，刘大櫆《历朝诗约选》，王闿运《八代诗选》，李因笃《汉诗音注》和《汉诗评》，曾国藩《十八家诗钞》，陈沆《诗比兴笺》，顾有孝《乐府英华》，闻人倓《古诗笺》，曹锡宝《古诗约选》，吴汝纶《古诗钞》，吴闿生《古今诗体约选》，成书《多岁堂古诗存》，张琦《宛邻书屋古诗录》（清志作《古诗录》），周贞亮《汉魏六朝诗三百首》，季贞《汉魏诗选》（又作《汉魏六朝诗选》），钮孝恩《汉魏诗钞》，吴汝纶《汉魏六朝百三家集选》，胡凤丹《六朝四家全集》，戴明说、范士楫、魏允升同选《历代诗家》，范大士评选、王仲儒同辑《历代诗发》，陆奎勋《八代诗揆》，张守《八代诗淘》，杨逢辰《建安七子集》，卓子堪《三家诗》（又作《合刻曹陶谢三家诗》），姚培谦《陶谢诗集》，钱二白《容与堂汉诗释》（又作《汉诗释》），李兆元《诗笺三种》（分别为苏李诗、古诗十九首、渔洋诗），朱嘉征《诗集广序》和《乐府广》，杜文澜《古谣谚》，朱乾《乐府正义》，曾廷枚《乐府津逮》，庄述祖《汉短箫铙歌曲句解》，陈本礼《汉乐府三歌笺注》和《汉诗统笺》，王先谦《汉铙歌释文笺证》，顾大申《诗原》，邓汉仪《诗观》，吴季长

《延陵书塾合璧四卷》（录简文江淹二家诗），费锡璜和沈用济《汉诗说》，董若雨《汉铙歌发》，饶学斌《月午楼古诗十九首详解》等。

二　明清主要古诗选本概述

诗歌发展到明代，按照明人的看法，各种诗歌体裁、内容经过了先秦、汉魏、六朝以及唐、宋各个阶段方方面面的探索和努力，都已达到了顶点，宋以后的诗，不过是重复以前的形式和内容而已。诚如叶燮《原诗·内篇下》所言：

> 譬诸地之生木然：三百篇，则其根；苏李诗，则其萌芽由蘗；建安诗，则生长至于拱把；六朝诗，则有枝叶；唐诗，则枝叶垂荫；宋诗则能开花，而木之能事方毕。自宋以后之诗，不过花开而谢，花谢而复开。①

在这种情况下，如何超越前人，形成自己的风格，就成为摆在明人面前的一大课题。复古派主张"师古"，公安、竟陵强调"师心"，还有许多中间派在"师古"与"师心"之间摇摆不定。整个明代文学史，就是在这种种论争中不断前行的。中国古代学术历来都有重视传统、重视师承、重视源流的特色，"师古"也好，"师心"也罢，他们都需要为自己找到一个强有力的依据。"师古"者自不必说，他们的主张本来就是向古代追溯，寻找学习的榜样。"师心"者看起来似乎是纯重心灵主体，是新风气的代表，但其实也并不是空无依傍的，他们也同样要在古代的传统中为自己找到一个支撑点。关于这一点，钱锺书在《中国诗与中国画》一文中有所论述：

> 新风气的代兴也常有一个相反相成的表现。它一方面强调自己是崭新的东西，和不相容的原有传统立异；而另一方面更要表示自己大

---

① 叶燮：《原诗》，霍松林校注，人民文学出版社，1998，第34页。

有来头，非同小可，向古代也找一个传统作为渊源所自。①

　　明代人在为自己的诗学主张寻找渊源的时候，焦点便集中到了古诗上。于是古诗选本数量大增。在具体作品的编选上，每个人都从自己的诗学主张出发，对历代古诗进行了重新厘定，并对古诗的评价基准及学习的最佳典范做出了自己的选择。明代人关于古诗的各种主张，也就寓于遴选乃至改造这一基准与典范之中。② 对典范的尊崇是中国文学的重要特色，中国提倡某种文学主张，往往要靠创作本身来示范，而明清以来大多数选本选评结合的批评方式，实践了理论示范的功能。

　　贯穿有明一代最重要的文学思潮是复古与反复古的论争。在明代的古诗选本中，《古今诗删》大体反映了复古派的论诗之旨。《古诗归》代表着竟陵派的诗学主张。《诗镜》则是二者的综合。在三者之间，虽然尚有大量古诗选本存在，如《古今诗删》之前较为重要的古诗选本有冯惟讷《古诗纪》，而冯氏此选，兼收各代有韵之作，实不具备批评之功能。《古今诗删》与《古诗归》之间，则多以类书形式编选的古诗选本，如张之象的《古诗类苑》、臧懋循的《诗所》、刘一相的《诗宿》，文学批评之意味皆不足。其他一些古诗选本也没有产生《古今诗删》与《古诗归》那样广泛的影响。倒是崇祯时曹学佺编选的《石仓历代诗选》，对于闽中诗风当有一定的影响，但仅局限于闽中一隅，又不像《诗镜》的诗学主张那样反映了明末清初诗论综合复古与竟陵二家的理论趋向。③ 因此，《古今诗删》、《古诗归》和《诗镜》三部选本代表了明代诗论关于古诗看法的大体走向，也在一定程度上反映了明代诗论的转变趋势。

　　从《古今诗删》的选诗情况来看，李攀龙树立的最佳典范是谢朓，他论古诗虽以汉魏为尊，但在《古今诗删》中并未对汉魏诗给予特别的重视，而是较多地选取了谢朓、陶渊明、谢灵运等人具有清新自然流丽风格

---

① 钱锺书：《七缀集》，生活·读书·新知三联书店，2002，第2～3页。

② 林继中：《文化建构文学史纲》，三秦出版社，1994，第168页。

③ 张健在《清代诗学研究》中认为："明清之际诗学总的趋向是：儒家诗学政教精神出现复兴，在审美上从公安、竟陵派的主性情诗学与七子派的主格调诗学的两极对立开始趋向综合与统一。"张健：《清代诗学研究》，北京大学出版社，1999，第1页。

的诗作，可见他在具体的选诗过程中，并未完全贯彻其理论上的主张。而竟陵派在《古诗归》中树立的最佳典范则是陶渊明，他们对古诗的评价基准是要出于"灵"而归于"厚"，要能够表现"古人之真精神"，要"幽深孤峭"，陶诗正是他们所谓的出于"灵"而"灵"又不足以言之的"厚之极"，是他们向往的最高境界。从李攀龙最为推崇谢朓到竟陵派最为推崇陶渊明，反映了从复古派重视古诗文采和形式技巧到竟陵派重视古诗内在精神的诗学思想的转变。

从《诗镜》选诗情况来看，陆时雍对学习最佳典范的树立从几个方面来进行：从情的方面来看，他对鲍照诗歌抒情的痛快淋漓做出了肯定性的评价，《诗镜》中选鲍诗最多，是着眼于诗歌抒情特质所树立的最佳典范。从韵的角度来看，大量选录简文之诗，认为其诗有韵，这是着眼于诗歌审美特征所树立的另一个最佳典范。陆氏论诗崇尚自然天成，在这一方面符合他理想的是陶渊明和谢灵运，在《诗镜》中对二人之诗评价最高，这是在诗歌的最高审美境界上所树立的最佳典范。陆时雍对古诗评价基准是情与韵，追求的最高审美境界是自然天成，他对以梁简文帝为代表的宫体诗作家评价颇高，在各代中亦以梁诗选取为最多，反映了他论诗以情韵为主的评价基准，这与中国古代文学传统上以情志为主的观点颇有不同。综观《诗镜》的选诗与评诗，一个最大的特色就是对诗歌抒情、审美特征及审美趣味的重视。陆时雍持论平和，论诗没有竟陵派的激进和标新立异，但他对诗歌作为文学本质特征的关注，较之竟陵，实有过之而无不及。

由重视古诗的文采和形式技巧，到重视古诗的内在精神，再到重视古诗的抒情和审美特征，表明了明代诗论由重视古诗的外在形式向重视其作为文学本质特征的转变，也体现了明末清初诗论综合了复古与竟陵二家诗学主张的理论趋向。此外，由于明清之际特定的社会状况，这一时期诗学思想总的趋向还表现为儒家诗学政教精神的复兴，这一转变和趋向在陈祚明的《采菽堂古诗选》、吴淇的《六朝选诗定论》和王夫之的《古诗评选》中都有或多或少地体现。

在《采菽堂古诗选》中，陈祚明从整体入手，将诗歌分为两个大的层面——情与辞。情这一层面包括诸如命旨、神思、理、解、悟等与诗歌内容相关的因素；辞则包含声、调、格律、句、字、典物、风华等诸多形式方面的因素。这样，与诗歌内容和形式相关的诸因素就被整合进了情与辞这两个大的范畴中。而这两个层面又不是孤立的，在情与辞之间，他又设立了神、气、才、法这一中间层面，作为联系内容与形式的中介。这样构建起来的基本理论框架，就兼顾了内容与形式两方面的因素，既避免了复古派重辞不重情的弊端，又纠正了竟陵派重情不重辞的缺陷，整合二者由两极对立走向统一融合。

明代前后七子倡导的文学复古，主要是要恢复汉魏盛唐的审美传统，他们的诗歌理论比较丰富而全面，也重视诗歌中情志的抒发，但由于其入手点多在诗歌的形式风格，复古诸子在具体的诗歌创作中又过于拘泥于诗歌形式上的相似，导致其诗学主张很多时候被视为不讲性情而只专注于诗歌形式上的复古。而只讲形式，不讲性情，就偏离了诗歌的根本——抒情言志。从公安派起，对这一派的批评主要集中在这一点上。后来的诗论家大都看到了复古派的这一弊端，即使是继承了其诗学主张的云间、西泠派，也把"忧时托志"作为"诗之本"，因而清代的诗学理论基本上把情作为诗歌的根本，虽然在具体的主张上有或重抒情或重言志的偏差，但在以情为本这一点上大体是一致的。这也同样体现在古诗选本中，如陈祚明在《采菽堂古诗选》中对情的强调，一般言诗以情为主，多排斥意、理、议论，而陈祚明用一个大范围的"情"，将这些非诗的因素包融了进来，他论诗以有作意为贵，亦不反对雕琢、理语入诗以及诗中有议论。他重视的是辞是否达情，在他看来，只要有利于情的表达，任何方式都可采用。这一方面反映了他的诗学理论具有极强的包容性，另一方面也反映了情在他的诗学体系中的重要位置。

吴淇的《六朝选诗定论》是以《文选》所选古诗为评论对象的古诗选本。他以《文选》古诗所代表的"汉道"为诗歌史的中心，但他认为《文选》的编选标准是以辞为主，这就与复古派的诗论一样，犯了缺乏情感的弊病，所以他重视情在诗中的作用，他对《离骚》之情给予了充分的重视，对于许多论者所不屑的寺人、女子以及奸雄之流的诗作，只要其情真挚而又不违背圣贤之旨，他都予以肯定。他将汉道的基本特征概括为既能继承三百篇之性，又能体现《离骚》之情，这就为他所抒之情、所言之志划定了一个界限，即"好色而不淫""怨诽而不乱"。虽然和陈祚明一样都是重视情在诗中的作用，但他要求诗歌要关乎世道人心，有用于世，这是儒家传统诗教观的要求。显然，吴淇所言之情较之陈祚明更偏向于言志的一面。在明清之际的家国之难面前，强调诗歌的抒情言志功能本是时势的迫切要求，也是这一时期诗学理论的一个重要特征，古诗选本当然也不例外。而最为明显地体现了这一特征的古诗选本当推王夫之的《古诗评选》。

首先，王夫之的诗论是建立在气本论基础上的，他以有无昌气为古诗的评价基准。要求诗文有昌气，就是要求其既不过于发露而刚雄，又不过于柔弱而断续，审美表现上含蓄蕴藉、不直露。他否定了建安诗歌，因为建安诗歌“有危言而无昌气”，[1] 所以刚健而少蕴藉。他以匡维世教以救君之失为士大夫的责任，但直言诋评与歌谣讥刺只能蛊惑人心，导致乖戾之气充塞天地之间，既于事无补又容易引起祸患，所以他要求诗文要有昌气，倡导含蓄蕴藉的诗风。

其次，王夫之继承了我国古代诗学中情志统一的传统，要求诗歌要表达大而公的社会性情感。他贬抑曹植诗歌执着于一己之私情，又不满陶渊明诗的米盐气、帖括气，主要是因为他们所抒之情局限于自我的小天地，缺乏大而公的社会性。他不仅要求情感的大而公，还要求情感的宣泄要有度，所谓“情已盈而姑戢之以不损其度”。[2] 在他看来，拘泥于一己之私情以及过度宣泄情感，都可能给社会带来不安定因素，以致造成社会动乱，这都不符合儒家传统的诗教精神，是他极力反对的。

再次，情景关系理论是船山诗论的一个重要组成部分，这在《古诗评选》中也有所体现。王夫之的情景关系理论不但彰显了诗情生成过程中心与物、情与景之间的同步性，而且指出了情的主导作用，他从诗歌的艺术本体及审美特征上来论情景关系，扭转了唐宋以来从诗歌格律、句法、章法等方面探讨情景关系的倾向，将情景关系理论提升到了中国古代诗学前所未有的高度。但就是对这一似乎纯粹是美学问题的论述，他也不忘将之导入“导天下于广心”“天下之人心和平矣”[3] 的现实政治功用中。这突

---

① 王夫之评选《古诗评选》，张国星校点，文化艺术出版社，1997，第159页。
② 王夫之：《诗广传》，王孝鱼点校，中华书局，1981，第4页。
③ 王夫之：《诗广传》，王孝鱼点校，中华书局，1981，第76页。

出地反映了船山诗论的一个特色，一方面，他比任何人都更强调诗歌的艺术特征，反对把诗歌等同于历史、哲学；另一方面，他又比任何人都更强调诗歌的现实功用，极力倡导温柔敦厚的诗教精神。实际上他对所有艺术手段的运用、艺术特色的强调，目的只有一个，即倡导含蓄蕴藉的诗风，宣扬温柔敦厚的诗教精神，以期有补于世。

一种诗学思潮的盛行，在一定程度上是与当时的社会现实相关联的。明末清初儒家传统诗教精神的复兴，是当时士大夫面对家国之乱所做出的文化选择。而时间稍后的王士禛对温厚和平的盛世之音的倡导，沈德潜对温柔敦厚诗教精神的强调，则是顺应康、雍、乾三朝盛世景象的必然产物。这一时期，冲和、典雅、雍容、静穆等审美意义上的气格体调正好适应了时代的需要，因而被推为正宗。王士禛和沈德潜的诗学主张也由此成为这一时期的主流思想，他们编选的古诗选本自然也可以说代表了这一时期关于古诗的主流看法。而沈德潜以性情优先，兼容格调与神韵的诗学主张，是对宋末以来绵延数百年的回归传统的思潮所做的一个总结，也是一个终结，此后再也没有形成一个大的回归传统的诗学运动。这一诗学价值体系实际上是传统诗学价值系统的整合与总结形态。① 故本书对清代古诗选本的探讨亦以沈德潜的《古诗源》为终结。

三　古诗选本研究现状

近年来，中国古代文论研究中对于诗歌选本的作用重视颇多，首先，从宏观上对历代诗歌选本进行研究的如邹云湖《中国选本批评》，探讨从汉魏六朝到清代选本与文学思潮之关系及选本批评原理。其次，专门对唐诗选本进行研究的如陈斐《南宋唐诗选本与诗学考论》，从南宋唐诗选本与诗歌创作、批评互动的角度入手，探讨选本的编选倾向及其与选家诗学主张、时代诗学思潮之关系。金生奎《明代唐诗选本研究》，包括明代唐诗选本叙录、重要唐诗选本的刊刻与传播、唐诗选本与明代社会及诗学批评之关系几个部分。韩胜《清代唐诗选本研究》，对清代现存300余种唐诗选本进行总体研究，探讨了清代唐诗的接受与普及、清代学术与清代诗

---

① 张健：《清代诗学研究》，北京大学出版社，1999，第511页。

学的关系等诸多方面的问题。贺严《清代唐诗选本研究》，探讨唐诗选本与清代社会、文学思潮之关系及个案分析。再次，专门对宋诗选本进行研究的如谢海林《清代宋诗选本研究》，包括清代宋诗选本与江南文化、清代宋诗学演进之关系和《宋诗会》《宋诗纪事》等个案研究。高磊《清人选宋诗研究》，包括清人宋诗选本的编选动因、编选特征及其与唐宋诗之争的关系等问题。此外，岳进《明代古诗、唐诗选本与诗学论争》，从古诗、唐诗选本与诗学论争考察不同诗学观念在选本中的对立、交锋和融合。

盖唐以后诗歌创作以律诗为主，明清时期的主要诗学论争是唐宋诗之争，故今人的研究焦点亦多集中在唐宋诗上。其实在明清人看来，中国古代诗歌发展到宋代，就已登峰造极，各种诗歌体裁、内容经过先秦、汉魏、六朝以及唐、宋各个阶段方方面面的探索和努力，都已达到了顶点，宋以后之诗，不过是重复以前的形式和内容而已。在这种情况下，如何超越前人，形成自己的风格及在诗坛的位置，就成为摆在明清人面前的一大课题。"他们往往借助对前代诗人或诗风的褒贬取舍作为基石，张扬一己的审美倾向，以树旗号。此种风习在明代已很盛，到清代尤为高张。"① 在这样的局面下，宗唐宗宋固然是最能明确表达自己诗学主张的首选，但不管哪一种诗学主张，都需要为自己找到一个强有力的依据，表明自己也是渊源有自、大有来头的。而中国古代学术本身所具有的重视传统、重视源流的特色，决定了这个依据必须要到传统里面去找。向上追溯诗歌的历史，目光自然就落在了古诗上，于是就有明清两代古诗选本的大量出现。可以说，作为张扬一己诗学主张之产物，古诗选本在当时的诗学阐释与论争中的重要性并不亚于唐宋诗选本，但目前对中国古代诗歌选本的研究多集中在唐诗选本和宋诗选本上，对古诗选本关注不多。本书即以明清时期的古诗选本为主线，结合诗话、序跋、尺牍等其他诗学文献，将古诗选本置于时代诗学思潮发展的大背景下，在更具体、更细致的层面上解读明清诗论，并勾勒选本参与诗学理论建构的过程及演变。为达到此研究目的，本书主要研究以下两个方面的内容。

① 严迪昌：《清诗史》，浙江古籍出版社，2002，第10页。

一、古诗选本之间如何相互吸收、借鉴与转化，并如何在此基础上最终完成了具体诗学理论的建构与完善。一是讨论"格调"与"性灵"这一对核心诗学理念在《古今诗删》《古诗归》和《采菽堂古诗选》中从对抗到融合的过程；二是讨论《六朝选诗定论》与《古诗评选》的回归"风雅"所体现的古诗选本与诗学思潮之间的互动关系；三是讨论《诗镜》与《五言古诗选》中"神韵"理论的内涵扩充与演变；四是讨论沈德潜《古诗源》吸收、借鉴、融合复古、性灵与神韵等诗学理论的集大成性及其在诗学史上的地位和意义。各古诗选本看似互不关联，实际上彼此牵连，明清时期的主要诗学理念在这种交汇融合中得以最终完成。

二、明清时期特定诗学理念的转变及其规律。一是讨论各古诗选本对汉魏古诗与唐代古诗、汉诗与魏诗以及古诗与乐府等不同诗体的看法，辨析明清诗学"辨体"观念的发展与演变；二是讨论各古诗选本对典范诗人的选择中所体现的诗歌理念转变及规律；三是讨论各古诗选本的六朝诗歌评价及明清时期的六朝诗歌"误读"现象。通过纵向梳理，动态地展现明清时期各流派诗学理念的对抗与交融，探讨诗学理念在对抗与交融中逐步清晰的过程。

第一章 "格调"与"性灵"的
对抗与融合

第一节 偏重风格体貌的《古今诗删》

真正针锋相对的诗学流派是从明代开始出现的，像袁宏道直接否定复古，钱谦益直接批判竟陵，让我们看到的都是诗学流派之间的对抗。其实不管哪一个诗学流派，其理论主张通常被提炼为几句概括性极强的话，有的是自己整理提出，有的是后人提炼概括，从有效传播的角度来看，这种提炼概括既有必要又非如此不可，尤其是无足轻重之辈对抗诗坛大佬之时，非如此不足以振聋发聩，不足以在众多的言说中得以凸显。有意思的是，即使是诗坛领袖，在批评与其相反的诗学主张时也常常不顾对方的真正用意，抓住几句纲领性的话望文生义以合己用，如钱谦益批评李攀龙的"唐无五言古诗"。这种简单武断不仅存在于钱谦益一人身上，诗坛上此类论述方式既多又常见，有时候我们甚至不能不惊讶于其论述之简单粗暴，乃至与其惯常的诗学论述及判断判若两人。这固然与理论本身既有的简略概括容易引起歧义有关，但更多的是一种言说策略，是明知对方非此意而硬要强加之以合己说的惯常策略。后人在这种表面极其强烈的对抗之中看到的多是其不同的、矛盾的一面，而往往忽视了理论本身所具有的复杂性以及理论与理论之间的内在联系。这也间接导致了我们对各诗学流派之间的关系注意不够。正如没有哪一种文学样式、哪一个优秀作家是不受任何传统影响而凭空产生一样，文学理论同样不能产生于真空之中。文学理论的发展以及各流派之间的关系其实更像是河流，有的呈现于眼前，有的暗藏于地下，暂时暗藏于地下的部分，虽然我们看不见，但依然不绝如缕地汇入文学理论发展的大河之中，然后在适当的时刻，出现于人们眼前。我们通常以为对立的复古与性灵即是如此。

一 李攀龙《古今诗删》编选标准

弘治、正德间，当明代文坛被李东阳及其门生故旧所形成的茶陵派所笼罩之时，作为门生之一且私交颇厚的李梦阳却率先唱起了反调，一时之间，应者四起，《明史·文苑传》曰："李梦阳、何景明倡言复古，文自西京，诗自中唐以下一切吐弃。操觚谈艺之士翕然宗之。明之诗文于斯一变。"① 由此开启了明代蔓延时间最长、影响范围最广的文学复古运动。从现存资料看，李梦阳第一次提出他的文学复古主张，是在《与徐氏论文书》中：

> 诗贵宛不贵险，贵质不贵靡，贵情不贵繁，贵融洽不贵工巧……三代以下，汉魏最近古。②

这封信写于弘治十八年（1505），李梦阳在这里明确反对险、靡、繁、工巧，提倡宛、质、情、融洽，针对的是中唐以后诗风。至于"三代以下，汉魏最近古"，则是针对当时流行的六朝文风，作于同年的《章园饯会诗引》曰："今百年化成，人士咸于六朝之文是习是尚，其在南都尤盛。……大抵六朝之调凄宛，故其弊靡；其字俊逸，故其弊媚。"③ 尊崇汉魏盛唐，乃前七子复古主张的立足点，何景明虽在复古法式上与李梦阳有相当的分歧，但在这一点上是一致的，他在《海叟集序》中说："景明学歌行近体，有取于二家，旁及唐初、盛唐诸人，而古作必从汉魏求之。"④ 汉魏盛唐，作为前七子所标榜的学习典范，被后七子所承袭，于是，"古体法汉魏，近体宗盛唐"遂成为复古派的标志性语录，后人解读前后七子也常常据此片言只语而趋向于极端化。《明史·李梦阳传》谓其"倡言文

---

① 张廷玉等：《明史·文苑传》，中华书局，1974，第7307页。
② 李梦阳：《空同集》卷六二，文渊阁四库全书第1262册，第564页。
③ 李梦阳：《空同集》卷五六，文渊阁四库全书第1262册，第516页。
④ 何景明：《大复集》卷三四，文渊阁四库全书第1267册，第302页。

必秦汉，诗必盛唐，非是者弗道"，① 钱谦益甚至说他"不读唐以后书"。② 这些极端化的论述显然并不客观。不管是李梦阳，还是何景明，以及继之而起的后七子，都不曾如此极端化。虽然李梦阳《章园饯会引诗》中批评六朝文风，认为唐诗胜于六朝，何景明在《海叟集序》中谓"古作必从汉魏求之"，但李梦阳同样认为六朝诗可学，不过要"择而取之"而已，他除了刊刻阮籍诗外，还从《宋书》、总集以及类书中辑出谢灵运的作品，由焦竑刊刻为《谢康乐集》，又辑录刊刻了陆谢诗，并协助陶渊明的后人刊刻陶集。若果如后代之极端化阐述，李梦阳断不会有如此举动。在他们的理论中即使偶尔有非如此不可的极端化论述，也是在具体语境中为了强调其理论主张的言说策略而已。这不仅在复古派诗话序跋等诗学文献中可见，即使是向来被视为体现复古派诗学主张、标示复古派学诗典范的李攀龙《古今诗删》亦如此。

李攀龙（1514～1570），字于鳞，号沧溟，历城（今山东济南）人。嘉靖二十三年（1544）进士，历仕刑部主事、员外郎、河南按察使等职，与王世贞同为后七子的首领人物。他们所倡导的文学复古运动盛行于嘉靖、隆庆年间。李攀龙论文于明代独推李梦阳，诗文主张也承袭李梦阳，称"诗自天宝以下，文自西京以下，誓不污我毫素"，③ 其复古主张比李梦阳更为激烈和僵化。④ 由于他持论极端、个性倔强，所以在文坛上声名极

---

① 张廷玉等：《明史·李梦阳传》，中华书局，1974，第 7348 页。
② 钱谦益：《列朝诗集小传》，上海古籍出版社，1983，第 312 页。
③ 钱谦益：《列朝诗集小传》，上海古籍出版社，1983，第 428 页。
④ 明代从永乐到成化年间，文学上是以杨士奇、杨荣、杨溥为代表的台阁体和以李东阳为首的茶陵派先后占据主要地位。从弘治、正德之交起，以李梦阳、何景明为代表的前七子所倡导的复古主张成为当时的主要文学思潮，"他们强调诗文必须表达真情实感，反映重大社会现实问题；注重作品的文采和形式技巧，力图使诗歌重新具有高尚之'格'和流美之'调'；倡导超宋元而上、以汉魏盛唐为师"（廖可斌：《明代文学复古运动研究》，上海古籍出版社，1994，第 90 页）。其文学思想的核心是在提倡学习古人格调、遵循古人法式，学古并落实到法式上，这是李梦阳的基本思想。而拘泥于古人法式，很容易陷入形式上的模拟蹈袭，复古派在实际的创作上也确实流于"尺寸古法"，导致了千篇一律，后代对复古弊端的批评也多集中于此。前七子的文学复古主张基本如上述，但各家的独立性还比较大。后七子继承前七子的复古主张，持论更严，趋向更专一，尤其是李攀龙，他的许多拟古乐府，往往只更改原作数字，又以汉魏为界限，六朝以下不复涉足，字模句拟甚至到了僵化的程度。

高，影响甚大，钱谦益称其"声望茂著，自时厥后，操海内文章之柄垂二十年"，[①] 作为文坛领袖，李攀龙的主张实际上主宰着当时的诗学风尚，但他并无专门的文章阐明其复古主张，所以他编选的《古今诗删》就尤其具有文学批评意义。

《古今诗删》共三十四卷，卷一至卷九为古诗，卷十至卷二十二为唐诗，卷二十三至卷三十四为明诗。《四库全书总目提要》评此书曰：

> 是编为所录历代之诗。每代各自分体，始于古逸，次以汉魏、南北朝，次以唐，唐以后继以明，多录同时诸人之作，而不及宋元。盖自李梦阳倡不读唐以后书之说，前后七子，率以此论相尚。攀龙是选，犹是志也。……然明季论诗之党，判于七子，七子论诗之旨，不外此编。[②]

正如四库馆臣所言，从他不选宋元诗、以明诗承接唐诗这一编选情况来看，李攀龙此选继承了李梦阳不读唐以后书之说，彰显了复古派的诗学主张，王世贞在为其所作序中亦曰：

> 今于鳞以意而轻退古之作者间有之，于鳞舍格而轻进古之作者则无是也。以于鳞之毋轻进，其得存而成一家言，以模楷后之操觚者，亦庶乎可矣。[③]

所谓成一家言，以楷模后世之操觚者，实际上是李攀龙此选的目的所在。"明代复古诗论最显著的特点是回顾传统。复古诗论家希望在创作的整体成就方面攀及古代诗歌的盛世，于是要学习古代的诗人诗作。他们的批评活动基本上是试图整理一套值得学习的典范，而不是单纯的作品诠释和鉴赏。"[④] 对李攀龙来说，整理出一套值得学习的典范以扩大其诗文主张

---

① 钱谦益：《列朝诗集小传》，上海古籍出版社，1983，第428页。
② 《四库全书总目提要》卷一八九，中华书局，1995，第1717页。
③ 李攀龙编《古今诗删》，文渊阁四库全书第1382册，第3页。
④ 陈国球：《唐诗的传承——明代复古诗论研究》，台湾学生书局，1991，第4页。

的影响，是他编辑此选的最直接目的。本节旨在阐述李攀龙关于古诗的理论主张与其在《古今诗删》中所确立的古诗最佳典范及评价标准之间的关系，而李氏论诗之语又甚少，我们只能根据他对具体作品的选取状况、《选唐诗序》及复古派其他各家的有关言论做一番拟测。

（一）"唐无五言古诗"之内涵

虽然李攀龙论诗之语很少，但他关于"唐无五言古诗而有其古诗。陈子昂以其古诗为古诗，弗取也"① 的论断却在当时及后世引起了很大的争论。与此论争相关内容本书将在后面详细论及，此处仅就此语之内涵略作探讨。

由于句中连用几个"其"与"古诗"，所指颇为模糊，时人及后人的解读因此多有歧义。在众多阐释中，以毛先舒在《诗辩坻》中所做的解释最为直接：

> 李于鳞云："唐无五言古诗而有其古诗。陈子昂以其古诗为古诗，弗取也。"两"其"字竟作"唐"解，语便坦白。子昂用唐人手笔，规模古诗，故曰"弗取"，盖谓两失之耳。②

两"其"字作"唐"解，意思的确明白很多。如此，则李攀龙的意思可以理解为唐代没有五言古诗而有唐代的古诗，陈子昂以唐代古诗为古诗，所以不选其诗。不过，毛先舒虽然解释了两个"其"字，但对"古诗"仍未作确解，这一点许学夷说得更为明确，他在《诗源辩体》中说：

> 愚按：谓子昂以唐人古诗而为汉魏古诗弗取，犹当；谓唐人古诗非汉魏古诗而皆弗取，则非。观其所选唐人五言古仅十四首，而亦非汉魏之诗，是以唐人古诗皆非汉魏古诗弗取耳。③

---

① 李攀龙编《古今诗删》卷一〇，文渊阁四库全书第 1382 册，第 91 页。
② 毛先舒：《诗辩坻》卷三，载《清诗话续编》，郭绍虞编选，上海古籍出版社，1983，第 45 页。
③ 许学夷：《诗源辩体》，杜维沫校点，人民文学出版社，1998，第 345~346 页。

许学夷明确以唐人古诗与汉魏古诗对举，并指出《唐诗选》所选十四首五言古诗是唐人古诗不是汉魏古诗。结合毛先舒与许学夷的说法，李攀龙这句有名的论断意思其实很明确，即唐代没有汉魏古诗而有唐代古诗，陈子昂以唐代古诗为汉魏古诗，故不选其诗。这应该是较为符合李攀龙原意的理解。在这个有名的论断后面，李攀龙接着说：

> 七言古诗唯杜子美不失初唐气格，而纵横有之。太白纵横，往往强弩之末，间杂长语，英雄欺人耳。至如五七言绝句，实唐三百年一人，盖以不用意得之，即太白亦不自知，其所至而工者，顾失焉。五言律、排律，诸家概多佳句。七言律体，诸家所难，王维、李颀颇臻其妙，即子美篇什虽众，愦焉自放矣。作者自苦，亦惟天实生才不尽，后之君子本兹集以尽唐诗，而唐诗尽于此。[①]

序中论及五古、七古、五七绝、五律、排律和七律。除五古外，其他各体皆就唐代立论。唐诗现存近五万首，《古今诗删》的唐诗部分仅七百四十首，而李攀龙竟谓"后之君子本兹集以尽唐诗，而唐诗尽于此"，可见他所说的"唐诗尽于此"，并不是从数量上着眼，他认为这七百四十首入选之作足以体现全部唐诗的特色，据此来看，他之所以不取陈子昂的五言古诗，显然是因为陈子昂古诗所体现的并非唐代特色。

自两汉到唐以前，五言古诗一直都是诗坛的主流，虽然随着近体律绝在唐代的逐渐成熟，诗人们的注意力更多地转向了律绝创作，但五古的创作也并未因此而消歇，陈子昂的古诗也一直被认为是唐代古诗的代表，而李攀龙却明确指出唐代没有五言古诗而有自己的古诗，陈子昂不是唐代五言古诗的代表。不管是反对还是赞成，都不可否认李攀龙此论提出了一个将五言古诗分为"正宗的五言古诗"与"唐代的五言古诗"两种不同的

---

① 李攀龙编《古今诗删》卷一〇，文渊阁四库全书第1382册，第91页。

"体"的问题。①

颇为有趣的是，李攀龙一面说"陈子昂以其古诗为古诗，弗取也"，另一面却又在《古今诗删》中选录了陈子昂《蓟丘览古赠卢居士藏用六首》和《酬晖上人夏日林泉》共7首五言古诗，在其所选五古部分，仅次于杜甫（17首），李白、储光羲（9首），高适、韦应物（8首），与王维同列第六位，不能不说，李攀龙的理论主张与编选实践出现了令人费解的自相矛盾。这就向我们提出了一个问题，即李攀龙所谓的"正宗的五言古诗"与"唐代的五言古诗"两种不同"体"的五言古诗，到底是以什么标准来进行区分的？

这恐怕还得从陈子昂身上去寻找答案。

（二）"正宗的五言古诗"与"唐代的五言古诗"

与李攀龙所代表的复古派一样，在唐代，陈子昂首先是以复古的面貌出现的。他在《与东方左史虬修竹篇序》中提出了自己的复古主张：

> 文章道弊，五百年矣。汉魏风骨，晋宋莫传，然而文献有可征者。仆尝暇时观齐、梁间诗，彩丽竞繁，而兴寄都绝，每以永叹。思古人，常恐逦迤（一作逶迤）颓靡，风雅不作，以耿耿也。一昨于解三处，见明公《咏孤桐》篇，骨气端翔，音情顿挫，光英（一作暎）朗练，有金石声。遂用洗心饰视，发挥幽郁。不图正始之音，复睹于兹，可使建安作者，相视而笑。②

当以沈、宋为代表的馆阁诗人醉心于咏物应制，专注于律诗形式之美的追求时，陈子昂的诗歌创作却表现出明显的复古倾向。他反对片面追求华丽辞藻的齐梁诗风，主张诗歌要有风骨、兴寄，回到已经中绝了的汉魏

---

① "此处所用'体'字，并不专指体裁，而是指依著某些规范而分画的类别。我认为中国文学批评中所见的'体'字，只是区分文学的一个量词，并不实指体裁或风格，要在实际的语境中，才各别被赋予体裁、风格的意义。"陈国球：《唐诗的传承——明代复古诗论研究》，台湾学生书局，1991，第201页。
② 《全唐诗》卷八三，中华书局，1979，第896页。

传统，并进而提出了一种"骨气端翔，音情顿挫，光英朗练"的诗美理
想。后代对他的尊崇，亦大都集中在其古诗革梁陈之弊、开古雅之源、复
汉魏之旧这几点上。① 而最能代表陈子昂诗歌特色与成就的，非《感遇诗》
莫属。这一组作品，向来都被视为陈子昂的代表作，是唐代"正宗"的五
言古诗，② 但李攀龙《古今诗删》却并未将其选入，这也就意味着，在李
攀龙眼里，这一组诗歌并非"唐代的五言古诗"，而是与其相对的"正宗
的五言古诗"。李攀龙眼里"正宗的五言古诗"，与当时人普遍认知中的唐
代"正宗"的五言古诗，此正宗非彼正宗，二者是有本质不同的，那么，
《感遇诗》三十八首到底是"唐代的五言古诗"，还是"正宗的五言古
诗"呢？

　　这个判定标准，李攀龙并没有告诉我们。与其他中国古代的诗论家一
样，在李攀龙看来，这是个不言而喻的事实，无须说明。我们只能从其他
同时代诗论家的解读中寻求蛛丝马迹。许学夷对此有一个评价，他说：

> 五言古自汉魏流至元嘉，而古体亡。自齐梁流至初唐而古、律混
> 淆，词语绮靡。陈子昂始复古体，效阮公《咏怀》为《感遇》三十八
> 首，王适见之，曰："是必为海内文宗。"然李于鳞云："唐无五言古
> 诗，而有其古诗，陈子昂以其古诗为古诗，弗取也。"何耶？盖子昂
> 《感遇》虽仅复古，然终是唐人古诗，非汉魏古诗也。且其诗尚杂用

---

① 如高棅在《唐诗品汇》中说："唐兴，文章承陈隋之弊，子昂始变雅正，复然独立，超迈
　　时髦，初为《感遇诗》，王适见之曰：'是必为海内文宗。'噫！公之高才倜傥，乐交好
　　施，学不为儒，务求真适，文不按古，仁兴而成。观其音响冲和，词旨幽邃，浑浑然有
　　平大之意，若公输氏当巧而不用者也。故能掩王卢之靡韵，抑沈宋之新声，继往开来，
　　中流砥柱，上遏贞观之微波，下决开元之正派。呜呼，盛哉！"（高棅编选《唐诗品汇·
　　五言古诗叙目》，上海古籍出版社，1982 年影印本，第 47 页）指出陈子昂诗"音响冲
　　和，词旨幽邃"，抑制了"王卢之靡韵""沈宋之新声"，于唐诗有继往开来之功。谢榛
　　亦在《四溟诗话》中引用李仲清的话来赞扬陈子昂："李仲清曰：陈伯玉诗高出六朝，惟
　　渊明乃其伉俪者也，当与两汉文字同观。"（谢榛：《四溟诗话》，载丁福保辑《历代诗话续
　　编》，中华书局，2001，第 1174 页）指出其诗风可以比陶渊明，与两汉古诗同观。以
　　当时人对汉魏古诗的推崇，这是极高的赞誉。杨慎《登金华山玉京观中有陈子昂书台》
　　曰："古调今寥落，令人忆拾遗。不图垂拱世，复睹建安诗。"（杨慎：《升菴集》，四库
　　全书第 1270 册，第 18 页）称陈子昂诗恢复了建安传统，汉魏古调。
② 高棅《唐诗正声》选陈子昂五古 10 首，其中包括《感遇诗》7 首。可见高棅是以《感遇
　　诗》为陈子昂的代表作，视之为"正宗"的五言古诗的。

律句，平韵者犹忌上尾。至如《鸳鸯篇》《修竹篇》等，亦皆古、律混淆，自是六朝余弊，正犹叔孙通之兴礼乐耳。①

　　许学夷在此指出了两点：第一，陈子昂《感遇诗》是"唐人古诗"，不是"汉魏古诗"；第二，陈子昂古诗是古、律混淆的。他明确指出了自己以《感遇诗》为"唐代古诗"的原因是其古、律混淆，与"汉魏古诗"不同。而李攀龙视《感遇诗》为"正宗的五言古诗"，因为《古今诗删》选的是他心目中"唐代的五言古诗"《蓟丘览古赠卢居士藏用六首》和《酬晖上人夏日林泉》。二者对《感遇诗》的认识完全相反，但我们可以从这个侧面看到，李攀龙对"唐代的五言古诗"与"正宗的五言古诗"的区分，显然不是从声律角度入手的。那么，李攀龙的划分标准是什么呢？胡应麟对《感遇诗》的评论或许能给我们一点启发，他说：

　　子昂《感遇》，尽削浮靡，一振古雅，唐初自是杰出。盖魏晋之后，惟此尚有步兵余韵。虽不得与宋齐诸子并论，然不可概以唐人。近世故加贬抑，似非笃论。第自三十八章外，余自是陈隋格调，与《感遇》如出二手。②

　　胡应麟明确指出陈子昂的五古只有《感遇诗》三十八首尚有汉魏风调，其他的五古都带有陈隋格调，与《感遇诗》如出二手。"汉魏风调""陈隋格调"，这是从诗歌风格角度所作的划分，从诗歌风格上将陈子昂诗歌分为"汉魏风调"与"陈隋格调"，则《感遇诗》属于"汉魏风调"。而着眼于诗歌风格，这或许就是李攀龙区分"唐代的五言古诗"与"正宗的五言古诗"的标准。

（三）《古今诗删》选诗标准

　　证诸《古今诗删》"五言古诗"一体对唐代其他诗人作品的选择，亦

① 许学夷：《诗源辩体》，杜维沫校点，人民文学出版社，1998，第144页。
② 胡应麟：《诗薮》，上海古籍出版社，1979，第35页。

可明显看出这种倾向来。

此体选录最多的是杜甫（17首），其次是李白、储光羲（9首），再次是高适、韦应物（8首），第四位是陈子昂与王维（7首）。以杜甫论，其五古未选《无家别》一类直接继承了汉代《古诗十九首》传统、语言文字全是平铺直叙、风格浑厚质朴、从声律的角度看亦多符合五言古诗正格的作品，而是选择了《前出塞八首》《后出塞》等作。至于李白、储光羲、高适、韦应物、王维等人的古诗，胡应麟曾将陈子昂以下的一些诗人比附为古诗传统中的一些名家：

> 四杰，梁、陈也；子昂，阮也；高、岑，沈、鲍也；曲江、鹿门、王丞、常尉、昌龄、光羲、宗元、应物，陶也。惟杜陵《出塞》乐府有汉、魏风，而唐人本色时露。太白讥薄建安，实步兵、记室、康乐、宣城及拾遗格调耳。①

他所比附的这些名家，都是汉魏以后的人物，而杜甫的《出塞》虽然接近汉魏之风，却又时露唐人本色。可见李攀龙所选的唐代古诗基本上是不带汉魏之风的作品。既然"唐代的五言古诗"是不带汉魏之风的作品，那么，"正宗的五言古诗"应该就是带有汉魏之风的诗作了。

古诗宗汉魏，其实是复古派一贯的主张，前七子的代表人物李梦阳、何景明都是主张古诗宗汉魏的，如李梦阳认为："三代而下，汉魏最近古"，②"夫五言者，不祖汉则祖魏，固也。乃其下者即当效陆谢矣"，③ 何景明认为："学歌行近体，有取于二家（李、杜），旁及唐初、盛唐诸人，而古作必从汉魏求之。"④ 后七子论诗承前七子，李攀龙又以汉魏古诗为正宗，自然是以汉魏古诗为评价标准与学习的最佳典范的。在创作上，他也有很多模拟《古诗十九首》及建安诗的作品，如《古诗前后十九首》《建安体》《代建安从军公燕诗》等。那么，他选取六朝诗时是否也是以汉魏

---

① 胡应麟：《诗薮》，上海古籍出版社，1979，第33页。
② 李梦阳：《空同集》卷六二，文渊阁四库全书第1262册，第564页。
③ 李梦阳：《空同集》卷五〇，文渊阁四库全书第1262册，第465页。
④ 何景明：《大复集》卷三四，文渊阁四库全书第1267册，第302页。

古诗为基准呢？

《古今诗删》唐以前古诗部分包括古逸诗一卷（17 首）、汉至隋乐府四卷（221 首）及汉至隋诗四卷（351 首），共计九卷 589 首。为便于查看，兹先将这一部分选诗情况列表如下：①

单位：首，%

体裁 朝代	乐府	古诗	乐府、古诗合计	所占比重	
				乐府	古诗
汉	42	45	87	19	13
魏	23	43	66	10	12
晋	82	95	177	37	27
宋	19	44	63	9	13
齐	7	44	51	3	13
梁	41	50	91	19	14
陈	4	11	15	2	3
北朝	3	11	14	1	3
隋		8	8		2
总计	221	351	572	100	100

《古今诗删》选录诗体包括乐府和古诗。就乐府而言，主要以乐府古辞为主，其中包括汉 31 首、晋 73 首、宋 12 首、齐 1 首、梁 27 首、北朝 1 首，占所选总数的 65.6%。乐府个人作品选录最多的朝代为魏 23 首，其中曹植 8 首、魏武 7 首、魏文 6 首；晋乐府所选最多者为陆机 4 首；宋乐府则为鲍照 4 首；齐乐府王融、谢朓皆为 2 首；梁乐府则以武帝 4 首为最多。就古诗而言，汉诗主要包括古诗十九首及苏李诗等；魏诗以曹植为最多（11 首），阮籍、王粲次之（各 7 首）；晋诗以陶渊明为最（24 首），陆机次之（13 首）；宋朝选录最多者为谢灵运（16 首），鲍照以 1 首之差名列第二（15 首）；齐诗仅选王融（12 首）及谢朓（32 首）两家；梁诗以何逊为最（12 首），江淹次之（9 首）；陈诗张君祖被选入 6 首，最多；北

---

① 《古今诗删》所选"古逸诗"部分因与所论问题关系不大，故未列入表内。

朝诗入选最多者为庾信（7首）；隋诗以杨素为最多（4首）。综合乐府与古诗的数量，历代诗人中入选最多者为谢朓34首；其次为陶渊明24首；再次为曹植与鲍照，皆为19首；其后陆机17首、谢灵运16首，除曹植外皆为魏以后诗家。而李攀龙于乐府所选多古辞，文人创作仅于魏选三曹乐府较多，余皆不以乐府为当时诗歌代表。故本节所论以各代诗人古诗的入选量为衡量的标准。

从上列诗歌选取情况可见，李攀龙所选汉、魏、晋、宋、齐、梁几代在入选诗歌数量上并无大的差别，唯陈、北朝及隋选诗较少。历代诗人中入选数量最多者为谢朓32首，其次为陶渊明24首，再次则谢灵运16首，鲍照15首，陆机13首，王融、何逊皆12首，曹植11首，可见李攀龙对汉魏古诗并没有给予特别的重视，而是如他所说，"汉魏以逮六朝，皆不可废"，[1] 在选取上无大的偏颇。

李攀龙所选文人诗以谢朓、陶渊明和谢灵运为前三位。谢朓论诗谓"好诗圆美流转如弹丸"，[2] 其所作诗，亦具有清新明丽之美和流动的声韵。陶渊明诗则带有冲淡自然之美。[3] 谢灵运的诗风是鲜丽清新的，鲍照以"初发芙蓉"[4] 来比喻他的诗，唐代许多著名诗人如李白、杜甫、王维等受到他们的影响。[5] 对于六朝诗，李攀龙选取的多为谢朓、陶渊明及谢灵运等具有清新流丽风格的诗作，而不是带有汉魏诗风的作品。他在《古今诗删》中对唐代诗歌的选择，体现的是他心目中的唐诗概念，即能代表唐代特色的诗作，这一选诗标准也同样体现在他对其他朝代古诗的选择上，《古今诗删》于魏诗选取最多的是曹植，晋则是陶渊明和陆机，宋为谢灵

---

① 李攀龙：《沧溟集》卷二六，文渊阁四库全书第1278册，第506页。

② 李延寿：《南史·王筠传》卷二二，中华书局，1997，第609页。

③ 最早指出陶诗具有冲淡之美的是苏轼。他在《评韩柳诗》中说："所贵乎枯澹者，谓其外枯而中膏，似澹而实美，渊明、子厚之流是也。"苏轼：《苏轼文集》，孔凡礼点校，中华书局，1986，第2109~2110页。

④ 鲍照说："谢五言如初发芙蓉，自然可爱。"（李延寿《南史·颜延之传》卷三四，中华书局，1997，第881页）鲍照对谢诗的评价虽然是在将谢灵运和颜延之做对比时得出的结论，但谢诗风格要之亦不出于此。

⑤ 如李白对谢朓的推崇；杜甫受谢灵运和鲍照的影响；以王维为代表的山水田园诗派受陶及二谢的影响等，唐人诗中以平易自然的手法写诗，大多受到陶渊明与谢朓的沾溉。关于此一问题的论述详见曹道衡、沈玉成编著《南北朝文学史》。曹道衡、沈玉成：《南北朝文学史》，人民文学出版社，1998，第159~161页。

运和鲍照，齐则仅取谢朓、王融二家以概一代，梁则是何逊与江淹，都是最能代表当时时代诗风的作家，而不是以汉魏诗为选取的标准。

（四）小结

复古派在理论上标榜"古诗宗汉魏，近体法盛唐"，但实际上他们标举汉魏盛唐，也仅是就学习的最佳典范而言，并不是严格到了除此以外一无所取的地步。李攀龙编选的《古今诗删》多被视为体现复古派诗学主张的诗选，从他不选宋元诗以及尊崇盛唐诗等方面来看，的确如此。然而细审其对古诗的选择，则尚有更细致处可供斟酌。李攀龙在《古今诗删》中并未对汉魏古诗给予特别的重视，反而多取谢朓、陶渊明及谢灵运等六朝诗人风格清新流丽的古诗；对唐代五古，亦多取不带汉魏诗风的诗作。在此，李攀龙表现出一种比较宽泛的诗学取向，即并未以自己的理论主张对汉魏六朝古诗做预先的价值判断，而是以最能体现其时代特色的作品为选取对象。这表明他在具体的选诗过程中，并未完全贯彻其理论上的主张。我们往往以《古今诗删》为体现复古派诗学主张的代表作，其实现象远比理论丰富得多，证诸《古今诗删》具体的选诗情况，此言良是。

以此来说明对复古派趋于极端化的阐释有相当大的主观成分似乎显得过于冗余了，但就《古今诗删》在当时的影响而言，实不为过。《古今诗删》共三十四卷，除前九卷所选为古诗外，卷十至卷二十二所选为唐诗，署名李攀龙的唐诗选本《唐诗选》即书商摘取李攀龙《古今诗删》中所选唐诗附会而成。这部《唐诗选》比《古今诗删》流传更广，更受欢迎，今传《唐诗选》批点笺释版本有蒋一葵、陈继儒笺释本，高江批点本，李颐参阅本，袁宏道校本，钟惺评注本，钟惺、谭元春同评本，钱谦益评注本，叶曦昂直解本以及吴山老人评注本等，[①] 一部唐诗选本即能引得如此众多大家评点注释，钟惺甚至自己评注了还不够，还要与谭元春同评此选，也是令人瞩目之奇事。当然，这多半是出于书商的操作，但《唐诗选》流行之盛亦可见一斑。《唐诗选》流行愈胜，复古派非唐以后书不读

---

① 关于《唐诗选》版本情况见许建业下文注释。许建业：《伪托文化底下题李攀龙编〈唐诗选〉的文本生成与诗学意义：以〈唐诗选玉〉与〈唐诗训解〉为考察对象》，励耘学刊（文学卷）2016 年第 1 期，第 240 页。

等极端化论述愈被坐实,李攀龙《古今诗删》较为宽泛的诗学取向愈被淹没,可见我们常常以为理所当然的论断,仔细追究起来,其实是未必如此。

复古派的"格调"理论亦如是。

二 复古派"格调"论中的"性灵"要素

复古派的兴起,是在当时社会政治、经济、文化等各个领域都呈现繁荣兴盛景象,弘治朝君臣都对明朝恢复汉唐盛世充满了理想和希望之时。李梦阳在《熊士选诗序》中说:

> 曩余在曹署,窃幸侍敬皇帝。是时国家承平百三十余年矣。治体宽裕,生养繁殖,斧斤穷于深谷,马牛遍满阡陌。即闾阎而贱视绮罗,梁肉糜烂之,可谓极治然。是时海内无盗贼干戈之警,百官委蛇于公朝,入则振珮,出则鸣珂,进退理乱不婴于心。盖暇则酒食会聚,讨订文史,朋讲群咏,深钩赜剖,咸得大肆力于弘学。①

李梦阳所描绘的是一幅典型的盛世图景,对于此时的文人士大夫而言,恢复他们唐虞盛世政治理想的希望就在眼前。他们为此而振奋,将自己的命运与国家命运紧紧联系在一起,并不惜为此肝脑涂地。前七子的文学复古,是在这一大背景下展开的。

中国古代的诗歌,一般是与现实、与政治紧密结合在一起的,复古派的诗学理论与其政治理想是紧密相连的。政治上要恢复唐虞盛世,诗学理想自然与之相应,"作为正面主张,他们强调诗文必须表达真情实感,反映重大社会现实问题;注重作品的文采和形式技巧,力图使诗歌重新具有高尚之'格'和流美之'调';倡导超宋元而上、以汉魏盛唐为师"。② 应该说,复古派的诗学主张并不是像后人所认为的那样只重形式、不重情感,前七子的文学复古针对的是宋元以来诗歌创作中的理性化倾向、后七

---

① 李梦阳:《空同集》卷五二,文渊阁四库全书第1262册,第475页。
② 廖可斌:《明代文学复古运动研究》,上海古籍出版社,1994,第90页。

子针对唐宋派文中的理学倾向，都把"强调诗歌的情感特征和形象性特征放在自己的文学理论主张的首位"，① 但这一重情主张事实上被淹没在了注重文采和形式技巧的"格调"论中，大家看到的往往是浓缩了复古派主张的"古诗宗汉魏，近体法盛唐"和偏重于形式的"格调"论。就与之后公安派被凸显的"性灵说"一样，大家看到的都只是自己想看到的那一角"冰山"，至于"冰山"面貌到底如何，没有人关心。但为何凸显的是"冰山"的"这一角"而非"那一角"，倒是一个有趣的问题。

这涉及一个文化选择问题。

从复古派的诗学理论看，为了达到他们所追求的中国古典诗歌审美理想，他们的诗学主张兼顾了诗歌的情感、内容、形式、风格等方方面面，全面而丰富，但过于全面通常会导致个性化缺失，而没有个性的东西是不利于传播的。我们批评偏重于形式的"格调"说，其实就是文化选择在其全面化的理论中抽取出的个性化内容。尽管很多研究者指出了"格调"说并不只是偏重于形式的理论，如廖可斌在《明代文学复古运动研究》中说："'格调'一词所包含的内容是相当丰富全面的。过去的评论者以'重格调'来概括复古派文学理论主张和创作的特点，未尝不可。只是人们一般都没有对'格调'的内涵进行仔细辨析，往往认为它只是指作品的音律等方面的要求或特点，这就把它的含义理解得太狭隘了。按照复古派的理论，古典诗歌的审美特征，分言之则有诸多方面，合言之则'格调'一词可以大致概括。这一概念，实际上包括了美与善的统一、情与理的统一、意与象的统一、诗乐结合中和之美等各个方面的内容。"② 复古派的诗学理论的确涵盖了以上诸方面，这是事实，是我们通常忽略甚至没有看到的事实；但另一个我们通常看到的事实就是，大家看到的多是"格调"论偏于形式的一面。

首先，"格调"理论的确更偏重于形式。李梦阳在《潜虬山人记》中说：

夫诗有七难：格古、调逸、气舒、句浑、音圆、思冲，情以发

---

① 廖可斌：《明代文学复古运动研究》，上海古籍出版社，1994，第 90 页。
② 廖可斌：《明代文学复古运动研究》，上海古籍出版社，1994，第 113 页。

之。七者备而后诗昌也，然非色弗神。宋人遗兹矣，故日无诗。①

李梦阳在这里指出了中国古典诗歌七个方面的美学特征，在这七者当中，格古、调逸、气舒、句浑、音圆、思冲，这几个特征都需要"情以发之"，可以说，情是基础。我们通常只看到"七者备而后诗昌也"，认为李梦阳说诗歌只要具备这七个要素就是好诗了，但其实李梦阳后面接着还有转折，"然非色弗神"，这里还强调"色"，也就是文采、辞藻的重要性，即使以上七个特征都俱备了，但缺少了文采与辞藻，依旧达不到诗歌的最高境界。对文采的强调，不仅前七子如此，后七子亦然。当然，他们并非一味追求文采，他们对忽视作品内蕴而专事雕琢是反对的，但重视文采，必然要落实到文章的形式上。

其次，要达到复古派所追求的古典诗歌美学理想，入手处也只能是诗歌形式。"作品的字、词、字法、词法、句法、章法等，并不是纯形式的因素。它们对作品的'格'，从而对整个作品的'格调'有极其重要的意义。中国古典诗歌的审美特征，与它所特有的字、词、字法、词法、句法、章法等是相互适应的"，② 尤其是在创作实践上，古典诗歌的审美理想是高悬在空中的，要达到这一理想，出发点只能是形式。要通过对字、词、字法、词法、句法、章法，一步步地模拟来达到理想的诗歌境界。复古派提出的"拟议以成其变化"，就是要在模拟的基础上形成自己的风格。"学习前人的创作，历来有两种方法。一是注重前人创作的体裁法度，从揣摩模仿它们具体的字法、句法、篇法等入手，以达到对众体众法的熟练掌握。……另一种方法则是不斤斤于具体的体裁法度，广采可为楷模的前人名作，涵泳熟参，从总体上领会其神情意象，而体裁法度已包含在其中。久之自然悟入，心神俱化。"③ 在复古派当中，李梦阳、李攀龙倾向于前者，何景明、王世贞倾向于后者。按照前者的方法，学古可以落到实处，对于学习者而言，从字、词、句入手，是有阶可循、有法可依的具有

---

① 李梦阳：《空同集》卷四八，文渊阁四库全书第 1262 册，第 446 页。
② 廖可斌：《明代文学复古运动研究》，上海古籍出版社，1994，第 113 页。
③ 廖可斌：《明代文学复古运动研究》，上海古籍出版社，1994，第 128 页。

可操作性的方法，而后者的方法，则相对更为玄虚，没有具体的入手方法，考验的是学习者的悟性，悟性不高的人，基本上是不得要领的，在实践上基本不具有可操作性。因而，在学古的实践上，整个复古派，包括何景明、王世贞，基本上采用的也都是李梦阳所倡导的前一种方法，更不要说一般的学古者了。

因此，偏重于形式，从形式入手来学习古人，是复古派必然的选择，后人在评论"格调"论时往往只看到其偏重形式的一面，也是必然的现象。这既是文学本身的自然规律，也是在传播过程中的文化选择。"文化选择总体上必须是有利于文化不断地朝最广泛传播这一方向前进"，[①] 对于广大的学习者而言，从形式入手是最容易上手的选择，复古派恰好给出了具体的门径可供参考，至于情感内涵之类的内容，是要在诗歌艺术已经达到一定程度时才会考虑的事情，大家的关注点自然就要集中在"格调"论的形式方面而无暇顾及其对性情的注重。但从形式上模拟古人容易，要在模拟的基础上形成自己的风格，却极其不易。而字模句拟又最容易陷入非但无法超越，反而因为过度求似而"拟议"有余、"成变"不足的境地。复古派走到最后，持论也越来越严苛，王世贞在《古今诗删序》中说：

> 令于鳞以意而轻退古之作者间有之，于鳞舍格而轻进古之作者则无是也。以于鳞之勿轻进，其得存而成一家言，以楷模后之操觚者，亦庶乎可矣。[②]

李攀龙《古今诗删》的编选目的即为学诗者树立学习楷模，所以去取非常严格，王世贞谓其以己意不选一些有名作品的情况或许有，但不符合"格调"要求的作品被选入的情况是绝对没有的，可见其持论之严，甚至到了偏狭的地步。李攀龙自己的诗歌作品，也最终走到了在拟古中不断徘徊无法超越的死胡同里，就像胡应麟《诗薮》中有名的议论：

---

① 林继中：《激活传统——寻求中国古代文论的生长点》，上海古籍出版社，2007，第161页。
② 李攀龙编《古今诗删》，文渊阁四库全书第1382册，第3页。

　　"紫气关临天地阔，黄金台贮俊贤多""万里悲秋常作客，百年多病独登台"，少陵句也。"九天阊阖开宫殿，万国衣冠拜冕旒""云里帝城双凤阙，雨中春树万人家"，王维句也。"秦地立春传太史，汉宫题柱忆仙郎""南州杭稻花侵县，西岭云霞色满堂"，李颀句也。"三山半落青天外，二水中分白鹭洲""瑶台含雾星辰满，仙峤浮空岛屿微"，青莲句也。"万里寒光生积雪，三边曙色动危旌""沙场烽火侵胡月，海畔云山拥蓟城"，祖咏句也。"千门柳色连青琐，三殿花香入紫微""花迎剑佩星初落，柳拂旌旗露未干"，岑参句也。凡于鳞七言律，大率本此数联。今人但见黄金、紫气、青山、万里，则以于鳞体，不熟唐诗故也。中间李颀四首，尤是济南篇法所自。①

　　今人看到黄金、紫气、青山、万里，都以为是李攀龙的诗，可见其诗体特征之强烈，李攀龙本是希望通过形式的模拟达到唐人的盛唐气象、大雅正声，但遗憾的是，多数时候他只做到了形式上的相像。这些句子的确是雄浑阔大，但"盛唐气象"并不只是表面的"青山万里"，更主要的是内中所蕴含的盛世精神。拿胡应麟所举"九天阊阖开宫殿，万国衣冠拜冕旒"两句来说，王维这首《和贾至舍人早朝大明宫作》的确是颇有"盛唐气象"，当时唱和的还有岑参、杜甫诸人，风格大体类此。但此诗作于安史之乱后，这样的夸大，明显是虚假；这样的歌颂，明显是虚伪。正如方回在《瀛奎律髓》中批评的那样："按此四诗倡和在乾元元年戊戌之春。唐肃宗至德二载丁酉九月，广平王复长安，子美以是年夏间道奔凤翔，六月除左拾遗，十月肃宗入京师，居大明宫，贾至为中书舍人，岑参为右补阙。十二月六等定罪，王维降授太子中允。四人早朝之作，俱伟丽可喜。不但东坡所赏子美'龙蛇''燕雀'一联也。然京师喋血之后，疮痍未复，四人虽夸美朝仪，不已泰乎！"② 这与复古派所追求的古典诗歌审美理想并不完全相符，他们关注的是"盛唐气象"雄浑阔大的表面形式，但真正的"盛唐气象"，不应该只是为朝廷的权威造势的"体现统一帝国恢宏气象的

---

①　胡应麟：《诗薮》，上海古籍出版社，1979，第338页。

②　方回选评《瀛奎律髓汇评》，李庆甲集评校点，上海古籍出版社，1986，第61页。

'大雅正声'",我们从诗中感受到的,应该"不只是盛世的物质富足,更有诗人黄河怒涛般的才情与不可羁束的自由精神"。① 复古派所缺少的,正是这种精神。其实,他们自己也早就看到了这一点,王世贞在《陈子吉诗选序》中批评当时风气曰:

> 诗道辟于弘正,而隆万之际盛且极矣。然其高者以气格声响相高,而不根于情实。骤而咏之,若中宫商;阅之,若备经纬已。徐而求之,而无有也。②

王世贞此论还是切中复古派过于追求气格声响之弊病的。纵然形式上非常完美地达到了气格声响的要求,乍一看无论是"格"还是"调"都极其完美,但慢慢品味,则一无所有,其中原因就在于"不根于情实"。没有"情实"根底,徒有法度完备,再怎么完美也是空的。虽然此处所说"情实"与"精神"尚不完全相同,但言其弊病,在本质上是一样的。应该说,根植于情实的格高调响才是复古派真正追求的"格调"目标。但理论向来都是说起来容易,做起来难,以李攀龙如此才情尚且如此,更不要说那些普通的模拟了,所以时人或后人对复古派的批评都集中在由形式上的模拟而带来的千篇一律、剽窃剿袭上。我们通常只看到这种批评偏颇的一面,但偏颇之所以形成,实际上是文化选择的自然结果。当然,我们更应该看到的是这种偏颇背后所蕴含的丰富内容,还原它本来的面貌。

复古派当然讲性情,李梦阳说:"遇者物也,动者情也,情动则会,心会则契,神契则音,所谓随寓而发者也。"③ 徐祯卿《谈艺录》谓:"夫情能动物,故诗足以感人。荆轲变徵,壮士瞋目;延年婉歌,汉武慕叹。凡厥含生,情本一贯,所以同忧相瘁,同乐相倾者也。故诗者风也,风之所至,草必偃焉。圣人定经,列国为风,固有以也。若乃歔欷无涕,行路必不为之兴哀;恝难不肤,闻者必不为之变色",④ 都是讲情。又如李梦阳说:

---

① 林继中:《激活传统——寻求中国古代文论的生长点》,上海古籍出版社,2007,第65页。
② 王世贞:《弇州续稿》卷四二,文渊阁四库全书第1282册,第552~553页。
③ 李梦阳:《空同集》卷五一,文渊阁四库全书第1262册,第471页。
④ 徐祯卿:《谈艺录》,载何文焕辑《历代诗话》,中华书局,1981,第766页。

> 规矩者，法也。仆之尺尺而寸寸之者，固法也。假令仆窃古之
> 意，盗古之形，剪截古辞以为文，谓之影子诚可。若以我之情，述今
> 之事，尺寸古法，罔袭其辞，犹班圆倕之圆，倕方班之方，而倕之木
> 非班之木也，此奚不可也？[①]

就像木匠必须使用规矩一样，但同样是使用规矩，做出来的东西并不
一样。李梦阳认为自己虽然用的是古法，但写的是"我之情"，所用的格
与法都只是工具而已，目的还是抒自我之真情。王世贞说：

> 才生思，思生调，调生格。思即才之用，调即思之境，格即调
> 之界。[②]

才情是所有格调境界的基础，格调是供才情御使的，气格声响必须要
植根于才情。也就是说，诗歌要表现才情，各种"法"不过是表现主体才
情的工具，探讨"法"的目的并不在于"法"本身，而是如何更好地运用
"法"去表现主体才情，这是复古派的真正用意。

复古派还强调民歌中所含有的真性情，李梦阳在《诗集自序》中说：

> 诗者，天地自然之音也。今途咢而巷讴，劳神而康吟，一唱而群
> 和者，其真也，斯之谓风也。孔子曰：礼失而求之野。今真诗乃在
> 民间。[③]

虽然是从礼失而求诸野的儒家诗教观出发，但把诗歌看作"天地自然
之音"，重视民歌，实际上是后来公安派诗学主张的先声，李开先《词谑》
还记载了李梦阳与何景明对民歌《锁南枝》的喜爱：

---

① 李梦阳：《空同集》卷六二，文渊阁四库全书第 1262 册，第 566 页。
② 王世贞：《艺苑卮言》，载丁福保辑《历代诗话续编》，中华书局，1983，第 964 页。
③ 李梦阳：《诗集自序》，载《明文海》，文渊阁四库全书第 1456 册，第 67 页。另外，《空
  同集》卷六《郭公谣》自注"真诗果在民间"。

有学诗文于李空同者，自旁郡而之汴省。空同教以："若似得传唱《锁南枝》，则诗文无以加矣。"请问其详。空同告以："不能悉记也，只在街市上闲行，必有唱之者。"越数日，果闻之，喜跃如获重宝，即至空同处谢曰："诚如尊教。"何大复继至汴省，亦酷爱之，曰："时调中状元也。如十五国风，出诸里巷妇女之口者，情词婉曲，有非后世诗人墨客，操觚染翰，刻骨流血所能及者，以其真也。"①

《锁南枝》所以能超越后世文人墨客用尽心思所为之诗作，仅在一个"真"字，对民歌之"真"可谓褒奖之至。这与袁宏道在《叙小修诗》中所说几乎相同：

故吾谓今之诗文不传矣。其万一传者，或今闾阎妇人孺子所唱《擘破玉》《打草竿》之类，犹是无闻无识真人所作，故多真声，不效颦于汉、魏，不学步于盛唐，任性而发，尚能通于人之喜怒哀乐嗜好情欲，是可喜也。②

公安派向民歌学习，以为民歌多真声，历来褒奖者多。开启先声的，实乃复古派。

杨慎在《李前渠诗引》中说：

诗之为教，邈矣玄哉。婴儿赤子，则怀嬉戏抃跃之心；玄鹤苍鸾，亦合歌舞节奏之应。况乎毓精二五，出类百千。六情静于中，万物荡于外。情缘物而动，物感情而迁。是发诸性情而协于律吕，非先协律吕而后发性情也。以兹知人人有诗，代代有诗。古之诗也，一出于性情；后之诗也，必润之以问学。性情之感异衷，故诗有邪有正；问学之功殊等，故诗有拙有工。③

① 李开先：《词谑》，周明鹃疏证，江西教育出版社，2008，第55页。
② 袁宏道：《袁宏道集笺校》，钱伯城笺校，上海古籍出版社，2008，第188页。
③ 杨慎：《升菴集》卷三，四库全书第1270册，第43~44页。

杨慎所解释的"诗缘情","婴儿赤子"所怀有的"嬉戏抃跃之心",与公安派的"婴儿赤子之心"实有相通之处。王世贞在强调诗歌的抒情功能时,已使用了"性灵"一词:

> 诗以陶写性灵,抒纪志事而已。①
> 至所结撰,必匠心缔而发性灵。②

"性灵"一词,早有使用,颜之推《颜氏家训·文章》中即已出现:"夫文章者,……至于陶冶性灵,从容讽谏,入其滋味,亦乐事也。"③ 当然,此时的"性灵"即性情,仍是在儒家诗教观规定下的"情志",与明代所谓的"性灵"不是一回事。但明代中叶以降,"性灵"已逐渐向个人灵妙之心、个人真情靠近,如黄姬水谓:"尝谓歌咏之道,机妙一心,性灵夙授,匪由力致。"④ 这里的"性灵"是天生所具有的、出自个人内心的自然灵性,不是外在努力可以达到的,所谓"有不学而能,有学而不能也。譬诸花花异态而同研,鸟鸟殊声而合响。若剪华索态,刻鸟求声,讵可得哉?"⑤ 人的"性灵"是天然自得的,靠人为的雕琢和努力是无法得到的,这里的"性灵"已开始强调自我,与儒家诗教传统中的"性情"颇为不同了。上述王世贞所言"性灵",亦接近于此。诗歌的作用就是陶写一己之性情,文章是发自一己之性灵,然后苦心结撰而成,所说的都是个人内心的情感和灵性,《邓太史传》中说:"发性灵,开志意,而不求工于色象雕绘。"⑥《余德甫先生诗集序》说:"搜刔心腑,冥通于性灵",⑦《湖西草堂诗集序》曰:"顾其大要在发乎兴,止乎事,触境而生,意尽而止,

---

① 王世贞:《弇州四部稿》续稿卷一六八,文渊阁四库全书第 1284 册,第 428 页。
② 王世贞:《弇州四部稿》续稿卷三五,文渊阁四库全书第 1282 册,第 467 页。
③ 王利器:《颜氏家训集解》,上海古籍出版社,1980,第 221 页。
④ 黄姬水:《白石山人郎署集题辞》,载《黄淳父先生全集》卷一八,明万历十三年顾九思刻本。
⑤ 黄姬水:《白石山人郎署集题辞》,载《黄淳父先生全集》卷一八,明万历十三年顾九思刻本。
⑥ 王世贞:《弇州四部稿》续稿卷七三,文渊阁四库全书第 1283 册,第 84 页。
⑦ 王世贞:《弇州四部稿》续稿卷五二,文渊阁四库全书第 1282 册,第 679 页。

毋凿空，毋角险，以求胜人而剟损吾性灵。"① 皆同此类。王世贞用"性灵"论诗，是对复古派主情理论的扩充，我们亦可从中看到复古主张中所隐含的"性灵"要素，可以看到各诗学流派之间即使互相对立，却也不是截然不同的。

第二节 融合复古与公安的《古诗归》

一 公安派的"性灵"说

明万历年间，文坛上出现了与复古派师古针锋相对的公安派。

最早提出反对拟古的文学观的，是公安三袁中的老大袁宗道。袁氏三兄弟中，他年居长而才气较弱，性格也比较平和。袁宗道与袁宏道相差八岁，对于袁宏道和袁小修两兄弟来说，袁宗道是类似于兄长兼师友一样的存在，二人论诗皆受袁宗道影响。袁氏兄弟心目中的美感典范是白居易、欧阳修、苏东坡，这也是袁宗道提出来的，从他的《白苏斋集》命名即可看出。

公安派最富才情、影响最大的是老二袁宏道。他与袁宗道虽然都科场顺适，但他们的仕进态度很不同，宗道"立志为诤臣，万死应不悔"，② 而宏道在赴京会试期间，即流露出对浮名的厌倦：

> 青郊垂柳绿依依，一片仙帆带月飞。蛮曲听来醒暮酒，瘴烟行处湿征衣。荔滨草送王孙远，梅岭花逢汉使稀。总为浮名淹此地，江南江北看君归。③

他不喜做官，动辄请假、辞职，总共在吴县县令、吏部郎中等任上做了五六年，大多数时间在游山玩水、诗酒之会中度过。公安派的理论主张由他提出，后人提到公安派，也大多指的是袁宏道。

---

① 王世贞：《弇州四部稿》续稿卷四六，文渊阁四库全书第1283册，第607页。
② 袁宗道：《白苏斋类集》，钱伯城标点，上海古籍出版社，1989，第8页。
③ 袁宏道：《袁宏道集笺校》，钱伯城笺校，上海古籍出版社，2008，第57页。

　　相比于两个兄长，老三袁中道科举之途颇为不顺，他中进士时已四十六岁，在以科举功名衡量成功与否的时代，袁小修久有怀才不遇之慨。公安三袁皆年寿不长，活得最久的袁小修也只有五十四岁。公安派后期的理论阐释与修正都是袁小修完成的。

　　公安三袁的曾祖袁暎，是一位"以任侠闻"①的侠义之士。到他们的祖父时，家中的尚武之风始发生变化。祖父袁大化，性爱周济，慷慨然诺，是一位谦谦君子。嘉靖年间，公安发生大饥荒，袁大化以两千石粮食、千两银子赈济灾民，并焚烧了全部借券，袁氏因之家道中落。袁大化与同里龚大器是肝胆之交，龚大器后来官至河南布政使，但为政平易近民，号称"龚佛"。龚大器"善诙谐，虽至绝粮断炊，犹晏然笑语。其发奇中，令人绝倒"。②公安三袁的祖父、外祖父都颇有奇气，公安三袁的个性与人生皆深受影响，他们的主张，当不可能发生在一个谨守孔孟之道的家庭之中。

　　公安三袁虽然在为人为文上有不小的差异，但大的文学主张一致。他们兄弟对七子不满处，多在七子贬宋。袁宏道说：

　　　　弟才虽绵薄，至于扫时诗之陋习，为宋季之先驱，辨欧、韩之极冤，捣钝贼之巢穴，自我而前，未见有先发者，亦弟得意事也。③

　　矛头直指复古派之贬宋，志在"为宋季之先驱，辨欧苏之极冤"。公安派反复古的主张在当时足以称作扫除拟古之迷雾，为当世开了一条新思路，正如钱谦益所说：

　　　　万历中年，王李之学盛行。黄茅白苇，弥望皆是。……中郎以通明之资，学禅于李龙湖。读书论诗，横说竖说，心眼明而胆力放，于是乃昌言击排，大放厥词。……中郎之论出，王李之云雾一扫，天下

---

①　袁中道：《珂雪斋集》，钱伯城点校，上海古籍出版社，1989，第754页。
②　袁中道：《珂雪斋集》，钱伯城点校，上海古籍出版社，1989，第697页。
③　袁宏道：《袁宏道集笺校》，钱伯城笺校，上海古籍出版社，2008，第763页。

之文人才士始知疏瀹心灵，搜剔慧性，以荡涤摹拟涂泽之病。①

在文坛上弥望皆黄茅白苇的情况下，袁宏道可谓横空出世，像一颗流星，划破了黑暗的夜空。

（一）公安派"性灵"的底色

"独抒性灵，不拘格套"历来被视为公安派的理论纲领，这出现在袁宏道的《叙小修诗》中：

> 大都独抒性灵，不拘格套，非从自己胸臆流出，不肯下笔。有时情与境会，顷刻千言，如水东注，令人夺魄。其间有佳处，亦有疵处。佳处自不必言，即疵处亦多本色独造语。然予则极喜其疵处；而所谓佳者，尚不能不以粉饰蹈袭为恨，以为未能尽脱近代文人气习故也。②

所谓"独抒性灵，不拘格套"，就是从诗歌创作的角度强调真实表现作者个性化思想情感的重要性，反对各种条条框框的约束以及"粉饰蹈袭"。"性灵"一词，虽被拈出作为公安派的理论主张，但非公安派所独创，如前所述，不但早已在文学评论中出现，即使是复古派的王世贞也曾用过。但公安之"性灵"，已经完全脱离了"性情"，全面个性化了。明代中后期以来，讲"性灵"虽也强调这是天生所具有的、出自个人内心的自然灵性，但这种自然灵性多多少少还要局限于传统之下，举凡不登大雅之堂的私情是不包含在内的。而公安之"性灵"，是无所不包的。只要是真实的，不管好坏，都是自然可贵的。袁宏道在《识张幼于箴铭后》中说：

> 余观古今士君子，如相如窃卓，方朔俳优，中郎醉龙，阮籍母丧酒肉不绝口，若此类者，皆世之所谓放达人也。又如御前数马，省中

---

① 钱谦益：《列朝诗集小传》，上海古籍出版社，1983，第567页。
② 袁宏道：《袁宏道集笺校》，钱伯城笺校，上海古籍出版社，2008，第187~188页。

阆树，不冠入厕，自以为罪，若此类者，皆世之所谓慎密人也。两种若冰炭不相入，吾辈宜何居？袁子曰：两者不相肖也，亦不相笑也，各任其性耳。性之所安，殆不可强，率性而行，是谓真人。今若强放达者而为慎密，强慎密者而为放达，续凫项，断鹤颈，不亦大可叹哉！①

袁宏道的议论其实是相当通达的，他以性命之学自矜，的确不是没有道理的。在袁宏道看来，人性各有不同，有人天生放达，有人天生谨慎，这两种人虽然如水火不容般绝对相反，但只要能"各任其性"，大家都能不按自己的标准来强迫对方与自己相同，和谐相处就没有什么问题。因为人性是天生的，外力无法改变，不管性情是好是坏，放达也好，谨慎也罢，只要"率性而行"，就是"真人"。什么是"真"，很简单，"率性而行"就是"真"。袁宏道评价陶渊明：

> 每看陶潜，非不欲官者，非不丑贫者；但欲官之心，不胜其好适之心，丑贫之心，不胜其厌劳之心，故竟"归去来兮"，宁乞食而不悔耳。②

陶渊明不再是不为五斗米折腰的光辉形象，他也想做官，也觉得贫穷没面子，但好适之心和厌劳之心战胜了欲官之心和丑贫之心，陶渊明之所以选择"归去来兮"，并不是真正不想做官，做官也是他的本心，丑贫也是他的本心，常人所具有的人性的弱点陶渊明并非没有，只不过比起做官他更倾向于闲适而已，袁宏道肯定的是陶渊明顺遂己性的任真任性。苏东坡就曾评价陶渊明是"欲仕则仕，不以求之为嫌，欲隐则隐，不以去之为高，饥则扣门而乞食，饱则鸡黍以延客，古今贤之，贵其真也"。③ 这是一种重视自我内在的感受、不以世俗外物来衡量自我的人生取向。"性灵"所说的真，是建立在"任情任性"、"率性而行"、顺遂己性基础上的生命

---

① 袁宏道：《袁宏道集笺校》，钱伯城笺校，上海古籍出版社，2008，第193页。
② 袁宏道：《袁宏道集笺校》，钱伯城笺校，上海古籍出版社，2008，第215页。
③ 苏轼：《苏轼文集》，孔凡礼点校，中华书局，1986，第2148页。

的本真。

在此基础上，公安派肯定“疵”“癖”：

嵇康之锻也，武子之马也，陆羽之茶也，米颠之石也，倪云林之洁也，皆以癖而寄其磊块俊逸之气者也。余观世上语言无味面目可憎之人，皆无癖之人耳。若真有所癖，将沈湎酣溺，性命死生以之，何暇及钱奴宦贾之事？古之负花癖者，闻人谭一异花，虽深谷峻岭，不惮蹶躄而从之，至于浓寒盛暑，皮肤皴鳞，汗垢如泥，皆所不知。一花将萼，则移枕携襆，睡卧其下，以观花之由微至盛至落至于萎地而后去。或千株万本以穷其变，或单枝数房以极其趣，或臭叶而知花之大小，或见根而辨色之红白，是之谓真爱花，是之谓真好事也。①

弟谓世人但有殊癖，终身不易，便是名士。如和靖之梅，元章之石，使有一物易其所好，便不成家。②

所谓的“疵”“癖”，并非我们通常所谓不好的兴趣爱好，这种“疵”“癖”，内容是什么不重要，重要的是“真”爱，是沉溺其中，甚至可以“捐性命以殉”的“疵”“癖”，袁宏道提倡这种发自本心、沉湎其中的真“疵”、真“癖”，不是说说而已，他对山水的爱好就是如此。

在几度辞官的闲居生活中，袁宏道最热衷的，莫过于山水登临。万历二十九年，袁宏道三十四岁，在已经抛弃了少年的偏激而行为日渐稳健的这一时期，他对于冒险的激情似乎仍未消退：

每登山，则首问巉岩几处，骨几倍，肤色何状。行庄途数十步，则倦而休，遇崎嵚转快，至遇悬石飞壁，下蹙无地，毛发皆躍，或至刺肤踬足，而神愈王。观者以为与性命衡，殊无谓，而余顾乐之。退而追惟万仞一发之危，辄酸骨，至咋指以为戒，而当局复跳梁不可制。③

① 袁宏道：《袁宏道集笺校》，钱伯城笺校，上海古籍出版社，2008，第826页。
② 袁宏道：《袁宏道集笺校》，钱伯城笺校，上海古籍出版社，2008，第1597页。
③ 袁宏道：《袁宏道集笺校》，钱伯城笺校，上海古籍出版社，2008，第1140页。

　　与一般古代文人对山水的喜爱不同，身履险地带给他的愉悦已经超过了山水本身。山水之于他，不再是单纯的观照对象，也不仅仅是做出尘之想时灵魂的栖息地，而且是能带给他极致体验的激情的载体。境愈险而神愈王，山水登临乃至以性命相衡，退而思之，亦有后怕，然身临其境之时却又挡不住冒险所带来的刺激诱惑，那种置之死地而后生的快感及其所带来的对人生的体悟，当非一般人所能体会。袁宏道山水登临多高险不易之地。

　　　余等从山颠下观之，时新雨后，苔柔石滑，不堪置足。一手拽树枝，一手执杖，踏人肩作磴，半日始得那一步，艰苦万状。① （《五泄三》）

　　　面峰奇削，广不累丈，游人行刀脊上，发皆竖。② （《天目二》）

　　　华之骨，如割云，如堵碎玉，天水烟雪，杂然缀壁矣。方而削，不受级，不得不穴其壁以入。壁有罅，才容人，阴者如井，阳者如罍。如井者曰壖曰峡，如罍者曰沟，皆斧为衔，以受手足，衔穷代以枝。受手者不没指，受足者不尽踵。铁索累千寻，直垂下，引而上，如黏壁之鼯。壁不尽罅，时为悬道巨峦，折折相逼，若故为亘以尝者。横亘者缀腹倚绝厓行，足垂磴外，如面壁，如临渊，如属垣，撮心于粒，焉知鬼之不及夕也。长亘者搁其脊，匍匐进，危磴削立千余仞，广不盈背，左右顾皆绝壑，唯见深黑，吾形曡曡然如负瓮，自视甚赘。然微风至，摇摇欲落，第恐身之不为石矣。③ （《华山》）

　　今天的华山尚且以险著称，在袁宏道那个时代，登华山，说是以性命相衡绝不为过，然而让他受用的，正是山水登临带来的这种非同寻常的感受。

　　　磴狭而多折，芒草割人面。少进，石愈嶔。白日蒸厓，如行热冶中，微闻诸客皆有嗟叹声。既至半，力皆惫，游者皆昏昏愁堕，一客

---

①　袁宏道：《袁宏道集笺校》，钱伯城笺校，上海古籍出版社，2008，第451页。
②　袁宏道：《袁宏道集笺校》，钱伯城笺校，上海古籍出版社，2008，第456页。
③　袁宏道：《袁宏道集笺校》，钱伯城笺校，上海古籍出版社，2008，第1468页。

眩思返。余曰：恋躯惜命，何用游山？且而与其死于床笫，孰若死于
一片冷石也？客大笑，勇百倍……今与客从开先来，歃削十余里，上
烁下蒸，病势已作，一旦见瀑，形开神彻，目增而明，天增而朗，浊
虑之纵横，凡吾与子数年淘汰而不肯净者，一旦皆逃匿去，是岂文字
所得诠也。①

"恋躯惜命，何用游山？""与其死于床笫，孰若死于一片冷石也？"估
计这是所有热衷于冒险的人最重要的心理。人终有一死，既然这是人不可
逃脱的宿命，比起庸常的死于床笫之间，死于自己所挚爱的事物当中无疑
更浪漫，更多了超越与理想的色彩。虽然一般人很难做到为了游山而甘冒
生命危险，但道理的确如此。这种发自内心的热爱、沉溺，才是袁宏道所
说的真"疵"、真"癖"。

袁宏道不辞辛劳，甚至冒着生命危险的山水登临，不过是为了"形开
神彻，目增而明，天增而朗，浊虑之纵横，凡吾与子数年淘汰而不肯净
者，一旦皆逃匿去"的那一个瞬间。袁宏道对自己的行为是有着相当清醒
的认识。

举世皆以为无益，而吾惑之，至捐性命以殉，是之谓溺。溺者，
通人所戒，然亦通人所蔽也。溺于酒者，至于荷锸；溺于书者，至于
伐冢；溺于禅者，至于断臂。溺山水者亦然，苏门之登，至于废起居
言笑，以常情律之，则惟至怪；以通人观之，则亦人情也……百泉盖
水之尤物也。吾照其幽绿，目夺焉。日晃晃而烁也，雨霏霏而细也，
草摇摇而碧也，吾神酣焉。吾于声色非能忘情者，当其与泉相值，吾
嗜好忽尽，人间妖韶，不能易吾一盼也。嗜酒者不可与见桑落也，嗜
色者不可与见嫱、施也，嗜山水者不可与见神区奥宅也。宋之康节，
盖异世而同感者，虽风规稍异，其于弃人间事，以山水为殉，一也。
或曰："投之水不怒，出而更笑，毋乃非情？"曰："有大溺者，必有
大忍，今之溺富贵者，汩没尘沙，受人间摧折，有甚于水者也。抑之

① 袁宏道：《袁宏道集笺校》，钱伯城笺校，上海古籍出版社，2008，第1145页。

而更拜，唾之而更谀，其逆情反性，有甚于笑者也。故曰忍者所以全其溺也。"曰："子之于山水也，何以不溺？"曰："余所谓知之而不能嗜，嗜之而不能极者也，余庸人也。"①

登苏门山，至废起居言笑，与百泉相遇，至人间妖韶不能易其一盼，与邵庸一样至以山水为殉，非溺为何？而曰不溺、曰庸人，是承上之溺富贵者而来，"余所谓知之而不能嗜"的"之"，乃有大溺者必有大忍这个道理，正因为明白这个道理所以才"不能嗜"，即使是出于天性而嗜好山水，也因为明白这个道理而不会走到极端，所以曰庸人、曰不溺，是达不到通人的境界，非真不溺也。袁宏道对"举世皆以为无益，而吾惑之，至捐性命以殉"的"溺"显然是肯定的。

这种在个人主义文化中更为普遍的冒险精神，在中国传统的社会文化中无疑是个异数。在冒险的当下所获得的，其实就是马斯洛所谓的"高峰体验"，马斯洛在《人性能达到的境界》中说："高峰体验经常能赋予自身一种'小死'的意味，一种多种意义上的再生。"② 在那一个短暂的时刻所获得的"凡吾与子数年淘汰而不肯净者，一旦皆逃匿去"的精神上的涤荡与更新，正是让袁宏道"退而追惟万仞一发之危，辄酸骨，至咋指以为戒，而当局复跳梁不可制"的原因。这种精神上的再生，在一定程度上可以化解现实的生存焦虑，澄清内心的迷茫，在冲动、刺激、后怕与快感中完成自我的调整与更新，在冲突与变动中找到与内在自我相契合的世界观与人生观。袁宏道终其一生孜孜以求于性命之学，终极的目标即在此一境界。他所要解决的，是人在面对各种人生欲念、空虚迷茫及死亡威胁时该何以自处的问题。通常情况下，一个人追寻自我、解决内心困惑的愿望越强烈，这种冒险的冲动就越强大，而在冒险的背后，又蕴含着强烈的抛却庸常的世俗、获得自由的心灵渴望。袁宏道"至捐性命以殉"的"溺"其强烈程度如此，其中所展示出的对人的自然本性的寻找与回归，以及隐藏于其中的"真"，是他"性灵"最根本的底色。所以袁宏道写"溺于酒

---

① 袁宏道：《袁宏道集笺校》，钱伯城笺校，上海古籍出版社，2008，第1484页。
② 美·亚伯拉罕·马斯洛：《人性能达到的境界》，曹晓慧等译，世界图书出版公司，2014，第320页。

者，至于荷锸；溺于书者，至于伐冢；溺于禅者，至于断臂"。若性情不真，绝不可能"溺"到如此之深。公安派所说的性灵，是建立在这一基础之上的。

（二）公安派反复古之说

公安之说，一向是与复古对立而言的。公安派反对复古派是无疑的，但他们其实并不反对复古。袁宏道《雪涛阁集序》曰：

> 夫复古是已，然至以剿袭为复古，句比字拟，务为牵合，弃目前之景，摭腐滥之辞，有才者诎于法，而不敢自伸其才，无之者，拾一二浮泛之语，帮凑成诗。智者牵于习，而愚者乐其易，一唱亿和，优人骆子，皆谈雅道。吁，诗至此，抑可羞哉！夫即诗而文之为弊，盖可知矣。①

明确肯定"复古是已"，可见袁宏道对复古本身是肯定的，反对的是"以剿袭为复古"。钟惺《问山亭诗序》曰："石公恶世之群为于鳞者，使于鳞之精神光焰，不复见于世。李氏功臣，孰有如石公者？"② 可谓知言。公安派正是看到了复古派模拟失真的弊病，才从这一点上对复古派加以反对，袁宗道在其《论文》篇中提出学古贵"学达"，也即"学其意不必泥其字句也"。③ 如果"心中本无可喜事而欲强笑，亦无可哀事而欲强哭"，结果只能是"其势不得不假借模拟耳"，"虚浮""雷同"的弊病便不可避免。可见，他并不是简单地反对复古，而是觉得复古如限于"剿袭"，仅仅在形式上求得与古人相似，终会使创作走向失败。他们的分歧与争议，真正的关键并不在于谁复古、谁反复古，而是复古的内涵和走向。

但由于公安派之主张甫一出现即与复古派针锋相对，且其标新立异程度足以使人耳目一新，再加上古人本就喜以一二语来纵加议论，所以后人基本无视公安派后来理论之转变，即使袁小修在《解脱集序》中四处解

---

① 袁宏道：《袁宏道集笺校》，钱伯城笺校，上海古籍出版社，2008，第710页。
② 钟惺：《隐秀轩集》，李先耕、崔重庆标校，上海古籍出版社，1992，第254~255页。
③ 袁宗道：《白苏斋类集》，钱伯城标点，上海古籍出版社，1989，第284页。

释，也没有多少人加以理会。

中郎力矫敝习，大格颓风。昔昌黎文起八代之衰，亦非谓八代以内，都无才人，但以辞多意寡，雷同已极。昌黎去肤存骨，荡然一洗，号谓功多。今之整刷，何以异此。中郎位卑名轻，人心不虚，未必能信。昔钟士季年少时，常作一纸书与人，云是阮步兵，便字字生意，既知是钟，谓不足道。又虞讷素轻张率之诗，随作随诋；托言沈约，便相嗟称。耳贵目贱，今古一揆。今篇籍俱在，试虚心读之，非独文苑之梯径，傥亦入道之津梁焉。①

袁小修在《袁中郎先生全集序》中又云：

诸文人学子泥旧习者，或毛举先生少年时二三游戏之语，执为定案，遂谓蔑法自先生始。彼未全读其书，又为赝书所荧，无足怪耳。今全集具在，请胸中先拈却"袁中郎"三字，止作前人未出诗文，偶见于世，从首至尾，亶目力而谛观之，即未深入，亦可浅尝。有法无法，历然自辨。何乃成心不化，甫见标题，即摇头闭目不观，而妄肆讥弹为也！至于一二学语者流，粗知趋向，又取先生少时偶尔率意之语，效颦学步，其究为俚俗，为纤巧，为莽荡，譬之百花开，而棘刺之花亦开；泉水流，而粪壤之水亦流。乌焉三写，必至之弊耳，岂先生之本旨哉！②

我们仿佛可以看到袁小修的无奈和不甘，但不管他如何呼吁，还是没有人能够"虚心读之""亶目力而谛观之"，袁宏道倡言反对复古之本意，遂在众人的反复"误读"中有意地被淹没了。

其实公安之主张，即以袁宏道万历二十四年在《序小修诗》中所提出的"独抒性灵，不拘格套"为发端，至万历二十七年，随其性命之学由主

---

① 袁中道：《珂雪斋集》，钱伯城点校，上海古籍出版社，1989，第452页。
② 袁中道：《珂雪斋集》，钱伯城点校，上海古籍出版社，1989，第522~523页。

悟转向主修，"向者所见，偏重悟理，而尽废修持，遗弃伦物，偭背绳墨，纵放习气，亦是膏肓之病。……遂一矫而主修，自律甚严，自检甚密，以澹守之，以静凝之"，① 其文学思想既已改变。而诗歌之创作，不可能完全脱离传统，再怎么强调独抒性灵，不拘格套，诗歌也不能凭空产生，袁宏道对这一点又如何不知。万历二十五年，他在写给张幼于的信中说："不肖恶之深，所以立言亦自有矫枉之过。"② 立言偏激以求惊人本属言说之策略，而宏道以二十多岁之青年发此偏激之言，亦属情理之正常。彼时的袁宏道，尚处于小修所说的"意在破人执缚，故时有游戏语"③ 的时期，"世人喜唐，仆则曰唐无诗。世人喜秦汉，仆则曰秦汉无文。世人卑宋黜元，仆则曰诗文在宋元诸大家"，④ 这种语不惊人死不休，旨在立异以鸣高的做法，除了破执思想等影响，又何尝不是一种"你说东，我偏说西"的年轻人的叛逆心理呢？正如美国20世纪五六十年代"垮掉的一代"一样，用一种反传统，甚至是放浪形骸的方式表达对社会的反叛，但其本质其实是"在探索一种新的生活方式和新的信仰，是对传统和体制的反叛，虽说不免太极端"，⑤ 以此来论袁宏道倒并非以一种外国的理论或现象来比附，虽然时代、种族、地域不同，但"向往自由尤其是精神自由，渴望过人应该过的那种不乏激情新奇冒险的生活乃是人的本能需求"。⑥ 今人如此，古人亦然，只是表达方式不同而已。

另外，还涉及一个话语权问题，当时的话语权掌握在王世贞等五六十岁的老人身上，年轻人不偏激则无法取得话语权。其实，后世所谓公安独抒性灵之理论主张，延续仅约短短三年而已。而以袁宏道等中下层官员在文坛之影响，实亦有限。袁宏道在《冯琢庵师》中自言："词客见者，多戟手呵骂，唯李龙湖、黄平倩、梅客生、陶公望、顾升伯、李湘洲诸公，稍见许可。"⑦ 在这样的境遇下，其影响在当时能有多大可想而知。然而，

① 袁中道：《珂雪斋集》，钱伯城点校，上海古籍出版社，1989，第758页。
② 袁宏道：《袁宏道集笺校》，钱伯城笺校，上海古籍出版社，2008，第501页。
③ 袁宏道：《袁宏道集笺校》，钱伯城笺校，上海古籍出版社，2008，第521页。
④ 袁宏道：《袁宏道集笺校》，钱伯城笺校，上海古籍出版社，2008，第501页。
⑤ 文楚安：《垮掉的一代及其他》，江西教育出版社，2010，第174页。
⑥ 文楚安：《垮掉的一代及其他》，江西教育出版社，2010，第177页。
⑦ 袁宏道：《袁宏道集笺校》，钱伯城笺校，上海古籍出版社，2008，第782页。

后来公安派对其理论之修正,不管是袁宏道的着意弥补,还是袁中道的持续阐释,都未能影响世人对公安既定之解读。

盖公安对文坛之影响,主要在扫除拟古之迷雾为当世开一新思路,至于公安修正后之诗学主张,固然较初期之独抒性灵更为完善,然从实质上说是又回到了复古的老路子,只不过跟七子派所复之"古"不同而已,沿袭多于创新,与初期理论对世人振聋发聩之功效相比较,泯然若不存,亦其宜也。从更高的层面讲,这也是文化选择的自然结果。公安派的成败荣辱皆系于反复古。因为反对复古派之言论与立场,公安派给时人以振聋发聩、耳目一新之刺激,认可也好,批评也罢,皆由此而生。抛却了反复古立场和主张的后期公安派,虽然从理论上来说更严密完善,但从言论的传播效果上来讲,与反复古立场不可同日而语。时人及后人在关注公安派诗学理论时自然都将目光集中在了反复古上。并且,公安派之兴起,对于矫正当时七子派末流所造成的千篇一律的模拟剽袭之弊确实起到了不小的作用,但与任何一个针砭时弊的流派一样,公安派发展到后来,"学之者稍入俚易,境无不收,情无不写,未免冲口而发,不复检括,而诗道又将病矣"。①

公安派未能如七子派那样绵延文坛达百余年,这一派兴盛的时间,从袁宏道举进士登上文坛的万历二十年(1592)算起,至其思想发生重大转变的万历三十七年(1609),概不足二十年。这一方面与其领袖人物后期文学思想发生的种种蜕变有关,另一方面也显示了其主张与传统主流文学思想之间巨大的差异性。

二 《古诗归》对"格调"与"性灵"的融合

继之而起的竟陵派,为了矫正七子派的狭隘与格套,公安派的浅俗与俚率,倡深幽孤峭之说,并编选了《诗归》一书来大力张扬自己的诗学主张。据《明史·文苑传》:

> 自宏道矫王、李诗之弊,倡以清真,惺复矫其弊,变而为幽深孤

---

① 袁中道:《珂雪斋集》,钱伯城点校,上海古籍出版社,1989,第462页。

峭。与同里谭元春评选唐人之诗为《唐诗归》，又评选隋以前诗为《古诗归》，钟谭之名满天下，谓之竟陵体。①

可知竟陵派之所以能正式成为一个风行天下的文学流派，在很大程度上与他们编选了《诗归》这样一部全面体现其诗歌主张的选本是分不开的。《诗归》一出，"海内称诗者靡然从之，谓之钟谭体"，② 甚至到了"家置一编，奉之如尼丘之删定"③ 的程度。钟谭二人对选本的作用认识十分深刻：

> 昭明选古诗，人遂以其所选者为古诗，因而名古诗曰"选体"，唐人之古诗曰"唐选"。呜呼！非惟古诗亡，几并古诗之名而亡之矣。何者？人归之也。选者之权，能使人归，又能使古诗之名与实俱徇之，吾岂敢易言选哉！④
>
> 故知选书者非后人选古人书，而后人自著书之道也。⑤

钟惺甚至称自己"盖平生精力，十九尽于《诗归》一书"。⑥ 《诗归》得以广泛流传，得益于它与众不同的评价方式。"《诗归》的出现，以另一种比创作更为直观也更有说服力的方式实践了其为理论示范的功能，再加上钟、谭二人在此书的序言和评语中对其理论所作的直接阐发，使得《诗归》一书不但完成了竟陵派产生所应该具有的创作示范的职能，而且其选评结合，融理论与实践为一体，声势影响自然比二者分头进行要大得多。"⑦

钟谭所编《诗归》，包括《古诗归》和《唐诗归》两部分。《古诗归》十五卷，选古逸至隋代诗；《唐诗归》三十六卷，其中初唐五卷，盛唐十

---

① 张廷玉等：《明史·文苑传》，中华书局，1974，第7399页。
② 钱谦益：《列朝诗集小传》，上海古籍出版社，1983，第570页。
③ 钱谦益：《列朝诗集小传》，上海古籍出版社，1983，第570页。
④ 钟惺：《隐秀轩集》，李先耕、崔重庆标校，上海古籍出版社，1992，第235~236页。
⑤ 谭元春：《谭元春集》，陈杏珍标校，上海古籍出版社，1998，第601页。
⑥ 钟惺：《隐秀轩集》，李先耕、崔重庆标校，上海古籍出版社，1992，第472页。
⑦ 邹云湖：《中国选本批评》，上海三联书店，2002，第178页。

九卷，中唐八卷，晚唐四卷。本书论述的是古诗选本，故以《古诗归》为主要观照对象。

（一）复古之"厚"与性灵之"灵"的贯通与融合

竟陵派经常被看作公安派的同盟者，与公安派一起被视为复古派的反对。事实上竟陵派既不是复古派的反对者，也不是公安派的同盟者，其对二者皆有批评，也皆有吸收，竟陵派试图打通复古与性灵的藩篱，集二家之长，并出以己见：

> 侧闻近时君子有教人反古者，又有笑人泥古者，皆不求诸己，而皆舍所学以从之。庚戌以后，乃始平气精心，虚怀独往，外不敢用先人之言，而内自废其中拒之私，务求古人精神所在。①

我们可以从《古诗归》的选诗情况看到这一点。《古诗归》对谢朓诗的选取，少于陶渊明和谢灵运。钟惺评谢朓曰：

> 谢玄晖灵妙之心，英秀之骨，幽恬之气，俊慧之舌，一时无对。似撮康乐渊明之胜，而似皆有不敢处曰厚，然是康乐以下、诸谢以上。②

先是肯定谢朓诗歌吸取了陶渊明与谢灵运的长处而兼有二者之胜，但也指出谢朓不及二人之处在于不"厚"。《古诗归》于文人诗选取最多者为陶渊明51首，其次为谢灵运25首，再次则谢朓22首。与李攀龙最为推崇谢朓不同，竟陵派所树立的最佳典范是陶渊明。从批评谢朓诗不及陶渊明与谢灵运处在于不"厚"，可见竟陵派多取陶、谢诗很大一个原因即在于二人诗皆"厚"。钟惺在《与高孩之观察》中说：

---

① 钟惺：《隐秀轩集》，李先耕、崔重庆标校，上海古籍出版社，1992，第259~260页。
② 钟惺、谭元春选评《诗归》，张国光等点校，湖北人民出版社，1985，第245页。

诗至于厚而无余事矣。然从古未有无灵心而能为诗者，厚出于灵，而灵者不即能厚。弟尝谓古人诗有两派难入手处：有如元气大化，声臭已绝，此以平而厚者也，古诗十九首、苏李是也。有如高岩峻壑，岸壁无阶，此以险而厚者也，汉郊祀、铙歌、魏武帝乐府是也。非不灵也，厚之极，灵不足以言之也。然必保此灵心，方可读书养气，以求其厚，若夫以顽冥不灵为厚，又岂吾孩之所谓厚哉！①

周振甫解释这两种不同类型的"厚"说："钟惺指出有两种厚，一种是'平而厚'，指性情真率和平，诗从肺腑中流出，自然真诚，这就是灵。一种是'险而厚'，品格高峻，有原则性，不可侵犯，语言卓绝，其锋不可犯，这也是一种灵。"②不论是"平而厚"，还是"险而厚"，其实都是"灵"。钟惺在此指出了"厚"与"灵"的关系："厚出于灵，而灵者不即能厚"，也是说，"厚"与"灵"是二位一体的，"厚"以"灵"为基础，"灵"以"厚"为旨归。

"厚"本是复古派论诗所标榜的境界，所谓汉魏盛唐的高格正是以浑厚质朴为主要特征的，竟陵派对复古派诗论中这一正面主张给予了高度的肯定，他们所说的"厚"，在审美意义上与复古派其实是一致的，但在论"厚"的来源时二者有很大的差别。复古派所追求的浑厚质朴来源于由创作者真情实感出发而达成的情与理的统一、意与象的统一、美与善的统一、诗与乐的统一，竟陵派"厚"的来源是"灵"。而"灵"又是公安派的论诗主张，所谓"独抒性灵，不拘格套"正是以发自内心的灵妙之趣为主要特征的，竟陵派对公安派论诗的这种正面主张也同样做了肯定的评价，他们所说的"灵"，在审美意义上与公安派也是一致的，但与公安派不同的是，他们指出了"灵"的指向——"厚"。竟陵派实际上是"脚踩两只船"的，他们综合了复古派与公安派论诗的正面主张，既主张"厚出于灵"，又说"厚之极，灵不足以言之"，从某种程度上讲，这也是钟、谭在复古与公安两个影响甚大的流派之间为自己争得一席之地而找出的一条

---

① 钟惺：《隐秀轩集》，李先耕、崔重庆标校，上海古籍出版社，1992，第474页。
② 周振甫、冀勤：《钱钟书〈谈艺录〉读本》，上海教育出版社，1983，第248页。

中间路线。当然,他们对"厚"与"灵"的综合并不是简单地将二者牵合在一起,而是在"厚"与"灵"的来源、求得"厚"与"灵"的方式等方面进行了自己的理论建构。

首先,他们构建了连接"灵"与"厚"的桥梁。

钟惺所说的"从古未有无灵心而能为诗者",指出"灵"乃诗歌创作的基础,可以说没有"灵"就没有诗,可见虽是弥合复古与公安,竟陵论诗还是以公安为基础的。作品的"厚"来自"灵",但不是所有的"灵"都能达到"厚"。那么,"灵"如何能达到"厚"呢?竟陵派给出的途径是"读书养气"。谭元春在《九峰静业序》中也说"挟灵气者多读古书者"。① 这种发之于"灵",由"读书养气"而达成的"厚",就将复古与公安贯穿在一起。

其次,指出"灵"与"厚"的内涵。

既然"从古未有无灵心而能为诗者,厚出于灵",那么,首先要找到"灵"才谈得到"厚",而"灵心"又从何而来呢?谭元春在《题简远堂诗》中对"灵"与"厚"关系的阐述涉及了这一问题,他说:

> 夫诗文之道,非苟然也,其大患有二:朴者无味,灵者有痕。故有志者常精心于二者之间,而验其候,以为浅深。必一句之灵能回一篇之运,一篇之朴能养一句之神,乃为善作。谭子曰:古人一语之妙,至于不可思议,而常借前后左右宽裕朴拙之气,使人无可喜而忽喜焉。如心居内,目居外,神光一寸耳,其余皆皮肉肤毛也。若满身皆心,心外皆目,人乃大不祥矣。然前后左右所以藏此一语者,亦必真如古人之宽朴,苟以古人不可思议之语,藏于今人漫无精气之篇,将并其妙语而累之。②

谭元春在这里道出了"灵"与"厚"的具体所指,"灵"是一字一句的灵动神妙;"朴"即"厚",是全篇气势的浑厚朴拙。钟、谭论诗以为

---

① 《谭元春集》,陈杏珍标校,上海古籍出版社,1998,第640页。
② 《谭元春集》,陈杏珍标校,上海古籍出版社,1998,第815页。

"厚出于灵",则全篇气势的浑厚朴拙当于一字一句的灵动神妙中去寻求。虽然"厚"是诗歌的最高审美境界,"厚之极,灵不足以言之也。然必保此灵心,方可读书养气,以求其厚",也就是要在一字一句的灵动神妙之中找出古人的灵心,然后通过读书养气来求得自己诗歌创作中全篇气势的浑厚朴拙。竟陵派在《诗归》的评诗中多某字灵、某句妙,"点逗一二新隽字句,矜为玄妙",其实就是要从这一字一句的灵动神妙中窥测古人的真精神,并进而求得自己诗歌创作之"厚"。

以多读古书、读书养气来纠正"灵"容易流为俚俗之不足,是竟陵派改造公安派之"性灵"的一个手段。但如何从"灵"到"厚",事实上竟陵派只是给出了一个"读书养气"的途径,而"读书养气"又是一个大而玄虚的概念,如果说如何读书、读什么书、如何养气还是有形可见可说的;那么,读书所养的气如何灌注到作品之中形成"厚",却难以找到具体的方法。我们可以沈约《别范安成》为例来看看《古诗归》的评选状况:

> 生平少年日,分手易前期。"易前期"三字妙!少年志气使然。(谭)及尔同衰暮,"同衰暮","同"字妙。别离苦境,参一盛壮人便不知。(钟)非复别离时。老杜"别离已昨日,同见古人情",含吐深妙,可敌此四句。(钟)勿言一樽酒,明日难重持。妙在第三句、第五句之下,似各有未说了处。(钟)梦中不识路,何以慰相思?说得心魂悄然。老杜"落月"、"枫林"、"关塞"等语,皆从此处。(钟)
>
> 字字幽,字字厚,字字远,字字真。非汉人不能。(钟)尤妙在一片真气浮动,无一毫境事碎琐参错。(谭)①

"灵"和"妙"既然都是要诉诸感受的评价,指出某一句、某一字灵妙较为容易,《古诗归》中俯拾皆是;指出某一字、某一篇"厚"也相对容易,如这首诗中钟谭既指出了其灵妙之处,也看到了其厚重之处。但二者之间有什么关系,整首诗是如何由"灵"到"厚"的,我们却无从得知。而在"灵"与"厚"之间,从示人以作诗途径的角度来看,玩索于字

---

① 钟惺、谭元春选评《诗归》,张国光等点校,湖北人民出版社,1985,第262页。

句之间的"灵"是具体可见的,在具体的创作中可以作为参考使用的。但作为诗歌理想境界的"厚"却只能感受,在具体的创作中不易达到。竟陵论诗虽"灵""厚"并言,且以"厚"为最高旨归,但实际上更注重的是"灵"的找寻。既然"厚"作为一种理想境界而难以达到,退而求其次关注"灵",也不失为一种可行之道,毕竟"保此灵心",是达到"厚"之理想的前提条件。竟陵诗论的努力方向,实际上不是朝向不可企及的最高境界的"厚",而是指向了可以达到的"厚"的来源——"灵"。

竟陵所论之"灵"既得之于一字一句的灵动神妙,这就使他们所倡导的"灵"成了建立在古诗基础上的古人之灵心、古人之真精神,从而摆脱了公安派"信口而出,信口而谈""只要发人之所未发,句法字法调法,一一从胸中流出"所带来的浅俗与俚率。但这里也存在一个问题,即竟陵所谓的"厚",是由玩索于字句之间而得,脱离了现实生活,脱离了深厚的情感内蕴,也偏离了中国古代诗论以"读万卷书,行万里路"的日积月累来求得"厚"的主流看法。而且,"灵"必然伴随着"新、异"等灵动神妙之趣,如何通过读书养气来达到与之完全相反的浑朴厚重,也是一个说起来容易做起来极难的问题。

另外,竟陵批评复古派取法于途径的弊端,倡导从精神上取法古人,钟惺在《诗归序》中说:

> 诗文气运,不能不代趋而下,而作诗者之意兴,虑无不代求其高。高者,取异于途径耳。夫途径者,不能不异者也,然其变有穷也。精神者,不能不同者也,然其变无穷也。操其有穷者以求变,而欲以其异与气运争,吾以为能为异而终不能为高。其究途径穷而异者与之俱穷,不亦愈劳而愈远乎?此不求古人真诗之过也。……而第求古人真诗所在。真诗者,精神所为也。察其幽情单绪,孤行静寂于喧杂之中;而乃以其虚怀定力,独往冥游于寥廓之外。如访者之几于一逢,求者之幸于一获,入者之欣于一至。不敢谓吾之说非即向者千变万化不出古人之说,而特不敢以肤者、狭者、熟者塞之也。[①]

---

① 钟惺:《隐秀轩集》,李先耕、崔重庆标校,上海古籍出版社,1992,第236页。

诗文气运，代趋而下，这是复古派的观点，竟陵派在这一点上与其看法相同，但不同的是，他们认为诗歌虽然一代不如一代，但作者之精神却是一代比一代高的。精神之变无穷，而途径之变有穷，所以要从精神上来求其变，求其高。复古派的错误就在于从途径上效法古人，而途径有穷，精神无穷，越是像复古派那样孜孜于从途径上取法古人，离"真诗"就越远。所以竟陵派取法古人，是从精神上入手的，因为"真诗者，精神所为也"。既然古人的精神都蕴含在真诗中，那么，后人如果能从古人的真诗中找出精神，加以利用，自然就可以达到"厚"的审美境界。从精神上取法古人，就避免了复古派从途径上取法古人而导致的模拟剿袭、千篇一律的弊端。

不过，从精神上取法古人在理论上很有道理，但如果按照竟陵派给出的操作路径去实践，我们会发现，实际上还是要走上从形式上取法古人的老路。从谭元春对"灵"与"厚"关系的论述中，我们可以看到，谭元春指出了"灵"与"朴"结合这一折中复古派与公安派的中间路线，他认为"朴"则易流于无味，于是救之以"灵"；"灵"则易造成有痕，于是救之以"朴"。"必一句之灵，能回一篇之运；一篇之朴，能养一句之神，乃为善作""古人一语之妙，至于不可思议，而常借前后左右宽裕朴拙之气，使人无可喜而忽喜焉"，这实际上是要在铺垫中造成气势，在一片宽裕朴拙之气中烘托出一语之妙。通过铺垫烘托所营造出的"厚"来凸显"灵"，正是着眼于诗歌的形式因素对"厚"与"灵"关系所做的阐述。钟、谭批评复古派从形式上取法古人以求浑朴蕴藉之审美境界的错误，而他们自己实际上还是不自觉地走到了从形式上来求诗歌之"厚"的路子上。

（二）"灵"之新异及其与正统审美之偏离

竟陵派主张在一字一句中寻求古人的灵心与真精神，但这种"古人之精神"，又是特有所指的，在他们看来就是"幽情单绪""孤行静寂""孤怀""孤诣"，这种孤高独绝的精神不但不要求世俗的理解与认同，而且追求的正是对世俗的熟与俗的超越，这才是他们理想中的精神境界。钟惺所谓精神所为之真诗，正如他的个性一样，是特立独行于世俗世界之外的。

他有一首咏铁塔的诗，"立山水中精神子，瘦干高茎疏其节"，① 遗世独立、傲岸不屈的形象就是他人格的写照。钟惺在《与谭友夏书》中说："我辈诗文到极无烟火处便是机锋"，② 这"极无烟火处"，亦即超越世俗之处。他们所追求的，就是不同于流俗，亦即精神上的独立与超越。这一点可以从他们对陶渊明的评价中看出。钟、谭在《古诗归》中选陶渊明诗最多，他们评陶诗说：

> 即从作息勤厉中，写景观物，讨出一段快乐。高人性情，细民职业，不作二义看，惟真旷远人知之。③
>
> 无一字不怡然自得，生涯性情矫作不来。（谭） 陶公山水朋友诗文之乐，即从田园耕凿中一段忧勤讨出，不别作一副旷达之语，所以为真旷达也。（钟）④

陶渊明原本就有一副旷达的胸襟，旷达完全出自生活，田园躬耕之乐是发自内心，而不是生活的点缀，是内心与自然浑然一体的人生境界的自然流露。钟、谭对陶诗所取独多，主要是由于对其旷达高远精神的向往，钟、谭评陶诗屡屡提及的都是其超越世俗的一面。

> 此语令人人自远，那得不爱？⑤
>
> 如与天面说，旷士胸中，真不相隔。⑥
>
> 每诵老陶真实本分语，觉不事生产人，反是俗根未脱，故作清态。⑦
>
> 料理身心，透悟性命之言。⑧

---

① 钟惺：《隐秀轩集》，李先耕、崔重庆标校，上海古籍出版社，1992，第60页。
② 钟惺：《隐秀轩集》，李先耕、崔重庆标校，上海古籍出版社，1992，第473页。
③ 钟惺、谭元春选评《诗归》，张国光等点校，湖北人民出版社，1985，第170页。
④ 钟惺、谭元春选评《诗归》，张国光等点校，湖北人民出版社，1985，第179页。
⑤ 钟惺、谭元春选评《诗归》，张国光等点校，湖北人民出版社，1985，第172页。
⑥ 钟惺、谭元春选评《诗归》，张国光等点校，湖北人民出版社，1985，第177页。
⑦ 钟惺、谭元春选评《诗归》，张国光等点校，湖北人民出版社，1985，第179页。
⑧ 钟惺、谭元春选评《诗归》，张国光等点校，湖北人民出版社，1985，第179页。

"心远"二字千古名人高士之根。①

陶渊明超脱淡远的情怀与钟惺孤傲静寂的心态颇有吻合之处。出于个性及所处时代等多方面的原因，钟惺对眼前的世界采取了一种冷眼旁观的态度。当然，在刚进入仕途之时，钟惺也"思有用于当世，与一二同官讲求时务"，②然而他所处的晚明时代，已很难为之提供施展抱负的机会了。在用世的追求陷入绝望的时候，他便转向自我的适意，力求在污浊的时代里保持住自己人格的独立与高洁。陶诗中流动的那种自然与心灵、与生命融为一体的美，正是竟陵派所谓"厚"的极致，是出于"灵"而"灵"又不足以言之的"厚之极"，也是钟、谭所向往的最高境界。

竟陵派所要找出的古人之精神，是要"察其幽情单绪，孤行静寂于喧杂之中；而乃以其虚怀定力，独往冥游于寥廓之外"才能获得的，要求的是"幽情单绪""孤行静寂""独往冥游"，强调的是不同于一般的"独"。谭元春在《诗归序》中亦言：

> 夫人有孤怀，有孤诣，其名必孤，行于古今之间，不肯遍满寥廓。而世有一二赏心之人，独为之咨嗟徬皇者，此诗品也。③

要求人有"孤怀""孤诣"，强调的是一个"孤"字。可见竟陵派所谓的"真诗"、古人之真精神，是以"孤""独"为特征的。这种孤高独绝的精神不但不要求世俗的理解与认同，而且追求的正是超越世俗的熟与俗的个性化的东西，要从普遍当中寻出独特的作者的"这一个"，其关注点在异。他们要求诗歌要"别出手眼"，要在诗歌中寻求"别理奇趣"，所谓"别"，就是要不同。他们编选的《古诗归》一书，选录了大量的谣谚民歌、僧道诗、女性诗，以及《焦氏易林》和仙鬼之作，这些以前选诗很少选取的内容，在钟惺这里受到了很高的评价，如他在论及僧道诗时说：

---

① 钟惺、谭元春选评《诗归》，张国光等点校，湖北人民出版社，1985，第181页。
② 谭元春：《谭元春集》，陈杏珍标校，上海古籍出版社，1998，第680页。
③ 谭元春：《谭元春集》，陈杏珍标校，上海古籍出版社，1998，第594页。

高僧诗清奥不必言。其字句似生，意义似脱。正文士不能厝手处。①

神仙，得道者也。道岂肤佌之物？今人看仙诗，多向快活边求，不向灵奥边求，故肤佌者得托之。以上数诗，妙在文士假托不得，李太白辈无处着手。②

在他们看来，所谓"文士不能厝手处""文士假托不得"，正是僧道诗最大的妙处所在。相较于人们所熟知的文人诗，僧道诗因为写作者的不同生活处境、经历、心态，自然有些独特的、人们所不甚熟悉的异于文人诗新异的一面。竟陵所以选取了大量的僧道诗，正是看重了其新异的这一面。

对于一些有名的诗人，竟陵派也尽量不选人人熟知的名作，如评谢灵运曰：

康乐灵心秀质，吐翕山川，然以谢家体局，微恨其板。必删去《过始宁墅》《登石门高顶》《入华子冈》《入彭蠡谷口》诸作，不畏人之所骇，不顾人之所爱，乃为真爱灵运。夫活则深，板则浅，岂可使后之有识者恨灵运为浅哉？③

《过始宁墅》《登石门高顶》《入华子冈》《入彭蠡谷口》等都是谢灵运的名作，《文选》《古今诗删》等皆有所选取，《过始宁墅》中"白云抱幽石，绿筱媚清涟"更是经常被摘出的名句。而竟陵派则因"微恨其板"而弃之。他们称萧统所选乃是"板诗、庸诗"，④ 而非真古诗。所谓"板"，也就是不活，不活就很容易使诗歌肤浅俗套。竟陵派从真心爱护谢灵运名声的角度出发，不顾非议，舍弃了众人所爱的这些作品，为的就是

---

① 钟惺、谭元春选评《诗归》，张国光等点校，湖北人民出版社，1985，第186页。
② 钟惺、谭元春选评《诗归》，张国光等点校，湖北人民出版社，1985，第191页。
③ 钟惺、谭元春选评《诗归》，张国光等点校，湖北人民出版社，1985，第212页。
④ 《古诗归》评萧统《拟古》曰："昭明胸中有此七妙字，如何爱选板诗、庸诗？"钟惺、谭元春选评《诗归》，张国光等点校，湖北人民出版社，1985，第256页。

让后来者不被误导，真正认识到谢灵运的价值。

姑不论这些诗作是否真为"板诗"，竟陵派品评的标准，除了他们所谓的"灵心"之外，立意要与《文选》不同也是不可否认的。毕竟《文选》在一定程度上是大众认可的一部选本，其标准在一定程度上也可以说是主流的看法。竟陵派诗论立意在新、异，与流俗不同当然是其追求的主要目标。在《与谭友夏》中，钟惺说："正恐口头笔端，机锋圆熟，渐有千篇一律之意。"① 说的虽然是文不是诗，但深恐雷同之意甚明。《与蔡敬夫》又说："盖举古人精神日在人口耳之下，而千百年未见于世者，一标出之，亦快事也！"② 明显的是要在熟俗当中寻求新异。而《再报蔡敬夫》中说得更为明确："是以不揆鄙拙，拈出古人精神，曰《诗归》，使其耳目志气归于此耳。其一片老婆心，时下转语，欲以此手口作聋瞽人灯烛舆杖，实于古人本来面目无当。"③ 自己要做的，是要为被复古派与公安派蒙蔽的聋瞽人找出一盏指路明灯，至于这盏明灯的内容，事实上已经与古人的本来面目没有必然的关系了。所以钟惺可以说："至手钞时，灯烛笔墨之下，虽古人未免听命，鬼泣于幽，谭郎或不能以其私为古人请命也。此虽选古人诗，实自著一书。"④ 选的是古诗，但实际上是自著书，怎么解释古诗完全不需要考虑其本来面目，甚至可以使古人听命于己，《诗归》一书解释的自由度可谓是相当大，于此可见其求新求异之一斑。在他们看来，诗歌具有开放性和多义性，一首诗的好处在哪里，全在读者个人之感受。正如意大利符号学家安伯托·艾柯所说："任何艺术作品，即使是已经完成、结构上无懈可击、完美地'画上句号'的作品，依然处于'开放'状态，至少人们可以以不同的方式诠释它而不至于损害它的独特性。"⑤ 钟惺以为：

> 《诗》，活物也。游、夏以后，自汉至宋，无不说《诗》者。不必

---

① 钟惺：《隐秀轩集》，李先耕、崔重庆标校，上海古籍出版社，1992，第461页。
② 钟惺：《隐秀轩集》，李先耕、崔重庆标校，上海古籍出版社，1992，第468页。
③ 钟惺：《隐秀轩集》，李先耕、崔重庆标校，上海古籍出版社，1992，第470~471页。
④ 钟惺：《隐秀轩集》，李先耕、崔重庆标校，上海古籍出版社，1992，第469页。
⑤ 安伯托·艾柯：《读者反应批评：理论与实践》，中国社会科学出版社，1998，第62页。

皆有当于《诗》，而皆可以说《诗》。其皆可以说《诗》者，即在不必皆有当于《诗》之中。非说《诗》者之能如是，而《诗》之为物，不能不如是也。①

谭元春亦曰：

> 尝谓爱古人者，绝不宜护其短。传世者之精神，其佳妙者，原不能定为何处，在后人各以心目合之。②

钟惺的议论虽为针对《诗经》而发，但一样具有普遍意义。在他们看来，诗歌是"活物"，它本身具有一定的多义性和模糊性，所以会导致后人对它的解释歧义百出。理解不同，自然会有不同的的评价。而一首诗的好坏，不单取决于这首诗本身，还取决于欣赏它的人。一首诗佳妙之处在哪里，在某种程度上取决于后人自己心目之遇合。这实际上与西方接受美学的说法已颇为接近了，也为竟陵派要在诗歌中寻求"别理奇趣"提供了一个理论基础。

竟陵派在《古诗归》中选录大量的谣谚民歌、僧道诗、女性诗，以及《焦氏易林》和仙鬼之作，对于名人作品也是多取其无名之作，从追求新异的角度讲，这些无名之人无名之作的确不会像名人名作一样有"熟"的弊病，但从另一个角度看，这本身就是从公安派视角出发对复古派的"正宗""大家"及高文大册等诗歌观念的对抗与消解。但过于关注新异，必然要导致偏狭。由玩索字句之妙得到"灵"，确是不同流俗。复古派玩索字句学的是诗法，是形式，而竟陵派要从中看出"灵心"、看出"古人之真精神"来。他们对古人真精神的追寻实际上走向了"个人独有"。这就使他们所追求的"灵"，虽然摆脱了公安之俗，却偏离了审美正统。

（三）由俗入雅——公安之"灵"与竟陵之"灵"

公安派之性灵，强调"信心而发""信口而出"，虽然袁宏道自己之诗

---

① 钟惺：《隐秀轩集》，李先耕、崔重庆标校，上海古籍出版社，1992，第391页。
② 谭元春：《谭元春集》，陈杏珍标校，上海古籍出版社，1998，第770页。

文创作也并非如此，打出这一口号的目的主要在于反拨前后七子的复古主张。尽管袁宏道后来也认识到了自己的矫枉过正之弊，但公安派倡导的这一理论，其影响之广大深远，竟是公安自己亦无法控制的了，不管公安派实际的主张如何，"信心而发""信口而出"确是无法收回的了。以前的读书人，需要经过漫长的知识积累，才能稍入门径，这是人所共知的常识。而这常识，确实是需要付出大量的心血和努力的。对于一般人，甚至是可望而不可即的。大家从来就不知道，还有一条与此常识甚为不同的道路，竟也可以达到自己可望而不可即的境界。公安派指出的这条不需要积累、不需要读书，只要随心随口，就能写出好诗来的道路，也就自然引起世人的群起而效之了。然而这一不需要积累、不需要读书的所谓作诗门径，走到极端，必然会跌落到庸俗线下，所以公安有俚俗、浅率之流弊。正如《四库全书总目提要》中所言："其诗文变板重为轻巧，变粉饰为本色，致天下耳目于一新，又复靡然而从之。然七子犹根于学问，三袁则惟恃聪明。学七子者不过赝古，学三袁者乃至矜其小慧，破律而坏度，名为救七子之弊，而弊又甚焉。"①

竟陵派起而救之，虽然同样是讲"性灵"，但他们将"灵"建立在古诗基础上，"灵心"不再是无所依托的信心信口，而是古人之灵心、古人之真精神。不仅如此，他们还以多读古书、读书养气来纠正"灵"容易流为俚俗的不足。这就彻底改变了公安派"性灵"的属性，使其由俗变雅。在这一过程中，我们可以看到，"在文学发展过程中，俗化是总趋势，但这一趋势并非直线而下，而是与雅文学的干预、提升夹缠而行。没有'雅的要求'的不断提升，'俗'的品格就会落至'庸俗'的线下。当然，这个过程并非一种风格或文学样式取代另一种风格或样式，而是'大家打成一片'，雅与俗不断调整，不断融合"②。竟陵与公安正是如此。

竟陵派从历来广受批评的艳情诗中寻找雅的成分，谭元春在《奏记蔡清宪公前后笺札》中说：

---

① 袁宏道：《袁宏道集笺校》，钱伯城笺校，上海古籍出版社，2008，第 1681 页。
② 林继中：《文学史新视野》，北京大学出版社，2000，第 168 页。

书云:"情艳诗,非真深远者勿留,不喜人于山水花木着妇女语。"尤为笃论。春选古诗,至齐梁陈隋而叹焉,顾伯敬曰:"岌岌乎殆哉!诗至此时,与填辞差一黍耳。隋以后即当接元,被唐人喝断气运。天清风和,可谓炼石重补矣。"伯敬以为然,相与咨嗟久之。然有真能动人者亦不能舍,虽其气近妖,不妖于"车来""贿迁""淇梁""芍药"也。①

对于古典诗歌来说,艳情诗是俗的,诗文当中沾染了艳情,就等于沾染了俗气,然而古诗到了齐梁以后,宫体为主,想要从中找出与艳情无涉之作实属不易,在竟陵派看来,诗至于齐,实际上已经堕落到与词差不多的境地了。虽然从整体上否定了齐以后的诗,但对于其中"真能动人者",他们还是予以选录的。而真能动人者,即有真情之作。在钟、谭看来,齐以后诗歌的最大弱点正在于无真情,谭元春在评刘缓《敬酬刘长史咏名士悦倾城》一诗中说:

耳食者多病六朝靡绮,予谓正不能靡,不能绮耳。若使有真靡、真绮者,吾将急取之。盖才人之靡绮,不在词,而在情。此情常留于天地之间,则人人有生趣。生趣不坠,则世界灵活。含素抱朴,一朝而寻其根,此不易之论也。予见《名士悦倾城》一题,不觉欣然以为知情者,遂笔其所见于此。②

文人之靡绮在情不在词,如果此情能够常留天地间,则人人有生趣,有生趣这个世界才会灵活,灵活才能达到"朴"的境界,那么,寻求朴的根源,则可以追溯到这满世界的灵活,追溯到常留于天地之间的情。钟、谭从歌谣、艳情、僧道等一般意义上的"俗"诗中看到的,正是这种体现着古人灵心的生趣。但经过竟陵派改造的已然变为雅的"灵",却又偏离了审美正统,他们要求的是"幽情单绪""孤行静寂""独往冥游",所谓

---

① 谭元春:《谭元春集》,陈杏珍标校,上海古籍出版社,1998,第758页。
② 钟惺、谭元春选评《诗归》,张国光等点校,湖北人民出版社,1985,第274页。

的"真诗"、古人之真精神,是以"孤""独""幽深孤峭"为特征的。对竟陵派来说,"幽深孤峭"不但是一种审美风格,更是一种独立超越的精神,这是钟、谭在复古与公安两个影响甚大的流派之间找出的一条中间路线。"幽深孤峭"所代表的精神上的独立超越看起来好像是反世俗的,但实际上却是最世俗的,以清高雅致来谋求在两个大流派之间占有一席立足之地,迎合了一种更深刻的世俗。钟、谭所追求的"幽深孤峭",虽然是雅的东西,但他们对雅的理解走向了求异的一面,偏离了中正和平的审美正统。有别于审美正统,必然会有新、异之处抢人耳目;只要在大传统范围之内,些许的偏离即使是正统之士也是可以容忍的。竟陵派确实是剑走偏锋,以险取胜。竟陵诗论让人耳目一新,他们所寻求的正统之外的"灵",既不是公安派"信心而发""信口而谈"的俚俗之"灵",又不同于呆板正统的浑朴蕴藉之"雅",它既别有奇趣又符合士大夫对雅的要求。朱鹤龄在《竹笑轩诗集序》中说:

> 其教以幽深孤峭为宗,直取性灵,不使故实。……然幽深孤峭,唐人名家多有此体。譬诸屠门大嚼后,啜蒙顶紫茁一瓷,无不神清气涤,此种风味亦何可少?[①]

大鱼大肉固然肥美,但如果全是大鱼大肉,又不免单调,大鱼大肉之后,尚需一杯清茶来洗去其污浊之气,此种风味方堪称完美。看惯了复古派的高格亮调,来一点幽深孤峭,岂不是又新奇又清雅的乐事?更何况,幽深孤峭中所带有的世纪末的哀吟正好击中了士大夫心中那或隐或显的世纪末情绪。竟陵派之迅速窜红,也就是大势所趋,在所难免的了。

在明清诗学中,竟陵派处于由俗转雅的转折点上。公安派之性灵,在最大限度上肯定了俗,竟陵派之转轨,在于既肯定公安派之性灵,又扭转了公安派之性灵,经过竟陵派重新阐述的性灵,又重新回到了雅的轨道,虽然其"幽情单绪"偏离了审美正统,但毕竟是雅的。其后的清代诗歌,主要的审美导向都是偏向雅的。竟陵派对公安派之"灵"的改变,可视为

---

① 朱鹤龄:《愚庵小集》卷八,文渊阁四库全书第 1319 册,第 103 页。

对文学俗化的不自觉的纠正与提升。

(四)《诗归》与文学思潮之关系

《诗归》一书,不过是一部古、唐诗选本,而钟、谭既赖之以成名成派,亦因之而遍遭诟厉。这样一个普通的选本,何以在不到三十年的时间里,从人人"奉之若尼父删定"的神圣地位就一下子跌入"诗妖""亡国之音"的骂名声中了呢?其中的原因,大概要从那个特定的历史时代中找。

钟、谭所处的晚明,正是朝政混乱、缙绅树党、国家岌岌可危之时,此种社会状况下的士人心态,必然要由前后七子时的有志于用世而转向自我的适意,末世的情绪和封闭静守的心态反映在文学上,就与钟、谭所倡导的"幽深孤峭""孤行静寂""孤怀""孤诣"等正相吻合,"竟陵在晚明之影响超过公安远甚,固然有文学自身的因素,但它在人格心态上与多数士人更为接近无疑是重要的原因之一"。① 所以《诗归》一出,即能风靡大江南北,以至于"承学之士,家置一编,奉之如尼丘之删定"。② 钟、谭不过是位卑名微的小人物,他们编选的《诗归》能够如此风行,实在也是时代使然,《诗归》的流行,可以说是社会风气对文学风尚产生影响的一个典型例子。

而《诗归》被冠以"诗妖""亡国之音"等罪名之时,正值明清之交,许多学者对明代灭亡的原因进行了深刻的反省,他们大多将原因归结到了明末李贽、钟、谭等所倡导的学术风气上,对钟、谭批评最猛烈者,前有钱谦益,③ 后有

---

① 左东岭:《王学与中晚明士人心态》,人民文学出版社,2000,第748页。
② 钱谦益:《列朝诗集小传》,上海古籍出版社,1983,第570页。
③ 钱谦益在《列朝诗集小传》中说:"当其创获之初,亦尝覃思苦心,寻味古人之微言奥旨,少有一知半见,掠影希光,以求绝出于时俗。久之,见日益僻,胆日益粗,举古人之高文大篇铺陈排比者,以为繁芜熟烂,胥欲扫而刊之,而惟其僻见之是师,其所谓深幽孤峭者,如木客之清吟,如幽独君之冥语,如梦而入鼠穴,如幻而之鬼国,浸淫三十余年,风移俗易,滔滔不返。余尝论近代之诗,抉摘洗削,以凄声寒魄为致,此鬼趣也。尖新割剥,以噍音促节为能,此兵象也。鬼气幽,兵气杀,著见于文章,而国运从之。……岂亦五行志所谓'诗妖'者乎!"钱谦益:《列朝诗集小传》,上海古籍出版社,1983,第571页。

朱彝尊，① 由于二人在文化思想学术界的崇高地位，影响之下，遂成定论。② 以至于整个清代，"为竟陵所熏染"成了最不光彩的评骘。正如唐初对宫体诗的批评一样，③ 中国的学术文化与政治有着不可解的联系，一旦沾染上了"亡国之音"这几个字，其命运就可想而知了。而竟陵派之销声匿迹也就是势所必然了。客观地说，竟陵派所树立的评价基准及学习的最佳典范大体上是不离儒家传统诗教精神的。虽然他们对"真""情""我"之提倡，对"孤怀""孤诣"之坚持，确有游离于温柔敦厚的诗教精神之外处，④ 要其大旨，还是不甚偏离的。而竟陵派的消亡，一方面是由于钱谦益、朱彝尊等人对其"亡国之音"的定评；另一方面他们所追求的"幽情单绪"已明显不再适应明末清初之情势，大众的审美需求变了，一种诗风必然也要随之消歇了。

从明末《诗归》之风行，到清初竟陵之消歇，虽只短短三十年，但社会、政治变动之大，影响至于士人心态、社会思潮以及文学风尚等都急遽转变，《诗归》遂由显而至于隐。这其间，《诗归》一书作为文本的存在是

---

① 朱彝尊在《静志居诗话》中说："《礼》云：'国家将亡，必有妖孽。'非必日月蚀星变，龙漦鸡祸也。惟诗有然。万历中，公安矫历下、娄东之弊，倡浅率之调，以为浮响，造不根之句，以为奇突，用助语之辞，以为流转，著一字，务求之幽晦，构一题，必期于不通。《诗归》出，而一时纸贵，闽人蔡复一等，既降心以相从，吴人张泽、华淑等，复闻声而遥应。无不奉一言为准的，人二竖于膏肓，取名一时，流毒天下，诗亡而国亦随之矣。"朱彝尊：《静志居诗话》，姚祖恩编，黄君坦校点，人民文学出版社，1998，第 502 页。

② 对钟谭批评甚烈者，在当时尚有王夫之，他在《读通鉴论》《古诗评选》《唐诗评选》《明诗评选》《姜斋诗话》等许多著作中都对竟陵派有所批评，如谓"竟陵灭裂风雅，登进淫靡之罪，诚为戎首"，"若近世李贽、钟惺之流，导天下于邪淫，以酿中夏衣冠之患。亶非逾于洪水，烈于猛兽乎？"较之钱谦益、朱彝尊有过之而无不及，但由于王夫之地处偏隅，所著所论对当时社会基本上没什么影响。而其他人的批评，虽有毁有誉，但大多是从其诗风上着眼，并没有上升到政治，更没有达到亡国之罪魁的程度。清末陈衍在《石遗室诗话》中谓"竟陵诗派，冷僻则有之，斥之不留余地者，钱牧斋之言也。竹垞和之，至以为亡国之音。今观《隐秀轩集》中，如《上巳雨登雨花台》……亦不过中晚唐之诗而已，何至大惊小怪如诸君所云云者？"（陈衍：《陈衍诗论合集》，钱仲联编校，福建人民出版社，1999，第 81 页）倒是对此一情况很好的说明。

③ 唐初，人们亦把宫体诗视为亡国之音，如《隋书·文学传序》曰："梁自大同以后，雅道沦缺，渐乖典则，争驰新巧。……其意浅而繁，其文匿而彩，词尚轻险，情多哀思。格以延陵之听，盖亦亡国之音乎！"魏征：《隋书》卷七六，中华书局，2000，第 1730 页。

④ 严迪昌《清诗史》对竟陵派诗学主张游离于儒家诗教精神之外处有详细的论述。严迪昌：《清诗史》，浙江古籍出版社，2002，第 41 页。

静止的，它的风靡天下来自其中所包含的诗学主张与当时的文学及社会思潮之间的契合，即钟、谭所倡导的幽深孤峭诗风正好迎合了当时大众的审美需求；它的痛遭贬斥亦同样来自于此，即其诗学主张已不再适应新的文学及社会思潮的要求，不再符合大众的审美需求，而又正逢亡国之际，钟、谭所倡导的衰世之音，恰又是"诗亡而国运从之"的典型写照。《诗归》一书的由显到隐，是选本与文学及社会思潮之间关系的一个典型例证，从中可以看出社会思潮、文学风尚以及大众的审美需求对选本盛衰的影响。

第三节　折中复古与《采菽堂古诗选》

陈祚明（1623~1674），字胤倩，号稽留山人，浙江仁和人。明遗民。关于陈祚明的资料不多，据其门人翁嵩年所作《采菽堂古诗选序》，可知明亡后他偕母隐居，靠教授生徒为生。其故人胡兆龙、严沆仕宦京师，强其出，于是陈祚明到了京师。在京师期间，他以一介布衣与宋琬、施闰章、赵宾、严沆、丁澎、张文光等人相唱和，得与"燕台七子"之列，在当时公卿间颇有影响，有"白衣台省"之称。他从顺治十六年（1659）开始在京师评选唐诗，顺治十八年（1661）回乡。康熙二年（1663）又到京师继续其评选工作。他评选的诗歌包括汉魏、六朝、唐诗、明诗，中间略去宋元诗，可见其评选之有针对性，从这一点上看，他承袭的是七子派的诗学主张。而在诸选中，又以《采菽堂古诗选》影响最为深远。《采菽堂古诗选》选汉至隋古诗，共四十二卷，其中补遗四卷。他以古诗十九首和古乐府为言情、言事的最佳典范，所取颇宽，"即语工未甚也，辞情调适可讽览"，[①] 亦将其选入。他折中七子派与竟陵派的诗学主张，取二者之长，并在其基础上提出了一套自己的理论，具有较强的系统性。在这部古诗选本中，陈祚明构建了自己中的诗学体系。

诗之大旨，惟情与辞。曰命旨，曰神思，曰理，曰解，曰悟，皆

---

① 陈祚明选评《采菽堂古诗选》，李金松点校，上海古籍出版社，2008，第10页。

情也；曰声，曰调，曰格律，曰句，曰字，曰典物，曰风华，皆辞也。曰神，曰气，曰才，曰法，此居情辞之间，取诸其怀而术宣之，致其工之路也。①

他把诗歌分为"情"与"辞"两个层面，其中"情"包括了诸如命旨、神思、理、解、悟等与诗歌内容相关的因素，"辞"则包含了声、调、格律、句、字、典物、风华等诸多形式方面的因素。在"情"与"辞"之间，他又以神、气、才、法为联系内容与形式的中介。这三个层面，构成了陈祚明诗学理论的基本框架。他所构建的"情"的范畴，概括了竟陵派诗学；"辞"的范畴，概括了七子派诗学，神气才法这一中间层面则是联系二者的桥梁。陈祚明在谈到其选诗宗旨时说：

古今人之善为诗者，体格不同而同于情，辞不同而同于雅。予之此选，会王李、钟谭两家之说，通其蔽而折衷焉。其所谓择辞而归雅者，大较以言情为本。②

他认为以王、李为代表的七子派重辞而不重情，以钟、谭为代表的竟陵派重情不重辞，二者皆有弊端，他选诗的宗旨就是要消除二者的弊端，把重情与修辞结合起来，以言情为本，择辞而归雅。

一 《采菽堂古诗选》的"泛情化"倾向

陈祚明对"情"的规定与我们一般意义上所言之情有很大的不同，不仅情感，所有与诗歌内容相关之要素都被他网罗在内，具有极大的包容性。此外，单就传统意义上的"情即情感"而论，他在《采菽堂古诗选》中对其范畴的规定也超过了前此诗论。二者皆显示出一种"泛情化"倾向。而这种"泛情化"中所包含的对六朝乃至梁陈文学的重视，又反映了明清之际对文学抒情特质认识的日益深入。

---

① 陈祚明选评《采菽堂古诗选》，李金松点校，上海古籍出版社，2008，第1页。
② 陈祚明选评《采菽堂古诗选》，李金松点校，上海古籍出版社，2008，第4页。

（一）情感层面的"泛情化"

虽然陈祚明的诗学理论框架中把"情"的范围规定得很大，但其具体诗评中所言之情，大多时候指的还是情感，如《采菽堂古诗选·凡例》云：

> 故言诗不准诸情，取靡丽谓修辞，厥要弊、使人矜强记，采摭勒窃古人陈言，徒涂饰字句，怀来都不吐，志不可见，失其本矣。①

显然，这里所谓的情，并不包括其基本理论框架中提及的其他内容要素。陈祚明论诗"以言情为本"，他以为"诗所以述情也"，②故我们先从此情入手来看他对情的重视及其"泛情化"倾向。

《采菽堂古诗选》取庾信诗最多，总评庾信曰：

> 北朝羁跡，实有难堪。襄汉沦亡，殊深悲恸。子山惊才盖代，身堕殊方，恨恨如忘，忽忽自失。生平歌咏，要皆激楚之音，悲凉之调。③

庾信入北以后，羁旅之愁和亡国之痛成为其作品的主要内容，他诗中抒发的都是内心的这种矛盾和痛苦。在表达这种情感时，他能够"一起先进汪洋之泪，然后细数哭之，全是性情。一气乘流，无复构思之迹"，④这种一气乘流、喷涌而出的情感无疑具有强烈的感染力。而这样一种情感，能够使读之者只见性情，不见构思之迹，亦可见其情之深。陈祚明选庾信《拟咏怀二十七首》，着眼点亦在于其情深，他说：

> 廿七首并是孤愤之诗，于中得二句："昏昏如坐雾，漫漫疑行

---

① 陈祚明选评《采菽堂古诗选·凡例》，李金松点校，上海古籍出版社，2008，第1~2页。
② 陈祚明选评《采菽堂古诗选》，李金松点校，上海古籍出版社，2008，第650页。
③ 陈祚明选评《采菽堂古诗选》，李金松点校，上海古籍出版社，2008，第1080页。
④ 陈祚明选评《采菽堂古诗选》，李金松点校，上海古籍出版社，2008，第1115页。

海",乃子山此时情境。蕴蓄于中,倾吐而出,曾不自知。语之工拙,都所不计,但取情深。①

这二十七首《拟咏怀》虽非一时一地所作,但大体表达的是身世之感、怀乡之情以及亡国之悲。陈祚明以为这二十七首都是孤愤之诗,是庾信情感的自然流露,他说:"语之工拙,都所不计,但取情深",正因为诗中有深情,所以表达上的工拙已经不再是选取时考虑的对象。基于对诗中深情的重视,他对世人欣赏曹植诗徒取其才藻的现象也做了批评:

人赏子建诗以其才藻,不知爱其清真。如此篇与《吁嗟篇》纵笔直写,有何华腴耶?然固情至之上作也。②

陈祚明认为《门有万里客》与《吁嗟篇》纵笔直写,虽不华腴,但为情至之上作,这是曹植诗歌最有特色的地方,而世人只知道欣赏其才藻,实在是不懂得曹诗的好处。评《怨诗行》亦曰:

此诗亦是直写怀来,曾无辞藻。"愿作东北风"数句,真切情深。子建所长,乃在此等。③

更是直接点出了真切情深乃子建之所长。而深情之所以感人,正因为人皆有此同情:

十九首所以为千古至文者,以能言人同有之情也。人情莫不思得志,而得志者有几,虽处富贵,慊慊犹有不足,况贫贱乎!志不可得而年命如流,谁不感慨!人情于所爱莫不欲终身相守,然谁不有别离?以我之怀思,猜彼之见弃,亦其常也。夫终身相守者,不知有愁,亦复不知其乐。乍一别离,则此愁难已。逐臣弃妻,与朋友阔

---

① 陈祚明选评《采菽堂古诗选》,李金松点校,上海古籍出版社,2008,第1096页。
② 陈祚明选评《采菽堂古诗选》,李金松点校,上海古籍出版社,2008,第160页。
③ 陈祚明选评《采菽堂古诗选》,李金松点校,上海古籍出版社,2008,第161页。

绝，皆同此旨。故十九首唯此二意，而低迴反复。人人读之，皆若伤我心者。此诗所以为性情之物，而同有之情，人人各具，则人人本自有诗也。①

在陈祚明看来，十九首之所以为千古称赏，是由于其中所表达的失志之悲与别离之愁是人人同有之情，这种同有之情使每个人在读十九首时都能感同身受，被其感染，这也是诗所以为性情之物的原因。陈祚明"情"的范畴很大，在他眼里，不管是人人同有之情，还是个人独感之志，都是情，甚至描摹景物之作，只要语嫣然，也都是情：

> 予所屡赞诸家以工言情，此其志皆有独感，形诸声，盖万态矣。志非有独感，莫强作也。然作，斯有志矣。休文、彦升是也。志非有独感，作而不深于情，乃工拟古，不则留连景物，语嫣然，此亦情也。夫抱独感者，情生辞；不者，辞亦生情。夫生情之辞，辞乃善矣。予不赞士衡、文通者，徒以法胜其辞，直浅之乎言情也。玄晖亦数篇佳耳，余乃守一法，鲜变化，不能赞之。他家暂而言情，罔能多且工，若曹、谢、陶、庾等，若其语嫣然则同也。②

他所赞赏的诸家工言情者，主要是指曹、谢、陶、庾等人。所谓"其志皆有独感"，子建之感遇、康乐之游山、元亮之述志、子山之伤乱，皆其所谓独感之志是也。他在这里强调了个人独特情志的重要，有了这样一种独感之志，则能因情生辞，不用在文辞上花功夫而文自工。他不但肯定了有独感之志的诗歌为有情，对那些志非有独感的留连景物之作，只要其语嫣然，亦以之为有情。如谢灵运的山水之作，他以为非有深情者不能有。

> 人如不爱尚好奇，此无性情者也。必若有深情者，一往无可奈

---

① 陈祚明选评《采菽堂古诗选》，李金松点校，上海古籍出版社，2008，第80~81页。
② 陈祚明选评《采菽堂古诗选·凡例》，李金松点校，上海古籍出版社，2008，第8页。

何。故得一佳山水，如得良友，如得奇书，把玩徘徊，矜示千古。盖两美相合，真成奇遇，岂得已于怀哉！千载有此山，乡村之夫，岂能赏识？樵苏之子，犹或希踪，而一旦为我搜得，乐乎不乐乎？摘芳弄条，真是无可奈何，把玩徘徊之至意也。①

在陈祚明这里，爱尚好奇为有真性情者，必有深情者，方能体味搜得山水之美、把玩山水之乐，无深情者，不能体味此种快乐，自然也就不会有纵情山水之作，所以那些流连景物之作，只要写得形象真切，自然就有情。甚至好的文辞也能生情，当然也只有能够让人生情的文辞才称得上好文辞，正所谓"夫抱独感者，情生辞，不者辞亦生情。夫生情之辞，辞乃善矣"。

在他看来，历时性的普遍情感也好，个人特有的独感之志也罢，甚至流连景物之作，因文辞所生之情，虽然情有不同的表现形式，但它本身却是千秋未改的。

今夫诗之不可废者，以其情与辞。辞则代降矣，情则千秋勿之有改已。悲欢得失，感时命物，合离慕怨之遇，中怦怦然动。已不自已而言之，且咏歌嗟叹之，如必上古，则三百篇四言足矣，何以有五言、七言？何以有歌行、律、绝？是晋、宋未为失，而陈、梁亦未可厚非也。②

在陈祚明眼中，辞是一代不如一代，而情则是千秋不改的。既然千秋不改，那么六朝之情与前此的汉魏诗中所含之情就没有什么不同，要说汉魏与六朝的不同，那就只能是辞的不同，而辞又是一代不如一代的，这样的推理，就明显看出了他在唐代与六朝之间推尊六朝诗歌，尤其是齐以后诗歌的意图。他在此选中从"辞"的角度对六朝诗所做的评价也同样表明了这一倾向。

---

① 陈祚明选评《采菽堂古诗选》，李金松点校，上海古籍出版社，2008，第533页。
② 陈祚明选评《采菽堂古诗选·凡例》，李金松点校，上海古籍出版社，2008，第2页。

在陈祚明所述情感这一层面上,他对情的规定无疑较前此诗论范畴更大。不管是人人同有之情,还是个人独感之志,甚至流连景物之作,只要语嫣然,都属于他所规定的情的范畴,以前二者为有情自属寻常,而流连景物之作,甚至因文辞所生之情,通通归入情的范畴之中,就意味着只要文辞得当,无事无物无情,凡事凡物皆有情,明显见出一种"泛情化"倾向来。

(二)"情"的其他层面

除了情感这一基本内涵,在陈祚明的诗学框架中,"情"还包括命旨、神思、理、解、悟等诸多内容方面的因素。一般的诗论皆以无作意、不琢、不着议论、不作理语为贵,而陈祚明论诗以"情"为本,这些因素又都包含在他所谓"情"的范围之内,所以陈氏论诗以有作意为贵,亦不反对琢、理语入诗以及诗中有议论,他说:

> 凡言有作意者,写景写事,须与寻常不同。天下事物与寻常不同者,始堪歌咏,故诗以有作意为贵。[1]
> 古人诗起结必相应,可知命笔之先,具有所以。作诗之故,定非无谓徒饰丽词,又以见章法因承,定从发端,涉笔先觅警句。此理不然。[2]
> 好句凑泊,皆以有作意,故佳。[3]
> 休文诗体全宗康乐,以命意为先,以炼气为主。辞随意运,态以气流。故华而不浮,隽而不靡。[4]

他以为古人"命笔之先,具有所以作诗之故,定非无谓徒饰丽词",所谓"具有所以",即有作意。他以诗有作意为佳,因为在他看来,有作意才能与寻常事物不同,与寻常不同,才值得歌咏。陆时雍论诗也并不反

---

① 陈祚明选评《采菽堂古诗选》,李金松点校,上海古籍出版社,2008,第 203 页。
② 陈祚明选评《采菽堂古诗选》,李金松点校,上海古籍出版社,2008,第 651 页。
③ 陈祚明选评《采菽堂古诗选》,李金松点校,上海古籍出版社,2008,第 1095 页。
④ 陈祚明选评《采菽堂古诗选》,李金松点校,上海古籍出版社,2008,第 720~721 页。

对用意，但他主张要使有意如无，隐然不见，而陈祚明则有意强调诗中要有作意，如《古诗十九首》，一般论者皆以其自然天成、无迹可求而谓之无法企及，而在陈祚明眼中，十九首也是精心结撰而成：

> 十九首善言情，惟是不使情为径直之物，而必取其宛曲者以写之。故言不尽，而情则无不尽。后人不知，但谓十九首以自然为贵，乃其经营惨淡，则莫能寻之矣。①

他以为后人只知崇尚十九首的自然，至于其经营惨淡，则无人能知。这里所谓的"经营惨淡"，即十九首为了达到言情能尽的效果所做的苦心经营，如宛曲以写情等，换言之，也就是有作意乃有此等精心结构。

还是以庾信诗为例，他在总评庾信时说：

> 吾所以目为大家，远非矜容饰貌者所能拟似也，审其造情之本，究其琢句之长，岂特北朝一人，即亦六季鲜俪。②

他认为庾信诗不只是北朝第一，即使整个六朝，都少有人能与其匹敌。对庾信诗评价如此之高，原因即在于其诗有深情、善琢句。陈祚明不像很多论者那样以不事雕琢的自然天成为诗歌的最高审美境界，他认为六朝作家皆务矜琢，"琢则远自然，然自成其古；率则近自然，然每流于弱"，③雕琢虽然使作品远离自然，但也可以使作品更为古雅；不事雕琢虽然使作品接近自然，但也使作品容易流于卑弱，琢与率各有其长处和短处。所以他不反对琢，尤其是以理语入诗，他更强调要琢：

> 如此理语，矫健不同宋人。公固从汉调中脱化而出。作理语必琢，令健，乃不卑。④

---

① 陈祚明选评《采菽堂古诗选》，李金松点校，上海古籍出版社，2008，第81页。
② 陈祚明选评《采菽堂古诗选》，李金松点校，上海古籍出版社，2008，第1081页。
③ 陈祚明选评《采菽堂古诗选》，李金松点校，上海古籍出版社，2008，第434页。
④ 陈祚明选评《采菽堂古诗选》，李金松点校，上海古籍出版社，2008，第409页。

　　理语入诗，气皆厚，不落宋人。然其胜处在琢，其逊嗣宗处亦在琢。①

　　理语入诗很容易损害诗歌的情感和艺术性，前后七子之所以反对宋诗，理性化是一个很重要的原因，李梦阳说："宋人主理作理语，于是薄风云月露，一切铲去不为。又作诗话教人，人不复知诗矣。"② 他说这话针对的是程颐。程颐曾说："某素不作诗，亦非是禁止不作，但不欲为此闲言语。且如今言诗无如杜甫者，如云'穿花蛱蝶深深见，点水蜻蜓款款飞'，如此闲言语，道出作甚？"③ 理学家视诗歌之性情与美感为无用之闲言语，李梦阳为此辩驳说："诗何尝无理，若专作理语，何不作文而诗为邪？今人有作性气诗，辄自贤于'穿花蛱蝶''点水蜻蜓'等句，此何异痴人前说梦也。即以理言，则所谓'深深''款款'者何物邪？诗云：'鸢飞戾天，鱼跃于渊'，又何说也？④ 诗歌的理性化严重妨碍了诗歌的情感表达与艺术审美，明清时期大多数的诗论对此是持反对态度的，但陈祚明并不反对理语入诗，只是他认为理语入诗必须要经过"琢"，也就是要经过反复的思考与安排，要与诗歌的情感表达和艺术表现融为一体，只有这样才能让理语健而不卑，增强诗歌的理性而又不损害其艺术性。陶渊明和谢灵运诗歌虽然都有理语入诗的现象，但因为有宽厚之气的支撑，又都经过了反复的思考与安排，所以并未损害诗歌的情感与审美特征。与此相关，他论诗尚理：

　　夫理主辞，辞显理，于鳞曰"修辞宁失之理"，则竟失之理矣！今过于鳞者，以其修辞，而中、晚唐之是好，若孟郊、贾岛之冥搜，若韩愈、陆龟蒙、皮日修之险僻，其伤理也亦多。故予之论诗也尚理。尚理，则亟以六朝之修辞正之。夫修辞至于诗，辞之变化者也。其言情也，有以不言言者矣。其取材于鸟兽、草木，形其或鸣或动，

① 陈祚明选评《采菽堂古诗选》，李金松点校，上海古籍出版社，2008，第523~524页。
② 李梦阳：《空同集》卷五二，文渊阁四库全书第1262册，第477页。
③ 程颐、程颢：《二程遗书》卷一八，文渊阁四库全书第698册，第193页下栏。
④ 李梦阳：《空同集》卷五二，文渊阁四库全书第1262册，第477~478页。

有呦呦、关关之云矣。辞之变化哉？理之变化也。夫理甚有条而不紊，故变化生焉。章之美者，则汉、魏、嗣宗、元亮也；句及字之美者，则康乐、玄晖、阴、何、鲍、庾也。盖理臻少陵而极，其自言曰"于律细"，是之谓耳！然又不曰"熟精《文选》理"乎？夫《文选》，修辞之学也。今少陵所取者，以理而不以辞，盖理精而后辞工，宁可二之乎？俗士不察，闇于大较，欲废理而修辞，及斥修辞而仍失之理，楚则失矣，而齐亦未为得也。苟通吾之说，知尚理之为修辞，夫道一而已矣。各是其所偏，用相矫拂，二者交误。予不敢以己说正之，正之以古人，然后是非可定。①

他认为在理与辞之间，理为主导，辞则表现理，二者不可分割，像七子派那样重修辞而失于理，或者像竟陵派那样斥修辞而仍失于理，都是不可取的。在理与辞之间，理属于他所谓情的范畴，所以他尚理。但他又不废辞，认为二者要统一起来，才能没有偏颇，所谓"尚理则亟以六朝之修辞正之"。他论诗也不反对议论：

> 后人谓诗不可用议论，亦非也。浅夫愚子，喋喋烦称，辨言纠缠，牵缀无味，以此伤格，不如作文。使诗如文，不复似诗，故曰不如作文，议论所以妨也。自非然者，若十九首"人生忽如寄"一段，若阮嗣宗"小人计其功，君子道其常"，若左太冲"贵者虽自贵，轻之若埃尘；贱者虽自贱，重之若千钧"，语愈畅，旨愈远，何足为病乎！②

他认为以议论入诗之所以遭到贬抑，是由于表达上的不善，即"浅夫愚子，喋喋烦称，辨言纠缠"，而使议论变得啰唆无味，但这并不是议论本身的问题，像《古诗十九首》、阮籍、左思诗中的议论，非但不是缺陷，反而使整首诗在表达上更加顺畅，在意旨上更加深远，为整首诗增色不

---

① 陈祚明选评《采菽堂古诗选·凡例》，李金松点校，上海古籍出版社，2008，第7~8页。
② 陈祚明选评《采菽堂古诗选》，李金松点校，上海古籍出版社，2008，第536页。

少。显然，他所重视的是辞是否达情，只要完美地表达了感情，任何方式都可采用，雕琢也好，理语、议论也好，只要能够达情，都是可取的。

在陈祚明这里，命旨、神思、理、解、悟这些与诗歌内容相关的要素，都与情感关联甚大，所有这些要素都是为情感的表达服务的，他所建构的"情"这一理论层面，改变了"情即情感"这一单一指向，极大地扩大了情的范畴，这样一种"泛情化"倾向是不太常见的。这一改变，一方面反映了他的诗学理论具有极大的包容性，另一方面也反映了情在他诗学体系中的重要位置。

（三）陈祚明之"情"与时代诗学思潮

陈祚明对六朝诗，尤其是齐以后诗的推崇，沿续了明代中后期主真重情时代思潮影响下肯定六朝诗的诗学主张。明代中后期，俗文艺可谓空前繁荣，对俗文学的喜爱成了文人士大夫的一种时尚，这必然影响到士大夫阶层的审美追求。先前的古诗尊汉魏，而汉魏古诗之高格对这样一个时代来说无疑太高雅、太不亲切了，离这一时代的总体精神追求也太过遥远了。在这种情况下，与其"精神气候"相似、社会需求大体相同的六朝诗便自然成为关注的对象。但六朝本身又不合儒家诗学传统，六朝文风浮华，流连忘返，与传统形成断裂，它本身就是对汉魏的变异，尤其是其中的艳情诗，历来都因其不合儒家诗学传统而遭人诟病，所以要推尊六朝，必须要对这一部分内容加以肯定。钟惺、谭元春首先在《古诗归》中对艳情诗表现出了极大的兴趣，他们寻求的是古人的真精神，对齐梁以后的诗歌，本是所取不多，评价也不高，但对艳情诗却表现出了独特的兴趣。从理性上来说，他们认为六朝诗脱离了正道，但明代后期重情色的时代风气又使明人对艳情在感情上有种割不断的联系，这就导致了二者之间呈现出一种若即若离的状态。晚明社会对个性、"真""情"的追求，对传统道德观念的反拨，在各个领域都产生了巨大的影响，戏曲、小说、散文、小品是如此，诗歌这一最主要的文学载体也同样如此。尽管由于自身形式的制约，以及儒家传统诗教观在相当长的历史发展中赋予的诗歌正统的内在要求，明人在对六朝诗的评判上表现得有些含糊，但时代风气的影响是巨大的，竟陵派对艳情的肯定在某种程度上来说就是一个飞跃。

明末的陆时雍在此基础上更进了一步，他不但对六朝诗评价颇高，甚至对一向被否定的宫体诗也是推崇有加，他在《诗镜》中选梁诗最多，占所选汉至隋诗歌总数的 30%，而梁以后诗，又不出宫体诗之范围，简文、庾肩吾、徐陵等人更是宫体诗的代表诗人，则陆时雍所谓韵，在很大程度上是与宫体诗相关联的。以我们今天的评价基准来看，尽管宫体诗有形式美的一面，但缺乏感情色彩，退一步说，就算我们承认宫体诗也表达了六朝人的情感，它仍旧没有深厚的蕴含，因而也称不上有韵。但陆时雍的看法与我们却正相反，他对情的看法和六朝人一致，即宫体诗所表达的感情是美而且真的，因而也是有韵的，这本身就是对六朝之情的一种肯定。

钟惺、谭元春和陆时雍都是以直接的方式肯定了艳情诗，陈祚明与他们不同，他是在理论架构中肯定艳情诗的。如前所述，他所谓的"情"具有一种"泛情化"倾向，包括了与内容相关之所有要素，不仅情感，还有命旨、神思、理、解、悟；而包含在此层面中的情感亦具有"泛情化"特征，人人同有之情，个人独感之志，流连景物之作，因文所生之情，只要文辞得当，万事万物就都有情，从这样一个"泛情化"的视角来看六朝之艳情，它们就和汉魏之情处于同一个大的平面之上，完全是平等的，也就没有所谓不合儒家诗学传统之说了。这就超越了厚古薄今或厚今薄古的争辩，是在以更广阔的视野审视文学现象。而明末开始的这种试图将六朝之情正常化的努力，是明清人在清醒地认识到文学的抒情特质后的一种理论自觉，同时也是文学自觉日益深入人心的一个表现。

二 "择词而归雅"

雅是中国古代文论的一个重要审美范畴。作为艺术追求的最高理想，它具有多重审美形态，内涵丰富而又不断变化。刘勰的"熔式经诰，方轨儒门"、司空图的"落花无言，人淡如菊"，就是其不同的表现形态。不同的流派对雅有不同的诠释和要求，雅的内涵也在不断地诠释之中日益丰富起来。陈祚明在其《采菽堂古诗选》中提出的"择辞而归雅"的诗学主张，对雅做出了自己的阐释。他的阐释不但丰富了雅的内涵，而且体现了对前后七子诗学的继承和发展以及其与清初诗歌发展潮流之关系，具有一定的理论意义。

（一）雅的内涵

陈祚明首先提出了雅的两种审美表现。

> 诗质而能古，非老手不能。质而不古，俚率不足观矣！无宁遁而饰于华。要之立言贵雅。质亦有雅，华亦有不雅。汉魏诗，质而雅者也；温、李诗，华而不雅者也。自然而华，则雅矣。强凑而华，则不雅矣。①

质而能古、自然而华，这是陈祚明所谓的雅。一般而言，雅要求文辞要有一定的修饰，未经修饰的质朴之言很容易流为俚俗。正如陈祚明所言：

> 田夫野老，怀抱一言当言，故至言也，抗手而前，植杖而谈，语未竟，而人哑然笑之。即不为人所笑，而过三家无相传述者。吐于学士大夫之口，温文而尔雅，天下诵之，后世称之。言者同，而所以言者，善不善异矣！②

虽然表达的是同样一种情感，发于文人学士之口，能够千古流传，而发于田夫野老之口，却无法流传，二者的区别就在于善言不善言，善言者是经过修饰、具有艺术美感的雅言，不善言者是未经修饰、缺乏艺术美感的质言，也就是雅与不雅的区别。质与雅本是相背离的，但陈祚明以为"质亦有雅"，只要加上了"古"这一条件，质也同样可以达到雅，汉魏诗就是这种雅的典范。而高古之雅正是明代前后七子的追求，陈祚明提出的"质而能古"这一雅的表现形态与前后七子的高古之雅是一致的。但"质而能古，非老手不能"，搞不好就会流于俚俗，相对于这种雅的最高境界，他宁可退而求其次，追求华丽之雅，所以他实际上是把"质而能古"这种

---

① 陈祚明选评《采菽堂古诗选》，李金松点校，上海古籍出版社，2008，第166页。
② 陈祚明选评《采菽堂古诗选》，李金松点校，上海古籍出版社，2008，第3页。

雅的表现形态高高悬置了起来。但华丽也并不等于雅，像温李诗那样，徒有华丽的外表而不自然，也是不雅的。在陈祚明看来，只有自然而华丽才是雅。当然，自然而华丽也不是容易达到的境界，它需要两个条件，一要学博，二要情深。

> 夫自然之华，诚不易及也。学必博，故驱使而不穷；情必深，故填缀而多风。力有所不及，就所见所知，强吾之意以就典物，强古人之一二事，以就我之所言，而不甚合于理，当于情，是温、李之华也矣！况不及温、李者哉？又有不为温、李之华，而其词亦不雅者，止此数十典故，数见不鲜，无才情以运之，前后不属，词意不称，此亦不足谓之华也。①

要做到自然而华丽，必须要有广博的学问，这样才能自由地驱使典故而没有穷尽；必须要有深厚的情感，这样才能虽有很多修饰但也感人至深。陈祚明强调的"自然之华"，并非通常意义上不事雕琢的自然天成，而是学问、情理、典故、修饰等构成诗歌的各要素之间的相互配合，所有这些要素能够谐和得当，不是勉强凑合各种要素来相互迁就，比如强用自己的情感去凑合典故，或者强用典故来迁就自己的情感，就是自然之华，否则就是温李诗那样的强凑而华。

陈祚明通过对质与华的辨析规定了"择辞而归雅"的具体指向，也就是说，他所提倡的是具有"自然而华"特征的诗歌。而最能明显体现这一特征的，无疑就是他所钟爱的六朝诗。他对"世有不喜六朝之华而反喜温李之华者"的现象进行了分析。

> 世有不喜六朝之华而反喜温李之华者，何也？非性与人殊也，讳其所不能，而折以就其所能也。②

---

① 陈祚明选评《采菽堂古诗选》，李金松点校，上海古籍出版社，2008，第 166 页。
② 陈祚明选评《采菽堂古诗选》，李金松点校，上海古籍出版社，2008，第 166 页。

他得出的结论是"讳其所不能,而折以就其所能也",即原因不在于六朝诗本身不如温李诗,而在于六朝诗较温李诗更不易学,说来说去还是六朝诗更高明一些。他不仅对六朝之华大加肯定,还单独提出六朝之清来作为雅区别于俗的标志。

> 夫辞,效三百篇而成声者也,此所云雅也。鸟兽草木,比兴之旨,其取材也博,何为乎?非是,则情傺而不流。夫关关、呦呦之云者,辞之善也。子建之辞也华,康乐之辞也苍,元亮之辞也古,玄晖之辞也亮,明远之辞也壮,子山之辞也俊,子坚、仲言之辞也秀,休文、彦升之辞也警。尚其清也,晋、宋以上之清,人犹知也,昭明《选》以上是也。梁、陈以下,微诸大家,即简文、后主、张正见、江总、王褒无弗清者,人不知也。夫雅者,因俗而命之也,清尤要矣。①

雅是与俗相对而言的,清尤其是雅区别于俗的标志。清的审美内涵中本来就包含超凡绝俗、远离尘世的意味,② 陈祚明以清为雅之尤要,也就是说,雅的最高境界是清。他认为从三百篇至隋,历代优秀诗人之辞虽都各有特色,但又都有一个共同的特点,那就是"清"。不但晋宋以上,就是梁陈以下,诗文也没有不清的。"曹丕论诗赋的审美特征曾独标'丽'字,陆机附以'清'而成'清丽',以为文章美的共同标准",③ 刘勰在《文心雕龙·明诗》中提出了"五言流调,清丽居宗","又将它从'文章'中剥离出来,独归于诗,遂使清在诗中的地位得以确立"④。相较于世人以丽为六朝诗主要特点的看法,陈祚明更看重的是六朝诗清的一面:"人以六朝为丽,吾尤赏其清也。"⑤ 当然,对六朝之清的欣赏是以肯定其

---

① 陈祚明选评《采菽堂古诗选·凡例》,李金松点校,上海古籍出版社,2008,第7页。
② 关于清的论述参见蒋寅《古典诗学中"清"的概念》,中国社会科学出版社,2000年第1期,第146~157页。
③ 蒋寅:《古典诗学中"清"的概念》,《中国社会科学》2000年第1期,第151页。
④ 蒋寅:《古典诗学中"清"的概念》,《中国社会科学》2000年第1期,第151页。
⑤ 陈祚明选评《采菽堂古诗选》,李金松点校,上海古籍出版社,2008,第940页。

丽为基础的，他评陈后主曰："六朝体以清丽兼擅，故佳。"① 他很清楚清、丽之间的关系，"丽而不清则板，清而不丽则俚"，② 如果只有清而没有丽，诗歌就很容易流为俚俗，当然，只有丽而没有清，诗歌也很容易板滞，只有二者结合在一起，才是好诗。虽然六朝尤其是梁陈诗歌偏向于靡丽的审美取向一向为人所诟病，但陈祚明在靡丽当中看出其主流倾向是清，因此，对于一向以梁陈诗歌之弊在靡丽的说法，陈祚明也给予了批驳。

> 梁、陈之诗，匪病其辞，病其无意。在篇咸琢，靡句不雕。起结罕独会之情，中间鲜贯穿之旨。堆珠积翠，不被玉肤。岂知天帝之容，本贵清扬之貌？此其所失也。……梁陈之弊，在舍意问辞，因辞觅态。阙深造之旨，漓穆如之风。③

他认为梁陈诗歌之弊病不在其辞之靡丽，而在其缺少性情，没有深沉的情思贯穿其中。陈祚明对六朝诗歌的认识，在一定程度上与我们现代一致，其论诗眼光还是颇为独到的。

在陈祚明提出的雅的几种表现形态中，"质而能古"的典范是汉魏诗，"自然而华""清丽"的典范是六朝诗。但"质而能古"是一种"非老手不能"的高不可攀的理想，对于一般人来讲是很难达到的。可见，陈祚明所谓的"雅"实际上是以六朝诗之自然而华、清丽为典范的。《采菽堂古诗选》是以折衷七子派与竟陵派的诗学理论为旨归的，相对于前后七子所追求的回归汉魏盛唐的高古之美，陈祚明所言之雅显然更倾向于六朝自然、清丽之美，更重视的是作为诗歌本质的审美特质。

（二）"隐"与"秀"

陈祚明还借用了刘勰的隐秀概念来表达自己对雅的阐释和要求。

---

① 陈祚明选评《采菽堂古诗选》，李金松点校，上海古籍出版社，2008，第 940 页。
② 陈祚明选评《采菽堂古诗选》，李金松点校，上海古籍出版社，2008，第 940 页。
③ 陈祚明选评《采菽堂古诗选》，李金松点校，上海古籍出版社，2008，第 695 页。

夫言有隐有秀。隐者，融微之谓也；秀者，姿致之谓也。融微者，言不尽；姿致者，言无不尽。汉、魏以上，多融微之音矣。然孟德之沉雄，子建之流宕，曷常不务尽乎哉！梁、陈而后，作者尚姿致矣，然阴子坚、何仲言之流，语亦有深者。且如《咏怀》一也，嗣宗第使人思，而子山则泪流漓，被面下矣！此宁可分优劣？顾能悲喜人不耳！①

很显然，隐是隐藏的情态、其美由外不可直接看见，它的内蕴是在字面之外的，而秀则是外露的美好的姿态，是鲜明地呈现在眼前的触目可见之美。张戒《岁寒堂诗话》引刘勰云："情在词外曰隐，状溢目前曰秀"，② 关于这两句阙文是否刘勰原文，一直以来争论颇多。但不管真实与否，陈祚明所见显然是包含这两句阙文的本子。他的隐秀概念来源于此。在这里，隐的特征是"融微""言不尽"；秀的特征是"姿致""言无不尽"。隐要求文学作品要以含蓄不露的描写委婉地表达深厚的内蕴，所谓言不尽；秀则要求用直接的描写将艺术形象鲜明地呈现于眼前，所谓言无不尽。陈祚明认为汉魏以上多隐，梁陈而后多秀，但汉魏以上又多隐中含秀，如曹操、曹植；梁陈而后亦多秀中含隐，如阴铿、何逊，二者实在是无法分出孰优孰劣，只能看其能否感人。在言情上，陈祚明主张隐，即言不尽；而在言事上，他则主张秀，即言要尽，他评《古诗三首》之"十五从军征"曰：

悲痛之极。辞若此者，又以尽言为佳。盖言情不欲尽，尽则思不长。言事欲尽，不尽则哀不深。③

言情不隐则其思不长，言事不秀则其哀不深，陈祚明以为"诗必有谓而作，或咏境，或咏人，或咏情，或咏事，庸可混乎！"④ 诗歌要根据所咏

① 陈祚明选评《采菽堂古诗选·凡例》，李金松点校，上海古籍出版社，2008，第5页。
② 张戒：《岁寒堂诗话》，载丁福保辑《历代诗话续编》，中华书局，1983，第456页。
③ 陈祚明选评《采菽堂古诗选》，李金松点校，上海古籍出版社，2008，第90~91页。
④ 陈祚明选评《采菽堂古诗选》，李金松点校，上海古籍出版社，2008，第528页。

之事来选择表现方式,言情则尚隐,言事则尚秀。因此,古诗要求隐,乐府则要求秀,因为"古诗言情,乐府言事","古诗之佳,全在语有含蓄。……浅夫尽言,索然无余味矣"。① 很显然,陈祚明是以隐为古诗的表现方式,以隐这种表现方式所带来的融微含蓄作为古诗的审美特征的,他以《古诗十九首》为隐的最佳典范。

> 此诗所以为性情之物,而同有之情,人人各具,则人人本自有诗也。但人有情而不能言,即能言而言不能尽,故特推十九首以为至极。言情能尽者,非尽言之之为尽也,尽言之则一览无遗。惟含蓄不尽,故反言之,乃使人足思。盖人情本曲,思心至不能自己之处,徘徊度量,常作万万不然之想,今若决绝,一言则已矣,不必再思矣!故彼弃予矣,必曰"亮不弃"也。见无期矣,必曰"终相见"也。有此不自决绝之念,所以有思,所以不能已于言也。十九首善言情,惟是不使情为径直之物,而必取其宛曲者以写之。故言不尽,而情则无不尽。后人不知,但谓十九首以自然为贵,乃其经营惨淡,则莫能寻之矣。②

他认为"言情能尽"者,并非把情感直接、全部说出,而是采取宛曲的表达方式,使之有含蓄不尽之感,这样才能让人久久思量,把情感表达得淋漓尽致。因为人的情感本身是以宛曲为特征的,比如情感到了不能自已的时候,常常会反复度量,本来如此之事,偏偏要做如彼之想,就算是事实放在眼前,还是会想到万一不如此的情况,情感本身这种宛曲的特征,用辞表达出来,就呈现出含蓄不尽之感。

在情感的两种表达方式隐和秀之间,陈祚明是更倾向于隐的,他论诗以情为基础,而隐的表达方式"言情能尽",显然更符合他的要求。

> 凡诗意必须宛曲,曲则入情。③

---

① 陈祚明选评《采菽堂古诗选》,李金松点校,上海古籍出版社,2008,第84页。
② 陈祚明选评《采菽堂古诗选》,李金松点校,上海古籍出版社,2008,第81页。
③ 陈祚明选评《采菽堂古诗选》,李金松点校,上海古籍出版社,2008,第68页。

　　造语之体，不可直陈。①

直陈必缺乏宛曲之致、含蓄之感，因此他批评鲍照诗曰：

　　述情总是直，直故能尽，直故不深。②

　　直陈固然能把要说的东西全部表达出来，但也存在不深的缺陷。相较于隐这种宛曲的表达方式，秀这种直陈的表达方式很明显的缺点就是缺乏余味，不深。

　　古诗之佳，全在语有含蓄。……言情不尽，其情乃长。此风雅温柔敦厚之遗。就其言而反思之，乃穷本旨，所谓怨而不怒。浅夫尽言，索然无余味矣③

　　古诗之所以好，就是因为表达含蓄。在表达情感时留有余地，才能看出其悠远绵长。按照儒家温柔敦厚的批评标准来说，情感不全部说尽，才是儒家诗教本质上所要求的"怨而不怒"，如果把话全部说尽，情感表达一览无余，诗歌就索然无味了。说到述志诗时，他说："尝试推原此种诗，其格本于汉人赵壹、仲长之流，亦小雅之遗音也。蕴藉低徊，斯为贵矣！"④因此他批评嵇康之诗曰：

　　叔夜情至之人。……阮公渊渊，犹不宣露。叔夜婞直，所触即形。集中诸篇，多抒感愤。召祸之故，乃亦缘兹。夫尽言刺讥，一览易识，在平时犹不可，况猜忌如仲达父子者哉！叔夜衷怀既然，文笔亦尔。径遂直陈，有言必尽，无复含吐之致。故知诗诚关乎性情。婞

---

① 陈祚明选评《采菽堂古诗选》，李金松点校，上海古籍出版社，2008，第650页。
② 陈祚明选评《采菽堂古诗选》，李金松点校，上海古籍出版社，2008，第589页。
③ 陈祚明选评《采菽堂古诗选》，李金松点校，上海古籍出版社，2008，第84页。
④ 陈祚明选评《采菽堂古诗选》，李金松点校，上海古籍出版社，2008，第231页。

直之人，必不能为婉转之调，审矣！①

　　嵇康之诗，抒发的多是感愤，而采取的表达方式则是"径遂直陈，有言必尽"，这就必然造成了他的诗不够蕴藉含蓄。而含蓄正是雅俗的分界线，他评古诗十九首之十"盈盈一水间，脉脉不得语"句曰：

　　　"脉脉"者，有条有绪，若呼吸相通，寻之有端，而即之殊远。二字含蓄无尽，"心有灵犀一点通"即此意，而雅俗霄壤。②

　　可见，陈祚明是不赞赏直露的表达方式的，因为直露很容易不雅，只有含蓄才是雅的。此外，他以为嵇康之诗不但在审美上缺乏含吐之致，不够雅，而且是其召祸的主要原因。而对于嵇康的同时代人阮籍，陈祚明则表示了充分的赞许。

　　　《咏怀》之妙，在于不为赋体，比兴意多，诘曲回翔，情旨错出。传世千余年，人犹不得其解。是知用心深隐，不易骤窥在心之愤，既纡尚口之祸，乃免古人居邦非，大夫立言之体，自应若尔。况直遂之语，无足觥思；隐曲之文，足供绅绎。声歌依永，原与怒詈殊科。使人反覆之而不厌者，必非浅露之词可知也。要而评之，旨高思远，气厚调圆，故能远溯汉人，后式百代。浅夫不察，好为尽言。既足贾祸一时，又难垂讽异日。材高识寡，太白所为讥正平者，诚至论也。③

　　阮籍《咏怀》与嵇康《述志》一样，皆为抒发内心苦闷之情而作，但不像嵇康的直致，阮籍在表达方式上采取了比兴手法，使情感的抒发变得"诘曲回翔"，彦和谓其"阮旨遥深"，④ 钟嵘说他"厥旨渊放"，⑤ 都是言

---

① 陈祚明选评《采菽堂古诗选》，李金松点校，上海古籍出版社，2008，第218页。
② 陈祚明选评《采菽堂古诗选》，李金松点校，上海古籍出版社，2008，第85页。
③ 陈祚明选评《采菽堂古诗选》，李金松点校，上海古籍出版社，2008，第253页。
④ 刘勰：《文心雕龙》，范文澜注，人民文学出版社，1958，第67页。
⑤ 陈延傑：《诗品注》，人民文学出版社，1998，第23页。

其意蕴深远。这些诗大体上皆无具体所指，后人索解纷纷，却都难以把握其确切含义，传世千余年，犹不得其解。阮籍诗歌的这种特点，正是由于运用了隐这种表达方式。这种情感表达上的含蓄，让人对诗歌反复吟咏，回味无穷，既达到了审美上的效果，又避免了现实上的不利。在这一点上，王夫之与陈祚明看法相同。

> 步兵《咏怀》，自是旷代绝作，远绍《国风》，近出入于《十九首》，而以高朗之怀，脱颖之气，取神似于离合之间。大要如晴云出岫，舒卷无定质，而当其有所不极，则弘忍之力肉视荆、聂矣。且其托体之妙，或以自安，或以自悼，或标物外之旨，或寄疾邪之思，意固径庭，而言皆一致。信其但然而又不徒然，疑其必然而彼固不然，不但当时雄猜之渠长，无可施其怨忌，且使千秋以还，了无觅脚根处。盖诗之为教，相求于性情，固不当容浅人以耳目荐取。况公且视刘、项为孺子，则人头畜智者令可测公，不几令泗上亭长反唇哉？人固自有分际，求知音于老妪，必白居易而后可尔。①

所谓"信其但然而又不徒然，疑其必然而彼固不然，不但当时雄猜之渠长，无可施其怨忌，且使千秋以还，了无觅脚根处"，强调的就是情旨的不确定性带来的含蓄之美。在强调雅要含蓄蕴藉这一点上，陈祚明与王夫之的取向是一致的。王夫之在《古诗评选》中谓：

> 以雄快感者，雅士自当不谋。②
>
> 昔人论书，谓"过务道劲则俗气未除"，谢客以上人，必不肯作此种语。雅俗渐移，作者方自标胜地，不知其已降也。道劲之句于近体为元声，于古诗为末流，二体之雅俗，于此居然可辨。③
>
> 一往驶，健中自有留势则雅；规恢大，结束不遽则雅。④

---

① 王夫之评选《古诗评选》，张国星校点，文化艺术出版社，1997，第 167 页。
② 王夫之评选《古诗评选》，张国星校点，文化艺术出版社，1997，第 14 页。
③ 王夫之评选《古诗评选》，张国星校点，文化艺术出版社，1997，第 50 页。
④ 王夫之评选《古诗评选》，张国星校点，文化艺术出版社，1997，第 242～243 页。

在王夫之看来，雄快、遒劲、刚健等诗风不够含蓄蕴藉，不符合温柔敦厚的诗教精神，因而不雅。是否含蓄蕴藉是其判断雅俗的标准之一。虽然论诗出发点与陈祚明有所不同，王夫之要求诗歌含蓄蕴藉，其出发点在于倡导温柔敦厚之诗教精神，而陈祚明更着重在其审美上。但在要求诗歌含蓄蕴藉这一点上，二人是一致的。这也在某种程度上与清初诗歌发展的趋势相一致。

三 神、气、才、法

在情与辞之间，陈祚明设置了神、气、才、法这一中间层面，作为联系情与辞的中介。他论神与气曰：

> 诗所由致于工之路，使人亦悲亦喜者，神也。往覆而不可穷，迁变而不滞，举大而力不诎，入微而旨不晦，零杂兼并而不乱，繁称博引，典核而洒如不纷，非气孰能胜之？气雄则厚，气清则洁。有简淡而亦厚者，元亮之善宗汉人也；有填缀而亦清者，阴、何之善法古乐府也。夫乐府之气雄，古诗之气清。然无不兼擅者，诚有气，则清非弱之云，雄非浊之论。尚情而弱，尚辞而浊者，不知养气者也。①

陈祚明认为神能使诗歌工致、感人，气则能使诗歌顺畅、不乱。他对神没有展开论述，对气的论述则继承了曹丕、刘勰论文气关于气有清浊刚柔之分的思想。中国诗学最具特色的部分就是以感应论为基础的生命论诗学，在古人看来，不同诗人的作品之所以呈现出不同的面貌，主要是由于诗人禀性不同，即气不同。气在生命本体性上有清浊、刚柔之不同，所以审美表现上就有浑厚雄放与洁净清和之不同。一般来说，清、柔之气形之于文，其审美表现为洁净清和；刚、浊之气形之于文，其审美表现为雄放浑厚。古代文论中词语内涵较为含混，清，有时候用于气的本体性层面，有时候用在审美表现上，浊、厚等也常有类似混用现象。但清浊之分含有

---

① 陈祚明选评《采菽堂古诗选·凡例》，李金松点校，上海古籍出版社，2008，第5~6页。

褒贬的意味,中国古代论气向来都是尚清贬浊,雄、厚、刚、柔之类的概念则不含褒贬之义。与曹丕将气分为清浊不同,陈祚明这里用"清"与"雄"来分指气之本体,"洁"与"厚"来指这两种气之本体所带来的审美表现,用"弱"与"浊"来指这两种气之本体容易带给文章的弊病。"气雄则厚,气清则洁","雄"与"清"是从气之本体、作家禀性上说的,"厚"与"洁"是就气之为用、审美表现上说的。就诗歌而言,乐府"气雄",古诗"气清","然无不兼擅者",即二者是可以统一的,陶渊明的诗歌"简淡",这是"洁",但也"厚",这是他善于学习古诗的缘故。阴铿、何逊的诗歌"填缀",也就是堆叠,它会形成"厚",但是也"清",这是他们善于学习乐府的缘故。气清易弱、气雄易浊,但也不是清必定会导致弱,雄必定会导致浊,之所以文章会出现弱和浊的现象,是由于养气不够。说起养气,最有名的"我善养吾浩然之气",说的是内心的修养,施之于诗文,则是作者之"情志"。在古人看来,"夫文章兴作,先动气,气生乎心,心发乎言,闻于耳,见于目,录于纸",① 气虽"生乎心",但也要"闻于耳,见于目"的外物触发,它是主客体交往的产物,从"心"到"录于纸",中间的兴起者是"气",也就是从作家之"情志"到文章之"言辞",中间的连接点是"气"。相比于辨清浊厚薄,陈祚明更强调气在文章当中的作用。一般来说,风格刚健有力的文章经常会出现粗豪的毛病,太过细腻的文章很容易出现意旨不明的问题,内容庞杂很容易使文章散乱,用典过多又很容易导致文章板滞。那么,能够让文章避免这些毛病,刚健而不粗豪、细致而不模糊、零杂而不散乱、用典而不板滞、回环往复而又变化无穷的,只有气之贯通。他论沈约诗曰:

> 休文诗体全宗康乐,以命意为先,以炼气为主,辞随意运,态以气流,故华而不浮,隽而不靡。《诗品》以为宪章明远,源流既讹,独谓工丽见长,品题并谬。要其据胜,特在含毫之先。命旨既超,匠心独造,浑沦跌宕,具以神行。句字之间,不妨率直。所未逮康乐者,意虽远而不曲,气虽厚而不幽。意之不曲,非意之咎,乃辞之低

---

① 〔日〕遍照金刚:《文镜秘府论》,人民文学出版社,1975,第130页。

徊也；气之不幽，非气之故，乃态未要眇也。……夫辞虽乏于低徊，而运以意，则必警；态虽未臻要眇，而流于气者必超。骤而咏之，飒飒可爱；细而味之，悠悠不穷，以其薄响，校彼芜音，他人虽丽不华，休文虽淡有旨，故应高出时手，卓然大家。三复之余，慕思无已。①

陈祚明认为沈约诗完全学习谢灵运，二者的作品先有意旨，注重气的锤炼，文辞随着文意运行，文态顺着文气流动，所以能够华美但不浮泛，隽永而不靡弱。沈约不如谢灵运的地方，在于文辞不够低徊而使诗歌不够含蓄，文章形态不够优美而使文章不够幽长，但因为文章之意旨幽远、文气流动，所以依旧可以达到卓然大家的程度。这里讲的也是文气贯通的问题，因为有高超的意旨，流动的文气，在一定程度上就可以弥补文章其他方面的缺陷。陈祚明在《采菽堂古诗选》中对庾信评价最高，"庾子山才不下少陵，今人莫知者，悲夫！"。②

北朝羁迹，实有难堪。襄汉沦亡，殊深悲恸。子山惊才盖代，身堕殊方，恨恨如忘，忽忽自失。生平歌咏，要皆激楚之音，悲凉之调。情纷纠而繁会，意杂集以无端。兼且学擅多闻，思心委折，使事则古今奔赴，述感则方比抽新。又缘为隐为彰，时不一格，屡出屡变。汇彼多方，河汉汪洋，云霞蒸荡，大气所举，浮动毫端。故兼秀句以拙词，厕清声于洪响。浩浩汩汩，成其大家。不独齐梁以来，无足限其何格；即亦晋宋以上，不能定为专家者也。至其琢句之佳，又有异者。齐梁之士，多以炼句为工，然率以修辞矜其藻绘，纵能作致，不过轻清。夫辞非致则不睹空灵，致不深则鲜能殊创。《玉台》以后，作者相仍，所使之事易知，所运之巧相似。亮至阴子坚而极矣，稳至张正见而工矣！惟子山矗异搜奇，迥殊常格，事必远征令切，景必刻写成奇。不独暂尔标新，抑且无言不警。故纷纷藉藉，名

---

① 陈祚明选评《采菽堂古诗选》，李金松点校，上海古籍出版社，2008，第720~721页。
② 陈祚明选评《采菽堂古诗选》，李金松点校，上海古籍出版社，2008，第9页。

句沓来。抵鹊亦用夜光，摘蝇无非金豆。更且运以杰气，敷为鸿文，如大海迴澜之中，明珠、木难、珊瑚、玛瑙，与朽枿、败革、苦雾、酸风，汹涌奔腾，杂至并出，陆离光怪，不可名状。吾所以目为大家，远非矜容饰貌者所能拟似也。审其造情之本，究其琢句之长，岂特北朝一人，亦即六季鲜俪。①

他充分肯定庾信诗歌之创新性，不管是使事用意、言情写景，还是遣词用句、形式技巧，都能独标新异，精警出新，再加上运以"杰气"，敷衍成文，使他的文章就如在大海的滚滚波涛之中，珍珠、木难、珊瑚、玛瑙等珍异之物与枯枝败叶、苦雾酸风等坏朽之物杂陈并至一样，光怪陆离，不可名状。庾信文章的这种天风海涛般壮阔奇幻的风格，固然建立在"情"与"辞"的奇异迭出上，但如果没有这超出一般的"杰气"之贯穿鼓荡，是不会有如此震撼人心之效果的。

对庾信的评价如此之高，也与其"惊才盖代"有关。陈祚明论才，是以表达上能言人所不能言为标准的，他在总评曹植时说：

> 古学之不兴也。以纂绣组织者为才，此非古人所谓才也。夫才者，能也。其心敏，其笔快，能道人不易道之情，状人不易状之景。左驰右骋，一纵一横，畅达淋漓，俛仰自得，是之谓才。得之于天，不可强也。……昧者不察，震其繁丽，以为多才，即昭明所收《白马》《名都》《箜篌》《美女》，亦皆此旨。若《吁嗟》之飘荡，《弃妇》之婉约，《七步》之真至，反不解登，安能尽子建天才之极乎！②
>
> 子建既擅凌厉之材，兼饶藻组之学，故风雅独绝，不甚法孟德之健笔，而穷态尽变，魄力厚于子桓。要之三曹固各成绝技，使后人攀仰莫及。③

他批评世人以文辞繁丽、善于组织文章为才的看法，认为不管哪一

---

① 陈祚明选评《采菽堂古诗选》，李金松点校，上海古籍出版社，2008，第1080~1081页。
② 陈祚明选评《采菽堂古诗选》，李金松点校，上海古籍出版社，2008，第154~155页。
③ 陈祚明选评《采菽堂古诗选》，李金松点校，上海古籍出版社，2008，第155页。

种风格，繁丽也好，婉约也好，都要能自由地表达人所不易表达的情感，描摹人所不易描摹的景物，才能称其为才。正如其评曹植《美女篇》所言：

> 又有不为温、李之华，而其词亦不雅者，止此数十典故，数见不鲜，无才情以运之，前后不属，词意不称，此亦不足谓之华也。①

在陈祚明看来，诗歌的最高境界是质而古，如果做不到，就退而求其次，追求华，但华也有雅和不雅，自然而华是雅，如六朝诗；强凑而华则不雅，如温、李诗。温、李诗所以不雅，是因为强用古人古事以凑合己意又不甚合于情理，而那些才情不如温、李者，只不过几十个典故用来用去，又缺乏才情，最后写成的文章只能是典故的堆砌，前后不能相连，词意不能相称，更谈不上文章之华了。所谓的才，要如庾信，庾信诗文不同于同时代其他人，固然由于其系于北地不得返的独特人生经历，但能把这"恨恨如忘，忽忽自失"的深悲殊痛如洪涛巨浪汪洋恣肆地表达出来，没有盖代"惊才"是不可能达到的。这里的才也是贯穿于文章当中连接"情"与"辞"的中间媒介。

陈祚明论法说：

> 言有绪者，取诸其不乱也；言有则者，取诸其不渎也；言益明者，取诸其先后审也；言扼要者，取诸其详略宜也；言使人若伤若畏者，取诸其敷陈切也；言使人若伫若倾者，取诸其缓急得所也；言使人若思者，取诸其蕴蓄不易穷也。谁令致之，则法之不可以已也。法有循之以为谨，有化之以为变，有忘之以为神，无无法者。士衡循法者乎？文通、玄晖其流也；子建化于法矣，休文其流也；十九首、古乐府，神于法者乎？嗣宗、元亮、康乐、子山，盖日孜孜焉，然非有他谬巧也。夫射者，三尺之侯不能中，而养由基且以穿杨叶。匠石之

---

① 陈祚明选评《采菽堂古诗选》，李金松点校，上海古籍出版社，2008，第166页。

斤也，宜僚之丸也，谓自然者也。①

他认为有循于法者，有化于法者，有神于法者，无无法者。中国古代对法的观念是由法入手，经过对法的超越，最终达到无法的境地，也就是我们常说的"至法无法"，这种无法的境地，也就是自然的境地，陈祚明所谓的神于法者与之大体相同。

四 小结

陈祚明论诗以情为本，他认为情为千古不变之物，所以他对汉至隋诗歌同等视之；他又要求辞要雅，汉魏之辞质而能古，自然是雅的，六朝之辞自然而华，又饶清气，也是雅的，以此为基准，他也肯定了汉魏六朝诗，他在选诗时秉行了这一原则。

> 予选古诗，虽齐、梁以后，不敢忽略，诚以有唐大家恒多从此取径。虽命体不同，而楚风、汉谣，并成其美；春兰秋菊，各因其时，采撷流风，咸饶逸韵也。②

不同时代、不同体裁的诗歌就像楚风汉谣、春兰秋菊一样，各有各的特色，各有各的美丽，所以陈祚明在选取古诗时，即使对屡遭贬抑的齐梁诗也不敢忽略，给予了同样的重视。

陈祚明在《采菽堂古诗选·凡例》中说："予之此选，会王李、钟谭两家之说，通其蔽，折衷焉。其所谓择辞而归雅者，大较以言情为本。"很显然，"以言情为本"吸收了竟陵派诗学，"择辞而归雅"则继承了七子之主张。但我们通过对他"择辞而归雅"的辨析，发现他所谓的雅是以自然而华、清丽、含蓄蕴藉为特征的，而最能代表此一特征的是六朝诗，很显然，他对前后七子是既有继承又有发展的，他将七子派倡导的汉魏高古之美引向了六朝自然清丽之美，更加重视诗歌的审美特质。而在折衷七子

---

① 陈祚明选评《采菽堂古诗选·凡例》，李金松点校，上海古籍出版社，2008，第6页。
② 陈祚明选评《采菽堂古诗选》，李金松点校，上海古籍出版社，2008，第830页。

派与竟陵派诗学主张这一点上，他的诗论体现了清初对二者进行综合的诗学发展潮流和趋势。① 他强调审美表现方式之宛曲，追求含蓄不尽之余味，这与稍后王士禛的神韵主张具有某种程度的一致性。

---

① "明清之际诗学总的趋向是：儒家诗学政教精神出现复兴，在审美上从公安、竟陵派的主性情诗学与七子派的主格调诗学的两极对立开始趋向综合与统一。"张健：《清代诗学研究》，北京大学出版社，1999，第1页。

第二章 "风雅"的回归与时代特色

第一节 以"情志为本"为论诗标准的《六朝选诗定论》

在清初特殊的政治文化背景下，复兴儒家传统的诗教精神成了这一时期各个诗学流派共同的主张。与之相呼应，清初诗论中出现了对古诗所含之"道"的探索，这种探索，集中体现在吴淇的《六朝选诗定论》中。据《钦定四库全书·河南通志》载：

> 吴淇，字伯其，睢州人。赋姿颖异，十五习诗赋，清词丽句，往往惊其长老。为制举义，不拘尺幅，落落有奇气。登顺治乙酉乡荐。壬辰捷南宫后，里居六载，益肆力于学。戊戌成进士，授广西浔州府推官，升江南镇江府同知。镌级归，构屋数楹，寝处其中，与诸子侄口讲手批，夜分不倦。工填词，晚年声律益细，尤深于道家言。其论诗上下古今升降正变，为时所宗，著文集若干卷。①

吴淇《六朝选诗定论》共十八卷，前有《六朝选诗定论缘起》一卷，《统论古今之诗》一卷。此书以《文选》所选古诗为评论对象。《文选》选诗止于梁天监中，故吴淇所谓的"六朝"与我们通常所说的"六朝"不同，指的是汉、魏、晋、宋、齐、梁六朝。他之所以重视《文选》诗，主

---

① 《河南通志》，文渊阁四库全书第538册，第133页。

要是因为当时论者"详于唐而略于《选》，溺流而忘源"，① "知宗趣三唐而不知唐音全盛固已隐隐隆隆于《选》诗中"，② 而在他看来，学习唐诗要从六朝诗入手，才能标新立异，拔出于流俗，周亮工在为其《六朝选诗定论》所作序中说：

> 故学唐而规规于唐，与不必规规于唐而从《选》体入者，其功则有间矣。此伯其论诗之旨也。吾观伯其自为诗，标新领异，峻拔千寻，粤中诸吟，传诵满艺苑，非其得力于"选"诗者有甚深欤？③

周序揭示了吴淇学诗当从"《选》体"入的理论主张，以及他在"《选》体"影响下的诗歌特色和成就。

《六朝选诗定论》虽然是对《选》诗的评论，所选诗歌不出《选》诗范围，但吴淇借《选》诗来阐述自己的诗学主张，他将古今诗歌分为三个大的历史阶段，称之为"三际"，以《文选》所选汉至萧梁古诗为连接前后两际的中间环节，这种以《选》诗为中心的诗学观是当时云间、西泠派重《选》体诗风影响的一个表现，带有鲜明的时代特色。

一 "三际"说

吴淇将古今诗歌划分为三个大的历史阶段，称之为"三际"：

> 自有诗以来，厥变已极。今欲论其兴废盛衰之故，将古今之诗，分为三际。曰：《三百篇》为一际，孟子所云"王迹"。"选"诗为一际，杜甫所云"汉道"。唐以后诸近体诗为一际，今人所沿之唐制是也。④

在他的诗歌史框架中，《三百篇》是第一个阶段，他借用孟子"王者

---

① 吴淇撰《六朝选诗定论》，汪俊、茹进德点校，广陵书社，2009，第1页。
② 吴淇撰《六朝选诗定论》，汪俊、茹进德点校，广陵书社，2009，第1页。
③ 吴淇撰《六朝选诗定论》，汪俊、茹进德点校，广陵书社，2009，第1页。
④ 吴淇撰《六朝选诗定论》，汪俊、茹进德点校，广陵书社，2009，第40页。

之迹息而诗亡"① 称之为"王迹";《文选》所选诗歌为第二个阶段,他借用杜甫"骚人嗟不见,汉道盛于斯"② 称之为"汉道";唐以后近体诗为第三个阶段,以唐诗为中心,他称之为"唐制"。在他看来,诗歌史的"三际"既是相联的,又是有别的,他对这"三际"的起始做了细致的划分:

> 余维分古今之诗为三际,由《易水》之歌遡之虞庭之歌,为初际。……《文选》之诗,虽非圣经之比,煌煌乎六朝之巨典也。爰遡所始,以《大风》一歌为权舆,亦犹《三百》之权舆于虞庭之歌也,而其终则于陈、隋。……若夫唐人之诗,不能脱离汉道,非若汉诗去《三百篇》之远,其权舆在齐梁以后之四声八病。③

在《三百篇》之"王迹"一际,诗歌始于《虞庭》,终于《易水》;《选》诗之"汉道"一际,诗歌始于汉高《大风》,终于陈隋;唐以后诗之"唐制"一际,诗歌始于陈隋,关于这一际的终点,吴淇在《统论古今之诗》中说:

> 诗自有虞迄于西周,千有余年而一变。自炎汉及于萧梁,千有余年而再变。自唐至今日,亦将千有余年。诗之为道,其将以此终古耶?其将他变而别成一际耶?抑或转而大复古耶?斯绝非人智意所能及也。④

对于当代诗歌的发展方向,吴淇提出了三种假设:一是沿着"唐制"发展下去,二是发展变化为第四际,三是全面复古。至于清诗会向哪个方向发展,吴淇认为这是不以人的意志为转移,也不是人的才智可以决定的,故而无法对其做出推测。对于陈隋诗,一般是以其为唐诗之滥觞,属

---

① 《孟子·离娄下》,《十三经注疏》,上海古籍出版社,1997,第2727页。
② 仇兆鳌:《杜诗详注》,中华书局,1979,第1541页。
③ 吴淇撰《六朝选诗定论》,汪俊、茹进德点校,广陵书社,2009,第484~485页。
④ 吴淇撰《六朝选诗定论》,汪俊、茹进德点校,广陵书社,2009,第43页。

于六朝诗歌的范围，但由于《文选》选诗至梁天监中，吴淇为了将《选》诗作为一个完整的历史阶段，遂将陈隋诗归入了唐制。

在三百篇与《选》诗之间，他又以《易水歌》为承前启后之中介，其《六朝选诗定论》卷十八单选荆轲《易水歌》独立成卷，以之为三百篇之终、"汉道"之先：

> 此歌当与《楚辞》并读。屈子千言不厌其多，荆生二语不见其少。今千载下读之，英英有生气。故汨罗可补楚风之缺；易水直开汉道之先。①

他以《易水歌》为"汉道"之先，主要因为它与楚辞有异曲同工之妙。而在他看来，《楚辞》在《选》诗与三百篇之间具有承前启后的作用，他说：

> "选诗"去《三百篇》千有余年，中间承前开后，骚赋之功不可没也。《三百篇》与"选诗"两会，譬如巴巫之峡屹然对峙，其中定有江水汹涌、怒气天崩、声摧地折，极诡怪之奇观，而后两峡之气始接而势益壮，则骚之襟会乎两会者亦若是而已。故古人作骚赋而不得《三百篇》之意，竟不成其为骚赋；作"选诗"者不得骚赋之意，竟亦不成其为"选诗"也。杜甫曰："递相祖述复先谁？"盖莫先于《三百篇》矣。故《三百篇》不特为骚赋、"选诗"一切有韵之文之总持，即一切无韵之文亦莫不以为总持焉。②

他认为《三百篇》是一切文章的总规则，有韵也好，无韵也好，莫不以之为准则。《选》诗与三百篇之间相距千年，在中间连接二者的是骚、赋。他以巴峡、巫峡喻《三百篇》与《选》诗，以汹涌之江水喻骚、赋，正如江水流而巴、巫两峡之气始接而势益壮一样，《三百篇》与《选》诗

① 吴淇撰《六朝选诗定论》，汪俊、茹进德点校，广陵书社，2009，第483页。
② 吴淇撰《六朝选诗定论》，汪俊、茹进德点校，广陵书社，2009，第2页。

因为有了骚、赋的联通而气运相联。在《总论古今之诗》中,他又剔除了赋的作用,进一步突出了楚骚与三百篇、《选》诗之间的密切关系。

> 夫楚《骚》者,周诗之流;汉道者,又楚《骚》之变也。故楚《骚》中具有《三百》之性,而汉道中兼有楚《骚》之情,所以诗无《骚》名,而《骚》得与于风雅之林者,《三百》之性寓乎其中也。赋列诗义,而不与风雅者,赋主敷词,《三百》之性不存焉。是以汉之诗取《离骚》之情,合《三百》之性,故美而可传也。[1]

由于赋主敷词,所以《三百篇》之性不存,而楚骚则具有《三百篇》之性,"汉道"又兼有楚骚之情,汉诗所以美而可传,正是因为它综合了楚骚之情与《三百篇》之性。

对于他诗歌史框架中的第三际,他说:

> 汉以后诗,迭盛迭衰,至梁、陈而衰极,故唐人不得不别创坛宇。然总之亦不离汉道。但在陈梁之前,其于汉为踵事而增华,唐世以后为变本而加厉。踵事增华,如夺舍移居,不脱轮回;变本而加厉,如伐毛洗髓,固已别生羽翰矣。此唐制所以与汉并驱中原也。[2]

与陈隋对汉诗的继承不同,唐诗对汉诗既有继承又有发展。唐诗首先继承了汉诗的传统,所谓"不离汉道"是也;但唐诗同时又在继承的基础上有所发展,形成了自己独立的面貌,所谓"别生羽翰"是也。正因为有了独立的面貌,"唐制"才得以与"汉道"并驾齐驱,二者的关系是在继承基础上的并列。

吴淇以千余年为段限将诗歌史划分为三际,他阐述三者之关系说:

> 汉道之于《三百篇》,迥以别矣,唐制原本于汉道,而分为两际

---

[1] 吴淇撰《六朝选诗定论》,汪俊、葅进德点校,广陵书社,2009,第45页。
[2] 吴淇撰《六朝选诗定论》,汪俊、葅进德点校,广陵书社,2009,第42页。

者，譬之治道，《三百篇》犹之封建也，汉以后之诗，犹之郡县也。唐与汉虽均为郡县之天下，然世儒之论曰：汉制弘其纲纪，唐制详其节目，规模自是不同。其为诗也，亦如其治而已。①

他用封建与郡县来比喻《三百篇》与汉以后诗，则《三百篇》为汉以后诗之统领，而汉以后诗又分为"汉道"与"唐制"者，这在于二者面貌不同。譬之于治道，则"汉道"与"唐制"为《三百篇》辖下面貌不同之并列郡县。

"汉道"与"唐制"虽为并列关系，然二者之间毕竟还有一重继承与被继承的关系，吴淇论汉诗曰：

> 盖唐制虽自成家，然变本加厉，初亦不离汉道。故后世学诗者，须以汉道为本。②

在他的诗歌史框架中，《三百篇》是高高在上的，但也是后人无法企及的，后人不能学，也不再作，这一阶段自然就被搁置了起来。但汉以后诗，实际上都是汉诗的继承者，唐诗虽自成面貌，但亦不离"汉道"，所以他认为后世学诗者，须以"汉道"为本，这也是他评定《选》诗的宗旨，周亮工在为其所作序中明确说明了这一点。

> 后世知宗趣三唐，而不知唐音全盛固已隐隐隆隆于"选诗"中，无所复遗。盖自伯其之论出而始彰，伯其之功不可诬也。夫学《选》体得真唐，学唐音其流将至不可挽，故学唐而规规于唐，与不必规规于唐而从《选》体入者，其功则有间矣。此伯其论诗之旨也。吾观伯其自为诗，标新领异，峻拔千寻，粤中诸吟，传诵满艺苑，非其得力于"选"诗者有甚深与？③

---

① 吴淇撰《六朝选诗定论》，汪俊、茹进德点校，广陵书社，2009，第42页。
② 吴淇撰《六朝选诗定论》，汪俊、茹进德点校，广陵书社，2009，第61页。
③ 吴淇撰《六朝选诗定论》，汪俊、茹进德点校，广陵书社，2009，第1页。

因此，不能体现"汉道"的诗歌都要被排除在外，吴淇在其《六朝选诗定论》中说：

> 余将论"选"诗，先分古今诗为三际者，三百，"选诗"之源；唐诗，"选诗"之流，不谙其源流，则"选诗"不可得而论也。前既统论其大概，兹乃总论《选》中六朝一际之诗。一际之中，又分为三会：一曰汉魏，一曰晋，一曰宋，而齐梁为闰余焉。①

在厘清了《选》诗源流之后，他将"六朝"一际又划分为三个时期：汉魏、晋、宋。他称齐梁诗为"闰余"，也就是多余出来的东西，他如此划分的理由为：

> 齐人信亦多才，享国弗永。梁武受禅，全齐之人才，尽入于梁。唯谢朓早逝，得以系齐，然论其标品，亦鲍照之流亚也。梁江淹、沈约、任昉、范云之徒，各自名家，莫适为主，四声八病，声律太苛，遂为唐人律、排、绝句之嚆矢。汉道至此，不绝如线矣。是以刘勰《文心》中著《声律》一则，深致匡救之意。钟嵘《诗品》末发"知音"一论，实怀忧患之心。是齐、梁已为汉道之闰余，况陈、隋乎？故《选》中虽兼齐、梁，余断分三会，止于汉、魏、晋、宋也。②

他认为齐梁之时声律大兴，汉道已不绝如缕，是以《文选》选诗虽兼齐梁，但在吴淇的心目中，"三会"止于汉魏、晋、宋，齐梁已经是"闰余"了。其实在他看来，刘宋之时"汉道"即已"为变已极"，他说：

> 当此时也，四言寝微，五言独擅，写物极态，掞词标新，片言研日月之精；一语定生平之价，汉道至此，为变已极。③

---

① 吴淇撰《六朝选诗定论》，汪俊、黃进德点校，广陵书社，2009，第43页。
② 吴淇撰《六朝选诗定论》，汪俊、黃进德点校，广陵书社，2009，第44~45页。
③ 吴淇撰《六朝选诗定论》，汪俊、黃进德点校，广陵书社，2009，第44页。

中国古代诗歌发展至宋，用事、排比、声律已经开始成为作家有意识追求的艺术技巧，刘勰所说的"俪采百字之偶，争价一句之奇"，① 大体上讲的就是刘宋初期的文坛风气。这种对诗歌表现形式的追求，在吴淇看来，就是"汉道至此，为变已极"。关于晋太康、元康之诗，他认为是"汉道之中兴"，② 可见他划分六朝这一际诗歌的历史分期是以其在多大程度上体现了"汉道"为标准的。

在吴淇的诗论中，"汉道"是一个核心概念。他以此为基点来透视整个诗歌史，认为学诗当以"汉道"为本，诗歌好坏的标准，即在多大程度上体现了"汉道"。而所谓《选》诗，就是他《六朝选诗定论》中所选取的体现了"汉道"的诗歌。冠之以"定论"，亦可见其对自己诗学主张信心之大之强。他的目的，在于通过自己对《选》诗的重新阐释，为学诗者提供一个可供借鉴的规范化了的《选》诗。

二 "汉道"之体裁论

吴淇首先从诗歌体裁入手对《选》诗进行了规范。我们通常意义上所说的古诗，大体包括了四言诗、五言诗、七言诗以及乐府诗，《文选》皆有所选取，后人模拟《选》诗也大体上是各体皆有。而吴淇却认为只有五言诗、七言诗才是《选》诗，乐府诗与四言诗皆不合"汉道"，不是《选》诗。他论汉诗曰：

> 少陵以苏李古诗为汉道，以其能继《三百篇》之正统。他如乐府《十九章》及《安世》《房中》诸歌，皆出汉人之手，非不有典有则。然而温文敦厚之教缺焉，非《三百篇》之嫡派。苏李古诗，组织风骚，咸折交质之衷，抒发性情，深合和平之旨，故可超赋凌《骚》，直接风雅。所以魏及六朝千有余年，诗人心血尽呕于此，而乐府《十九章》诸体，遂成闰位矣。③

① 范文澜：《文心雕龙注》，人民文学出版社，1958，第67页。
② 吴淇撰《六朝选诗定论》，汪俊、茆进德点校，广陵书社，2009，第44页。
③ 吴淇撰《六朝选诗定论》，汪俊、茆进德点校，广陵书社，2009，第62页。

他认为苏李诗能继承三百篇之正统，所以为"汉道"之代表。其他如乐府十九章之类，虽也有典有则，但缺少诗教温柔敦厚之精神，不是三百篇之嫡派。吴淇把乐府诗排除在了"汉道"之外，他说：

> 诗与乐府之体异也。夫乐府之名昉于汉，其体不惟与五言汉道不合，即与汉之四言、七言及杂言之诗体亦不合。①

他认为乐府与"汉道"不合，对于《文选》中的乐府诗，他只选取了其中《饮马长城窟》《君子行》《伤歌行》《长歌行》4 首，因为在他看来，这 4 首乐府诗为合"汉道"之作，他说：

> 而乐府四篇，却与五言汉道同体，何也？汉道五言倡于苏李，乐府四篇本于班姬，而班姬之源，又出自李都尉。是以乐府四篇，不合乐府《十九章》及《安世》《房中》诸歌，而与《古诗十九首》合。②

他所以视这 4 首乐府为合"汉道"之作，在于其源出于班姬，班姬之源又出自李陵，而苏李诗是他所树立的"汉道"典范，则源出于此的乐府四篇自然也就是合"汉道"之作了。对于《文选》中的乐府诗，他所持的标准是"合汉道则录，不合汉道则弃"，③ 其他乐府诗因不合"汉道"而皆在舍弃之列。乐府乃古诗的一种重要诗体，后代拟作亦多，即在明清之际，云间西泠也颇为重视，而吴淇以其不合"汉道"，几尽舍弃，确是明确贯彻其诗学主张的。不仅如此，吴淇还把作为《三百篇》主要诗体的四言诗也排除在了"汉道"之外，他在评韦孟《讽谏诗》中说：

> 少陵曰："骚人嗟不见，汉道盛于斯"，汉道即指五七言，一盛于汉，再盛于唐。④

---

① 吴淇撰《六朝选诗定论》，汪俊、钭进德点校，广陵书社，2009，第 76 页。
② 吴淇撰《六朝选诗定论》，汪俊、钭进德点校，广陵书社，2009，第 76 页。
③ 吴淇撰《六朝选诗定论》，汪俊、钭进德点校，广陵书社，2009，第 60 页。
④ 吴淇撰《六朝选诗定论》，汪俊、钭进德点校，广陵书社，2009，第 64 页。

所谓"汉道即指五七言",就等于把四言诗也排除在了"汉道"之外。虽然他在一些地方也承认四言诗亦为"汉道"之一种,如他在评嵇康时说:"汉道虽兼五言、四言,然当日者率以五言为主,其于四言,兼之而已。"① 四言诗于"汉道"仅是"兼之而已",可见其总体上是以五言、七言为主的。

吴淇从诗歌体裁入手对《选》诗进行的规范,使《选》诗的范围大为缩小,但也使作为五言古诗代名词的《选》诗的诗体特征更为明确。以是否符合"汉道"为乐府的去取标准,亦可见出他更重视的是诗歌的内容及其所体现的精神。

三 "汉道"之特征

那么,以五、七言为主的"汉道",在诗歌内容及其所体现的精神上又有何具体特征呢?我们可以从吴淇选出的"汉道"五言典范之作入手来看:

> 此古《十九首》之所由选也,并古乐府四篇,凡二十三首,是宜合为一编。……今再以此二十三首,合之苏李七首、班姬一首,凡三十一首,而汉道五言尽于斯矣。②

吴淇选出的"汉道"五言典范之作为古诗十九首、古乐府四篇、苏李诗七首、班姬一首。他评古诗十九首曰:"宏壮、宛细、和平、险急,各极其至,而总归之浑雅";③ 评苏李诗曰:"苏李古诗,组织风骚,咸折交质之衷;抒发性情,深合和平之旨,故可超赋凌骚,直接风雅";④ 又评汉诗曰:"是以汉之诗取《离骚》之情,合《三百》之性,故美而可传也";⑤ 又曰:"汉道祖《三百篇》而宗《离骚》也。"⑥ 可见他所谓的

① 吴淇撰《六朝选诗定论》,汪俊、苭进德点校,广陵书社,2009,第143页。
② 吴淇撰《六朝选诗定论》,汪俊、苭进德点校,广陵书社,2009,第76页。
③ 吴淇撰《六朝选诗定论》,汪俊、苭进德点校,广陵书社,2009,第77页。
④ 吴淇撰《六朝选诗定论》,汪俊、苭进德点校,广陵书社,2009,第62页。
⑤ 吴淇撰《六朝选诗定论》,汪俊、苭进德点校,广陵书社,2009,第45页。
⑥ 吴淇撰《六朝选诗定论》,汪俊、苭进德点校,广陵书社,2009,第41页。

"汉道",是既能体现《离骚》之情,又能继承三百篇之性的作品。

所谓三百篇之性,亦即儒家温柔敦厚之诗教精神。他评束皙曰:

> 凡作诗文,必须与世道人心有关,而尤以有用为大。诗三百篇,皆关世道人心而为用最备。……若夫"选"诗,去《三百篇》虽远,而有关于世道人心则同,然其为用则寡矣。……若徒劳劳于风云月露之中,其与世道人心奚补?①

诗歌要关乎世道人心,有用于世,这是儒家传统诗教观的要求,《选》诗去三百篇既远,已乏兴观群怨等社会功用,但在关乎世道人心这一点上是与其相同的。在吴淇看来,徒劳劳于风云月露,与世道人心无补之作,是不符合"汉道"的,他评陶渊明曰:

> 《诗》三百篇,作者不必尽圣贤之徒,而圣贤之徒为多,而周公尤拔萃。故删诗十仅存一,而周公无逸诗。六朝诗,其作者圣贤之徒甚少,相类者止陶靖节一人。其所为诗,每合乎圣贤之道。使夫子生六朝之后,其于诸人之诗,诚未知其取舍。若靖节之诗,必多所存。惜《选》主词不主意,所取者少耳。靖节之人,圣贤之人也,其言纯乎圣贤之言。唐以后合乎圣贤之言者,惟杜少陵而已。②

对陶渊明的评价,不是从其诗自然天成、其人精神高洁、境界超然不俗等方面来进行的,而是将陶渊明视为圣贤之人,是六朝仅存的可以接续三百篇圣贤之作的人。既为圣贤之人,其诗自然合乎圣贤之道,吴淇甚至说假使孔子生于六朝之后,看到六朝诗如此背离了圣贤之道,估计都不知该如何进行取舍,但对于陶渊明的诗,一定是会多加选择的。作为圣贤之作,唐以后能接续陶潜的,也只有杜甫而已。吴淇在这里构建的纯粹的"汉道"源流,是《三百篇》—陶渊明—杜甫,这完全是基于政治伦理道

---

① 吴淇撰《六朝选诗定论》,汪俊、黾进德点校,广陵书社,2009,第159~160页。
② 吴淇撰《六朝选诗定论》,汪俊、黾进德点校,广陵书社,2009,第292页。

德角度而发的议论。吴淇在这里还表示了对《文选》主辞不主意选择标准的不满，他认为《文选》选诗以辞为标准，所以选录渊明之诗不多。吴淇虽然重视《选》体，以《选》诗为评价对象和评价基准，但他的诗学主张实际上是与《文选》相反，主意不主辞的。如前所述，他认为刘宋时"四言寖微，五言独擅，写物极态，掞词标新，片言研日月之精；一语定生平之价，汉道至此，为变已极"，齐梁时"四声八病，声律太苛，遂为唐人律排绝句之嚆矢，汉道至此不绝如线矣"，甚至称齐梁诗为"闰余"，是多余出来的东西，主要就是反对这几个时期诗歌对形式技巧的追求，也就是反对主辞不主意。

所谓《离骚》之情，也就是虽心有怨愤而所抒之情又能怨而不乱的《离骚》精神。吴淇在评阮籍诗中说：

> 太史公屈平、贾谊同传，盖以《骚》合其所云，后乎百余年而有贾生，意谓古来能《骚》只此两人，两人之外无《骚》矣。太史公后，于晋复得一人焉，曰阮籍。然《选》止载所作五言诗十七首耳，非《骚》体也。而谓可与继《骚》，何也？凡诗不必以人传，而《骚》必以人传。故古来传诗，不尽出圣贤之手，而《骚》非贤人莫作。故本序曰：骚人之文，盖谓其人有大学问大本领，能做得大事业而不遇于时，方许他作《骚》也。阮与屈、贾，俱是大学问大本领人，能做得大事业而皆不遇于时。……故其所作咏怀诸诗，虽汉道之体裁，实《楚辞》之神理，后人读之，只觉篇篇是《骚》，句句是《骚》，字字是《骚》也。①

在《六朝选诗定论》中，吴淇对楚辞的地位给予了充分的强调，他认为诗不必尽出于圣贤之手，而骚则非贤人不能作。作骚的基本条件是要有大学问大本领，能做得大事业而又不遇于时，否则是没有作骚的资格的。在中国古诗传统中，《离骚》经过了数百年的争论而被纳入了风雅传统，刘安谓其"国风好色而不淫，小雅怨诽而不乱，若《离骚》者可谓兼之"，

---

① 吴淇撰《六朝选诗定论》，汪俊、黄进德点校，广陵书社，2009，第146~147页。

可以算是对其定评。由于被纳入了风雅传统，《离骚》也就获得了亚经典的地位。在吴淇看来，阮籍《咏怀诗》虽然体裁采取的是"汉道"，但实际上体现的是楚辞精神，也就是说，阮籍是有大学问大本领，能做得大事业而又不遇于时之人，在这一点上，他首先符合了作骚的条件，阮籍《咏怀诗》抒发的正是这种不遇于时的苦闷怨愤之情，而之所以说《咏怀诗》体现了《离骚》之精神，就在于他所抒发的感情能够虽有怨诽而不乱，正如钟嵘所说的"言在耳目之内，情寄八荒之表，厥旨渊放，归趣难求"，这其实仍旧是强调儒家传统的诗教精神。他评班婕妤《怨歌行》曰："婕妤怨而不怒，深得匹妇之致"，① 表达的也是相同的评价。

可见，吴淇对"汉道"内容上的要求是既要符合三百之性，又要能体现离骚之情，也就是要符合儒家传统诗教精神。不过，虽然吴淇倡导的是儒家传统的诗教精神，但他重视情在诗中的作用，他认为：

> 诗者，性情之善物也。性情者，非威之所迫，势之所胁也。故以庄襄之强，不能弭楚人之《骚》；始皇之暴，不能禁《易水》之歌。故诗之为道，自为兴，自为灭。②

他认为诗为性情之作，而性情又非威势所能胁迫，所以诗为自生自灭之物，随性情之生而生，随性情之灭而灭。他强调至真之情，以为：

> 文生于情。千古之诗人，千古之情人也。情之所钟，莫真于朋友之交矣。……一段缠缠绵绵之怀，出于至真，情见乎词。《选》诗以之终始。③

对许多论者所不屑的寺人、女子以及奸雄之流，吴淇也给予了充分的肯定，虽然仍旧要求其情真挚而又不违背圣贤之旨。

---

① 吴淇撰《六朝选诗定论》，汪俊、茹进德点校，广陵书社，2009，第72页。
② 吴淇撰《六朝选诗定论》，汪俊、茹进德点校，广陵书社，2009，第485页。
③ 吴淇撰《六朝选诗定论》，汪俊、茹进德点校，广陵书社，2009，第440页。

苟有才有情，而不诡于圣贤之旨，虽寺人女子，皆得列风雅之林，何况进取之狂，不屑不洁之狷，卓然有立志耶！志之不立，而剽袭陈藻，杂缀景物，犹如剪绿为华，全无生气，其何以启方来之愤、而发其悱欤？故诗之所摈者，惟无才无情之庸夫俗子，盖以志之不可强立，而言之不可伪托也。至如奸雄一流，虽圣贤所不道，然其人实负不世之鸿才，兼怀绝人之至情，或内而疾贫，或外而疾之已甚，类有所激而然。原其初固各有其志也，亦各言其志而已。①

在他看来，寺人、女子，如果有才有情而又不违背圣贤之旨，都是值得肯定的。至于奸雄之流，虽圣贤所鄙弃，但其所怀绝人之至情也是要充分肯定的。《四库全书总目提要存目》中记载吴淇任浔州推官时曾辑当地歌谣为《粤风续九》，"续九"，乃续《九歌》之意，一方面搜集民间歌谣，另一方面要以其接续《九歌》，吴淇对真情的重视也是矛盾重重。不过，以真情为论诗标准，虽仍受儒家诗教传统限制，但不再限制真情的主体，仍然体现了一定的时代精神。

四　小结

梁昭明太子萧统所编《文选》对后代文学的影响可谓甚大，唐代"文选学"盛行一时，李善注、五臣注先后迭出，《文选》一书一度上升到科举教科书的地位，致陆游《老学庵笔记》中有"文选烂，秀才半"之记载。虽然《文选》一书在宋代地位开始衰落，但已被视为诗歌之一"体"，严羽《沧浪诗话》载："《选》诗时代不同，体制随异。今人例谓五言古诗为'选体'，非也。"② 严羽认为"选体"非五言古诗一体所能涵盖，要辨别的是时人称五言古诗为"选体"的错误，但也让我们知道，当时人是以"选体"为五言古诗代名词的。后代遂多以"选体"称古诗者。我们仅以明代为例，王世贞在《艺苑卮言》中说：

---

① 吴淇撰《六朝选诗定论》，汪俊、茹进德点校，广陵书社，2009，第3~4页。
② 严羽：《沧浪诗话》，郭绍虞校释，人民文学出版社，2000，第69页。

　　李杜光焰千古，人人知之。沧浪并极推尊，而不能致辨。元微之独重子美，宋人以为谈柄。近时杨用修为李左袒，轻俊之士往往傅耳。要其所得，俱影响之间。五言古、选体及七言歌行，太白以气为主，以自然为宗，以俊逸高畅为贵；子美以意为主，以独造为宗，以奇拔沈雄为贵。其歌行之妙，咏之使人飘扬欲仙者，太白也；使人慷慨激烈，嘘欷欲绝者，子美也。选体，太白多露语率语，子美多稚语累语，置之陶谢间，便觉伧父面目，乃欲使之夺曹氏父子位耶！五言律、七言歌行，子美神矣，七言律，圣矣。五七言绝，太白神矣，七言歌行，圣矣，五言次之。太白之七言律，子美之七言绝，皆变体，间为之可耳，不足多法也。①

　　昌榖少即摛词，文匠齐梁，诗沿晚季，迨举进士，见献吉始大悔改。其乐府、选体、歌行、绝句，咀六朝之精旨，采唐初之妙则，天才高朗，英英独照。律体微乖整栗，亦是浩然太白之遗也。②

前一则以"五言古、选体与七言歌行"并称，后一则以"乐府、选体、歌行、绝句"并言，胡应麟说：

　　选体之夷旷雍容，长短句之轻新婉达，合作置鹿门、辋川、嘉州集，夐不易辨。五七言律绝，亭亭独上，百尺无枝，朗抱冲襟，泛洗尘俗。③

　　五言选体，温裕和平，薄太康而上之。而五言律为尤胜，如茂林丰草，幽谷长松，味之亡穷，索之逾远。七言近体，清融婉亮，兼天宝而有之。而七言古为尤超，如行云流水，回风急雪，排荡莫测，操纵自由。④

---

① 王世贞：《艺苑卮言》，载丁福保辑《历代诗话续编》，中华书局，1983，第1005~1006页。
② 王世贞：《艺苑卮言》，载丁福保辑《历代诗话续编》，中华书局，1983，第1045页。
③ 胡应麟：《少室山房集》卷八二，文渊阁四库全书第1290册，第590页。
④ 胡应麟：《少室山房集》卷八二，文渊阁四库全书第1290册，第592~593页。

前一则分为"选体"、长短句及五七言律绝，后一则分为五言选体、五言律、七言近体、七言古，钟惺亦云：

> 昭明选古诗，人遂以其所选者为古诗，因而名古诗曰选体，唐人之古诗曰唐选。呜呼！非惟古诗亡，几并古诗之名而亡之矣。①

《文选》中有四言、五言、七言及杂言各诗体，"选体"这一概念从宽泛的意义讲，应该包括各体诗歌，但由于四言在汉魏以后作者甚少，七言在唐前亦不发达，实际上《文选》诗歌真正给予后代影响的主要是五言诗，文人学者所谓"选体"亦多就五言立言，虽然大体以之为五言古诗代名词，但也不妨将其使用在其他诗体上，诗体分辨意识并不强烈。从王世贞、胡应麟及钟惺等人所言"选体"看，多是仅就其区别于律诗的诗体意义而言，关于"选体"之特征，实不甚着意。而吴淇《六朝选诗定论》意在对《文选》诗歌进行重新论定，故不仅就其诗体范围、诗体特征等多加规定，并透过"选体"阐释其诗歌思想。在吴淇这里，"选体"被重新阐释为形式为五、七言，能够体现三百之性与离骚之情的"六朝"诗，他用"汉道"来规定的《选》诗，剔除了后代诗人广泛学习的《选》诗形式方面在古诗写作上的借鉴意义，单纯强调《选》诗之性情，使《选》诗范围被缩小了，意义被绝对化了，失去了原本的丰富性。从文学发展的角度来看，他的这种主张是不利于文学发展的。他更重视的是诗歌是否符合儒家诗教观对性情的规定，虽然在时代思潮的影响下，他也表现出了一丝矛盾，也强调情的作用，但最终的落脚点仍在儒家传统诗教精神上。但这也是清初儒家诗学政教精神复兴大背景下的产物，从这一意义上讲，《六朝选诗定论》又顺应了历史发展的潮流。

第二节 以"温柔敦厚"为论诗
旨归的《古诗评选》

王夫之（1619~1692），字而农，号姜斋，又号夕堂，湖南衡阳人。晚

---

① 钟惺：《隐秀轩集》，李先耕、崔重庆标校，上海古籍出版社，1992，第235~236页。

年隐居衡阳石船山麓,后人尊称其为船山先生。王夫之是明崇祯十五年(1642)的举人,次年进京赶考时正逢李自成起义军席卷河南,挺进湖广,他于是返乡。张献忠攻占两湖,对其加以延揽,他自伤面容和身体,拒不与农民军合作。后经瞿式耜推荐,任南明永历朝行人司行人。因不满于永历小朝廷内讧、党争的严重而三次上疏,揭露大学士王化澄等人误国,遭受迫害,几死,遂至桂林依瞿式耜。不久,清军攻克桂林,王夫之间道还乡,此后隐居不出。

纵观王夫之的一生,隐居之前的船山是一个颇有抱负、救亡图存的志士,救国的理想破灭之后,他将爱国的热忱倾注到学术上,认真总结明朝灭亡的教训,对传统学说进行了深入的批判总结。船山曾自撰碑铭,自称"有明遗臣行人王夫之",上书:"抱刘越石之孤愤,而命无从致;希张横渠之正学,而力不能企,幸全于兹邱,固衔以永世",这是他对自己一生的总结,即前期从事反清复明,同东晋刘琨一样抱有爱国的忠诚,而命里注定无法达到;后期从事学术研究,期待发扬光大北宋张载之正学,而学力又无法企及。可见在学术上他主要受张载影响,他继承并发展了张载以太虚之气为宇宙万物本体的哲学思想,[①] 并以之为整个思想体系的理论基础。王夫之是明清之际著名的哲学家,也是重要的诗学理论家。由于隐居乡野,生活困苦,既没有门人广传其学说,也没有及时刊刻其著作,船山学说在当时及之后很长一段时间内并未产生实际的影响。他的论诗之语主要集中在《诗绎》《夕堂永日绪论内编》《南窗漫记》中,后人将其汇编为《姜斋诗话》,他编选的《古诗评选》《唐诗评选》《明诗评选》等诗歌选本,也体现了他的诗学主张。在这些诗论与诗选中,他对古典诗歌的审美传统做了总结,提出了许多与时论不同的见解,并建立起了以古诗为基准的诗学价值观,这就使《古诗评选》在他的诗学体系中显得尤其重要。

《古诗评选》选取了汉至隋各体诗歌830首,分为六卷,其中古乐府

---

① 张载(1020~1077),字子厚,北宋中期哲学家。他的哲学以《周易大传》为宗,主张气一元论,他以为太虚即气,人的本性根源于太虚之气,强调先穷理而后尽性,并提出了"民胞物与"的观点。"他所提出的儒家学者的使命与人生理想,代表了新儒家学者的终极关切与志向,在理学发展的历史中有十分重要的意义。"陈来:《宋明理学》,华东师范大学出版社,2004,第46页。

歌行一卷 162 首、四言诗一卷 113 首、小诗一卷 83 首、五言古诗两卷 381 首、五言近体一卷 91 首。王夫之特别列出了"小诗"和"五言近体"两个类目，这在一般的古诗选本中是没有的。他谓小诗云："小诗之制，盛于唐人，非唐人之独造也。汉晋以来所可传者，迄于陈、隋亦云富矣。"[①]又谓所选五言近体曰："溯自西晋，迄乎陈、隋，采诗若干，著近体之所自出。"[②] 他列出这两个类目的目的在于强调绝句和近体诗都不是唐代所独有的，它们的源头在汉晋、在六朝。

从所选诗歌数量来看，王夫之树立的五言古诗典范作家是谢灵运、江淹、阮籍、谢朓、陶潜等；古乐府歌行的典范作家是鲍照、曹丕等人；四言诗典范作家为陆云、嵇康等；五言近体则庾信、庾肩吾等；小诗典范作家为梁简文帝、鲍照等人。在《古诗评选》中，王夫之对一些作家的评价与传统及时俗多有不同，如对建安时代的诗歌，他评价最高的为曹丕，而对曹植、王粲评价最低，对建安七子也颇有微词，但他对温柔敦厚诗教精神的提倡则是贯穿其整个诗论的一条主线。

一　"气不昌则更无文"

从《古诗评选》的诗评中我们可以看到，船山将古诗的审美传统按时代大体划分成了汉、魏、晋宋与齐梁几个特色不同的阶段，在这些具有不同审美风格的时代中，他肯定了汉代与晋宋，否定了建安与齐梁。细究船山判断历代诗歌好坏的标准及其原因，不仅可以看出其诗论与时论的不同，更可见出作为其论述基础的文气理论对传统文气说的继承与发展。而当代学者研究船山的诗学思想时注意的多是他对情景关系、对诗歌艺术性的论述，在研究哲学思想时才会关注他对气的论述，实际上船山不仅哲学思想建立在气本论之上，诗学思想也不无气本论之影响，《古诗评选》中就颇多以气论诗之处。他在论齐梁诗歌时提出了"文者气之用，气不昌则更无文"这一命题，至少表明他是以气为文之基础的。

船山在学术上主要受张载影响，他继承并发展了张载以太虚之气为宇

[①] 王夫之评选《古诗评选》，张国星校点，文化艺术出版社，1997，第 113 页。
[②] 王夫之评选《古诗评选》，张国星校点，文化艺术出版社，1997，第 298 页。

宙万物本体的哲学思想，并以之为整个思想体系的理论基础，他认为"天人之蕴，一气而已"，在阐释《孟子·告子》时，他说"其实告子但知气之用，未知气之体"，① 意即告子只知道气之用可以为善可以为不善，而不知道气之体是无不善的，在船山看来，气之用可以有各种形式和变化，而气之体是不变的。在论述理气关系时船山则说"理即气之理，气当得如此便是理"，② 也就是说，理就是气的运行只能如此而不能如彼，从这个意义上看，理就是气的运行法则和条理。这是船山哲学系统中的气之体用与理气关系，这种关系同样也被推衍到了诗学系统中。

我们先看他在对建安诗歌的批评中提出的以气论诗的标准：

> 古今有异词而无异气，气之异者，为嚣为凌为茌苒为脱绝，皆失理者也。以是定诗，《三百篇》以来至于今日，一致而已。建安去西京无时代之隔，何遽不当如西京？黄初之于建安，接迹耳，亦何遽不如建安乃遽标一格，画建安以为桎梏？若世推尚王仲宣之作，率以凌厉为体，此正当时诸子气偏所累。子桓、元瑜即不尔矣。如仲宣此诗，岂不上分《十九首》之席，而下为储光羲、韦应物作前矛，讵必如《公宴》《从军》硬腕死板，而后得为建安也哉？有危言而无昌气，吾不知之矣。③

这里的"古今有异词而无异气"，是说古今诗文只有词的差异而无气的差异，这里的"气"是气之体而非气之用；而所谓"气之异者"，说的就是没有顺应气的运行法则和条理的嚣喧之气、凌厉之气、柔弱之气、断续之气，这是气之用的各种形式和变化，由于偏离了正常的运行法则和条理而成为否定的对象。这样一来，古今诗文就只有表现的不同而无本质的差异，《三百篇》以来至于今日，诗文在本质上是没有任何改变的。也就是说，诗文是由具有各种不同表现形式和变化的气之用所形成的，但构成诗文的气之体始终是不变的。这样一种颇具哲学思辨色彩的文气理论，与

---

① 王夫之：《船山全书》，岳麓书社，1991，第 1052 页。
② 王夫之：《船山全书》，岳麓书社，1991，第 1052 页。
③ 王夫之评选《古诗评选》，张国星校点，文化艺术出版社，1997，第 159 页。

传统的文气说在对气的理解和规定上就有了很大的不同。船山在此基础上
对齐梁诗歌弊病的批评也就很能切中要害：

> 文笔两涂，至齐而衰，非腴泽之病也。欲去腴泽以为病，是涸天
> 之雨，童地之山，髡人之发，存虎之鞟焉耳矣！文因质立，质资文
> 宣，衰王之由，何关于此！齐梁之病，正苦体踡束而气不昌尔。文者
> 气之用，气不昌则更无文。顾昌气者非引之荒大，出之駃庑也。行于
> 荣卫之中，不见其条理，而自不相失，苟顺以动，何患乎窒？故有文
> 采焜煌而经纬适，文情惊踔而纲维调，若气有或至或不至，小顿求工
> 而失其初度，则削肉留筋，筋之绝理者早已为庑矣。齐梁之失，唯此
> 为甚，庸人不知，徒以缘饰诮之，不知唐宋之自诩以"起衰"者，其
> 病正等，亦安能以豺之骨立，夸豵之肥腯哉？竟陵此作，生气绵连，
> 正不在肤血间也。①

"文笔两涂，至齐而衰，非腴泽之病也""文因质立，质资文宣，衰王
之由，何关于此"，人们分析齐梁诗歌弊病时通常把矛头对准其形式，但
船山看到了问题既不在本质，也不在形式，而在于"体踡束而气不昌"。
"体踡束"也就是体制狭小，"气不昌"也就是气不顺畅，这里的气指的是
气之用。船山说得很明确，"文者气之用，气不昌则更无文"，由于文是由
气的运行而形成的，所以如果气的运行不够顺畅的话，就不能形成文。昌
气是随着人体血气周流而运行不止的，因为是无形的东西，所以我们看不
到它的条理，但它有自己的运行法则和条理，它能够按照这一法则和条理
自行运转，所谓"行于荣卫之中，不见其条理，而自不相失"是也。正因
为有能够顺应气的运行法则和条理而不失理的昌气之存在，所以有"文采
焜煌而经纬适，文情惊踔而纲维调"的现象，顺应了气的运行法则和条理
的气形之于文学，就可以做到文采辉煌而又条理适当，情感跌宕而又法度
井然，但像一些"气有或至或不至"，即气弱不能连绵的文章就很难做到
这一点，而这也正是齐梁诗歌的最大弊病，也就是所谓的"体踡束而气不

---

① 王夫之评选《古诗评选》，张国星校点，文化艺术出版社，1997，第239~240页。

昌"。在船山看来,文章文采斐然、文情激荡都没什么不好,重要的是有没有一种贯穿其中的顺应了气的运行法则与条理的昌气,他所说的"荏苒""脱绝""的气之异者(荏苒即柔弱、脱绝即不连续),指的也就是齐梁诗歌。

既如此,船山所谓"为嚣为陵"的气之异者所指又是什么呢?他在《夕堂永日绪论》中的一段话可为参照:

> 昔人谓书法至颜鲁公而坏,以其著力太急,失晋人风度也。文章本静业,故曰"仁者蔼如也",学术风俗皆于此判别。着力急者心气粗,则一发不禁,其落笔必重,皆嚣陵竞乱之征也。①

此条虽为论书法之语,但船山明确指出了嚣陵之气的表现就是心气粗而著力急,一发不可收,因而有失晋人风度。船山对晋人风度的推崇,在《古诗评选》中表现得相当明显,如他在评谢惠连《泛湖归出楼望月》中说:

> 平极净极,居恒对此,觉谢朓、王融喧薄之气逼人,必不使晋宋诗人与齐梁同称"六代"。②

谢朓、王融在齐已是诗风极为清丽的诗人了,但较之宋谢惠连的平净至极,尚觉喧薄之气逼人,所谓"必不使晋宋诗人与齐梁同称'六代'",价值取向是相当明确的。而喧薄之气即喧闹轻薄之气,也就是与谢惠连的"平极净极"相对的不够平和清净之气,船山还在《古诗评选》中几次提到了"晋宋风味""风旨""风流":

> 神清韵远,晋宋风流,此焉允托。③

---

① 王夫之:《姜斋诗话》,戴鸿森笺注,上海古籍出版社,2012,第238页。
② 王夫之评选《古诗评选》,张国星校点,文化艺术出版社,1997,第225页。
③ 王夫之评选《古诗评选》,张国星校点,文化艺术出版社,1997,第109页。

　　静善不佻达，犹存晋宋风旨。①

　　命笔轻超，已开吴均、柳恽一派。就此派中自有雅俗之异：一往 驶，健中自有留势则雅；规恢大，结束不遽则雅。雅者犹存晋宋风 味，俗者则纯乎唐矣。②

　　江南声偶既盛，古诗已绝，晋宋风流仅存者，北方一鹏举耳。③

　　晋宋诗歌之所以形成了神清韵远、静善不轻薄、雅的特色，正是由于 其不带喧薄、嚣陵之气，在船山看来，文章本静业，所以不能出之以粗 豪、喧薄之气，而是要引气平和，他在评价曹丕诗歌时也表达了同样的 看法：

　　子桓论文云："气之清浊有体，不可力强而至。"其独至之清，从 可知已。藉以此篇所命之意，假手植、粲，穷酸极苦，磔毛竖角之 色，一引气而早已不禁。微风远韵，映带人心于哀乐，非子桓其孰得 哉！但此已空千古。陶、韦能清其所清，而不能清其所浊，未可许以 嗣响。④

　　风回云合，缭空吹远。子桓论文云"以气为主"，正谓此，故又 云："气之清浊有体，不可力强而致。"夫大气之行，于虚有力，于实 无影，其清者，密微独往，益非嘘呵之所得。及乎世人，茫昧于斯， 乃以飞沙之风、破石之雷当之，究得十指如捣衣槌，真不堪令三世长 者见也。钟嵘伸子建以抑子桓，亦坐此尔。⑤

　　船山虽然否定了建安诗风，却并没有否定建安时代的所有作家，他对 与曹植、王粲等人诗风大异的曹丕诗评价颇高，并多次提到曹丕"文以气 为主"的文论主张，应该说对曹丕"文以气为主"的主张是颇为赞赏的，

----

① 王夫之评选《古诗评选》，张国星校点，文化艺术出版社，1997，第 241 页。
② 王夫之评选《古诗评选》，张国星校点，文化艺术出版社，1997，第 242~243 页。
③ 王夫之评选《古诗评选》，张国星校点，文化艺术出版社，1997，第 285 页。
④ 王夫之评选《古诗评选》，张国星校点，文化艺术出版社，1997，第 20 页。
⑤ 王夫之评选《古诗评选》，张国星校点，文化艺术出版社，1997，第 155 页。

对曹丕之诗，他所欣赏的也是其气之独至之清。他以《善哉行》为例，指出如果是曹植、王粲来写同样内容的诗，一定是气一发而不可止，写得穷酸悲苦、锋芒毕露，绝不可能像曹丕那样写得平和含蓄，有意在言外之美。然而世人不知此中奥妙，反以"飞沙之风、破石之雷"这样一种豪健之气为尚，认为以此种豪健之气所为之诗为好诗，不知道像曹丕那样"微风远韵，映带人心于哀乐"的平和含蓄之诗才是千古难得一见的好诗。不管是对晋宋诗歌清静的称赏，还是对曹子桓诗微风远韵的提倡，基础都是平净之气，从这一角度看，船山所说的建安诸子气偏指的就是气不平和，而所谓的"有危言而无昌气"也就是没有平和之气。我们再回到上引船山论建安诗歌弊病一段，按照船山"气之异者，为嚣为凌为荏苒为脱绝，皆失理者也"的论述，则能够导致雄健遒劲诗风的气之异者应该就是嚣喧之气、凌厉之气，亦即没有顺应气的运行法则与条理而失理者，而曹丕的平和之气很显然顺应了气的运行法则和条理。

我们可以再看看船山在其他诗评中对用气的要求：

> 乐府之制，以蹈厉感人，而康乐不尔，汰音使静，抑气使徐，固君子之所生心，非流俗之能穆耳也。①
>
> 一气四十二字，平平衍衍，终以七字悄然眽然中递转递收，气度声情，吾不知其何以得此也！其妙都在平起，平故不迫急转。抑前无发端，则引人入情。处澹而自远，微而弘，收之促切而不短。用气之妙，有如此者！呜呼，安得知用气者而与言诗哉？②

乐府诗的感人之处在于意气昂扬，使人奋发，灵运此诗虽拟乐府，却没有采用乐府诗一贯的写法，而是"抑气使徐"，也就是控制气的运行，使其不过于疾速，因为气过于迅速猛烈势必要导致凌厉的诗风。鲍照《代白纻舞歌词》之妙在于"平平衍衍"，亦即用气平缓，因其用气平缓，所以结尾一句虽收之促切而不觉其短，这就是用气之妙。这些都是要求要顺

---

① 王夫之评选《古诗评选》，张国星校点，文化艺术出版社，1997，第37页。
② 王夫之评选《古诗评选》，张国星校点，文化艺术出版社，1997，第45页。

应气的运行规律，引气要平和，不可促切。

综合船山对齐梁和建安诗歌的批评，我们可以看出，他既以"气之异者，为嚣为凌为荏苒为脱绝"，则他所肯定的气之正者，就是能够中和二者，既不过于发露不平而导致雄强刚健，又不过于柔弱而导致诗中气不连绵，他理想中的诗歌要象曹丕诗，既不过于柔弱，又不过于刚健，是引气平和、有含蓄蕴藉之美的作品。

由此我们可以看出，船山对曹丕、晋宋等含蓄蕴藉诗风的提倡，对建安与齐梁等刚健柔弱诗风的反对，主要都是基于气。有平和而又不柔弱之气，就有含蓄蕴藉的诗风，就能静善不轻薄符合礼，所以气是船山一切诗论的出发点。船山对气、昌气的论述，继承了古代文论对气、昌气（盛气）的论述，但又有自己的体系。自从曹丕在《典论·论文》中提出"文以气为主"这一论断以来，文气说就成了古代文论的一个重要概念。刘勰继承和发展了曹丕的文气论，强调气在文学创作中的作用、气对文章语言形式的决定作用、作家之气对其创作风格的影响等，如《檄移》曰："神居胸臆，而志气统其关键"，《风骨》曰："气盛而辞断"。韩愈更进一步提出了"气盛言宜"的观点，他在《答李翊书》一文中说："气，水也；言，浮物也；水大而物之浮者大小毕浮。气之与言犹是也，气盛则言之短长与声之高下者皆宜。"① 以水与物关系喻气与言关系，继承并更强调了刘勰"气盛则辞断"的观点，指出了气对语言形式的决定作用。宋代苏辙对文气论又有发展，他的《上枢密韩太尉书》曰："辙生好为文，思之至深。以为文者气之所形。然文不可学而能，气可养而致。孟子曰：'我善养吾浩然之气。'今观其文章，宽厚宏博，充乎天地之间，称其气之小大。太史公行天下，周览四海名山大川，与燕赵间豪俊交游，故其文疏荡，颇有奇气。此二子者，岂尝执笔学为如此之文哉？其气充乎其中，而溢乎其貌，动乎其言，而见乎其文，而不自知也。"② 也就是说，文章是作者内在浩然充沛之气的外现，作文应以气为先，气盛则文佳。而在船山这里，气是构成诗歌的最基本的要素，作为形成诗文本质的气之本体是不变的，既

---

① 韩愈：《韩愈全集》，钱仲联、马茂元校点，上海古籍出版社，1997，第177页。
② 苏辙：《苏辙集》，中国戏剧出版社，2002，第293页。

没有好坏也没有正异之分，这一点自从三百篇到现在都是一样的，没有什么改变；气之有好坏正异之分，主要在于气之用有不同，气之运行要求按照其运行法则与条理来进行，而没有顺应气的运行法则与条理的就是气之异者。他以一个哲学家的思辨，将气放到了一个本体的位置，而对气昌与不昌的区分都是从此一本体出发的，所以他所谓的昌气也就不仅仅是以往文论所说的盛大之气，而且顺应了气的运行法则与条理的、既不过于发露不平又不过于柔弱断续的一种气。虽然船山以气本论为基础对建安诗歌所作的批评有其自身的局限性，但他继承并发展了曹丕以来的文气说，对昌气的解释也超越了韩愈、苏辙以来的传统，丰富了古代文论中文气理论的内容。

二 判定诗歌雅俗的标准

王夫之在诗论中对雅俗问题也多有论述，概言之，他判定诗歌雅俗的标准有二：一是诗歌情感的社会性；二是审美表现的含蓄性。

（一）诗歌情感的社会性

王夫之将诗歌"关情"与否作为判断诗歌雅俗的标志：

> 关情是雅俗鸿沟，不关情者，貌雅必俗。然关情亦大不易。钟、谭亦未尝不以关情自赏，乃以措大攒眉、市井附耳之情为情，则插入酸俗中，为甚情。有非可关之情者，关焉而无当于关，又奚足贵哉！①

王夫之对情非常重视，他认为没有内在情感的诗歌，即使外表看上去是雅的，本质上还是俗的。但情亦"有非可关之情"，像钟、谭那样以"措大攒眉、市井附耳之情为情"，是不足取的。那么，王夫之所谓的可关之情指的是什么呢？他在《诗广传·邶风》中说：

> 诗言志，非言意也；诗达情，非达欲也。心之所期为者志也，念

---

① 王夫之评选《明诗评选》，陈新校点，文化艺术出版社，1997，第303页。

之所觊得者意也，发乎其不自已者情也，动焉而不自待者欲也。意有公，欲有大，大欲通乎志，公意准乎情。但言意、则私而已，但言欲、则小而已。人即无以自贞，意封于私，欲限于小，厌然不敢自暴，犹有愧怍存焉，则奈之何长言嗟叹，以缘饰而为文章之乎？①

船山并没有否定意和欲，只是要求欲要大，意要公，因为"大欲通乎志，公意准乎情"，他继承了我国古代诗学中情志统一的传统，要求诗中所表达的情志要大，要公，也就是要求诗歌不要沉湎于个人利益得失的狭小天地，要表达具有普遍社会价值的群体之情志。站在这种立场上，他贬抑曹植的诗歌，如评《赠王粲》说：

> 曲引清发，动止感人，乃可不愧作者。子建横得大名，酌其定品，正在陈琳、阮瑀之下，《公宴》《侍坐》拖沓如肥人度暑，一令旁观者眉重。而识趣卑下，往往以流俗语入吟咏，几为方干、杜荀鹤一流人作俑。而潘尼、沈约、骆宾王、李颀皆其嫡系，如"良田无晚岁，膏泽多丰年。亮怀璠玙美，积久德弥宣"，以腐重之辞写鄙秽之情，风雅至此扫地尽矣。又如"积善有余庆，荣枯立可须"，居然一乡约老叟壁上语。至云"看来不虚归，觞至反无余"，则馋涎喷人，止堪为悲田院作谱耳。古今人瞳眬双眼，生为此儿埋没。其父篡祚，其子篡名，无将之诛，当不下于阿瞒。②

曹植的《公宴》，开头写曹丕与邺下文人宴会终了夜游西园，众人车马追随，兴致勃勃："公子敬爱客，终宴不知疲。清夜游西园，飞盖相追随"，接下来写西园夜景："明月澄清景，列宿正参差。秋兰被长坂，朱华冒绿池。潜鱼跃清波，好鸟鸣高枝"，天上明月高照、繁星点缀，园中秋兰朱华、潜鱼好鸟，自然美景与诗人高致相衬相合，呈现出明快活泼、清新朗丽的意境，最后写在这飘飘欲飞的境界中但愿千秋万岁长如此的祈

---

① 王夫之：《诗广传》，王孝鱼点校，中华书局，1981，第22页。
② 王夫之评选《古诗评选》，张国星校点，文化艺术出版社，1997，第157页。

愿:"神飙接丹毂,轻辇随风移。飘飘放志意,千秋长若斯。"应该说,曹植此诗整体格调清新明丽,营造出了邺下文人夜游西园的欢快飘逸,并没有过多地去恭维曹丕,也没有他后期诗歌的失意,其中"秋兰被长坂,朱华冒绿池。潜鱼跃清波,好鸟鸣高枝"几句情景交融,对仗工整,不失为清词丽句的典范,但王夫之讥其"拖沓如肥人度暑,一令旁观者眉重","肥人度暑"堪称妙喻,但用在曹植此诗上却不免让人无法赞同。王夫之又举"良田无晚岁"句谓曹植"以腐重之辞写鄙秽之情","积善有余庆"句乃"居然一乡约老叟壁上语",都不免俗气,至于"看来不虚归,觞至反无余"句写自己口水直流的丑态,只堪给乞丐看,对曹植的贬低可以说是非常意气用事了。他虽然肯定了《赠王粲》一诗,谓其"曲引清发,动止感人",但从整体上批评了曹植诗歌的"俗",即过于拘执于现实的得失。曹植本来具有远大的政治理想与抱负,但在曹操去世以后,他完全陷入了有志不能施展的痛苦与无奈中,曹植诗中抒写的多是这种失意痛苦的情绪,而这些情绪在王夫之看来都是执着于一己之私情,不能忘怀个人利益得失,表现的不是普遍的社会性情感,对现实的社会、政治没有任何积极的作用,因此是不值得肯定的。从这一点出发,他从整体上否定了曹植,甚至怀疑《七哀》诗是他人代笔。

> 情乍近而终远,词在苦而如甘,"入室"之誉,以此当之庶几无愧。乃以植驽才,奈何一旦顿造斯品?意其谪冒家传,豪华固有,门多赋客,或代其庖,如曹洪托笔孔璋以欺子桓,则未卜斯篇之定为植作也。不然陶皆苦窳忽成佳器,亦物之不祥矣。①

王夫之以为《七哀》一诗虽可称为"入室"之作,但以曹植的平庸之才,是难以写出这样出色的作品的,或许此诗为其门客代笔也不无可能。他对曹植这样毫无根据的猜测,偏颇之处是显而易见的。对陶渊明,他也表达了同样的不满,如在评谢灵运《初往新安桐庐口》中说:

---

① 王夫之评选《古诗评选》,张国星校点,文化艺术出版社,1997,第158页。

亦闲旷，亦清宛，秋月空山、夕阳烟水中吟此萧然，岂不较"结庐在人境"为尤使人恬适？乃世人乐吟陶而不解吟谢，则以陶诗固有米盐气、帖括气，与流俗相入，而谢无也。①

又评陶渊明《读山海经》曰：

此篇之佳，在尺幅平远，故托体大。如托体小者，虽有佳致亦山人诗尔。"少无适俗韵""结庐在人境""万族各有托"，不满余意者以此。②

自宋代以来，陶渊明诗歌的高远境界一直是后人难以企及的，而王夫之谓其有米盐气、帖括气，托体不大，也就是说陶诗表现的是个人之性情与生活，而不是大而公的情志，不符合他对情志的要求。王夫之对诗歌情感的这种要求，本质上就是儒家传统诗教对情感的要求。

（二）审美表现的含蓄性

王夫之诗论还强调审美表现的含蓄性。

我们以气本论为基础的分析已经指出了船山反对建安诗风的原因，在分析过程中，我们也可以看到船山反对刚健遒劲的诗风，在《古诗评选》中，他多次指出了这一点。

以雄快感者，雅士自当不谋，今雅士亦为之心尽，知非雄快也。③
风回云合，缭空吹远。子桓论文云"以气为主"，正谓此，故又云："气之清浊有体，不可力强而致。"夫大气之行，于虚有力，于实无影，其清者，密微独往，益非嘘呵之所得。及乎世人，茫昧于斯，乃以飞沙之风、破石之雷当之，究得十指如捣衣槌，真不堪令三世长

---

① 王夫之评选《古诗评选》，张国星校点，文化艺术出版社，1997，第223页。
② 王夫之评选《古诗评选》，张国星校点，文化艺术出版社，1997，第206页。
③ 王夫之评选《古诗评选》，张国星校点，文化艺术出版社，1997，第14页。

者见也。钟嵘伸子建以抑子桓，亦坐此尔。①

宋末齐初始尚遒劲之句，如"人马风尘色"之类是已。昔人论书，谓"过务遒劲则俗气未除"，谢客以上人，必不肯作此种语。雅俗渐移，作者方自标胜地，不知其已降也。遒劲之句于近体为元声，于古诗为末流，二体之雅俗，于此居然可辨。②

命笔轻超，已开吴均、柳恽一派。就此派中自有雅俗之异：一往骏，健中自有留势则雅；规恢大，结束不遽则雅。雅者犹存晋宋风味，俗者则纯乎唐矣。③

"以雄快感者，雅士自当不谋"，意味着雄快则不雅。像钟嵘推扬曹植贬抑曹丕一样，世人不知曹丕清雅之可贵，反喜曹植那"飞沙之风，破石之雷"一样的遒健文风，殊不知过于追求遒劲就是俗的表现，其实对于古诗来说，遒劲之句实不雅，是末流，遒劲与否，事实上也是区分古诗与近体的标准，因为遒劲之句在近体为元声，而在古诗则是末流了。但也不是所有遒劲的文风都不雅，在一往无前、恢宏阔大当中还能够有转圜的余地，还能保持悠游之气，也是雅。王夫之之所以反对刚健遒劲的诗风，主要还在于这种风格不够含蓄蕴藉，背离了风雅传统。

清新已甚之敝，必伤古雅，犹其轻者也。健之为病壮于顽，作色于父，无所不至。故闻温柔之为诗教，未闻其以健也。健笔者，酷吏以之成爱书而杀人，艺苑有健讼之言，不足为人心忧乎？况乎"纵横"云者，小人之技，初非雅士之所问津。古人以如江如海之才，岂不能然？顾知其不可而自闲耳。④

"故闻温柔之为诗教也，未闻其以健也"，在船山看来，刚健遒劲背离了风雅传统，不符合温柔敦厚的诗教精神，所以他赞赏曹丕诗歌"微风远

---

① 王夫之评选《古诗评选》，张国星校点，文化艺术出版社，1997，第155页。
② 王夫之评选《古诗评选》，张国星校点，文化艺术出版社，1997，第50页。
③ 王夫之评选《古诗评选》，张国星校点，文化艺术出版社，1997，第242~243页。
④ 王夫之评选《古诗评选》，张国星校点，文化艺术出版社，1997，第291页。

韵，映带人心于哀乐"的含蓄蕴藉。此外，对于阮籍诗，他也肯定了其含蓄之美。

> 步兵《咏怀》，自是旷代绝作，远绍《国风》，近出入于《十九首》，而以高朗之怀，脱颖之气，取神似于离合之间。大要如晴云出岫，舒卷无定质，而当其有所不极，则弘忍之力肉视荆、聂矣。且其托体之妙，或以自安，或以自悼，或标物外之旨，或寄疾邪之思，意固径庭，而言皆一致。信其但然而又不徒然，疑其必然而彼固不然，不但当时雄猜之渠长，无可施其怨忌，且使千秋以还，了无觅脚根处。盖诗之为教，相求于性情，固不当容浅人以耳目荐取。况公且视刘、项为孺子，则人头畜智者令可测公，不几令泗上亭长反唇哉？人固自有分际，求知音于老妪，必白居易而后可尔。①

阮籍《咏怀》抒发的是内心的苦闷之情，而在表达方式上却很隐晦，彦和谓其"阮旨遥深"，② 钟嵘说他"厥旨渊放"，③ 都是言其意蕴深远。这些诗大体上皆无具体所指，后人索解纷纷，却都难以把握其确切含义。阮籍诗歌的这种特点正是表达上的含蓄所造成的。王夫之认为阮籍"以高朗之怀，脱颖之气，取神似于离合之间"，他对阮籍诗歌含蓄的审美特征称赏有加，谓其"自是旷代绝作，远绍国风，近出入于十九首"，实在是很高的评价。

王夫之论诗主张思想内容上符合礼，审美表现上含蓄蕴藉不直露，而他在《夕堂永日绪论内编》中又以三百篇中一些诗为例，提出如果对现实政治不满，真要指责，就该"揭日月而行""不惮直斥其名"，看起来与其含蓄蕴藉的主张颇有些矛盾。

> 小雅《鹤鸣》之诗，全用比体，不道破一句，三百篇中创调也。要以俯仰物理，而咏叹之，用见理随物显，唯人所感，皆可类通；初

---

① 王夫之评选《古诗评选》，张国星校点，文化艺术出版社，1997，第 167 页。
② 范文澜：《文心雕龙注》，人民文学出版社，1958，第 67 页。
③ 陈延傑：《诗品注》，人民文学出版社，1961，第 23 页。

非有所指斥一人一事，不敢明言，而姑为隐语也。若他诗有所指斥，则皇父、尹氏、暴公，不惮直斥其名，历数其慝，而且自显其为家父，为寺人孟子，无所规避。诗教虽云温厚，然光昭之志，无畏于天，无恤于人，揭日月而行，岂女子小人半含不吐之态乎？《离骚》虽多引喻，而直言处亦无所讳。宋人骑两头马，欲博忠直之名，又畏祸及，多作影子语，巧相弹射，然以此受祸者不少。既示人以可疑之端，则虽无所诽诮，亦可加以罗织。观苏子瞻乌台诗案，其远谪穷荒，诚自取之矣。而抑不能昂首舒吭以一鸣，三木加身，则曰"圣主如天万物春"，可耻孰甚焉！近人多效此者，不知轻薄圆头恶习，君子所不屑久矣。①

船山对"宋人骑两头马，欲博忠直之名，又畏祸及，多作影子语，巧相弹射"的现象非常不满。他以苏轼为例，苏诗中有影射、讥评时政之作，宋神宗元丰二年，苏轼被劾"愚弄朝廷""讥谤新法"，入御史台狱，他在狱中有致子由诗，曰："圣主如天万物春，小臣愚暗自亡身。百年未满先偿债，十口无归更累人。是处青山可埋骨，他年夜雨独伤神。与君世世为兄弟，又结来生未了因。"② 王夫之对其危急关头以歌功颂德来摇尾乞怜的行径极为不耻，他认为要是真的对现实不满而欲有所指责，就该不惮直斥其名，历数其慝，像三百篇中《十月之交》等诗那样，而不是遮遮掩掩，既没有清晰地表达出自己的意图，又示人以可疑之端，招致祸患加身。船山在这里并不是真的提倡要直言申饬，只是相比于"多作影子语，巧相弹射"的写诗方式，直言申饬的态度最起码是堂堂正正的，还要更胜一筹。船山是一贯主张诗要含蓄蕴藉不直露的，直言申饬当然是他所反对的，其《读通鉴论》卷二十七曰：

> 而匡维世教以救君之失，存人理于天下者，非士大夫之责乎？从

---

① 王夫之：《姜斋诗话》，戴鸿森笺注，上海古籍出版社，2012，第129~130页。
② 苏轼：《予以事系御史台狱，狱吏稍见侵，自度不能堪，死狱中，不得一别子由，故作二诗，授狱卒梁成以遗子由二首》其一，载《苏轼全集》，上海古籍出版社，2000，第234页。

君于昏以虐民者，勿论已；翘然自好者，以诋讦为直，以歌谣讽刺为文章之乐事。言出而递相流传，蛊斯民之忿懥以诅咒其君父。于是乎乖戾之气充塞乎两间，以干天和而奖逆叛，曾不知莠言自口而彝伦攸戳，横尸流血百年而不息，固其所必然乎！①

船山以为匡维世教以救君之失是士大夫的责任，但直言诋讦与歌谣讥刺只能蛊惑人心，导致乖戾之气充塞天地之间，既于事无补又容易引起祸患，二者皆不可行，更何况也没有那么多的武王、周公来容忍伯夷、叔齐的叱骂。那么对现实政治的不满是不是就不能表达了呢？他在评曹邺《和谢豫章从宋公戏马台送孔令谢病》中说：

代和意深，所以代和意益深。长庆人徒用谩骂，不但诗教无存，且使生当大中后，直不敢作一字。元、白辈岂敢以笔锋试颈血者？使古今无此体制，诗非佞府则畏途矣！安得君尽武王、相尽周公，可以歌"以暴易暴"邪？②

他所称道的"使古今无此体制，诗非佞府则畏途矣"的曹邺《和谢豫章从宋公戏马台送孔令谢病》一诗，是深文曲喻的典范，其诗云：

碧树杳云暮，朔风自西来。佳人忆山水，置酒在高台。不必问流水，坐来日已西。劝君速归去，正及鹧鸪啼。③

曹邺此诗，表面上看不过是日暮友朋对饮，劝人速归，而身在其中之人或许看得出劝君速归背后所隐含的对现实的失望与不满，但诗中没有任何实指性的东西，只是对景言情，即使有人看出了其中的意思，也无把柄可抓，而局外人尽可以视之为普通诗作，也是一首不错的抒情诗。这样的诗，既抒发了自己对现实的不满，又不易招致祸端，同时也避免了"蛊斯

---

① 王夫之：《读通鉴论》，中华书局，2002，第841页。
② 王夫之评选《唐诗评选》，王学太校点，文化艺术出版社，1997，第76页。
③ 王夫之评选《唐诗评选》，王学太校点，文化艺术出版社，1997，第76页。

民之忿怼以诅咒其君父"。这是船山为指责现实政治者所指出的一条表达途径，他对"宋人骑两头马，欲博忠直之名，又畏祸及，多作影子语，巧相弹射"的批评，实际上是从反面对其诗歌思想内容上合乎礼、审美表现上含蓄蕴藉不直露主张的强调。

从以上论述可以看出，不管是对诗歌情感社会性的要求，还是对审美表现含蓄性的追求，王夫之的诗学理论实际上并未超出儒家诗学传统的范围，只是他的所有论述都建立在气本论这一哲学理论上。可以说，合乎儒家传统的诗教精神，为诗教服务，才是船山一切诗论的根本目的和终极指向，就连一向侧重于诗歌艺术层面的情景关系理论亦如是。

第三节　王夫之情景关系理论审美功利并重之二重性与时代思潮

情景关系理论是船山诗论的一个重要组成部分，具有深厚的理论内涵。他不但彰显了诗情生成过程中心与物、情与景之间的同步性，而且指出了情的主导作用。一方面，他从诗歌的艺术本体及审美特征上来论情景关系，极其重视诗歌的审美艺术特性。另一方面，他又比任何人都更强调诗歌的现实功用，极力倡导温柔敦厚的诗教精神。这种审美与功利并重的诗学理论，极其强烈地彰显了船山诗学的个性特征，也带有鲜明的时代色彩。

一　情的主导作用

船山的情景关系理论是建立在心物相感而起情这一哲学基础上的。关于心物相感在诗情兴起中所起的作用，刘勰在《文心雕龙》中即已有所论述，他说：

> 春秋代序，阴阳惨舒，物色之动，心亦摇焉。……是以诗人感物，联类不穷，流连万象之际，沈吟视听之区；写气图貌，既随物以

宛转；属采附声，亦与心而徘徊。①

物动则心摇，诗人"既随物以宛转""亦与心而徘徊"，也就是在心物互动的双向建构中兴起诗情。钟嵘在《诗品》中亦提出了以感应论为基础的"直寻说"，其序曰：

> 气之动物，物之感人，故摇荡性情，形诸舞咏。……若乃春风春鸟，秋月秋蝉，夏云暑雨，冬月祁寒，斯四候之感诸诗者也。嘉会寄诗以亲，离群托诗以怨。至于楚臣去境，汉妾辞宫，……凡斯种种，感荡心灵，非陈诗何以展其义，非长歌何以骋其情？……至乎吟咏情性，亦何贵于用事？"思君如流水"，既是即目；"高台多悲风"，亦惟所见；"清晨登陇首"，羌无故实；"明月照积雪"，讵出经、史。观古今胜语，多非补假，皆由直寻。②

钟嵘之"物"，不但指春花秋月等自然物，也指楚臣汉妾等社会人事。关键是"凡斯种种"，都必须能"感荡心灵""摇荡性情"，直寻的目的就在于让心与物相激而起情。在刘勰与钟嵘那里，情与物之间的相互感发实际上已相当于王夫之所说的情景相值，但刘、钟尚未指出诗人主观情感在情与物相互感发以起情这一过程中的主导作用，即王夫之所谓情景相取的一环。虽然当时谢灵运、陶渊明等人的诗中已表现出了这一点，但未能得到理论上的总结。③

唐宋时期，古典诗歌创作高度繁荣，出现了大量探讨诗歌创作技巧的著作，对情景关系的探讨也多从诗歌创作的具体方法和艺术技巧等方面入手，如范晞文《对床夜语》曰："老杜诗'天高云去尽，江迥月来迟，衰谢多扶病，招邀屡有期。'上联景，下联情。……'白首多年疾，秋天昨

---

① 范文澜：《文心雕龙注》，人民文学出版社，1958，第693页。
② 陈延杰：《诗品注》，人民文学出版社，1961，第1~4页。
③ 林继中：《虚舟有超越——晋宋之际文学的意象化追求》，《中华文史论丛》（第78辑），2004。

夜凉。''高风下木叶,永夜揽貂裘。'一句情一句景也。"① 虽然也有一些
议论涉及情景关系的内在性,如范晞文就明确提出了"景无情不发,情无
景不生",② 但总体倾向于从律诗的句法安排角度来探讨情景结合的具体模
式,偏离了刘勰、钟嵘所构建的从内在性上探讨情景关系的轨道。至明代
谢榛,始又提出了"情景相触而成诗"③ 等主张,从宋人言情景不离章法
句法的狭隘圈子中跳了出来,明末陆时雍对情景关系的论述颇值得注意,
他说:"诗不待意,即景自成;意不待寻,兴情即是。"④ "凡景过即亡,情
生即已,即使再陈前迹,恐意趣之非初矣"⑤ "诗人感兴,不必定理定情,
景逐意生,境由心造,所以指有异趣,物无成轨"。⑥ 但就总体而言,对情
景关系的探讨主要还是集中在诗歌外在的形式结构法则上。至王夫之,才
真正扭转了这一倾向,重新回到了从诗歌本体上来探讨情景关系,并将之
上升到诗歌美学的高度,成为一种系统的诗学理论。

王夫之首先将立论的基础放在了心物关系的哲学框架中,他说:

> 情者阴阳之几也,物者天地之产也。阴阳之几动于心,天地之产
> 应于外。故外有其物,内可有其情矣;内有其情,外必有其物矣。祇
> 衣之被,不必大布之疏;琴瑟之御,不必抱膝之吟;嫔御之侍,不必
> 缟綦之乐也。絜天下之物,与吾情相当者不乏矣。天地不匮其产,阴
> 阳不失其情,斯不亦至足而无俟他求者乎?⑦

船山论诗以气本论为基础,在他看来,世界是由气构成的,"盖阴阳
者气之二体,动静者气之二几",⑧ 而"几者,动之微",⑨ 也就是事物出

---

① 范晞文:《对床夜语》,载丁福保辑《历代诗话续编》,中华书局,1983,第417页。
② 范晞文:《对床夜语》,载丁福保辑《历代诗话续编》,中华书局,1983,第417页。
③ 谢榛:《四溟诗话》,宛平校点,人民文学出版社,1998,第121页。
④ 陆时雍:《诗镜总论》,载丁福保辑《历代诗话续编》,中华书局,1983,第1420页。
⑤ 陆时雍选评《诗镜》,任文京、赵东岚点校,河北大学出版社,2010,第143页。
⑥ 陆时雍选评《诗镜》,任文京、赵东岚点校,河北大学出版社,2010,第269页。
⑦ 王夫之:《诗广传》,王孝鱼点校,中华书局,1981,第20页。
⑧ 王夫之:《张子正蒙注》卷一,《船山全书》,岳麓书社,1991,第23页。
⑨ 《周易·系辞下》,《十三经注疏》,上海古籍出版社,1997,第88页。

现之前的细微征兆。情是阴阳二气之动产生的，物是由阴阳二气构成的，情动于心，物应于外，可以说情与物二者是同源同构的，这是二者产生感应的基础，所谓"外有其物，内可有其情也；内有其情，外必有其物矣"。然而情与物虽互有感应，但并不是所有的外物都有与之相对应的情感，一个外物，诗人可能有与之相应的情感，也可能没有与之相应的情感，所谓"外有其物，内可有其情"，既然是可有其情，那么也就可无其情，情的有无取决于诗人自身。而诗人自身之情又是如何产生的呢？船山在《读四书大全说》中有很好的比喻：

> 情固是自家底情，然竟名之曰自家，则必不可。盖吾心之动几，与物相取，物欲之足相引者，与吾之动几交，而情以生。然则情者，不纯在外，不纯在内，或往或来，一来一往，吾之动几与天地之动几相合而成者也。释氏之所谓心者，正指此也。唯其为然，则非吾之固有，而谓之"烁"。金不自烁，火亦不自烁，金火相搆而烁生焉。①

他以金火相合而烁生来喻情之产生，心之动几与物之动几相合之前，二者就像金与火未遇合之前一样，处于各不相干的状态，只有二者相交，才会产生情。也就是说，心之动几与物之动几如果不相结合，就不会产生情，所以外有其物，内未必有其情。而情本身已包含了物之动几，所以情必然能够在物中找到对应，"内有其情，外必有其物"。物是静止的，普遍存在于世界之中，而情则"不纯在外，不纯在内，或往或来，一往一来"，在情与物的关系中，情是运动的，物是静止的；情是主动的，物是被动的。但二者又是合一的，物是经过了审美情感过滤后与情相合之物，情是心物相感而生成之情，所以情中有物，物中有情，二者相感相应，互为一体，情与物之间的这种关系是王夫之论情景关系的哲学基础。在他看来，进入诗人笔下的景已经经过了诗人审美情感的过滤，是与其情相合的景；而诗人笔下的情本身就已是心与景相感的产物，情中已包含了景。因此在王夫之的诗学体系中，情是主导，景能否进入诗中要看其是否与诗人的审

① 王夫之：《读四书大全说》卷一〇，《船山全书》，岳麓书社，1991，第 1067 页。

美情感相合，合则情景相融，合二为一；不合则情还是原来的情，景还是原来的景，二者互不相干。所以进入诗人笔下的景是与其审美情感相合的景，在景能否进入诗中与情相合这个过程中，情是主动的，景是被动的；情是运动的，景是静止的。但二者又是二而一的，诗人笔下的景是与其情相合的景，诗人笔下的情是心与景相感而生的情，所以二者是互相交融的。也就是说，在王夫之的情景关系理论中，情景相遇合之前，二者是平行并列的；情景相遇合之时，二者是相值而相取的；情景相遇合之后，二者是水乳交融的。王夫之用"相值而相取"来表述情景相遇合之时的状态，他说：

> 有识之心而推诸物者焉，有不谋之物相值而生其心者焉。知斯二者，可与言情矣。天地之际，新故之迹，荣落之观，流止之几，欣厌之色，形于吾身以外者化也，生于吾身以内者心也；相值而相取，一俯一仰之际，几与为通，而浡然兴矣。"有敦瓜苦，烝在栗薪；自我不见，于今三年"，俯仰之间，几必通也，天化人心之所为绍也。①

在船山看来，诗情往往是在两种情况下产生的，一是"有识之心而推诸物者"，二是"有不谋之物相值而生其心者"。前者是内心先有情，而后遇到与之相合之景；后者是遇到了事先没有想到的景，景激发了情。在这个过程中，情景"相值而相取"，也就是情景相遇合，然后情对景有所取舍，但这种取舍又不是人为有意的取舍，而是于"一俯一仰之际"，二者之动几相沟通，诗情浡然而兴时情景内在自然的契合。所谓"浡然兴矣"，指的是一种兴会状态，在这种状态下，心物自然相感，情景自发结合，这种结合不是人为外在的牵合，而是内在的统一；无须逻辑推理，也不需要诗人有意识地去寻找。船山在此指出：诗情的产生，是情景在兴会状态下相值而相取，从而形成的一种内在的必然的统一。他认为论诗不能离开诗兴感发的具体情境，针对流行很广的贾岛作诗苦吟的"推敲"故事，他说：

---

① 王夫之：《诗广传》，王孝鱼点校，中华书局，1981，第68页。

　　"僧敲月下门"，只是妄想揣摩，如说他人梦，纵令形容酷似，何尝毫发关心？知然者，以其沈吟"推""敲"二字，就他作想也。若即景会心，则或推或敲，必居其一，因情因景，自然灵妙，何劳拟议哉？"长河落日圆"，初无定景；"隔水问樵夫"，初非想得：则禅家所谓现量也。①

　　船山以为，诗中佳境，"初无定景""初非想得"，乃是当时的"现量"情景，是诗人"即景会心""因情因景"而得。现量本是古代印度因明学中的术语，佛教法相宗用来说明心与境的关系，② 船山用来表述情景相遇合时的状态。船山晚年作《相宗络索》，他解释现量曰：

　　现量，现者，有现在义，有现成义，有显现真实义。现在，不缘过去作影；现成，一触即觉，不假思量计较；显现真实，乃彼之体性本自如此，显现无疑，不参虚妄。③

　　前引"推敲"故事中所说现量，大体相当于船山所释现量之"现在义"及"现成义"，即诗要道出眼前光景，"不缘过去作影"；要即景会心、因情因景，"一触即觉"，不缘推敲拟议，"不假思量计较"。所谓即景会心、因情因景，也就是情景相值而相取。船山诗论中取现量此二义论诗处甚多，如他多次称道的"池塘生春草""蝴蝶飞南园"等，皆是道眼前光景，一触即觉，不假思量计较之句。

　　"池塘生春草""蝴蝶飞南园""明月照积雪"，皆心中目中与相融浃，一出语时，即得珠圆玉润，要亦各视其所怀来而与景相迎者也。④

---

① 戴鸿森：《姜斋诗话笺注》，人民文学出版社，1981，第 52 页。
② 古代印度因明学是关于推理、论证的学说。佛教法相宗用它来说明心与境的关系，认为二者有现量、比量、非量的差别。
③ 王夫之：《船山全书》第 13 册，岳麓书社，1993，第 536 页。
④ 戴鸿森：《姜斋诗话笺注》，人民文学出版社，1981，第 50 页。

又如评王维：

> 辋川诗中有画，画中有诗，此二者同一风味，故得水乳调和，俱是造未造、化未化之前，因现量而出之。一觅巴鼻，鹞子即过新罗国去矣。①

巴鼻即根据、由来，觅巴鼻，也就是拟议、思量、计较，是船山所反对的，王维诗妙处即在于其为即兴所得，非苦吟而成。船山所说的"景以情合，情以景生，初不相离，唯意所适"②表达的也是这个意思。既然情景结合有一个相值而相取的过程，那么不同的审美主体具有不同的审美情感，对景的取舍应该也是不同的，这里的审美情感不是单纯的自然情感，而是早已融入了审美主体的人格、理想和情趣的社会性情感，所以王夫之强调主体的人格与审美修养对于诗歌创作的重要性。

> "日落云傍开""风来望叶回"亦固然之景，道出得未曾有，所谓"眼前光景"者，此耳。所云"眼"者，亦问其何如眼，若俗子肉眼，大不出寻丈，粗欲如牛目，所取之景亦何堪向人道出？③

船山在这里特别强调了"何如眼"，他以为"俗子肉眼，大不出寻丈，粗欲如牛目"，即于景有所取，亦不堪向人道出。这里的"眼"，换言之也就是"情"，很显然，审美主体不同，所取之景亦不会相同，船山强调了审美主体在以情取景过程中的主导作用。这里所谓的"眼"，并不是自然的"眼"，而是融入了审美主体人格、理想和情趣的"眼"，所以俗人眼中之景与雅人眼中之景就会有很大的不同，因而审美主体的人格与修养对于诗歌创作起着重要作用。

---

① 王夫之：《题芦雁绝句序》，《姜斋先生诗文集》卷五，四部丛刊初编集部第 342 册。
② 戴鸿森：《姜斋诗话笺注》，人民文学出版社，1981，第 76 页。
③ 王夫之评选《古诗评选》，文化艺术出版社，1997，第 313 页。

二 情的真实性

那么，诗情生成之后，诗人在表现这种诗情时要遵循什么样的原则呢？

船山释现量之第三义显现真实义为"乃彼之体性本自如此，显现无疑，不参虚妄"。其实也就是要求在情景相值而相取之后，亦即诗情生成之后，诗人在表现这种诗情时要真实地呈现事物本来的面貌，正如其《古诗评选》中所说：

> 两间之固有者，自然之华，因流动生变而成其绮丽。心目之所及，文情赴之；貌其本荣如所存而显之，即以华奕照耀，动人无际矣。①
>
> 取景则于击目经心、丝分缕合之际，貌固有而言之不欺。②

天地间所固有的自然景物，因流动生变而成其绮丽。诗人只要按照事物所显现的本来面貌来表现，写出来的诗自然就会光彩照人，感动人心。所谓"貌其本荣如所存而显之""貌固有而言之不欺"，都是说要完整真实地表现客观存在的事物。

船山以现量来概括诗情的生成以及诗人表现诗情时所应遵循的原则，他认为："诗人应在其有所怀来之当下，于流动洋溢之天地间'取景'，取景应不加追叙，不假思量，不参虚妄，而显现其体相之本来如此。"③ 船山现量说阐释的是诗歌文本未形成之前的情景关系，由于情景的结合是内在的必然的，所以表现在诗中的最理想的情景关系应该是"情景交融，妙合无垠"的。

> 情景名为二，而实不可离。神于诗者，妙合无垠。④

---

① 王夫之评选《古诗评选》，文化艺术出版社，1997，第231页。
② 王夫之评选《古诗评选》，文化艺术出版社，1997，第217页。
③ 萧驰：《抒情传统与中国思想——王夫之诗学发微》，上海古籍出版社，2003，第20页。
④ 戴鸿森：《姜斋诗话笺注》，人民文学出版社，1981，第72页。

情不虚情，情皆可景；景非滞景，景总含情。①

景中生情，情中含景，故曰景者情之景，情者景之情也。②

基于此，船山反对分疆情景，他说："分疆情景，则真感无存，情懈感亡，无言诗矣。"③ 他对那些讲求情景的外在法则者深为不满，"一虚一实，一景一情之说生，而诗遂为阱为梏为行尸"。④ 在《夕堂永日绪论内编》中他更详细地阐明了这一点：

近体中二联，一情一景，一法也。"云霞出海曙，梅柳渡江春。淑气催黄鸟，晴光转绿蘋""云飞北阙轻阴散，雨歇南山积翠来。御柳已争梅信发，林花不待晓风开"，皆景也，何者为情？若四句俱情，而无景语者，尤不可胜数。其得谓之非法乎？夫景以情合，情以景生，初不相离，唯意所适。截分两橛，则情不足兴，而景非其景。且如"九月寒砧催木叶"，二句之中，情景作对；"片石孤云窥色相"四句，情景双收：更从何处分析？陋人标陋格，乃谓"吴楚东南坼"四句，上景下情，为律诗宪典，不顾杜陵九原大笑。愚不可瘳，亦孰与疗之？⑤

前人强调景语和情语在律诗中的结构分布法则，提出了上景下情、上情下景、景起情结、情起景结等种种句法格式，在王夫之看来，这都是从外在形式上来谈情景关系，这样的做法割裂了情景之间的内在联系，并由此造成了"情不足兴，而景非其景"的结果。王夫之还反对过分强调以对偶写景，因为眼前的景物不一定符合偶对规则的要求，而诗人为了偶对的工整，就有可能虚构景物，这就不符合王夫之现量说中的显现真实义，所以是他极力反对的，他说：

---

① 王夫之评选《古诗评选》，文化艺术出版社，1997，第217页。
② 王夫之评选《唐诗评选》，文化艺术出版社，1997，第170页。
③ 王夫之评选《古诗评选》，文化艺术出版社，1997，第182页。
④ 王夫之评选《古诗评选》，文化艺术出版社，1997，第228页。
⑤ 戴鸿森：《姜斋诗话笺注》，人民文学出版社，1981，第75~76页。

　　景语之合，以词相合者下，以意相次者较胜。即目即事，本自为类，正不必蝉连，而吟咏之下，自知一时一事。有于此者，斯天然之妙也。"风急鸟声碎，日高花影重"，词相比而事不相属，斯以为恶诗矣。"花迎剑佩星初落，柳拂旌旗露未干"，洵为合符，而犹以有意连合见针线迹。如此云"明灯曜闺中，清风凄已寒"，上下两景几于不续，而自然一时之中寓目同感，在天合气，在地合理，在人合情，不用意而物无不亲。呜呼，至矣！①

　　船山认为，像"风急鸟声碎，日高花影重"这样从形态上看对仗工整而从事意的角度看相矛盾的只追求外在形式美的诗句乃是恶诗；像"花迎剑佩星初落，柳拂旌旗露未干"这样从外在形态到内在事意都正好相合却显出有意连合之迹的诗句不够自然；而像"明灯曜闺中，清风凄已寒"，上下句两景从外在看没有关联，而从意上看却联系着诗人的情感，这种景语不是人为有意造出，而是于情景相感中自然涌出，于天气、地理、人情皆合，有天然之妙，这才是王夫之心目中写景的最高境界。

　　船山论诗，每多非议，不轻许可，却极为欣赏谢灵运，他评谢灵运《登上戍石鼓山》曰：

　　言情则于往来动止缥缈有无之中，得灵蠁而执之有象；取景则于击目经心丝分缕合之际，貌固有而言之不欺。而且情不虚情，情皆可景；景非滞景，景总含情。神理流于两间，天地供其一目，大无外而细无垠，落笔之先，匠意之始，有不可知者存焉。岂徒兴会标举如沈约之所云者哉！自有五言，未有康乐；既有康乐，更无五言。或曰不然，将无知量之难乎？②

　　情感本在缥缈有无之间，无象可执，而谢灵运却能在动止不定、缥缈有无之间执之有象，可谓情中有景，这是言情的最高境界。谢诗之取景亦

---

① 王夫之评选《古诗评选》，文化艺术出版社，1997，第162页。
② 王夫之评选《古诗评选》，文化艺术出版社，1997，第217页。

能取与其情相遇合之当下景物，并按照景物本来的面貌来表现，可谓景中有情，这也符合王夫之对写景的要求，王夫之理想中的情景关系应该是情景交融的，而谢诗恰恰就是这样的典范，所谓"情不虚情，情皆可景；景非滞景，景总含情"是也。不论言情还是写景，谢诗都能做到情中有景，景中有情，情景交融，妙合无垠，所以王夫之视之为五言诗的最高典范。

三 情景相反相成

在前述情景相值而相取的诗情生成及其表现方式中，情与景是相辅相成的，但船山以一个哲学家思辨的眼光，不仅看到了二者相辅相成的一面，还看到了二者相反相成的一面，这也是船山情景关系理论中比较有特色的一个地方，他在《诗绎》中说：

> "昔我往矣，杨柳依依；今我来思，雨雪霏霏。"以乐景写哀，以哀景写乐，一倍增其哀乐。[1]

这是《小雅·采薇》中的诗句，出征本悲事，而言杨柳依依，益增其悲；来归本喜事，而言雨雪霏霏，愈加其喜。哀情因乐景而益哀，乐情因哀景而益乐，由于哀乐的互相反衬，从而收到了"一倍增其哀乐"的艺术效果。船山在这里揭示了反衬手法对增强诗歌表达效果的作用，这种情景相反相成的例子在古诗中有很多，却很少有人从理论上加以总结，船山充分注意到了这一点，如他说杜甫《登岳阳楼》中"'吴楚东南坼，乾坤日夜浮'，乍读之若雄豪，然而适与'亲朋无一字，老病有孤舟'相为融浃"。[2] 前言宇宙之大，后言自身之孤；前雄豪，后凄楚，反衬之下益觉人之孤独凄楚，也是以情景的相反而相成来增强表达效果的例子。在船山看来，情景关系是无限丰富的，情与景不是一对一的关系，情景相生可以是相辅而相成的，也可以是相反而相成的，总之不能拘泥于一种固定呆板的

---

[1] 戴鸿森：《姜斋诗话笺注》，人民文学出版社，1981，第10页。
[2] 戴鸿森：《姜斋诗话笺注》，人民文学出版社，1981，第33~34页。

模式。① 他在《诗广传》卷三《小雅·采薇》中说得更加详细：

> 善用其情者，不敛天物之荣凋、以益己之悲愉而已矣。夫物其何
> 定哉？当吾之悲，有迎吾以悲者焉；当吾之愉，有迎吾以愉者焉，浅
> 人以其褊衷而捷于相取也。当吾之悲，有未尝不可愉者焉；当吾之
> 愉，有未尝不可悲者焉，目营于一方者之所不见者也。故吾以知不穷
> 于情者之言矣：其悲也、不失物之可愉者焉，虽然，不失悲也；其愉
> 也，不失物之可悲者焉，虽然，不失愉也。导天下以广心，而不奔注
> 于一情之发。是以其思不困，其言不穷，而天下之人心和平矣。言悲
> 则悴以激；言愉则华以慆，元稹、白居易之一率天下于褊促，宜夫杜
> 牧之欲施之以刑也。②

船山在此指出，善用其情者，应不以物之荣凋来益己之悲愉，也就是
欲写己情之悲，非必强言景之悲；欲写己情之愉，非必强言景之愉，情景
相值而相取，本为自然相合，非有陈规可守。然而船山之意又非仅如此，
在这一似乎纯粹是美学命题的阐述之后，船山提出了"导天下以广心，而
不奔注于一情之发，是以其思不困，其言不穷，而天下之人心和平矣"。
这一段论述颇有值得玩味之处，突出地反映了船山诗论的特色：一方面他
比任何一个人都更强调诗歌的艺术特征，反对把诗歌等同于历史、哲学。
他的情景关系理论不但彰显了诗情生成过程中心与物、情与景之间的同步
性，而且指出了情的主导作用。他认为，在诗情生成过程中，情与景相值
而相取，二者自发结合在一起，这是一个内在的必然的过程，不是人为有
意可以做到，所以他反对任何外在的形式法则，反对有意、不自然的情景
结合或者有景无情、有情无景，他理想中的情景关系应该是情景交融、妙
合无垠的。他从诗歌的艺术本体及审美特征上来论情景关系，扭转了唐宋
以来从诗歌格律、句法、章法等方面探讨情景关系的倾向，将情景关系理

---

① 关于情景相反相成的论述参见陶水平《"神于诗者，妙合无垠"——王夫之诗学情景相生
论的美学诠释》，《衡阳师范学院学报》2006 年 4 月，第 14~21 页。
② 王夫之：《诗广传》，王孝鱼点校，中华书局，1981，第 75~76 页。

论提升到了中国古代诗学前所未有的高度。另一方面，他又比任何一个人都更强调诗歌的现实功用，极力倡导温柔敦厚的诗教精神。而实际上他对所有艺术手段的运用、艺术特色的强调，目的只有一个，即倡导含蓄蕴藉的诗风，宣扬温柔敦厚的诗教精神，以期有补于世。

四　王夫之诗学理论与时代思潮之关系

王夫之的诗学理论，即使是关注诗情生成及如何表现的情景关系理论这种旨在探讨诗歌本质的、内在的、审美的、艺术的部分，最终都要指向儒家传统的诗教精神，更不用说以气本论为基础所进行的诗学批评了。王夫之的诗学批评，建立在哲学理论的基础之上，具有相当程度的思辨性、逻辑性，在中国古代以印象式批评为主的诗学批评中较为少见。从他极具哲学性、思辨性的理论特征来看，他对情景关系理论的探讨，对各种诗歌现象、诗歌精神的批评，有可能进行更为深入和广泛的探讨，但可惜的是，他所有诗学探讨的最终指向，都是儒家传统的诗教精神，这在一定程度上影响了探讨的深度和广度。

当然，遗憾的只是我们今人。对于王夫之来说，这本就是正常的理论选择。在古人眼中，诗学问题通常并非单纯的艺术问题，而是关乎人生理想的大问题。关于这一点，我们必须联系当时的社会思潮来看。船山和当时许多思想家一样，在反思明朝灭亡的原因时，认为是王学末流，特别是李贽等人的异端邪说从根本上瓦解了儒家传统文化的根基。阳明心学认为良知乃人心所固有，成圣的根据就在个人内心，他虽然没有否定圣人和经典的地位，但已经蕴含了这种可能性。心学发展到晚明的泰州学派，尤其是李贽，对传统理学进行了彻底的否定。他认为除了人的现实世俗生活之外，根本就不存在所谓的道德理性，更无"天道""天理"可言。他反对儒家经典以及礼教对人精神的束缚，提出了"绝假纯真"的"童心说"，肯定人的感性欲求以及一己之私欲。李贽的这种异端思想影响很大，对儒家传统的价值系统造成了巨大的冲击。据朱国桢《涌幢小品》，当时士人"全不读《四书》本经，而李氏《藏书》《焚书》，人挟一册，以为奇货"。[1]

---

[1]　进步书局辑《笔记小说大观》，江苏广陵古籍刻印社，1984，第258页。

在文学领域，公安派紧随其后，倡导"独抒性灵，不拘格套"，以任情而发，反映人的喜怒哀乐、嗜好情欲为诗文宗旨，继之而起的竟陵派，在此基础上又提出了"幽深孤峭"之说，把文学带入了更为狭小的天地。当时人普遍认为，李贽、钟、谭等人的异端学说对儒家传统价值观念的解构，使经典失去了权威，学术背离了正道，造成了全社会的价值混乱，并最终导致了内忧外患。他们对李贽、钟、谭等人进行了不遗余力的批评，如船山在《读通鉴论》中说："若近世李贽、钟惺之流，导天下于邪淫，以酿中夏衣冠之祸，岂非逾于洪水、烈于猛兽者乎？"① 在《古诗评选》中，船山对钟、谭等也多有指责，如：

> 齐梁以降，士习浮淫，诗之可传者既不多得。近者，竟陵一选，充取其狎媟猥鄙之作，而齐、梁、陈、隋几疑无诗。若子山此上三篇，真性情，真风雅，为一代大文笔者，反断然削去。古人心血为后世无知无行者掩抑至此！虽非壮夫，能不为之按剑哉！钟以宣城门下蚁附之末品，背公死党，既专心竭力与千古忠孝人为仇雠。谭则浪子游客，炙手权门，又不知性情为何物，其视此种诗如芒刺在眼。猰貐所噬，穷奇所食，固亡足怪。而生心害政，乃以堕天下之廉耻。坐五十年来，文人才士于烟花市井之中，卖国事仇，恬不知忌。呜呼，有心有血者，何忍复食其余邪？②

> 而竟陵唱之，文士之无行者相与效之，诬上行私，以成亡国之音，而国遂亡矣。竟陵灭裂风雅，登进淫靡之罪，诚为戎首。而生心害政，则上结兽行之宣城，以毒清流；下传卖国之贵阳，以殄宗社。凡民罔不譈，非竟陵之归，而谁归邪？推本祸原，为之眦裂！③

不仅船山，许多学者都对李贽、钟、谭等异端学说进行了猛烈的批判，他们都把社会动乱以至明代灭亡的责任都归到了李贽、钟、谭所倡导的学术风气上。那么，要改变这种状况，就要从根本入手，恢复儒家的传

---

① 王夫之：《读通鉴论》，中华书局，2002，第953页。
② 王夫之评选《古诗评选》，张国星校点，文化艺术出版社，1997，第71页。
③ 王夫之评选《古诗评选》，张国星校点，文化艺术出版社，1997，第117页。

统文化。因而,在文学领域,复兴儒家传统的诗教精神,就成了这一时期各个诗学流派共同的主张。偏处一隅的王夫之应该说与当时的政治瓜葛不大,他一直以明遗民自居,但他秉持的是儒家传统诗教观,反对在诗中抒发怨愤之情,不管是影射讥刺,还是直言申饬,都是他所反对的,就连刚健遒劲的文风他也反对,这一点比其后的新诗群还要极端,王士禛可以说是新诗群的代表了,他的神韵主张还包括了继承建安风骨的诗作,而王夫之对建安风骨之劲健也是反对的。王夫之远离当时的主流文化,隐居石船山麓,潜心学术研究,所著所撰完全是从思想及学术角度出发,毫无现实功利性可言,从这一点上看,他对儒家传统诗教精神的自觉贯彻,更是他理论上的自觉,是经过对文化传统及民族前途的深刻思考而得出的结论。这种结论在今天看来或许保守落后,但在船山,却是出于内心的真诚并具有强烈的现实针对性。因此,船山以理气关系为基础发展出来的文气理论,不仅在学理的层面上丰富了文气说的内容,其目的更在实用的层面上,在他这里,文气理论是一个相对完整自足的整体。

第三章 "神韵"的内涵扩充与演变

第一节 自然天成与情韵兼至的《诗镜》

陆时雍（生卒年不详），字仲昭，桐乡（今属浙江）人。崇祯六年（1633）贡生。他取汉魏至晚唐之诗，编为《诗镜》三十六卷，① 《唐诗镜》五十四卷，前有总论一卷。陆氏的生平资料我们所知甚少，这两部诗选及总论，集中代表了他的诗学主张，其中许多见解相当精辟。清人修四库全书，将《诗镜》、《唐诗镜》及《诗镜总论》一并收入，《四库全书总目》称其：

> 前有《总论》一篇，其大旨以神韵为宗、情境为主。如云："诗须观其自得，古人佳处不在言语间。"又云："气太重、意太深、声太宏、色太厉，佳而不佳，反以此病。"又云："诗不患无材，而患材之扬；不患无情，而患情之肆；不患无言，而患言之尽；不患无景，而患景之烦。"所言皆妙解诗理。……然其采摭精审，评释详核，凡运会升降，一一皆可考见其源流。在明末诸选之中，固不可不谓之善本矣。②

谓其"所言皆妙解诗理"，在明末诸选中可谓善本，可见清人对他的诗学主张是比较重视的，沈德潜编选《古诗源》对陆时雍诗论承袭处颇

---

① 《诗镜》卷1~29选汉至隋诗歌，卷30~36选历代歌谣、乐章及谐语等。
② 《四库全书总目提要》卷一八九，中华书局，1995，第1723页。

多，近人丁福保亦在其所辑《历代诗话续编》中称陆氏论诗"确有见地，非拾人牙慧者所可比拟"。① 陆时雍诗论以"神韵"知名，在"神韵"理论的发展过程中占有较为重要的位置。

一 "自然之妙，难以力与"

在最能体现陆时雍诗学思想的《诗镜》中，"自然"一词屡次出现，与"情""韵"一起构成了他的"神韵"理论。

（一）自然天成

从《诗镜》对历代诗人的批评当中，我们可以看到陆时雍评价最高的是陶渊明与谢灵运。② 他评陶、谢诗曰：

> 渊明未尝做诗，诗自从中流出，灵襟颢气，陶冶物情远矣。③
> 谢康乐灵襟秀色，挺自天成。清贵之气，抗出尘表。大抵性灵物秽，诗之美恶，辨于此矣。④

陶谢诗皆有天成之妙，所谓"不屑屑于物象之间"⑤ 也。而二者之间又有高下：

> 谢康乐人巧尽后，宛若天工；陶诗似月到柳梢，风来水面，自然之妙，难以力与也。⑥

相较于谢诗，"陶诗似月到柳梢，风来水面，自然之妙，难以力与也"。因为谢诗的"宛若天工"，是在人巧过后，极力雕琢而不露雕琢之

---

① 丁福保辑《历代诗话续编》，中华书局，1983，第6页。
② 陆时雍对陶谢评价最高，但选入他们诗歌的数量并非最多。他选陶诗45首，居入选作家第四位；选谢诗35首，居第八位。
③ 陆时雍选评《诗镜》，任文京、赵东岚点校，河北大学出版社，2010，第87页。
④ 陆时雍选评《诗镜》，任文京、赵东岚点校，河北大学出版社，2010，第119页。
⑤ 陆时雍选评《诗镜》，任文京、赵东岚点校，河北大学出版社，2010，第119页。
⑥ 陆时雍选评《诗镜》，任文京、赵东岚点校，河北大学出版社，2010，第87页。

痕，而陶诗的天成，乃是自然而然，未经任何雕琢。可见，陆时雍以自然
天成、不事雕琢为高。他在评薛道衡《昔昔盐》时明确表明了以自然天成
为诗歌第一义的观点：

> 凡实境自成，真情自涌，此是诗家第一义。若点缀推敲，虽极精
> 工，终非其至，此谓要道不烦。①

他认为经过点缀推敲而达到的自然天成，在艺术上虽然也具有很高的
价值，但终究不是自然的极致。只有"凡实境自成，真情自涌"，方是诗
家第一义，这里强调的是"自成""自涌"，没有施加任何人力干预的自然
状态，一经雕琢，就失去了自然天成的美。陆时雍论诗反对雕琢缘饰，崇
尚自然本色，在《诗镜》中随处可见：

> "老骥"语无他奇，何故千古称赏？只本色披撷，不容复过。②
> 披衷展愫，一豁所意，不假丝毫缘饰而成，谓之宗匠以此。③
> 有意无神，有声无韵，只死语耳。《冬节后至丞相第》《别范安
> 成》，是不乏意，而苦无佳趣，以神韵之未生也。故诗不可以力求，
> 不可以意索，有不知然而自然之妙。④
> 凡诗虚能领神，实能写色，所最贵者，尤在妙合自然。⑤
> "黄花发岸草，赤叶翻高树。渔舟乍回归，沙禽时独赴。"直叙景
> 物，不假点缀，自佳。故知人力虽工，不胜天趣。⑥

他强调只有"本色披撷""不假丝毫缘饰""不可以力求，不可以意
索""不假点缀"等不加人工修饰的诗歌，才能达到"妙合自然"的诗歌
最高境界，人工雕琢得再好，也比不上自然天成。

---

① 陆时雍选评《诗镜》，任文京、赵东岚点校，河北大学出版社，2010，第325页。
② 陆时雍选评《诗镜》，任文京、赵东岚点校，河北大学出版社，2010，第32页。
③ 陆时雍选评《诗镜》，任文京、赵东岚点校，河北大学出版社，2010，第46页。
④ 陆时雍选评《诗镜》，任文京、赵东岚点校，河北大学出版社，2010，第205页。
⑤ 陆时雍选评《诗镜》，任文京、赵东岚点校，河北大学出版社，2010，第217页。
⑥ 陆时雍选评《诗镜》，任文京、赵东岚点校，河北大学出版社，2010，第232页。

陆时雍提倡自然天成，不事雕琢，针对的是所有风格的诗歌。正如他对杜诗"桃花一簇开无主，不爱深红爱浅红"所作的议论：

> 深情浅趣，深则情，浅则趣矣。杜子美云："一簇桃花开无主，不爱深红爱浅红。"余以为深浅俱佳，惟是天然者可爱。①

桃花的可爱与否，与其深浅无关，而与其是否天然关系重大，深也好，浅也好，只要是天然的，就是可爱的。反映到诗论上，就是不管哪一种风格的诗歌，只要具有了自然天真的特点，就是好诗。

（二）以自然为基准的六朝与唐诗、李杜诗评价

以自然天成为评价基准，陆时雍认为六朝诗高于唐诗：

> 五言绝句，沿歌成体，截语作句，大都寻常口语。莲子、黄蘖、石阙、春蚕等，类正托怀，寓兴矢歌，通意之微词也。触意遂成，不假思致，唐人加以雕饰，则语愈工而体愈远矣。②
> 唐人不琢不高，意必矜异，语必务奇，故缘饰盛而实趣衰，雕刻深而真气损，格力日降，音韵日沉矣。③

陆时雍从是否天然无雕饰的角度肯定了六朝诗，否定了唐诗。在他看来，诗歌是"触意遂成"，也就是外物触发了诗人的情思而自然生成。唐诗就是因为在立意上追求与众不同、在表达上寻求生新奇异，所以雕饰越多，离诗越远。他评隋炀帝诗曰：

> 陈人意气恹恹，将归于尽。隋炀起敝，风骨凝然。其于追风勒雅，返汉还骚，相距甚远。故去时之病则佳，而复古之情未尽。诗至陈余，非华之盛，乃实之衰耳。不能予其所美，而徒欲夺其所丑，则

---

① 陆时雍：《诗镜总论》，载丁福保辑《历代诗话续编》，中华书局，1983，第1418页。
② 陆时雍选评《诗镜》，任文京、赵东岚点校，河北大学出版社，2010，第99页。
③ 陆时雍选评《诗镜》，任文京、赵东岚点校，河北大学出版社，2010，第293页。

枵质将安恃乎？隋炀从华得素，譬诸红艳丛中，清标自出。虽卸华谢彩，而绚质犹存。并隋素而去之，唐之所以暗而无色也。珠辉玉润，宝焰金光，自然之色，夫岂不佳？若朽木死灰，则何贵矣？唐之兴，六代之所以尽亡也。①

"素"，也就是自然的本色。陆时雍在《诗镜总论》中说："绝去形容，独标真素，此诗家最上一乘。本欲素而巧出之，此中唐人之所以病也。"②"素"与"巧"相对，则"素"乃不含人巧之自然本色。诗歌要去掉所有的修饰，只留下它最初的自然本色，才是最高境界。所谓"从华得素""卸华谢彩，而绚质犹存"，也就是洗去了外表的光华，唯留下天真自然的本色。在陆时雍看来，隋炀帝之诗虽不足以与《三百篇》、《楚辞》及汉诗相媲美，但在当时诗风颓靡的情况下，他能够由诗歌表面的华美返归自然，其清俊脱俗足以使其在万花丛中脱颖而出。而唐人因为过于在技巧上用功，所以连诗歌的自然之美也失去了。

以自然天成为诗歌的最高境界，他批评杜甫说：

少陵五言律，其法最多，颠倒纵横，出人意表。余谓万法总归一法，一法不如无法。水流自行，云生自起，更有何法可设？③

杜甫的诗歌最讲究"法"，诗中的法度千变万化，出人意料，这本是杜诗广受称赞的原因，所谓"子美集开诗世界"，但在陆时雍看来，再细密再完美的法也不如无法，如"水流自行，云生自起"那样的自然而然才是诗歌的最高境界，他说：

少陵五古，材力作用，本之汉魏居多。第出手稍钝，苦雕细琢，降为唐音。④

---

① 陆时雍：《诗镜总论》，载丁福保辑《历代诗话续编》，中华书局，1983，第1410页。
② 陆时雍：《诗镜总论》，载丁福保辑《历代诗话续编》，中华书局，1983，第1418页。
③ 陆时雍：《诗镜总论》，载丁福保辑《历代诗话续编》，中华书局，1983，第1415页。
④ 陆时雍：《诗镜总论》，载丁福保辑《历代诗话续编》，中华书局，1983，第1414页。

子美之病，在于好奇。作意好奇，则于天然之致远矣。五七言古，穷工极巧，谓无遗恨。细观之，觉几回不得自在。[1]

杜甫是明人最为推崇的诗人，他的诗作，博采众家之长，不论是在思想上，还是在艺术上，都具有广阔的包容性。[2] 杜甫作诗，追求用字准确、以人工雕琢为美。他说过"为人性僻耽佳句，语不惊人死不休"，[3] 这种经过刻意推敲所得到的人工之美，也是后人努力想要达到的目标。而在陆时雍看来，这些却是杜诗的缺点，即过于雕琢、好奇，因而缺乏天然之致。从这一认识基点出发，他打破了宋代以来最尊杜甫的价值系统，在李杜之间，他更尊崇李白：

观五言古于唐，此犹求二代之瑚琏于汉世也。古人情深，而唐以意索之，一不得也；……古人作用盘礴，而唐以径出之，八不得也。虽以子美雄材，亦踟躇于此而不得进矣。庶几者其太白乎？意远寄而不迫，体安雅而不烦，言简要而有归，局卷舒而自得。离合变化，有阮籍之遗踪，寄托深长，有汉魏之委致。然而不能尽为古者，以其有佻处，有浅处，有游浪不根处，有率尔立尽处。然言语之际，亦太利矣。[4]

宋人抑太白而尊少陵，谓是道学作用。如此将置风人于何地？放浪诗酒，乃太白本行。忠君忧国之心，子美乃感辄发。其性既殊，所遭复异，奈何以此定诗优劣也？太白游梁宋间，所得数万金，一挥辄尽，故其诗曰："天生我才必有用，黄金散尽还复来。"意气凌云，何容易得？[5]

七言古，自魏文梁武以外，未见有佳。鲍明远虽有《行路难》诸

<hr>

[1] 陆时雍：《诗镜总论》，载丁福保辑《历代诗话续编》，中华书局，1983，第1415页。
[2] 元稹为杜甫所作墓志铭曰："至于子美，盖所谓上薄风雅，下该沈宋，古傍苏李，气夺曹刘，掩颜谢之孤高，杂徐庾之流丽，尽得古今之体势，而兼人人之所独专矣。"《元稹集》，中华书局，2000，第601页。
[3] 仇兆鳌：《杜诗详注》，中华书局，1979，第810页。
[4] 陆时雍：《诗镜总论》，载丁福保辑《历代诗话续编》，中华书局，1983，第1413页。
[5] 陆时雍：《诗镜总论》，载丁福保辑《历代诗话续编》，中华书局，1983，第1416页。

篇，不免宫商乖互之病。太白其千古之雄乎？气骏而逸，法老而奇，音越而长，调高而卓。少陵何事得与执金鼓而抗颜行也？[1]

他认为唐代的五古与唐以前古诗是不能相提并论的，古诗情感深厚、意象悠远，诗法变换自然、色真貌厚、气格凝重、语言简朴，整体上浑然天成，而唐诗则完全与之相反。总之，古诗的自然天成，是唐代靠巧思和材力所无法达到的。唐人中稍稍可以接近古人境界的，唯有李白，而杜甫则去之甚远。他不认同宋人对杜甫的评价，李白和杜甫天性不同，杜甫的忠君爱国和李白的放浪诗酒都是出自天性，二人性情不同、境遇不同，所写之诗自然不同，不能以诗中有没有忠君爱国之思为评定诗歌价值的标准。抛开儒家传统诗教观，单纯从诗歌的审美特质来看，李白诗歌的意气凌云，自然天成，杜甫是没有资格与其相提并论的。应该说，这是以自然为宗来评价诗歌而得出的结论。

二　"情欲其真"

陆时雍在《诗镜总论》中说：

> 诗之可以兴人者，以其情也，以其言之韵也。夫献笑而悦，献涕而悲者，情也；闻金鼓而壮，闻丝竹而幽者，声之韵也。是故情欲其真，而韵欲其长也，二言足以尽诗道矣。[2]

陆时雍认为诗歌之所以能引起人的感发，主要是因为具有情感和美感，情要真，韵要长，这是诗歌创作的基本规律，所谓"二言足以尽诗道矣"。他所说的情，是由物对心的自然触发而引起的喜怒哀乐，韵则是文本带给读者的可供回味的审美愉悦。

陆时雍要求情真，所以对无真情之作加以批评：

---

① 陆时雍：《诗镜总论》，载丁福保辑《历代诗话续编》，中华书局，1983，第1414页。
② 陆时雍：《诗镜总论》，载丁福保辑《历代诗话续编》，中华书局，1983，第1415页。

晋多能言之士，而诗不佳，诗非可言之物也。晋人惟华言是务，巧言是标，其衷之所存能几也？①

晋诗如丛綵为花，绝少生韵。士衡病靡，太冲病憍，安仁病浮，二张病塞。语曰："情生于文，文生于情。"此言可以药晋人之病。②

晋人诗歌受玄言影响，有说理的倾向，而"诗非可言之物"，其特色是言情。晋人的注意力集中在华言、巧言等表面形式上，对自己的内心并不关注，所以晋虽多能言之士，而诗不佳。晋诗的另一个特征是追求文字的华美，缺少真挚的感情。陆时雍以"丛綵为花"来喻晋诗，外表再华美，内中没有真情，也只能像丝绢做的花，没有真花的自然与香气。而情与文是互生关系，没有情感基础的文是徒有其文。

要求情真，所以对有真情之作多加褒奖，即使是缺少韵味也加以肯定：

鲍照快爽莫当，丽藻时见，所未足者，韵耳。③

陆氏论诗以神韵为宗旨，而说鲍诗不足之处在于无韵，显然鲍照之诗并非他心目中的最上品，但他在《诗镜》中选鲍诗70首，为入选作家之冠，这显然是矛盾的。他在这里说鲍诗"快爽莫当"，在《诗镜总论》中又说：

鲍照材力标举，凌厉当年，如五丁凿山，开人世之所未有。当其得意时，直前挥霍，目无坚壁矣。骏马轻貂，雕弓短剑，秋风落日，驰骋平冈，可以想此君意气所在。④

鲍照是一位出身寒族而具有浓烈思想感情的诗人。他的社会地位低

---

① 陆时雍：《诗镜总论》，载丁福保辑《历代诗话续编》，中华书局，1983，第1405页。
② 陆时雍：《诗镜总论》，载丁福保辑《历代诗话续编》，中华书局，1983，第1405页。
③ 陆时雍选评《诗镜》，任文京、赵东岚点校，河北大学出版社，2010，第133页。
④ 陆时雍：《诗镜总论》，载丁福保辑《历代诗话续编》，中华书局，1983，第1407。

微，毕生为衣食奔波，他在诗中抒发种种不得志的人生感慨，带有浓烈的感情色彩。而他的抒情特色，是直抒胸臆，外露、强烈、慷慨激昂。陆时雍欣赏的是其快爽、凌厉、一发无遗，是鲍诗情感带给人的强烈震撼。但鲍照诗歌的这种情感表达由于过于凌厉直接，必然缺少含蓄婉转令人回味的韵味。鲍照诗歌的情感表达及开拓性都令人耳目一新，"所未足者，韵耳"，而陆时雍在《诗镜》中选取最多的又是鲍照诗，这一方面可以说是诗论的概括性与实践的丰富性之间经常存在的一种现象，另一方面也足见真情在陆时雍神韵说中的重要性。

要求情真，必然对意有所贬抑。由自然天成出发，也必然对意有所贬抑。意是与情相对的一个诗学概念，唐诗主情，宋诗主意，情意之间似乎有着天然的矛盾。但陆时雍又提出了选诗"不惟其词而惟其情，不惟其貌而惟其意"，也就是说，相比于诗歌的"词""貌"等外在形式，他更重视"情""意"等内在蕴含，他不仅重视诗歌的情，也重视诗歌的意，情与意是他选诗的两个标准。当然，在他看来情和意的地位还是有不同的。

> 夫一往而至者，情也；苦摹而出者，意也。若有若无者，情也；必然必不然者，意也。意死而情活，意迹而情神，意近而情远，意伪而情真。情意之分，古今所由判也。少陵精矣刻矣，高矣卓矣，然而未齐于古人者，以意胜也。假令以古诗十九首与少陵作，便是首首皆意；假令以《石壕》诸什与古人作，便是首首皆情。此皆有神往神来，不知而自至之妙。太白则几及之矣。十五国风皆设为其然而实不必然之词，皆情也。晦翁说《诗》，皆以必然之意当之，失其旨矣。数千百年以来，愦愦于中而不觉者众也。①

情具有活、神、远、真等特点，而意则与之相反，特点是死、迹、近、伪；在诗歌创作中，情是自然而来、随感而发的，而意则是苦意搜寻、事先规定的。陆时雍以不事雕琢的自然之美为诗之至境，因此尊情斥意。他以杜甫和诗经为例，在他看来，杜甫诗歌已经达到了极高的艺术境

---

① 陆时雍：《诗镜总论》，载丁福保辑《历代诗话续编》，中华书局，1983，第1414页。

界，但因为过于用意，所以还是无法与古人相提并论；而《诗经·国风中》的诗歌，都是古人自然而发之情感，并没有一定的意图和目的。朱熹以风雅比兴之意解诗，将《诗经》中的自然之情解读为必然之意，千百年来人们被蒙蔽其中，完全看不到国风发自自然的本来面目。这是由尊尚自然情真而来的对风雅解经的反对，对意的批评，是建立在以自然天成为宗的基础上的，但这并不意味着他排斥意的存在，他评鲍照诗"霜崖灭土膏，金涧测泉脉。旋渊抱星汉，乳窦通海碧"曰：

> 精矣，而乏自然之致。良工苦心，余以是赏之。①

在陆时雍看来，鲍照此诗虽精警，但缺乏自然之致，并非他理想的诗歌境界。不过，陆时雍并不因此而否定它，对于鲍照诗中的"良工苦心"，也就是意，他是赞赏的。他反对的是"用意好刻好苦，好异好详"② 以及"专寻好意"，③ 他认为：

> 善用意者，使有意如无，隐然不见。造无为有，化有为无，自非神力不能。以少陵之才，能使其有而不能使其无耳。④

在陆时雍看来，诗以不用意为最妙，但诗用意而不见其意同样难得，关键在于要善于用意，要使有意如无，隐然不见。对他来说，理想中的诗歌境界是毫无人工雕饰的自然天成，但实际能够达到这一境界的只有汉诗和陶渊明，⑤ 就连谢灵运的宛若天工也是极力雕琢之后而不露雕琢之痕的人巧。所以他一方面在诗评中对符合这一理想境界的诗作大加赞叹，另一

---

① 陆时雍：《诗镜总论》，载丁福保辑《历代诗话续编》，中华书局，1983，第1408页。
② "中唐人用意，好刻好苦，好异好详。"陆时雍：《诗镜总论》，载丁福保辑《历代诗话续编》，中华书局，1983，第1417页。
③ "专寻好意，不理声格，此中晚唐绝句所以病也。"陆时雍：《诗镜总论》，载丁福保辑《历代诗话续编》，中华书局，1983，第1420页。
④ 陆时雍：《诗镜总论》，载丁福保辑《历代诗话续编》，中华书局，1983，第1422～1423页。
⑤ 此仅就五言古诗而言。汉以前诗歌当然也是自然无雕饰之作，但多为四言诗，五言肇始于汉，后代古诗亦以五言为主流。故所言古诗多指五言古诗。

方面又以情与意为标准对古诗进行选取和评判。

以情意为判断基准，陆时雍推崇汉魏诗，是因为"汉魏言情"，他认为：

> 古人善于言情，转意象于虚圆之中，故觉其味之长而言之美也。①
> 造情取境，古人所难。此是诗家第一义。观子建王粲《七哀》《杂诗》等篇，知古人端不妄作。②

在五言诗的传统中，汉代乃是历史的起点。陆时雍以为"五言在汉，遂为鼻祖。西京首首俱佳"。③ 在以朝代对诗歌进行划分时，他以汉魏、六朝、唐代为大的时间段限，将汉魏作为一体来评价，故论诗经常汉魏连称，④ 但实际上他认为魏诗其实已经与汉诗相差甚远了："魏人精力标格，去汉自远，而始影之华，中不足者外有余，道之所以日漓也。"⑤ 自魏起，诗歌已经偏离情感而走向追求词彩，与诗歌的本来面目日渐远离了。不过，魏虽不如汉，但仍旧与汉诗具有相同的特点——情。

> 六朝一语百媚，汉魏一语百情，唐人未能办此。⑥

关于这一点，许学夷在《诗源辩体》中也有所论述，他说：

> 汉魏同者，情兴所至，以情为诗，故于古为近。魏人异者，情兴未至，以意为诗，故于古为远。同者乃风人之遗响，异者为唐古之先

---

① 陆时雍：《诗镜总论》，载丁福保辑《历代诗话续编》，中华书局，1983，第1403页。
② 陆时雍选评《诗镜》，任文京、赵东岚点校，河北大学出版社，2010，第48页。
③ 陆时雍：《诗镜总论》，载丁福保辑《历代诗话续编》，中华书局，1983，第1402页。
④ 如评傅玄《豫章行苦相篇》曰："汉情魏貌，绝不类晋人所为"；评《放歌行》曰："语气凝重，品格在汉魏之间。大抵托基既高，则发言自远，平胸直写，自不落凡近规摹矣。"陆时雍选评《诗镜》，任文京、赵东岚点校，河北大学出版社，2010，第66~67页。
⑤ 陆时雍：《诗镜总论》，载丁福保辑《历代诗话续编》，中华书局，1983，第1404页。
⑥ 陆时雍：《诗镜总论》，载丁福保辑《历代诗话续编》，中华书局，1983，第1411页。

驱。陈绎曾云:"东都以上主情,建安以下主意",此前人未尝道破。①

如果细分的话,建安诗歌可以作为一个转折点,前此的诗歌是以情为诗,建安诗人开始以意为诗,在这一点上,的确是开了唐以意为诗的先河。陆时雍其实已经看到了汉魏诗歌之不同,只是在与后代诗歌相比较时,不取其异而取其同,因为汉魏言情。

以情意为判断基准,陆时雍推崇六朝诗而贬抑唐诗。他以为"情意之分,古今所由判也"。这里的"古今",亦即古诗与唐诗,唐诗以意胜,所以不如古诗之以情胜,这也是他推崇汉魏六朝诗而贬抑唐诗的内在原因。他在《诗镜总论》中说:

> 观五言古于唐,此犹求二代之瑚琏于汉世也。古人情深,而唐以意索之,一不得也;古人象远,而唐以景遍之,二不得也;古人法变,而唐以格律之,三不得也;古人色真,而唐以巧绘之,四不得也;古人貌厚,而唐以姣饰之,五不得也;古人气凝,而唐以佻乘之,六不得也;古人言简,而唐以好尽之,七不得也;古人作用盘礴,而唐以径出之,八不得也。虽以子美雄材,亦踞跼于此而不得进矣。庶几者其太白乎?②

他认为唐人五古有"八不得",其一就是"以意索之",失去了古人的深情。唐诗不如古诗情深、象远、法变、色真、貌厚、气凝、言简、作用盘礴,其根本原因就在于以意为诗。后来王夫之在《古诗评选》中亦曰:"诗之深远广大,与夫舍旧趋新也,俱不在意。唐人以意为古诗,宋人以意为律诗绝句,而诗遂亡。"说的也是同样的意思。

三 "韵欲其长"

作为我国古代诗歌批评的重要审美范畴,"韵"很早就被使用,皎然、

---

① 许学夷:《诗源辩体》,杜维沫校点,人民文学出版社,1998,第71~72页。
② 陆时雍:《诗镜总论》,载丁福保辑《历代诗话续编》,中华书局,1983,第1413页。

司空图、严羽等人都不断用"韵"来概括诗歌的审美特质。北宋范温在其所著《潜溪诗眼》中对"韵"做了详细的探讨,按照范温的分析,"所谓'韵',乃是对于审美意象的一种规定,一种要求,即要求审美意象'有余意',或者说,'行于简易闲澹之中,而有深远无穷之味'。符合这一要求,就是美;不符合这一要求,就不是美"。① 范温以为文章之能事,"有巧丽,有雄伟,有奇,有巧,有典,有富,有深,有稳,有清,有古",而以"韵"为极致。这里所说的"韵",并不指向某种单一的风格,而是各种风格所达到的一种境界。但古人对"韵"的追求,大多偏向于清虚淡远的一面。明人也对"韵"做了多方面的探讨和使用,其中胡应麟是比较频繁地使用"韵"来论诗的诗论家,他对"韵"的使用比较宽泛,他认为不仅王、孟一派的诗歌有神韵,杜甫诗也有神韵,② 也就是说,不仅清淡一派的诗歌有神韵,雄浑一派的诗歌也有神韵。而到陆时雍时,"韵"已成为观照和批评诗人诗作的重要审美标准之一。陆时雍是明代以"韵"论诗最集中的诗论家,他对"韵"的使用也更为宽泛,并且形成了以情为基础、以自然天成为最高审美境界的"神韵"理论。

(一)"韵"的内涵

首先,陆时雍将"韵"视为诗歌的生命与灵魂:

> 有韵则生,无韵则死;有韵则雅,无韵则俗;有韵则响,无韵则沈;有韵则远,无韵则局。③

---

① 叶朗:《中国美学史大纲》,上海人民出版社,2002,第 311 页。
② 胡应麟评孟浩然诗曰:"孟五言不甚拘偶者,自是六朝短古,加以声律,便觉神韵超然,此其占便宜处。"(胡应麟:《诗薮》,上海古籍出版社,1979,第 36 页)又曰:"唐初承袭梁、隋,陈子昂独开古雅之源,张子寿首创清澹之派。盛唐继起,孟浩然、王维、储光羲、常建、韦应物,本曲江之清澹,而益以风神者也。"(胡应麟:《诗薮》,上海古籍出版社,1979,第 35 页)这是说王、孟一派的诗歌有神韵。又曰:"初唐七言律缛靡,多谓应制使然,非也,时为之耳。此后若《早朝》及王、岑、杜诸作,往往言宫掖事,而气象神韵,迥自不同。"这是说王维、岑参、杜甫诗有神韵。(胡应麟:《诗薮》,上海古籍出版社,1979,第 83 页)
③ 陆时雍:《诗镜总论》,载丁福保辑《历代诗话续编》,中华书局,1983,第 1423 页。

"韵"决定了诗歌有无生气，是雅是俗，音调是否响亮，意境是否高远。一首诗的好坏，完全取决于是否有韵。"韵"甚至还可以神奇地充当情景皆平淡无奇的诗歌的拯救者，"凡情无奇而自佳，景不丽而自妙者，韵使之也"①。

那么，什么是"韵"？陆时雍说：

> 诗之佳，拂拂如风，洋洋如水，一往神韵，行乎其间。班固《明堂》诸篇，则质而鬼矣。鬼者，无生气之谓也。②

以班固《明堂》来对比，谓其"质而鬼"，而"鬼者，无生气之谓也"，则与之相对的"神韵"，说的就是有生气，好诗如风如水，自然流畅，而神韵，就是运行于其间的反映内在生命活力的灵动鲜活之美，③ 它赋予了诗歌以灵魂。陆时雍还以声音作比来说"韵"：

> 诗被于乐，声之也。声微而韵，悠然长逝者，声之所不得留也。一击而立尽者，瓦缶也。诗之饶韵者，其钲磬乎？"相去日以远，衣带日以缓"，其韵古；"携手上河梁，游子暮何之"，其韵悠；"高台多悲风，朝日照北林"，其韵亮；"晨风飘歧路，零雨被秋草"，其韵娇；"采菊东篱下，悠然见南山"，其韵幽；"皇心美阳泽，万象咸光昭"，其韵韶；"扣枻新秋月，临流别友生"，其韵清；"野旷沙岸净，天高秋月明"，其韵冽；"天际识归舟，云中辨江树"，其韵远。凡情无奇而自佳，境不丽而自妙者，韵使之也。④

就如乐器中的钲磬，其音悠长而又袅袅不绝，为弦外之音，比之于诗，则诗之有韵，也是味长言美，有言外之意。这与司空图提出的"韵外之致""味外之旨"，严羽的"言有尽而意无穷"，以及范温的"有余意之

---

① 陆时雍：《诗镜总论》，载丁福保辑《历代诗话续编》，中华书局，1983，第1406页。
② 陆时雍：《诗镜总论》，载丁福保辑《历代诗话续编》，中华书局，1983，第1403页。
③ 蒋寅：《王渔洋"神韵"概念溯源》，《北京大学学报》2009年第2期，第27~34页。
④ 陆时雍：《诗镜总论》，载丁福保辑《历代诗话续编》，中华书局，1983，第1406页。

谓韵"，其基本意思是一致的。概言之，由文本的灵动鲜活而带来的味美言长就是韵，韵是诗歌文本带给读者的可供回味的审美愉悦。叶嘉莹在《王国维及其文学批评》中说："凡被称为有韵的作品，却大多正是因为其能具有含蕴不尽之余味，而其所以如此，则大约可分别为两种情形：一种是由于作品本身所含蕴之情思意致本来就极为深微悠远，可以使人生不尽之思。……至于另一种情形，则是由于表现技巧之婉转曲折，有时也可以使作品有不尽之余味。"① 叶嘉莹接下来举的例子就是陆时雍这段话：

> 物色在于点染，意态在于转折，情事在于犹夷，风致在于绰约，语气在于，情势在于游行，此则韵之所由生。②

"其所为点染、转折、犹夷、绰约、吞吐、游行，究其实应该都是种种婉转曲折的表现技巧"。③ 要想使作品有韵，一种是从作品本身的情感入手，使其情思意致深微悠远；另一种是从作品表现技巧入手，使其表达方式婉转曲折，作品之韵即依赖于此二者。陆时雍基本上是从这两个方面入手来谈"韵"的，他说情"以感兴为端，而以风味为美"，④ 外物触发了诗人的情感，但并非所有的情感都能引起人的审美愉悦，只有具有风神韵味的情感才美，才会引起人的审美愉悦，让人回味无穷。

> 善言情者，吞吐深浅，欲露还藏，便觉此衷无限；善道景者，绝去形容，略加点缀，即真相显然，生韵亦流动矣。此事经不得着做，做则外相胜而天真隐也，直是不落思议法门。⑤

言情写景不能不加保留地和盘托出，要欲言又止、欲露还藏，在重要

---

① 叶嘉莹：《王国维及其文学批评》，广东人民出版社，1982，第289页。
② 陆时雍：《诗镜总论》，载丁福保辑《历代诗话续编》，中华书局，1983，第1423页。
③ 叶嘉莹：《王国维及其文学批评》，第289页。
④ 陆时雍在评傅玄《和秋胡行》中曰："情以感兴为端，而以风味为美，咏事赋情，得其大意而已。"陆时雍评《诗镜》，任文京、赵东岚点校，河北大学出版社，2010，第72页。
⑤ 陆时雍：《诗镜总论》，载丁福保辑《历代诗话续编》，中华书局，1983，第1416页。

的地方略加点缀，才会生韵流动，但又不能刻意地去做，一旦刻意去做了，韵味也就随即失去了。这里又回到以自然为宗的论诗标准，韵产生于天然，是以天真为基础的。

（二）"六朝一语百媚"

陆时雍论"韵"与其他论者不同处在于，以"香美"论韵。

在《诗镜》中，陆时雍以有"韵"许之的作家有魏文、谢灵运、谢玄晖、鲍照、简文、柳恽、何逊、庾肩吾、徐陵、张正见等。他选简文诗56首，仅次于鲍照名列第二，他举出简文诗中有韵之处在于：

> "香汗浸红纱"，韵胜，故得不俗。①
> 三四语有风韵。善赋物者，不必奇情怪句，只要气韵得佳，然此却最难能处。②

"香汗浸红纱"是简文《咏内人昼眠》中的句子；"三四语有风韵"之"三四语"指"轻花鬘边堕，微汗粉中光"，是《晚景出行》的第三、四句。这些诗句是典型的宫体诗，描摹的是女人的姿态，以我们今天的评价基准来看，尽管这样的描摹绘形绘色，但缺乏感情色彩，没有深厚的蕴含，因而也称不上有韵。但如果我们换一个角度，抛却诗中的情感因素，把它当成一幅静物画，这几句诗中所描摹的每一个鲜活的瞬间的物象，都被文字凝固在画面上，但是其中的香气和色彩仿佛又是流动的，带着活力和动感，它岂不是香美、有韵味的？③陆时雍谓其"韵胜""有风韵"，岂不又是正常的？他评庾肩吾与张正见曰：

---

① 陆时雍选评《诗镜》，任文京、赵东岚点校，河北大学出版社，2010，第186页。
② 陆时雍选评《诗镜》，任文京、赵东岚点校，河北大学出版社，2010，第190页。
③ 田晓菲在《烽火与流星》中对宫体诗有新的解读，她将宫体诗放在佛教与齐梁社会的特定大背景下进行解读，认为宫体诗是"观照的诗学"，是一种关于凝神观看物质世界的新方式，它不是为了物化女性，不是为了在感官诱惑下得到视觉的快感，而是关于观看的诗歌。田晓菲：《烽火与流星——萧梁王朝的文学与文化》，中华书局，2010。

肩吾推炼精工，气韵香美，当是声律绝技。①

张正见高韵凌空，奇情破冥，当与庾肩吾对垒。②

庾肩吾是宫体诗的代表作家，在宫体诗人中，他最讲究声律和炼字琢句，他的诗多为应令、应教、赋得、奉和之作，内容相对比较单薄，以诗句的清丽工巧见长，王夫之在《古诗评选》中说："子慎于宫体一流中，特疏俊出群，贤于诸刘远矣。其病乃在遽尽无余，可乍观而不耐长言，正如炎日啖冰，小尔一块，殊损人脾。"③ 所谓"遽尽无余，可乍观而不耐长言"，也就是缺乏深厚的蕴含，缺乏韵味，但陆时雍谓其"气韵香美"；张正见之诗，声调流丽，风格雅净，在当时诸人中当属特出，然正如陈祚明在《采菽堂古诗选》中所言："多无为而作，中少性情也"，④ 少性情则难以有韵致，而陆时雍谓其"高韵凌空，奇情破冥"，不仅韵高，而且情奇，评价不可谓不高。这些梁以后诗人之诗，大体不出宫体范围，简文帝、庾肩吾、徐陵等人更是宫体诗的代表诗人，文学史上对其评价一般不高。陆时雍《诗镜》选诗如果按朝代计以梁代为最多，占所选汉至隋诗歌总数的30%，他评价六朝诗又说：

六朝一语百媚，汉魏一语百情，唐人未能办此。

"媚"，正是韵味与情致。汉魏以情胜，六朝以韵胜，汉魏、六朝诗超越唐代的地方正在于此。除了通常意义上的山水诗所具有的"韵"外，陆时雍还将梁代以后诗歌的"香美"加入"韵"中，连论谢朓诗都说：

诗至于齐，情性既隐，声色大开，谢玄晖艳而韵，如洞庭美人，芙蓉衣而翠羽旗，绝非世间物色。⑤

---

① 陆时雍选评《诗镜》，任文京、赵东岚点校，河北大学出版社，2010，第217页。
② 陆时雍选评《诗镜》，任文京、赵东岚点校，河北大学出版社，2010，第278页。
③ 王夫之评选《古诗评选》，文化艺术出版社，1997，第275页。
④ 陈祚明选评《采菽堂古诗选》，李金松点校，上海古籍出版社，2008，第970页。
⑤ 陆时雍：《诗镜总论》，载丁福保辑《历代诗话续编》，中华书局，1983，第1407页。

谢朓乃山水诗人,陆时雍谓其"艳而韵",虽然洞庭美人非世间物色,但毕竟是美人,不是香艳,也是冷艳,总之与"艳"相关,而"艳"与"韵",通常是反差较大的两种诗歌批评概念。陆时雍显然是把声色大开之后的齐梁以后诗与声色联系在一起,在声色之中也有"韵",这也就可以解释他为什么一面批评"简文诗绝无气格,纤词缛语,堆叠成篇,则流于轻靡之习矣。以南面之尊,效闺阁之体,以是知此位之不终",① 一面又选录了56首简文帝诗了。古代的诗论论韵,大多是取其清虚淡远的一面,而以有韵评价以宫体诗为主的齐梁以后诗,这是陆时雍论韵与他人不同的地方。

四 小结

中国古代诗学传统是以情志并言,认为诗歌的作用在于抒情言志,注重的是诗歌的社会功用。而陆时雍论诗却以情韵相联,认为诗之根本在于情真韵长,注重的是诗歌的抒情和审美特质。陆时雍论诗重视梁诗,而梁代主导文坛的文学观念是"缘情",文人对"情"有两种不同的看法:一种以萧统、刘勰为代表,认为"情"必须要在一定程度上接受"志"的规范;② 另一种以梁简文帝为代表,认为文主性情就是要不受任何约束地表现自我。③ 六朝诗大多也是真性情的表现,其之所以在后代屡遭批评,主要是因为所表达的"情"不合乎儒家的标准,其中尤以简文为代表的宫体诗人最为突出。而陆时雍却抛开了中国古代诗学抒情言志、注重诗歌社会功能的传统,对宫体诗极为推崇,他对情的看法和六朝人有一致之处,宫体诗人也并不认为他们所抒发的是虚情假意,他们认为自己所写之情是真实的。陆氏所言之情,是随感而发、自然而来之情思;所重之韵,是产生于虚实有无之间,变化、流动、朦胧之余味,他推崇不事雕琢的自然天成,反对有意为诗,这和晚明时期求"真"主"情"的时代思潮是息息相

---

① 陆时雍选评《诗镜》,任文京、赵东岚点校,河北大学出版社,2010,第184页。
② 如萧统在《文选序》中说:"诗者,盖志之所之也,情动于中而形于言。《关雎》《麟趾》,正始之道著;桑间濮上,亡国之音表。"李善注《文选》,上海古籍出版社,1996,第2页。
③ 如萧纲在《诫当阳公大心书》中说:"立身先须谨重,文章且须放荡。"严可均校辑《全上古三代秦汉三国六朝文》,中华书局,1999,第3010页。

关的。

陆时雍在评孔稚珪《旦发青林》后说：

> 六朝气韵高迥，故不琢而工，不饰而丽，唐人专求物象，所以去之愈远。[1]

六朝诗能够不琢不饰而自工自丽，原因就在于其"气韵高迥"，这是唐人无法企及的地方。钱钟书在《谈艺录》中说：

> 明末陆时雍选《古诗镜》《唐诗镜》，其《绪论》一编，标举神韵，推奉盛唐，以为"常留不尽，寄趣在有无之间"。盖隐承沧浪，而于李杜皆致不满。议太白太利，为才使；讥少陵失中和，出手钝，病在好奇。《诗病在过》一条中，李、杜、韩、白胥遭指摘，独推尊右丞、苏州。一则以为摩诘不宜在李杜下，再则以为诗贵色韵，韦兼有之。斯实上继司空表圣《与王驾评诗》之说，而下接渔洋者。[2]

钱钟书说陆氏推奉盛唐，似稍欠妥当。陆氏论诗，于唐代推奉盛唐，但在唐代与六朝之间，更为推崇的当为六朝，而非唐代。而钱钟书指出陆时雍论诗标举神韵，上承严羽、司空图，下启王士禛，这一点却是不错的。

第二节　以清远释"神韵"的 《五言古诗选》

王士禛（1634~1711），字子真，一字贻上，号阮亭，别号渔洋山人，山东新城人。顺治十二年（1655）年进士，由扬州推官累官至刑部尚书。他以过人的才华和显赫的政治地位，成为继钱谦益之后康熙时期的文坛盟

---

[1]　陆时雍选评《诗镜》，任文京、赵东岚点校，河北大学出版社，2010，第 172 页。
[2]　钱钟书：《谈艺录》，中华书局，1996，第 41 页。

主。他对从七子到云间、西泠派的格调说与从公安派到虞山派的主性情诗学都有所继承。他的诗学一向被称为神韵说，但王士禛本人从未如此表述，他只在有限的一些地方以神韵论诗，但并没有以神韵为中心建立起完整的理论系统。

王士禛有《五言古诗选》和《七言古诗选》各一部。《五言古诗选》选诗始于古诗十九首，于汉代所取颇多，魏晋以下选取渐严，但对齐梁陈隋亦并无偏颇，唐代则仅取陈子昂、张九龄、李白、韦应物及柳宗元五人之作，共十七卷。《七言古诗选》选诗始于古逸，选古歌一卷，汉至隋一卷，其余皆为唐以后七古，至元吴立夫而终，共十五卷。由于《七言古诗选》以唐以后七古为主，与本书所论唐前古诗关系不大，故此处以《五言古诗选》为主要观照对象。

一 "神韵"的两种审美类型

在《五言古诗选》中，王士禛有意建构了以谢灵运为宗祖的山水诗派和以阮籍、鲍照为代表的继承了建安风骨的一派诗人，赋予"神韵"以两种不同的审美类型。

(一) 山水清远之作

在《五言古诗选》中，王士禛有意突出了谢灵运作为山水诗派宗祖的地位。《五言古诗选》选入谢混《游西池》一篇，此诗《古诗归》《诗镜》皆未选，《古今诗删》选入晋诗中。关于谢混，沈约在《宋书·谢灵运传论》中称："仲文始革孙许之风，叔源大变太元之气"，[①] 所谓"孙许之风""太元之气"，亦即以孙绰、许询为代表的玄言诗风。沈约在此指出了殷仲文和谢混在当时诗风变革之中的开创之功，即在创作中大量增加了山水描写。谢混《游西池》中的"景昃鸣禽集，水木湛清华"一句为千古传诵，原因即在于它写出了山水明秀之美的韵致。但此时诗中的山水描写，并不是诗歌的主体，其主要还是作为玄思的载体，而非审美的对象，并且

---

① 沈约：《宋书·谢灵运传论》，中华书局，2000，第1778页。

殷、谢才力较弱，未能对诗风变革起到决定性的突破作用。① 虽然如此，谢混年代在谢灵运之前，他不但是谢灵运的族叔，而且对谢灵运的文学创作有不可忽视的影响。正常情况下谢混应该在谢灵运前，前此的选本皆如此。而王士禛却将其置于谢灵运之后，与谢灵运、谢瞻、谢惠连、谢庄共为一卷。他说："宋代词人，康乐为冠。诸谢奕奕，迭相映蔚。"② 谢灵运的文学成就在诸谢当中无疑是最高的，将他列为宋代诗人之冠是理所当然的，但把谢混置于宋代且列于谢灵运之后，就比较特别了，王士禛在《五言古诗选·凡例》中说：

> 右略论五言升降之变。如此卷之繁简、次第，虽视当时作者辈行篇什多寡，然风气转移，颇示疆畛。如阮籍别于邺下诸子，左思别于壮武诸家，叔原列于诸谢，何逊、江淹冠于沈、范。诸如此类，具存微旨，览者遇于意言之外可焉。③

王士禛说自己将"叔原列于诸谢"，是存有微旨的，这所谓的微旨，在很大程度上是要凸显谢灵运在山水诗派的宗祖地位。在《渔洋文》中，他表达了同样的观点：

> 诗三百五篇，于兴观群怨之旨，下逮鸟兽草木之名，无弗备矣，独无刻画山水者，间亦有之，亦不过数篇，篇不过数语，如"汉之广矣""终南何有"之类而止。汉魏间诗人之作，亦与山水了不相及。逮元嘉间，谢康乐出，始创为刻画山水之词，务穷幽极渺，抉山谷水泉之情状，昔人所云"庄老告退，而山水方滋"者也。宋齐以下，率以康乐为宗。至唐王摩诘、孟浩然、杜子美、韩退之、皮日休、陆龟蒙之流，正变互出，而山水之奇怪灵网，刻露殆尽，若其滥觞于康乐，

---

① 萧子显《南齐书·文学传论》曰："仲文玄气，犹不尽除；谢混清新，得名未盛。"萧子显：《南齐书》，中华书局，1997，第 908 页。
② 王士禛：《五言古诗选·凡例》，四部备要集部总集六，第 3 页。
③ 王士禛：《五言古诗选·凡例》，四部备要集部总集六，第 3 页。

则一而已矣。①

在中国诗歌发展史上，以自然界的山水景物为主要审美对象的作品，并不是一开始就有的，而是有一个发展的过程。这一过程大约开始于东晋，完成于刘宋初年。王士禛认为令山水诗发生质变的关键人物是谢灵运。正是谢灵运开创了山水诗一派，后代作者无论怎样变化百出，其源头还是谢灵运。

为了突出山水诗的地位，王士禛在选梁代诗歌时，将何逊放在了首位。何逊生卒年较沈约、范云为后，是二人大力提携的后辈，而王士禛将其置于二人之前，明显地表现出对其诗歌的重视。而何逊又是他举出的山水诗代表诗人，则对何逊的重视，也就是对山水诗的重视。王士禛在其《五言古诗选·凡例》中言自己将何逊、江淹冠于沈、范是存有微旨的，其所谓微旨，盖亦为了凸显山水诗的地位。王士禛于山水诗人作品中选取最多的为谢朓，其次为何逊。他在《古夫于亭杂录》中说：

> 宋景文云：左太冲"振衣千仞冈，濯足万里流"，不减嵇叔夜"手挥五弦，目送飞鸿"。愚案：左语豪矣，然他人可到；嵇语妙在象外。六朝人诗，如"池塘生春草""清晖能娱人"，及谢朓、何逊佳句多此类，读者当以神会，庶几遇之。②

"池塘生春草""清晖能娱人"，皆为谢灵运诗句，③ 王士禛言其与谢朓、何逊佳句多妙在象外。又王士禛言其欲为施愚山作《摘句图》，云：

> 予尝欲仿张为《主客图》之例，摘其尤者列以为图，与康乐"池塘生春草"，玄晖"澄江静如练"，仲言"露湿寒塘草，月暎清淮

---

① 张宗柟纂集《带经堂诗话》，戴鸿森校点，人民文学出版社，1998，第115页。
② 张宗柟纂集《带经堂诗话》，戴鸿森校点，人民文学出版社，1998，第69页。
③ "池塘生春草"句出自谢灵运《登池上楼》；"清晖能娱人"句出自谢灵运《石壁精舍还湖中作》。

流"，并资艺苑谈助。①

此处列举的依然是谢灵运、谢朓、何逊三人，可见王士禛是以此三人为六朝山水诗人代表的。王士禛在选取宋、齐、梁三代诗歌时，皆以山水诗人冠于卷首，明显体现了他突出山水诗地位的用意。

（二）古澹与清远

王士禛《五言古诗选》选诗数量最多者为陶渊明和韦应物，皆为 80 首，他们是王士禛树立的五言古诗最佳典范。他在《凡例》中说：

> 唐五言古诗凡数变，约而举之：夺魏晋之风骨，变梁陈之俳优，陈伯玉之力最大，曲江公继之，太白又继之，《感寓》《古风》诸篇，可追嗣宗《咏怀》、景阳《杂诗》。贞元、元和间，韦苏州古澹，柳柳州峻洁，二公于唐音之中，超然复古，非可以风会论者，今辄取五家之作，附于汉魏六代作者之后。②

王士禛把唐代五言古诗大体分成了两类，一是以陈子昂、张九龄、李白为代表的继承了汉魏诗风的五言古诗；二是以韦应物、柳宗元为代表的古澹峻洁的五言古诗。在这两种类型之间，王士禛更倾向于韦应物古澹风格的五言古诗。他在《金素公问学集序》中说：

> 诗尤工古选。予喜其闲适古澹，类自陶韦门庭中来。③

王士禛在这里将陶、韦并称，以闲适古澹为其共同特色，《五言古诗选》又以此二人为入选诗人之冠，可见他是以古澹为五言古诗最高格的。而他在《居易录》中说：

---

① 张宗柟纂集《带经堂诗话》，戴鸿森校点，人民文学出版社，1998，第 294 页。
② 王士禛：《五言古诗选·凡例》，四部备要集部总集六，第 3 页。
③ 张宗柟纂集《带经堂诗话》，戴鸿森校点，人民文学出版社，1998，第 129 页。

杨梦山先生五言诗，清真简远，陶、韦嫡派也。①

同为陶、韦诗，上言闲适古澹，此言清真简远，可见二者之意可通。清与澹在审美上本就相通；古是不太容易在人们对清的感觉或联想中出现的要素，但清的美学内涵中包含超凡绝俗的因素，而超凡绝俗本身就意味着一种与现世、与日常生活的距离，这也正是古意生成的前提；② 远也是一种超越的精神，所以在超脱尘俗这一点上，古澹与清远是可以相通的。③ 有时候王士禛将二者互相通用，如他在《黄湄诗选序》中称王幼华诗"一变而清真古澹，逾于其旧"，④ 又"金坛潘高孟升五言学韦、柳，余爱其清真古澹"，⑤ 而其《蒙木集序》又曰：

有人于此，能为陶之古淡，又能为谢之清华。⑥

这里又分古淡与清华为陶、谢诗的不同特色。王士禛在论以谢灵运为代表的山水诗派时常用的评语是清远，如他在《池北偶谈》中说：

汾阳孔文谷云：诗以达性，然须清远为尚。薛西原论诗，独取谢康乐、王摩诘、孟浩然、韦应物，言"白云抱幽石，绿篠媚清涟"，清也；"表灵物莫赏，蕴真谁为传"，远也；"非必丝与竹，山水有清音""景昃鸣禽集，水木湛清华"，清远兼之也。总其妙在神韵矣。"神韵"二字，予向论诗，首为学人拈出，不知先见于此。⑦

---

① 张宗柟纂集《带经堂诗话》，戴鸿森校点，人民文学出版社，1998，第64页。
② 关于对清作为诗美学核心范畴的考察，蒋寅在其所著《古典诗学的现代诠释》一书中有很好的阐述，此处引用他的说法。蒋寅：《古典诗学的现代诠释》，中华书局，2003，第51~52页。
③ 这一点参照张健《清代诗学研究》中关于王士禛神韵说的阐释。张健：《清代诗学研究》，北京大学出版社，1999，第439页。
④ 张宗柟纂集《带经堂诗话》，戴鸿森校点，人民文学出版社，1998，第117页。
⑤ 张宗柟纂集《带经堂诗话》，戴鸿森校点，人民文学出版社，1998，第276页。
⑥ 袁世硕主编《王士禛全集》，齐鲁书社，2007，第1799页。
⑦ 张宗柟纂集《带经堂诗话》，戴鸿森校点，人民文学出版社，1998，第73页。

这里作为范例举出的有清远诗风的作家为谢灵运、王维、孟浩然、韦应物，皆为山水诗代表诗人；所拈出的清远之句，"白云"句与"表灵"句为谢灵运诗；"非必丝与竹"句为左思诗；"景昃鸣禽集"句为谢混诗，① 亦为描摹山水之作。可见，王士禛是以清远为山水诗特征的。这就出现了一个问题，即清真古澹到底是陶诗的特色还是谢诗的特色，抑或是陶谢诗共同的特色？

王士禛在《东渚诗集序》中说：

> 夫诗之为物，恒与山泽近，与市朝远，观六季三唐作者篇什之美，大约得江山之助，写田园之趣者什居六七。②

在他眼中山泽之作是可以分为山水与田园两部分的，当他将山水田园看作两类，也就是"当他对陶、谢作辨析时古澹与清远固然有别，当他将田园山水看作一大类别的时候，他强调的是古澹、清远之相同的一面。从诗歌史的角度说，古澹清真的一系自陶、谢始，唐代的王、孟、韦、柳诸山水田园诗人上接陶、谢，而明代的徐祯卿、高叔嗣诸人则上接陶、谢、王、孟。所以崇尚清远，归根结底是崇尚陶、谢精神"。③

---

① "白云抱幽石"，为谢灵运《过始宁墅》诗中之句，全诗为："束发怀耿介，逐物遂推迁。违志似如昨，二纪及兹年。缁磷谢清旷，疲薾惭贞坚。拙疾相倚薄，还得静者便。剖竹守沧海，枉帆过旧山。山行穷登顿，水涉尽洄沿。岩峭岭稠叠，洲萦渚连绵。白云抱幽石，绿篠媚清涟。葺宇临回江，筑观基曾巅。挥手告乡曲，二载期归旋。且为树枌槚，无令孤愿言。""表灵物莫赏"句为谢灵运《登江中孤屿》诗中之句，全诗为："江南倦历览，江北旷周旋。怀新道转迥，寻异景不延。乱流趋正绝，孤屿媚中川。云日相辉映，空水共澄鲜。表灵物莫赏，蕴真谁为传？想象昆山姿，缅邈区中缘。始信安期术，得尽养生年。""非必丝与竹"句为左思《招隐》诗中之句，全诗为："杖策招隐士，荒涂横古今。岩穴无结构，丘中有鸣琴。白雪停阴冈，丹葩曜阳林。石泉漱琼瑶，纤鳞或浮沉。非必丝与竹，山水有清音。何事待啸歌，灌木自悲吟。秋菊兼糇粮，幽兰间重襟。踌躇足力烦，聊欲投吾簪。""景昃鸣禽集"句为谢混《游西池》诗中之句，全诗为："悟彼蟋蟀唱，信此劳者歌。有来岂不疾，良游常蹉跎。逍遥越城肆，愿言屡经过。回阡被陵阙，高台眺飞霞。惠风荡繁囿，白云屯曾阿。景昃鸣禽集，水木湛清华。褰裳顺兰沚，徙倚引芳柯。美人愆岁月，迟暮独如何！无为牵所思，南荣诫其多。"

② 袁世硕主编《王士禛全集》，齐鲁书社，2007，第 1558 页。

③ 张健：《清代诗学研究》，北京大学出版社，1999，第 440 页。

（三）汉魏风骨之作

除山水田园诗外，王士禛选取最多者为鲍照、阮籍、江淹、张九龄、陈子昂、李白等。[①] 他在《五言古诗选·凡例》中论述唐代五言古诗时将陈子昂、张九龄、李白《古风》归为继承了汉魏诗风的一派，言其"夺汉魏之风骨，变齐梁之俳优"，"可追嗣宗《咏怀》、景阳《杂诗》"，与韦应物、柳宗元所代表的古澹峻洁相对。王士禛在谈到其《五言古诗选》选诗时说：

> 予撰五言诗，于魏独取阮籍为一卷，而别于邺中诸子；晋取左思、郭璞、刘琨为一卷，而别于三张二陆之属，陶渊明自为一卷；宋取谢灵运为一卷，附以诸谢，鲍照为一卷，附以颜延之之属，盖予之独见如此。偶读严沧浪《诗话》云："黄初之后，唯阮公《咏怀》极为高古，有建安风骨。晋人舍阮嗣宗、陶渊明外，唯左太冲高出一时。陆士衡独在诸人之下。"又云："颜不如鲍，鲍不如谢。"与予意略同。又晋人张陆辈，唯景阳殊胜，在太冲之下，诸家之上。傅玄篇什最多，而可录极少。[②]

他于魏独取阮籍为一卷，认为只有阮籍《咏怀》高古，有建安风骨。他于晋代取左思、郭璞、刘琨三人为一卷，以别于三张二陆等人，因为在他眼中这些人的诗歌是缺乏风骨的。他在《五言古诗选·凡例》中说：

> 司马氏之初，茂先、休奕、二陆、三张之属，概乏风骨。太冲挺拔，崛起临菑；越石清刚，景纯豪俊，不减于左，三公鼎足，此典午之盛也。[③]

---

① 王士禛选鲍照诗39首，阮籍诗32首，江淹诗32首，张九龄诗30首，陈子昂诗28首，李白《古风》27首。
② 张宗柟纂集《带经堂诗话》，戴鸿森校点，人民文学出版社，1998，第36页。
③ 王士禛：《五言古诗选·凡例》，四部备要集部总集六，第3页。

左思挺拔、刘琨清刚、郭璞豪俊，三人诗作不乏风骨，是以王士禛为三人别辟一卷，以别于同时代其他风格的诗人。又说："晋人张陆辈，唯景阳殊胜，在太冲之下，诸家之上。傅玄篇什最多，而可录极少。"这都是以诗歌是否具有风骨为基点而作出的评价。而所谓的风骨，也就是要求文章不仅要有美的文辞，而且要有内在的动人力量。① 王士禛选鲍照诗 39 首，仅次于谢朓，并称：

> 明远篇体惊奇，在延年之上。谢之与鲍，可谓分路扬镳。仲伟之品于明远多微词，愚所未解。②

此言鲍照诗歌的特点是"篇体惊奇"。鲍诗不仅语言华美自然，而且诗中抒发的多是不得志的人生感慨，带有浓烈的感情色彩，萧子显亦谓其"发唱惊挺，操调险急，雕藻淫艳，倾炫心魄"。③ 鲍诗的抒情特色，是直抒胸臆，外露、强烈、慷慨激昂，带给人心灵强烈的震撼。这和建安诗歌重视强烈的抒情、追求慷慨悲凉之美的特色是一脉相承的。王士禛在《五言古诗选》中除山水田园诗人外，所选最多者即为鲍照，欣赏的大概就是其诗作有建安风骨。

王士禛所着意强调的另一位诗人是江淹，在《五言古诗选》中以"何逊、江淹冠于沈、范"，言"梁代右文，作者犹众。绳以风雅，略其名位，则江淹、何逊足为两雄，沈约、范云、吴均、柳恽差堪羽翼"④。关于江淹的诗歌，唐代自李白、杜甫等人起，都将江、鲍并称，⑤ 因为江淹的诗歌受鲍照影响，与鲍照诗歌特色大体类似。

由此可见，王士禛心目中五言古诗大体可以分为两类：一类是以陶渊

---

① 历来关于风骨的解释甚多，本文取罗宗强之说。罗宗强：《魏晋南北朝文学思想史》，中华书局，2002，第 339 页。

② 王士禛：《五言古诗选·凡例》，四部备要集部总集六，第 3 页。

③ 这是指当时学鲍照的一些人的创作特色，以之形容鲍诗，亦很恰切。萧子显：《南齐书·文学传论》，中华书局，1972，第 908 页。

④ 王士禛：《五言古诗选·凡例》，四部备要集部总集六，第 3 页。

⑤ 此处引用曹道衡、沈玉成编著《南北朝文学史》中的说法。曹道衡、沈玉成：《南北朝文学史》，人民文学出版社，1998，第 109 页。

明、谢灵运为代表的田园山水诗，另一类是以阮籍、鲍照等人为代表的具有汉魏建安风骨之作。

二 以清远释"神韵"的审美选择

如前所述，王士禛的"神韵"说事实上不仅包含清远古澹这一审美类型，还包括建安风骨这一审美类型，这是王士禛在严羽、司空图、陆时雍等人"神韵"理论的基础上为"神韵"说增加的新内涵。在王士禛的诗学理论中，"神韵"说是一个内涵较为广泛的诗学概念。但我们在提到王士禛"神韵"说时，还是会将其简括为山水清远之作，很少会注意"神韵"说宽广的内涵。这一方面是由"神韵"说本身的特点所决定的，另一方面也是王士禛的有意为之。

王士禛编选的《唐贤三昧集》是公认的反映他"神韵"主张的唐诗选本。在谈到其编选过程时，他说：

> 严沧浪论诗云："盛唐诸人，唯在兴趣，羚羊挂角，无迹可求，透彻玲珑，不可凑泊，如空中之音，相中之色，水中之月，镜中之象，言有尽而意无穷。"司空表圣论诗亦云："味在酸咸之外。"康熙戊辰春杪，日取开元、天宝诸公篇什读之，于二家之言，别有会心。录其尤隽永超诣者，自王右丞而下四十二人，为《唐贤三昧集》，厘为三卷。①

康熙二十七年（1688）春末，王士禛每天读盛唐诗歌，对严羽和司空图的"言有尽而意无穷"与"味在酸咸之外""别有会心"，认为找到了诗之真谛，于是"录其尤隽永超诣者"编为《唐贤三昧集》。从序言看，显然是有理论在先，然后才别有会心，录其尤为意味深长、玄妙脱俗之作。可以看出，王士禛"神韵"说的理论来源是司空图和严羽，他在《鬲津草堂诗集序》中说：

---

① 张宗柟纂集《带经堂诗话》，戴鸿森校点，人民文学出版社，1998，第97~98页。

昔司空表圣作《诗品》，凡二十四，有谓"冲淡"者，曰："遇之匪深，即之愈稀。"有谓"自然"者，曰："俯拾即是，不取诸邻。"有谓"清奇"者，曰："神出古异，澹不可收。"是品之最上者。①

他取司空图二十四诗品中"冲淡""自然""清奇"三品为最上品，审美取向都是自然清淡，若即若离的。《渔洋诗话》中有一则更全面阐述其理论的文字：

戴叔伦论诗云："蓝田日暖，良玉生烟。"司空表圣云："不著一字，尽得风流""神出古异，澹不可收""采采流水，逢逢远春""明漪见底，奇花初胎""晴雪满林，隔溪渔舟"。刘蜕《文冢铭》云："气如蛟宫之水。"严羽云："如镜中之花，水中之月，如羚羊挂角，无迹可求。"姚宽《西溪丛语》载古琴铭云："山高溪深，万籁萧萧；古无人踪，唯石嶕峣"。东坡《罗汉赞》云："空山无人，水流花开。"王少伯诗云："空山多雨雪，独立君始悟。"②

这里所罗列的意境，大体上是指向空灵、清远、飘逸、缥缈的。这些意境人人都可以感觉得到，却无法准确地说出其具体所指，它追求的是一种超越了文字本身的美。

王士禛在指导别人把握神韵时，经常借用的也是司空图、严羽乃至禅宗的话头，引述一些他认为有神韵的诗例，让他人自己去"悟入"：

或问"不着一字，尽得风流"之说。答曰：太白诗"牛渚西江夜，青天无片云。登高望秋月，空忆谢将军。余亦能高咏，斯人不可闻。明朝挂帆去，枫叶落纷纷。"襄阳诗："挂席几千里，名山都未逢。泊舟浔阳郭，始见香炉峰。常读远公传，永怀尘外踪。东林不可

---

① 张宗柟纂集《带经堂诗话》，戴鸿森校点，人民文学出版社，1998，第72页。
② 张宗柟纂集《带经堂诗话》，戴鸿森校点，人民文学出版社，1998，第91页。

见，日暮空闻钟。"诗至此，色相俱空，正如羚羊挂角，无迹可求，画家所谓逸品是也。[1]

七言律联句，神韵天然，古人亦不多见。如高季迪："白下有山皆绕郭，清明无客不思家"；杨用修："江山平远难为画，云物高寒易得秋"；曹能始："春光白下无多日，夜月黄河第几湾"；近人："节过白露犹余热，秋到黄州始解凉"；"瓜步江空微有树，秣陵天远不宜秋"；释读彻："一夜花开湖上路，半春家在雪中山。"皆神到不可凑泊。[2]

唐人五言绝句往往入禅，有得意忘言之妙，与净名、默然、达摩得髓同一关捩。观王、裴《辋川集》及祖咏《终南残雪》诗，虽钝根初机，亦能顿悟。程石臞有绝句云："朝过青山头，暮歇青山曲。青山不见人，猿声听相续。"予每叹绝，以为天然不可凑泊。予少时在扬州亦有数作，如："微雨过青山，漠漠寒烟织。不见秣陵城，坐爱秋江色。"（《青山》）"萧条秋雨夕，苍茫楚江晦。时见一舟行，濛濛水云外。"（《江上》）"雨后明月来，照见下山路。人语隔溪烟，借问停舟处。"（《惠山下邹流绮过访》）"山堂振法鼓，江月挂寒树。遥送江南人，鸡鸣峭帆去。"（《焦山晓起送昆仑还京口》）又在京师有诗云："凌晨出西郭，招提过微雨。日出不逢人，满院风铃语。"（《早至天宁寺》）皆一时伫兴之言，知味外味者当自得之。[3]

以上皆是借用司空图、严羽或禅宗话头，举一些具有清远特色的王孟一派诗句来教他人"悟入"其神韵说的例子。关于这一点，他在《池北偶谈》中说得最为明确：

汾阳孔文谷云：诗以达性，然须清远为尚。薛西原论诗，独取谢康乐、王摩诘、孟浩然、韦应物，言"白云抱幽石，绿篠媚清涟"，清也；"表灵物莫赏，蕴真谁为传"，远也；"何必丝与竹，山水有清

---

[1] 袁世硕主编《王士禛全集》，齐鲁书社，2007，第5026页。
[2] 袁世硕主编《王士禛全集》，齐鲁书社，2007，第4486页。
[3] 袁世硕主编《王士禛全集》，齐鲁书社，2007，第4485~4486页。

音""景昃鸣禽集，水木湛清华"，清远兼之也。总其妙在神韵矣。
"神韵"二字，予向论诗，首为学人拈出，不知先见于此。①

这是王士禛明确以清远释神韵的例子。我们可以看到，王士禛虽然在审美类型上对"神韵"说有所扩充，但在内涵上，他的"神韵"说并没有超越以往关于"韵"的论述，只是在论述中更多加入了禅宗的话头，使本来就扑朔迷离、难以指实的表述变得更加玄虚。

但这里还有一个问题。王士禛在《五言古诗选》中选陶渊明诗 80 首，他在《五言古诗选·凡例》中说："过江而后，笃生渊明，卓绝后先，不可以时代拘墟也。"对于其他诗人，王士禛皆在其所属时代论之，如"宋代词人，康乐为冠""齐有玄晖，独步一代"② 等，唯有陶渊明是卓绝后先，不以时代拘墟的，理论上他应该以陶诗为例来阐释其"神韵"说才更说得通，但他在谈"神韵"时，却很少提到陶渊明，这不能不说是一个矛盾的现象。虽然我们前面已经讨论过古澹与清远在超脱尘俗这一点上是可以相通的，但仍不足以解释为什么王士禛谈神韵很少提及陶渊明的问题。

王士禛在回答门人"五古句法宜宗何人，从何人入手简易"的提问时说：

> 古诗十九首如无缝天衣，不可学已。陶渊明纯任真率，自写胸臆，亦不易学。六朝则二谢、鲍照、何逊；唐人则张曲江、韦苏州数家，庶可宗法。③

古诗十九首是五古之原，它"一字千金，惊心动魄"的美，就如无缝的天衣，是后人无法企及的；陶渊明诗歌的纯任真率，自然天成，也是不易学的，这样的诗歌从艺术成就上来说是最高的，但不能作为后人取法的对象。像二谢、鲍照等人的诗歌，在艺术成就上可能比不上前者，但却是后人可以宗法的对象。这也就可以解释王士禛对陶诗的评价最高，但在为

---

① 张宗柟纂集《带经堂诗话》，戴鸿森校点，人民文学出版社，1998，第 73 页。
② 王士禛：《五言古诗选·凡例》，四部备要集部总集六，第 3 页。
③ 张宗柟纂集《带经堂诗话》，戴鸿森校点，人民文学出版社，1998，第 829 页。

他人指示达到神韵境界的途径时却不以其为例的原因了。

王士禛在阐释自己的"神韵"主张时借助的往往是司空图、严羽以及禅宗的话头,而这些表述本身又都是扑朔迷离、难以确指的,所以他需要找到一个既可以说明其诗学主张,又使他人容易"悟人"的中介,于是他选择了具有清远特色的山水诗。王士禛之所以选择山水诗作为中介,一个基本原因就在于神韵和山水诗的宗旨有相通之处,即追求一种超越文本的精神境界。好的山水诗,并不是单纯的描摹景物之作,诗中往往融会着诗人的生活态度和生活情趣,山水诗的旨趣,就寓于这种对超越了山水本身的精神境界的追求之中。而这正符合了神韵对审美意象有余意的要求,即二者都追求文字之外的深远无穷之味,这是二者能够契合的基础。

第三节 对传统的"缩削式误读"
——神韵说的另一种解读

唐宋诗之争一直是明代以来诗坛论争的一个焦点。宗唐、宗宋,不仅涉及作家个人的审美情趣,更与时代精神、文坛风会等密切相关。论及渔洋诗学,最常被引用的就是俞兆晟《渔洋诗话序》所引渔洋晚年对自己平生论诗的回顾:

> 吾老矣,还念平生,论诗凡屡变;而交游中,亦如日之随影,忽不知其转移也。少年初筮仕时,惟务博综该洽,以求兼长。文章江左,烟月扬州,人海花场,比肩接迹。入吾室者,俱操唐音;韵胜于才,推为祭酒。然而空存昔梦,何堪涉想?中岁越三唐而事两宋,良由物情厌故,笔意喜生,耳目为之顿新,心思于焉避熟。明知长庆以后,已有滥觞;而淳熙以前,俱奉为正的。当其燕市逢人,征途揖客,争相提倡,远近翕然宗之。既而清利流为空疏,新灵寖以佶屈。顾瞻世道,恧焉心忧。于是以太音希声,药淫哇锢习,《唐贤三昧》之选,所谓乃造平淡时也,然而境亦从兹老矣。[1]

---

[1] 袁世硕主编《王士禛全集》,齐鲁书社,2007,第4749页。

郭绍虞先生在《中国文学批评史》中概括说："渔洋诗格与其论诗主张凡经三变，早年宗唐，中年主宋，晚年复归于唐。"① 的确，渔洋不仅早年大力提倡过唐诗，而且是宋诗风的有力煽动者，应该说，对学唐学宋的弊端他都有相当的了解。那么，在此基础上形成的晚年"神韵"主张，应该就不仅仅是一个复归于唐所能涵盖的了。点检渔洋晚年所面对的唐宋诗之争，我们可以看出，他的"神韵"主张是在不断对传统进行"缩削式误读"的过程当中逐步明确的。

一　对五言传统的"缩削式误读"

康熙二十二年（1683），王士禛五十岁，编撰了《五七言古诗选》。二书编撰的起因即关涉唐宋诗之争。当时的情况徐乾学在《十种唐诗选跋》中有所记载：这一年七月，汪懋麟邀陈廷敬、徐乾学及王士禛集于北京城南祝氏园亭，为文酒之会。席间徐乾学等盛赞王士禛诗为国朝正宗，度越有唐。而门人汪懋麟却说：

> 诗不必学唐，吾师之论诗未尝不采取宋元。辟之饮食，唐人诗犹粱肉也，若欲尝山海之珍错，非讨论眉山、山谷、剑南之遗篇，不足以适志快意。吾师之弟子多矣，凡经指授，斐然成章，不名一格。吾师之学，无所不该，奈何以唐人比拟？②

在主宋诗的汪懋麟看来，王士禛论诗不局限于唐，且兼取宋元。而在宗唐诗的徐乾学看来，汪懋麟虽为渔洋弟子，但未能真正了解王士禛的诗学，他讥笑汪懋麟登堂而未入室：

> 季角但知有明前后七子剽窃盛唐，为后来士大夫讪笑，尝欲尽桃去开元、大历以前，尊少陵为祖，而昌黎、眉山、剑南以次昭穆。先生亦曾首肯其言，季角信谓固然，不寻诗之源流正变，以合乎国风雅

---

① 郭绍虞：《中国文学批评史》，上海古籍出版社，1979，第 523 页。
② 王士禛删纂《十种唐诗选》，吴郡沂咏堂，清康熙间刻雍正印本，哈佛燕京中文特藏，第359 页。

颂之遗意，仅取一时之快意，欲以雄词震荡一时，且谓吾师之教其门人者如是。先生渔洋前后集具在，惟七言古颇类韩苏，自余各体持择不可谓不慎，选练不可谓不精。其造诣固超越千载，而体制风格未尝废唐人之绳尺。君熟读自得之，何可诬也。①

　　在徐乾学看来，王士禛指导弟子是各依其天资，自作诗也不局限于有唐，但只有七古颇类韩苏，其余各体未尝废唐人尺度。他承认王士禛曾肯定汪懋麟的诗学取向，王士禛本人诗亦有取于宋人，但这种选取是建立在唐诗基础上的，其诗基调还是唐诗，而不是宋诗。这样就把在唐诗基础上有取于宋诗与主宋诗者区别开来了。他建议王士禛仿钟嵘《诗品》、皎然《诗式》之意，论定唐人之诗，以使学诗者知诗之源流正变。应该说徐乾学是大体把握了王士禛的诗学思想的。王士禛笑而颔之，是年年末，遂有《五七言古诗选》之成书。

　　要解决的是唐宋诗之争，编选的却是《五七言古诗选》，这显然是意欲从源头入手来表明自己的态度。中国古代学术历来都有重视传统、重视师承、重视源流的特色，要让自己的诗学主张更有说服力，必要从源流入手。而论定五七言古诗之源流正变，其最终目的又在于表明自己的诗学取向。从《五七言古诗选》的选诗情况来看，就唐宋诗而言，王士禛的确是更倾向于唐诗，而兼有所取于宋诗的。《五言古诗选》选录了汉魏六朝到唐代的五古，未录唐以后作品。《七言古诗选》则建立了以杜甫为宗的七言古诗系统，虽然其继承者主要在宋代，唐代只有韩愈一人及李商隐的一篇《韩碑》，宋代却有欧阳修、王安石、苏轼、黄庭坚等七人。然而渔洋在谈到自己的编选宗旨时，还表达了更为深层的意味，我们可以《五言古诗选》为例，他在《五言古诗选·凡例》最后总结自己的选诗时说：

　　　　右略论五言升降之变如此。卷之繁简次第，虽视当时作者辈行，篇什多寡，然风气转移，颇示疆畛。如阮籍别于邺下诸子，左思别于

────────────

① 王士禛删纂《十种唐诗选》，吴郡沂咏堂，清康熙间刻雍正印本，哈佛燕京中文特藏，第360页。

壮武诸家，叔原列于诸谢，何逊、江淹冠于沈范，诸如此类，具存微旨，览者遇于意言之外可焉。①

这是渔洋一贯的"拈花微笑"风格，所谓"具存微旨，览者遇于意言之外可焉"。这意言之外到底是什么，就全在读者自己的理解了。

从《五言古诗选》具体选诗情况的考察，渔洋所谓的"意言之外"之"微旨"，概亦大体可见。

其一，"阮籍别于邺下诸子"。阮籍继承建安诗风，对五言诗做了新的开拓，于魏独取阮籍为一卷，明显是以阮籍诗风为魏诗代表。

其二，"左思别于壮武诸家"。王士祯认为，左思诗风挺拔、刘琨清刚、郭璞豪俊，三者都偏重于阳刚的一面，有内在的骨力，是以王士祯为三人别辟一卷，以别于同时代其他风格的诗人。

其三，"叔原列于诸谢"。如前所述，《五言古诗选》选入谢混《游西池》一篇，置于谢灵运之后。但谢混是谢灵运的族叔，而且对灵运的文学创作有不可忽视的影响。古代诗歌选本一般是按年辈排序，谢混理应在谢灵运之前，而王士祯明言"宋取谢灵运为一卷，附以诸谢"，又言自己将"叔原列于诸谢"，是存有微旨的，这所谓的微旨，其实主要是要凸显谢灵运在山水诗派的宗祖地位。

其四，"何逊、江淹冠于沈范"。先说何逊。何逊生卒年较沈约、范云为后，是二人大力提携的后辈，王士祯将其置于二人之前，明显地表现出对其诗歌的重视。而何逊又是他列举出的山水诗代表诗人，则对何逊的重视，也就是对山水诗的重视。再说江淹。江淹的诗歌，历来的评论家，自唐代李白、杜甫等人起，都把江、鲍并称，② 江淹的诗歌受鲍照影响，与鲍照诗歌特色大体类似。将二人冠于沈范之前，亦是为了突出二人地位。

可见，对于唐前五古，王士祯主要选取了以阮籍、左思、鲍照、江淹等为代表的继承了建安诗风的作品和以陶渊明、谢灵运、谢朓、何逊等为代表的山水田园诗。对于唐代五古，王士祯仅取五人，并将其分为两类：

---

① 王士祯：《五言古诗选》，四部备要集部总集六，第3页。
② 此处引用曹道衡、沈玉成编著《南北朝文学史》中的说法。曹道衡、沈玉成：《南北朝文学史》，人民文学出版社，1998，第109页。

一是以陈子昂、张九龄、李白为代表的继承了魏晋诗风的五古;二是以韦应物、柳宗元为代表的古澹峻洁的五古。这是对五古传统所做的一种"缩削式误读",丰富的五言古诗传统就此被缩削成两大类型。我们知道,渔洋编《五七言古诗选》目的在于解决唐宋诗之争,这样一种编选也就意味着,唐也好,宋也罢,符合这两大类型的诗歌方可作为效法的榜样。

二 从《五言古诗选》到《唐贤三昧集》

《五七言古诗选》的编撰显然没有达到王士禛预期的效果。虽然他自言在《五言古诗选》的编排体例上花了不少心思,但结果未能尽如人意,读者似乎并不能清晰地了解渔洋的"意言之外"之"微旨"。越一年,王士禛致书姜宸英,请为其《五言古诗选》作序:

> 弟客岁偶撰五言诗十七卷,凡例寄请教正,欲得大序以发明此书之旨。此书成,未敢示人,唯讱庵读学见之,颇谓不谬。此处正觅解人不得,唯先生了不异人意耳。[1]

说的正是其编选宗旨未能得到众人的广泛了解。

在这种情况下,康熙二十六年(1687),王士禛取宋姚铉《唐文粹》所收诗删为六卷,名曰《唐文粹选诗》,又取唐人选唐诗数种,益以韦庄《又玄集》、姚铉《唐文粹》,合为《唐选十集》。《唐选十集》的编选是因为王士禛以为后世选唐人诗,较唐人自选终隔一层。《唐选十集》是总汇性质的选集集合,在唐宋诗之争中,王士禛这次明确地站在了唐诗一边。学唐诗是明确了,但学唐诗的什么,确实让人茫然,《唐诗十选》未能引起注意当属必然。

康熙二十七年(1688),王士禛又撰《唐贤三昧集》三卷,自言"《三昧》一集,偶然成书,妄欲令海内作者识取开元、天宝本来面目"。[2]此集共选诗443首,前两卷所选皆王孟一派的作品,且以王维、孟浩然各

---

① 蒋寅:《王渔洋事迹征略》,人民文学出版社,2001,第289页。
② 张宗柟纂集《带经堂诗话》,戴鸿森校点,人民文学出版社,1998,第209页。

一卷，尤其是选王维诗 111 首，约占入选作品总数的 1/4；第三卷选高适、岑参等人的边塞之作 131 首；未选李杜诗。渔洋自谓"妄欲令海内作者识取开元、天宝本来面目"，那么这一"本来面目"到底为何？我们有必要对开、天诗坛略做回顾。高棅在《唐诗品汇总叙》中说：

> 开元、天宝间，则有李翰林之飘逸，杜工部之沉郁，孟襄阳之清雅，王右丞之精致，储光羲之真率，王昌龄之声俊，高适、岑参之悲壮，李颀、常建之超凡，此盛唐之盛者也。①

李、杜无疑是开元、天宝时期的代表性人物，但渔洋所谓"欲令海内作者识取开元、天宝本来面目"的《唐贤三昧集》未选二人作品。他在自序中解释原因时说："仿王介甫百家例也"，也就是仿王安石《唐百家诗》以李、杜、韩三家作品篇目繁多，又皆有别集流传，而不予选取之先例。此诚为原因之一，但更多的恐怕是渔洋"妄欲令海内作者识取"的"开元、天宝"之"本来面目"，并非开元、天宝当时真正的本来面目，而是经过渔洋改造的所谓"开元、天宝之本来面目"。他在《居易录》中云"开元、天宝间大匠同时并出"时，谓"与摩诘相颉颃"者，有孟浩然、王昌龄、岑参、常建等十人，也未曾提及李杜。可见渔洋所谓的"开元、天宝本来面目"，是以王孟为主，兼取高岑的。其后他又在《池北偶谈》中以清远论"神韵"：

> 汾阳孔文谷云：诗以达性，然须清远为尚。薛西原论诗，独取谢康乐、王摩诘、孟浩然、韦应物，言"白云抱幽石，绿篠媚清涟"，清也；"表灵物莫赏，蕴真谁为传"，远也；"何必丝与竹，山水有清音"，"景昃鸣禽集，水木湛清华"，清远兼之也。总其妙在神韵矣。"神韵"二字，予向论诗，首为学人拈出，不知先见于此。②

---

① 高棅：《唐诗品汇》，上海古籍出版社，1982 年影印本，第 40 页。
② 张宗柟纂集《带经堂诗话》，戴鸿森校点，人民文学出版社，1998，第 73 页。

这里作为范例举出的有清远诗风的作家为谢灵运、王维、孟浩然、韦应物，皆为山水诗代表诗人；所拈出的清远之句，皆为描摹山水之作。世人对王士禛"神韵"说的阐释主要依照的就是这一段论述与《唐贤三昧集》，"神韵"于是与山水田园诗画上了等号，《唐贤三昧集》也似乎只有了王孟一派一种面貌，虽然王士禛本人从未如此表述，也从未以神韵为中心建立起完整的理论系统。

三　缩削式误读的目的及功利性

从应徐乾学劝编选《五七言古诗选》以来，不难看出，王士禛的诗学主张呈现一个不断缩削的过程。我们可以看到，从《五言古诗选》的兼取唐宋、分诗歌为山水田园与继承魏晋风骨两大类，到《唐诗十选》专取唐诗，再到《唐贤三昧集》取唐代王孟、高岑两派诗，王士禛的诗歌主张事实上并未有大的变化，只是更为集中，更为明确了。但正如布鲁姆所言："某些有效的放弃现今也成了一种缩削，牺牲了他自身的一个部分。而牺牲了这一部分会使他作为诗人更加具有个性。"[1] 王士禛的放弃显然是有效的，因为这种放弃，他的诗学主张变得更为明确，更为个性化，此选一出，"读者靡不叹其神简，盖集中所载，直取性情，归之神韵，凌前邈后，迥然出众家之上，由是先生论诗之宗旨，益足征信于天下"。[2] 神韵说自此一跃而出，王士禛的诗学主张亦由此大为彰显。

在这一过程当中，对哪一部分进行舍弃，对哪一部分进行保留并有所扩大，王士禛也是迎合了时代的艺术理想的。宗唐宗宋本是诗歌风格的宗尚问题，从艺术上看并无绝对的是与非，但中国古代的诗歌往往没有那么单纯，不仅关乎艺术，更关乎政治、关乎时代的艺术理想。王士禛为康熙朝文坛领袖，而康熙论诗是宗唐的。张玉书《御定全唐诗录后序》曰：

> 皇上天纵圣明，研精经史，凡有评论皆阐千古所未发。万机余暇，著为歌诗，无不包蕴二仪，弥纶治道，确然示中外臣民以中和之

---

① 哈罗德·布鲁姆：《影响的焦虑》，江苏教育出版社，2006，第123页。
② 王士禛删纂《十种唐诗选》，吴郡沂咏堂，清康熙间刻雍正印本，哈佛燕京中文特藏，第6页。

极，而犹以诗必宗唐。①

诗歌宗唐，不仅仅出于自身的审美趣味，更重要的还是出于为治之必需，因为唐诗的艺术理想符合康熙朝文治的需要，而宋诗"非盛世清明广大之音"，这对于当时的诗坛领袖王士禛来说，无疑是确立自己诗学主张时不能不考虑的因素。他在《五七言古诗选》中还在宗唐的基础上有取于宋，而经过了《唐诗十选》再到《唐贤三昧集》，就缩减为宗唐，当与此不无关系。而对诗歌风格的选取，由《五言古诗选》的魏晋风骨和山水田园到《唐贤三昧集》的主选山水田园、兼取高岑边塞诗，而其中所选高岑一派边塞诗也多写景，恐怕也是由于山水田园诗的清远风格更符合康熙朝的艺术理想，而继承了魏晋风骨的作品在一定程度上很难达到所谓的"中和之极"。显然，王士禛的去取并非无意的。

以上只是略微勾勒了应徐乾学劝之后意欲表明自己态度的王士禛诗学主张的演变轨迹。不难看到，"神韵"说从未排斥其他审美风格，也不排斥宋元诗。学者们对"神韵"说的内涵有诸多争论，在其是否涵盖其他类型的审美风格上做了诸多分辨，其实大可不必。王士禛对其诗学主张的不断缩削、不断明确，并非诗学观点有多么大的改变，而只是为了使自己的诗学主张更为突出，更容易被广为接受而已。我们从就在《唐贤三昧集》付刻之时，王士禛品读着的却并非唐诗，而是朱彝尊所辑宋人小集四十种一事当中即可明显看出这一点。

当然，这里面还有一个读者接受的问题。王士禛的以王孟一派为主的"神韵"说，迎合了当时人对一种新文体的需求，正如《四库全书总目》所说：

平心而论，当我朝开国之初，人皆厌明代王、李之肤廓，钟、谭之纤仄，于是谈诗者竞尚宋元。既而宋诗质直，流为有韵之语录，元诗缛艳，流为对句之小词。于是士禛等以清新俊逸之才，范山模水，

---

① 张玉书：《张文贞公集》，乾隆五十七年松荫堂刻本。

批风抹月，倡天下以"不著一字，尽得风流"之说，天下遂翕然应之。①

《唐贤三昧集》本是兼取高岑的，但在读者接受的过程中，符合其"期待视野"的是王孟一派所代表的新文体，高岑一派的边塞诗自然被过滤掉了。于是，在读者的接受过程中，《唐贤三昧集》只剩下了王孟一派一种风格，以至于今天我们还在争论王士禛的"神韵"说是否涵盖王孟之外的沉着痛快。这也在一定程度上表明，王士禛的"神韵"主张是迎合了时代的需求的。

钱钟书先生论"神韵"时说：

> 沧浪独以神韵许李杜，渔洋号为师法沧浪，乃仅知有王韦，撰《唐贤三昧集》，不取李杜，盖尽失沧浪之意矣。故《居易录》自记闻王原祁论南宗画，不解"闲远"中何以有"沈著痛快"；至《蚕尾文》为王芝廛作诗序，始敷衍其说，以为"沈著痛快"，非特李、杜、昌黎有之，陶、谢、王、孟莫不有。然而知淡远中有沈著痛快，尚不知沈著痛快中之有远神淡味，其识力仍去沧浪一尘也。②

其实并非王士禛识力不够，而是其另有目的，以王士禛圆融的个性，其诗学取向原本是相当宽泛的，但作为一种诗学主张，太宽泛了就等于没有主张，不具备领袖诗坛的号召力。王士禛对其诗学主张的不断缩削，实质上只是一种突出自己主张的策略。

① 《四库全书总目提要》，中华书局，1995，第1522页。
② 钱钟书：《谈艺录》，中华书局，1984，第41页。

第四章 "格调"的兼容
与集大成性

沈德潜编有《古诗源》《唐诗别裁集》《明诗别裁集》《清诗别裁集》4 部大型的断代诗选，其中以《古诗源》与《唐诗别裁集》最为重要。《唐诗别裁集》是沈氏编选的第一部诗选，此书编成后，沈德潜立即着手于《古诗源》的编选，康熙五十八年（1719）书成。他在序中谈到自己的编选宗旨时说：

> 诗至有唐为极盛，然诗之盛非诗之源也。今夫观水者至观海止矣，然由海而溯之，近于海为九河，其上为泲水，为孟津，又其上由积石以至昆仑之源。记曰：祭川者先河后海。重其源也。唐以前之诗，昆仑以降之水也。汉京魏氏，去风雅未远，无异辞矣。即齐梁之绮缛，陈隋之轻艳，风标品格，未必不逊于唐，然缘此遂谓非唐诗所由出，将四海之水非孟津以下所由注，有是理哉？有明之初，承宋元遗习，自李献吉以唐诗振，天下靡然从风。前后七子，互相羽翼，彬彬称盛。然其敝也，株守太过，冠裳土偶，学者咎之，由守乎唐而不能上穷其源，故分门立户者得从而为之辞，则唐诗者宋元之上流，而古诗又唐人之发源也。①

他认为以古诗为唐诗之源头，前后七子等复古派取法唐诗是不错的，但其末流之弊在于株守太过，只知宗法唐代而不知上溯其源，他编选《古诗源》的目的就是矫正这种弊端。沈德潜在作于乾隆十八年（1753）的

---

① 沈德潜选《古诗源》，中华书局，1963，第 1 页。

《七子诗选序》中说:

> 余惟诗之为道,古今作者不一。然揽其大端,始则审宗旨,继则标风格,终则辨神韵,如是焉而已。予曩有古诗、唐诗、明诗诸选,今更甄综本朝诗,尝持此论,以为准的。窃谓宗旨者,原乎性情者也,本乎气骨者也;神韵者,溢于才思之余,虚而不留其迹者也。①

也就是说他选诗的标准是宗旨、风格、神韵,他的几部诗选都是以此为标准来编选的。"审宗旨"注重的是诗歌的思想内容,也就是要符合风雅之旨;"标风格"也就是重视作品的风格体调,这是"格调"论的内容;"辨神韵",强调的是诗歌的风神气韵,这是"神韵说"的内容,沈德潜的诗学主张,带有明显的综合明清此前诗论的倾向。

一 风雅遗意

沈德潜《古诗源》的编选首先考虑的是诗歌要符合风雅传统,他在《古诗源序》中说:

> 予之成是编也,于古逸存其概,于汉京得其详,于魏晋猎其华,而亦不废夫宋齐后之作者。既以编诗,亦以论世,使览者穷本知变,以渐窥风雅之遗意,犹观海者由逆河上之以溯昆仑之源,于诗教未必无少助也夫。②

为了矫正诗坛宗唐而不知其源的弊病而编选的《古诗源》,其最终目的却是"使览者穷本知变,以渐窥风雅之遗意","穷本知变"只是技术层面的编选目标,"风雅遗意"才是精神层面的最终指向,即追求诗歌有益于人伦日用,有助于现实政治的政治伦理价值。这是自汉代以来就奠定的

---

① 沈德潜:《七子诗选》,清乾隆刻本,哈佛燕京中文特藏,第4~5页。
② 沈德潜选《古诗源》,中华书局,1963,第2页。

中国古代文学理论的基石，① 一直是中国古代诗歌发展的主流，其间虽也多有强调诗歌艺术价值的时期，但终究无法与主流诗学思潮相抗衡。沈德潜在《古诗源·例言》中说明之所以收录乐府歌谣的原因：

> 汉武立乐府采歌谣，郭茂倩编《乐府诗集》，杂谣歌词，亦俱收录，谓观此可以知治忽、验盛衰也。愚于各代诗人后嗣以歌谣，犹前人志云。
>
> 诗非谈理，亦乌可悖理也。仲长统《述志》云：畔散五经，灭弃风雅，放恣不可问矣。类此者概所屏却。
>
> 晋人《子夜歌》、齐梁人《读曲》等歌，俚语俱趣，拙语俱巧，

---

① 《诗经》是我国古代第一部诗歌总集，司马迁在《史记·孔子世家》中记载了孔子删诗的情况："古诗三千余篇，及至孔子，去其重，取可施于礼义……三百五篇，孔子皆弦歌之，以求合韶、武、雅、颂之音。"此说虽不尽可信，但经孔子删后的《诗经》三百零五篇却从此成了中国古代诗歌的原点和基准。《诗经》传播至汉，在汉武帝"罢黜百家，独尊儒术"的大背景下，被整合为"温柔敦厚"的"诗教"，确立了风雅比兴的传统，奠定了此后中国两千余年儒家传统文艺观的基础。作为汉代儒家文艺思想的代表性著作，《毛诗序》对此多有阐述："《关雎》，后妃之德也，风之始也，所以风天下而正夫妇也。故用之乡人焉，用之邦国焉。风，风也，教也；风以动之，教以化之。""治世之音安以乐，其政和；乱世之音怨以怒，其政乖；亡国之音哀以思，其民困。故正得失，动天地，感鬼神，莫近于诗。先王以是经夫妇，厚人伦，美教化，移风俗。""故诗有六义焉：一曰风、二曰赋、三曰比、四曰兴、五曰雅、六曰颂。上以风化下，下以风刺上，主文而谲谏，言之者无罪，闻之者足以戒，故曰风。至于王道衰，礼义废，政教失，国异政，家殊俗，而变风变雅作矣。国史明乎得失之迹，伤人伦之废，哀刑政之苛，吟咏情性，以风其上，达于事变而怀其旧俗者也。故变风发乎情，止乎礼义。发乎情，民之性也；止乎礼义，先王之泽也。是以一国之事，系一人之本，谓之风。言天下之事，形四方之风，谓之雅。雅者，正也，言王政之所由废兴也。政有小大，故有小雅焉，有大雅焉。颂者，美盛德之形容，以其成功告于神明者也。是谓四始，诗之至也。"《毛诗序》强调了诗歌的政治教化作用，即诗歌必须起到"经夫妇，厚人伦，美教化，移风俗"的作用，所谓的"四始""六义"，强调的都是诗歌对现实政治所应起到的作用。《诗经》中的国风，本为各国民歌，即"多出于里巷歌谣之作，所谓男女相与咏歌，各言其情者也"（朱熹《诗集传》）。它本不具有教化作用，属于我们今天所谓的俗文学、小传统，不像雅颂，本身即为朝廷郊庙乐歌，"其语和而庄，其义宽而密，其作者往往圣人之徒，固所以为万世法程而不可易者也"（朱熹《诗集传》）。但经过《毛诗序》的阐述，国风的性质发生了巨大的改变，"风，风也，教也；风以动之，教以化之"。里巷歌谣之作于是转而成为有益教化之篇，俗文学、小传统转身之间变成了雅文化、大传统。汉儒的出发点是论证文学的政教作用，利用诗来改善和强化现实政治，这种政教文学观成了后来两千余年中国古代文学理论的基石，浓厚的功利实用特性和政治伦理色彩始终是其不可摆脱的特色。

自是诗中别调。然雅音既远，郑卫杂兴，君子弗尚也。愚于唐诗选本中，不收西昆香奁诸体，亦是此意。[①]

之所以收录乐府歌谣，是因为"观此可以知治忽、验盛衰"，看重的是其有助于现实政治的一面。而对于那些"畔散五经，灭弃风雅"的悖理之作，毫无疑问是一概摒却的。对于《子夜歌》《读曲歌》等民歌俗曲，沈德潜也肯定它们"俚语俱趣，拙语俱巧，自是诗中别调"的艺术价值，但由于这些作品偏离了风雅传统，所以尽管有艺术价值，仍旧是不予选取的。基于此，他的《唐诗别裁集》也不选西昆香奁诸体。可见，在他的诗学价值系统中，政治伦理价值是优先于审美价值的。

沈德潜最为推崇的诗人是陶渊明，但他对陶渊明的推崇，首先就在于其人格上合乎儒家标准，诗歌有风雅遗意。他称陶渊明为"六朝第一流人物"，[②] 谓"晋人诗，旷达者征引老庄，繁缛者征引班扬，而陶公专用《论语》，汉人以下，宋儒以前，可推圣门弟子者，渊明也"，[③] 在《说诗晬语》和评《咏贫士》中亦言：

> 晋人多尚放达，独渊明有忧勤语，有自任语，有知足语，有悲愤语，有乐天安命语，有物我同得语，俾幸列孔门，何必不在季次、原宪下？[④]
>
> 不惧饥寒，达天安命，陶公人品，不在季次、原宪下，而概以晋人视之，何耶？[⑤]

在崇尚放达的晋人之中，陶渊明是特殊的，他诗中所写都是符合儒家要求的对自身的乐天知命，对社会的忧虑悲愤，如果用孔门弟子来比拟的话，其地位恐怕不在季次、原宪之下。沈德潜又评《归鸟四章》曰：

---

① 沈德潜选《古诗源》，中华书局，1963，第3~4页。
② 沈德潜评陶渊明曰："六朝第一流人物，其诗有不独步千古者耶？"沈德潜选《古诗源》，中华书局，1963，第182页。
③ 沈德潜选《古诗源》，中华书局，1963，第204页。
④ 沈德潜：《说诗晬语》，载《清诗话》，上海古籍出版社，1963，第532页。
⑤ 沈德潜选《古诗源》，中华书局，1963，第209页。

他人学三百篇，痴而重，与风雅日远；此不学三百篇，清而腴，与风雅日近。①

沈德潜认为，其他人学三百篇，却与风雅日远，而陶渊明不学三百篇，却与风雅日近。究其原因，只能是陶渊明天性更接近风雅了。可见沈德潜对陶渊明的推重，首先是由于陶诗符合风雅传统。而大多肯定陶渊明的诗论，是着眼于陶诗的审美特征，欣赏的是其诗歌的自然天成及高远境界。沈德潜同样也肯定陶诗在审美上的价值，但这种肯定的基础是陶诗符合风雅传统。这与吴淇在《六朝选诗定论》中对陶渊明的评价相同，吴淇亦谓："靖节之人，圣贤之人也，其言纯乎圣贤之言"，② 二者都是从肯定陶渊明其人为圣贤之人这一角度来立论的。

对于曹植诗，沈德潜肯定的也是其符合诗教传统的一面，如评其《朔风篇》《吁嗟篇》曰：

言君虽不垂眷，而己岂得不言其诚乎？故下接秋兰云云。结意和平夷愉，诗中正则。③

迁转之痛，至愿归糜灭，情事有不忍言者矣。此而不怨，是愈疏也。陈思之怨，为独得其正云。④

曹植是有理由直接抒发自己的怨愤不满的，曹操死后，曹丕对他的种种猜忌和防范给他带来的痛苦和绝望，的确是有不得不发之处，但不管对方如何，曹植还是在表达自己的忠诚，虽也有怨，但表达委婉，所谓的"诗中正则""独得其正"，就是符合诗教原则，怨而不乱，温柔敦厚。

沈德潜以风雅为评价标准还体现在他对一些名句的评价上。对于这些古今流传的清词丽句，他也很欣赏，但并不认为这是诗歌的最高格。

---

① 沈德潜选《古诗源》，中华书局，1963，第 188 页。
② 吴淇撰《六朝选诗定论》，汪俊、邝进德点校，广陵书社，2009，第 292 页。
③ 沈德潜选《古诗源》，中华书局，1963，第 112 页。
④ 沈德潜选《古诗源》，中华书局，1963，第 118 页。

古今流传名句，如"思君如流水"，如"池塘生春草"，如"澄江净如练"，如"红药当阶翻"，如"月映清淮流"，如"芙蓉露下落"，如"空梁落燕泥"，情景俱佳，足资吟咏。然不如"南登霸陵岸，回首望长安"忠厚悱恻，得"迟迟我行"之意。[1]

沈德潜列举的皆为描摹山水之句，情景交融，颇有神韵，为历来所传诵。然沈氏谓其不如"南登霸陵岸，回首望长安"之忠厚悱恻。"南登霸陵岸，回首望长安"是王粲《七哀诗》中的句子，原诗如下：

西京乱无象，豺虎方遘患。复弃中国去，委身适荆蛮。亲戚对我悲，朋友相追攀。出门无所见，白骨蔽平原。路有饥妇人，抱子弃草间。顾闻号泣声，挥涕独不还。未知身死处，何能两相完？驱马弃之去，不忍听此言。南登霸陵岸，回首望长安。悟彼下泉人，喟然伤心肝！

诗中特别描写了一个战乱中抛弃孩子的母亲，"顾闻号泣声，挥涕独不还。未知身死处，何能两相完？"，她的无奈和凄惨，比"白骨蔽平原"带给人的冲击力更强，战争带给人的伤害已经远远超越了人性的底线，面对这一人间惨剧，诗中的抒情主人公也是徒有无奈，只能"驱马弃之去，不忍听此言"。王粲对战争带给百姓的痛苦描摹得细致而深刻，诗中抒发的是乱世怨愤之情，但他并没有直接抒发这种怨愤，而是将自己的怨愤暗泄入"南登霸陵岸，回首望长安。悟彼下泉人，喟然伤心肝"这样的黯然伤怀之中，这种诗歌表现上的怨而不怒，正是儒家诗教所要求的温柔敦厚。沈德潜也肯定了描摹山水之句"情景俱佳，足资吟咏"，但他始终采取的还是伦理价值优先的立场，即再怎样具有审美价值的诗句，还是比不上忠厚悱恻的风雅之音。

---

[1] 沈德潜：《说诗晬语》，载《清诗话》，上海古籍出版社，1963，第534页。

二 "情真"与"厚"

(一)"情真"

沈德潜论诗虽然主张性情要正，即符合风雅传统，但也同样强调自然真情，他评蔡琰《悲愤诗》曰：

> 激昂酸楚，读去如惊蓬坐振，沙砾自飞，在东汉人中，力量最大。使人忘其失节，而只觉可怜，由情真，亦由情深也。①

《悲愤诗》中情感的力量是巨大的，对于读者而言，蔡琰的《悲愤诗》直如"惊蓬坐振，沙砾自飞"，具有惊心动魄的感人力量。人们甚至忘记了对她失节的谴责，而只是觉得她可怜，这是由于《悲愤诗》中饱含蔡琰的真情与深情。虽然现代人对沈德潜"使人忘其失节"的评论会颇感不适，但我们可以抛开这种时代的局限不计，我们要看到，沈德潜这里肯定的是诗中所蕴含的真情与深情，这种情感给人的感染甚至可以使诗歌超越于道德伦理之上，其力量之强大可见一斑。他评李延年《歌一首》曰：

> 欲进女弟，而先为此歌，倡优下贱之技也。然写情自深。古来破家亡国，何必皆庸愚主耶？②

他其实对李延年此诗并不认可，因为李延年写此诗目的在于向皇帝进献自己的妹妹，沈德潜将这种行为称为"倡优下贱之技"，贬低之意极强，但由于诗中写情自深，所以亦将其选入。可见沈德潜虽然以风雅为判断诗歌的首要标准，但对于情深之作还是能突破这种限制加以选取的。情深还可以超越表达上的重复：

> 《鸱鸮》诗连下十"予"字，《蓼莪》诗连下九"我"字，《北

---

① 沈德潜选《古诗源》，中华书局，1963，第65页。
② 沈德潜选《古诗源》，中华书局，1963，第49页。

山》诗连下十二"或"字，情至不觉音之繁词之复也。后昌黎《南
山》用《北山》之体而张大之，（下五十余"或"字）然情不深而侈
其词。只是汉赋体段。[1]

《鸱鸮》等诗之所以用了那么多重复的字而让人不觉"音之繁词之
复"，主要是因为其"情至"，至于像韩愈模仿《北山》而写的《南山》，
由于情不深所以连带着词语表达都让人觉得繁复。基于对诗歌自然真情的
强调，他批评潘岳、陆机之诗曰：

> 潘陆诗如剪采为花，绝少生韵，故所收从略。[2]

此处批评的是他们的诗歌徒有华美的外表，内中没有真情，就像纸做
的花，即使再美，也缺少生机和活力。

（二）"厚"

此外，沈德潜论诗还重"厚"。他评沈约诗曰：

> 家令诗，较之鲍、谢，性情声色，俱逊一格矣。然在萧梁之代，
> 亦推大家，以边幅尚阔，词气尚厚，能存古诗一脉也。尔时江屯骑、
> 何水曹，各自成家，可以鼎足。[3]

与鲍谢相比，沈约的诗不管是内在的性情还是外在的美感，都略逊一
筹，但沈德潜认为他在梁代还是足称大家的，原因就在于沈约诗"边幅尚
阔，词气尚厚，能存古诗一脉"。开阔浑厚，是古诗的特色，沈约诗尚能
存古诗一脉，也算是很高的评价了。他评沈约《别范安成》曰："一片真
气流出，句句转，字字厚，去十九首不远"，[4] 也是从"真""厚"着眼

---

① 沈德潜：《说诗晬语》，载《清诗话》，上海古籍出版社，1963，第527页。
② 沈德潜选《古诗源》，中华书局，1963，第162页。
③ 沈德潜选《古诗源》，中华书局，1963，第294页。
④ 沈德潜选《古诗源》，中华书局，1963，第297页。

的。我们屡次说到沈德潜论诗最为推崇陶渊明，除了前面提到的陶诗符合风雅传统、具有自然天成之美外，陶诗不可即之处还在于"真"与"厚"。

> 陶诗合下自然，不可及处，在真在厚；谢诗追琢而返于自然，不可及处，在新在俊。千古并称，厥有由夫。①

这里所说的"厚"，指的是诗歌整体的浑厚，陶渊明诗的真与厚是其他人很难达到的境界。以"厚"为标准，他认为谢朓诗不如谢灵运。

> 康乐每板拙，玄晖多清俊，然诗品终在康乐下，能清不能厚也。②

虽然谢灵运诗板拙，不如谢朓诗歌的清俊，但板拙可以达到深厚的境界，而谢朓诗的清俊是达不到深厚的境界的，所以谢灵运诗品高于谢朓，可见"厚"在沈德潜诗论中处于一个较为重要的地位。这就与《古诗归》所论相似，竟陵派也认为谢灵运诗"板"，所谓"康乐灵心秀质，吐翕山川，然以谢家体局，微恨其板"，不过，谢灵运诗还是高于谢朓的，谢朓诗不如谢灵运之处在"厚"，他们评谢朓诗曰：

> 谢玄晖灵妙之心，英秀之骨，幽恬之气，俊慧之舌，一时无对。似撮康乐渊明之胜，而似皆有不敌处曰厚，然是康乐以下，诸谢以上。③

所谓"灵妙之心，英秀之骨，幽恬之气，俊慧之舌"，也就是沈德潜所说的"清俊"，谢朓诗歌的清俊确实是一时无敌，但清俊同时也带来了薄弱的弊病，薄弱则必定少厚重，这就是谢朓诗歌不如谢灵运的原因。沈德潜评谢朓《和王著作融八公山》曰：

---

① 沈德潜选《古诗源》，中华书局，1963，第232页。
② 沈德潜选《古诗源》，中华书局，1963，第272页。
③ 钟惺、谭元春选评《诗归》，张国光等点校，湖北人民出版社，1985，第245页。

> 小谢诗俱极流利，而此篇及《和伏武昌作》，典重质实，俱宗仰康乐。[1]

谢朓诗歌的特色是"流利"，只有《和王著作八公山》与《和伏武昌作》两篇因为学习谢灵运而典重质实。清俊流利也是一种美感类型，不乏其独特之处，但沈德潜论诗重"厚"，"厚"是与清俊流利完全相反的美感类型，所以谢朓诗歌自然不如谢灵运。而"厚"，正是格调派对诗歌的要求。

三 以自然为宗

在对诗歌的具体评价上，沈德潜以自然天成为诗歌的最高境界。他在《练江诗钞序》中明确提出了以自然为宗的主张：

> 夫诗之为道，古今作者不一，予独有取于司空表圣所云"俯拾即是，不取诸邻。与道俱往，著手成春"者，盖其说以自然为宗。而皮袭美自序其《松陵集》又云："穿穴险固，破碎阵敌，卒造平淡而后已。"是两家者，皆有惩于形模沿袭之弊而发焉者也。……诗贵以自然为宗，以奇变为用者。[2]

他以为"文章本天成，所贵在自然"，因而论诗崇尚不事雕琢的自然天成。他评李陵《与苏武诗三首》曰：

> 一片化机，不关人力，此五言诗之祖也。[3]

所谓"一片化机"，也就是不经人工雕琢的自然而然。《古诗源》于文人诗选取最多者为陶渊明，除了合乎风雅标准外，陶诗的自然天成也是沈德潜最为推崇的。

---

① 沈德潜选《古诗源》，中华书局，1963，第282页。
② 沈德潜：《归愚余集》卷一，哈佛燕京中文特藏，第1288~1289页。
③ 沈德潜选《古诗源》，中华书局，1963，第48页。

> 陶诗合下自然，不可及处，在真在厚，谢诗追琢而返于自然，不可及处，在新在俊。千古并称，厥有由夫。①

陶诗是未经任何雕琢的自然而然，谢诗是极力雕琢而不露雕琢之痕的自然。在陶谢之间，沈德潜更为推崇的还是陶渊明。

> 陶诗高处在不排，谢诗胜处在排，所以终逊一筹。②

"排"与"不排"的区别，正是人工与天然的区别，陶谢相较，谢灵运经过人工雕琢的自然是终逊一筹的。谢灵运有些诗"过于雕镂，渐失天趣"，③ 与之同时的颜延之，更是"镂刻太甚，填缀求工，转伤真气"，④ 鲍照"五言古雕琢与谢公相似，自然处不及"，⑤ 这些批评表明沈德潜追求的是不事雕琢的自然天成，退而求其次也要像谢灵运那样经过雕饰之后返归自然。这一点与陆时雍在《诗镜》中的主张相近：

> 谢康乐人巧尽后，宛若天工；陶诗似月到柳梢，风来水面，自然之妙，难以力与也。⑥

陆时雍也是主张不事雕琢的自然天成，以为陶诗的自然天成高于谢诗的人巧之后的宛若天工。

四　沈德潜"格调"论的集大成性

前述沈德潜诗论，我们或多或少有一些似曾相识的感觉，他论诗承袭前人之处甚多，他的"格调论"综合了明清以来的各家诗论，他论诗虽以政治伦理价值优先，但诗歌的审美层面也不可或缺。他在自己编订的诗选

---

① 沈德潜选《古诗源》，中华书局，1963，第232页。
② 沈德潜选《古诗源》，中华书局，1963，第232页。
③ 沈德潜选《古诗源》，中华书局，1963，第238页。
④ 沈德潜选《古诗源》，中华书局，1963，第224页。
⑤ 沈德潜选《古诗源》，中华书局，1963，第249页。
⑥ 陆时雍选评《诗镜》，任文京、赵东岚点校，河北大学出版社，2010，第87页。

序中对此皆有说明，先是编选于康熙五十六年（1717）的《唐诗别裁集序》曰：

> 既审其宗旨，复观其体裁，徐讽其音节。①

这里提出的编选标准是"宗旨"、"体裁"和"音节"。编选于乾隆十八年（1753）的《七子诗选序》曰：

> 诗之为道，古今作者不一，然约其大端，始则审宗旨，继则标风格，终则辨神韵，如是焉而已。②

这里去掉了"音节"，加入了"神韵"。而作于乾隆二十八年（1763）的《重订唐诗别裁集序》则曰：

> 先审宗旨，继论体裁，继论音节，继论神韵，而一归于中正和平。③

这里"宗旨""体裁""音节""神韵"俱备，可以说，这是沈德潜评价诗歌的四个标准，而这四个标准都要在"中正和平"的统率之下。虽然诗歌最终要归于"中正和平"的儒家诗教传统，但在"中正和平"统率之下的四个选诗标准，除了"宗旨"关注诗歌的思想内容层面，其他三个都是从诗歌的艺术层面着眼的。

首先，论诗先"审宗旨"，诗歌最终要归于"中正和平"，继承了明代"格调"论的论诗旨归。明代复古派的诗学理论和诗学追求即恢复古典诗歌的审美特征及审美理想。他们以"格调"论诗，既重视诗歌以情志为本，又重视诗歌的辞藻文采，提倡高格亮调的盛世之音。从诗学理论上看，兼顾了内容与形式，又有明确的美学追求，理论预设较为完善。但复

---

① 沈德潜选注《唐诗别裁集序》，上海古籍出版社，1979，第2页。
② 沈德潜：《七子诗选序》，清乾隆刻本，哈佛燕京中文特藏，第4~5页。
③ 沈德潜选注《唐诗别裁集序》，上海古籍出版社，1979，第4页。

古派的诗学理论在实施与接受的过程中，走向了偏重于形式的"格调"论，不仅其末流千篇一律、摹拟抄袭流弊严重，即使其领袖人物如李攀龙、王世贞等，亦难免"殆同书钞"之讥。从创作实践看，复古派的"格调"理论虽然影响深远，但事实上并没有成功达到他们所追求的古典诗歌审美理想。个中原因，除了前述"格调"论走向了偏重于形式之外，与复古派对古典诗歌审美理想中的"中和之美"重视不够也有一定的关系。虽然清初陈祚明继承前后七子的"格调"论，情辞兼重，但他将七子派倡导的汉魏高古之美引向了六朝自然清丽之美，更加重视诗歌的审美特质，并不强调诗歌的"中和之美"，而沈德潜则明确提出了这一点，并将其作为诗歌的最终旨归。沈德潜继承"格调"论，并将"审宗旨"作为诗歌的基础，将"中和之美"作为诗歌的最终旨归，这就基本保证了诗歌合乎温柔敦厚的诗教要求。

其次，《古诗源》受王士祯《五言古诗选》影响颇大，沈德潜在《古诗源·例言》中说：

> 新城王尚书向有古诗选本，抒文载实，极工裁择。因五言、七言分立界限，故三四言及长短杂句均在屏却。兹特采录各体，补所未备。又王选五言兼取唐人，七言下及元代，兹从陶唐氏起，南北朝止。探其源不暇沿其流也。①

此处所说新城王尚书的古诗选本主要是指王士祯《五言古诗选》。② 沈德潜对其评价颇高，所选亦以此为底本，《古诗源》在典范诗人的选择上也基本与王士祯一致：魏以曹植为最，推重阮籍；晋以陶渊明为第一，推崇左思、刘琨、郭璞；宋以谢灵运、鲍照为二妙；齐则推奉谢朓；梁代以江淹、何逊为尊；陈则徐陵、江总；北朝则为庾信，隋取炀帝，基本上是

---

① 沈德潜选《古诗源》，中华书局，1963，第4页。

② 王士祯有《五言古诗选》和《七言古诗选》各一部。《五言古诗选》选诗始于汉代，迄于唐代；《七言古诗选》选诗始于古逸，以唐以后七古为主，至元吴立夫而终。沈德潜《古诗源》选录各体诗歌，始于古逸，终于隋，为唐前各体诗歌，故所本主要为王士祯《五言古诗选》。

承袭了王士禛对汉魏六朝诗歌基本格局的划定。

再次,在对诗歌的具体评价上,沈德潜以自然天成为诗歌的最高境界,重视诗中的感情因素,与陆时雍《诗镜》的论诗标准大体相同。其论诗之语,在陆时雍诗论的基础上或对象稍有不同,或范围有所缩小,但其主旨明显类似,有些语言表述甚至是相同的。

  A 东京气格颓下,蔡文姬才气英英。读《胡笳吟》,可令惊蓬坐振,沙砾自飞,直是激烈人怀抱。[1]

  B 激昂酸楚,读去如惊蓬坐振,沙砾自飞,在东汉人中,力量最大。

  A 晋诗如从綵为花,绝少生韵。[2]

  B 潘陆诗如剪綵为花,绝少生韵,故所收从略。

  A 鲍照材力标举,凌厉当年,如五丁凿山,开人世之所未有。[3]

  B 明远乐府,如五丁凿山,开人世所未有。

  A 诗之佳者,在声色臭味之俱备,庾、张是也;诗之妙者,在声色臭味之俱无,陶渊明是也。[4]

  B 庾肩吾、张正见,其诗声色臭味俱备。诗之佳者,在声色臭味之俱备,如庾、张是也;诗之高者,在声色臭味之俱无,如陶渊明是也。[5]

  A 读隋炀帝诗,见其风格初成,菁华未备。[6]

  B 二章气体自阔大,而骨力未能振起,故知风格初成,菁华

① 陆时雍:《诗镜总论》,载丁福保辑《历代诗话续编》,中华书局,1983,第1403页。
② 陆时雍:《诗镜总论》,载丁福保辑《历代诗话续编》,中华书局,1983,第1405页。
③ 陆时雍:《诗镜总论》,载丁福保辑《历代诗话续编》,中华书局,1983,第1407页。
④ 陆时雍:《诗镜总论》,载丁福保辑《历代诗话续编》,中华书局,1983,第1409页。
⑤ 沈德潜选《古诗源》,中华书局,1963,第312页。
⑥ 陆时雍:《诗镜总论》,载丁福保辑《历代诗话续编》,中华书局,1983,第1410页。

未备。①

　　A 诗至于宋，古之终而律之始也。体制一变，便觉声色俱开。

　　B 诗至于宋，体制渐变，声色大开。宋人诗，日流于弱，古之终
而律之始也。

　　（A 为陆时雍《诗镜》评语、B 为沈德潜《古诗源》评语）

　　二人有些地方的表达非常相近，有些地方虽所评对象略有不同，但大
旨相同。陆时雍的《诗镜》在后世影响不大，但沈德潜《古诗源》却明显
承袭了陆氏的很多论诗主张，尤其是他对于自然、真情的重视。沈德潜在
《古诗源·例言》中对王士禛的古诗选本评价颇高，也明确说明了自己的
《古诗源》是在其基础上完成的，并未提及陆时雍的《诗镜》，但实际上
《古诗源》于《诗镜》所取颇多。

　　沈德潜所说的论诗先审宗旨，与钱谦益一派诗学是一致的；继论体
裁、音节，与复古派、云间派一致；继论神韵，则是承袭了王士禛诗学，
其间还夹杂着很多与竟陵、陆时雍以及陈祚明诗论相同的论述，有时甚至
是完全照搬，可以说，我们看沈德潜诗论，常常有一种似曾相识的感觉，
他不仅融合了性情、格调、神韵三说，还对明清时期有影响的诗学理论兼
收并蓄，可谓集大成者。

　　不过，这种兼容并蓄的集大成诗学，中正平和，却也难免因循过多，
创新不足，刘若愚即谓其"语多老生常谈，鲜有创新"。② 一方面沈德潜自
己独到的见解不多；另一方面影响却又颇为深远，不能不说这也是沈德潜
诗论所带来的一个矛盾现象。如果我们单纯地就诗论本身而论，沈德潜诗
学的确见解颇为平庸，与其盛名不符，但如果我们从诗歌史意义上来审视
其诗学，则持论可能会颇为不同。蒋寅在《沈德潜的诗学贡献及其历史定
位》一文中说："沈德潜诗学的历史意义主要在于以一种新的格调观整合
了传统诗学的基本观念，同时以一系列选本重构古代诗歌的典范序列，共

---

　　① 沈德潜选《古诗源》，中华书局，1963，第 355 页。
　　② 刘若愚：《清代诗说论要》，《香港大学五十周年纪念论文集》第一辑，1964，第 323 页。

同建立起一个具有广泛的包容性和集成性的新古典主义诗学体系,它足以包括古典诗学的传统观念和一般倾向,同时具有鲜明的伦理正统性,因而很自然地被视为代表古典诗学理想的正宗。这不仅是沈德潜毕生向往、长久努力的目标,同时也是高宗的文治所需要的意识形态代表和文学偶像。"① 在中国古代文人中,沈德潜的人生际遇可以说非常具有传奇色彩。他年轻时即已活跃于吴门诗界,26岁得以拜于叶燮门下,先后在家乡结城南诗社、北郭诗社,编《唐诗别裁集》《古诗源》《明诗纪事》,著《说诗晬语》,诗学成就已然很高。但直到乾隆元年(1736)64岁时被举荐应"博学鸿词"试时,他还只是个廪生。从67岁获乾隆知遇至97岁寿终正寝,耆儒晚遇的沈德潜的人生可谓高潮迭起,荣宠有加。乾隆皇帝不仅多次以"我爱德潜德,淳风挹古初""朋友重唯诺,况在君臣间"等御制诗相赐,而且为其《归愚集》御笔作序,谓"德潜老矣,怜其晚达而受知者,唯是诗。余虽不欲以诗鸣,然于诗也,好之习之,悦性情以寄之,与德潜相商榷者有年矣,兹观其集,故乐俞所请而序"。② 严迪昌在《清诗史》中说:"沈德潜以67岁晚暮之年得此殊遇,其于感恩戴德之余,献尽一切颂恩炫宠之辞,均不为过,不能简单地凭这一行径而苛责之",③ 可谓中肯之论。沈德潜之诗名与诗学理论,事实上在得乾隆眷顾之前即已完成,之所以被乾隆选中作为其诗坛代言人,最根本的还在于其诗学理论及取向符合乾隆盛世之需求。当然,不可否认,成为文学侍从之后,沈德潜恪守诗教、鼓吹温柔敦厚之诗学理想更为自觉,也更为严重。

可以说,"如果说王渔洋的《古诗选》《唐人选唐诗十种》《唐贤三昧集》《唐人万首绝句选》左右了康熙中期到乾隆初期的阅读趣味,那么沈德潜的系列选本就在更广阔的诗歌史视野中重整了诗歌传统的序列,并由此主导了乾隆以后的诗歌阅读趣味",④ 直到今天,《古诗源》还是我们阅读、探讨古诗相对较为客观、最为完备的古诗选本。

---

① 蒋寅:《沈德潜的诗学贡献及其历史定位》,《厦门大学学报》2016年第6期,第90~96页。

② 转引自严迪昌《清诗史》,浙江古籍出版社,2002。

③ 严迪昌:《清诗史》,浙江古籍出版社,2002,第669页。

④ 蒋寅:《古典诗歌传统最后的整体重塑——沈德潜历代诗选的诗学史意义》,《求索》2016年第8期,第140~152页。

下　编

第一章　明清古诗选本与诗歌 "辨体" 批评

中国古代的诗歌从来就不是一种单纯的文学样式，而是始终与政治、经济、文化紧密相关，诗歌除了具有审美价值外，还具有道德价值，而且审美价值要以道德价值为基础。判断文学作品优劣的标准是其在多大程度上继承了《诗经》的风雅精神，而风雅正变是与政治道德乃至国家盛衰联系在一起的，因而，"审其源流，识其正变"，就成为中国古代文学经典秩序建立的基本标准，而"辨体"自然也就成了中国古代诗歌批评的首要任务。"辨体"是为了明确各种文体规范，知其源流正变，"作诗正须辨尽诸家体制，然后不为旁门所惑"①"文章自有体裁，凡为某体，务须寻其本色，庶几当行"，② 明清两代诗论的"辨体"批评主要是围绕着"古诗与律诗""汉音与魏响""古诗与乐府"等问题展开的。

第一节　明清古诗选本与五言 古诗正宗之辨

一　关于"唐无五言古诗而有其古诗"的争论

复古派关于中古诗歌辨识度最高的一个说法，自然是"近体学盛唐，古体法汉魏"，这里体现了明显的辨体意识，所谓"古诗与律诗不同体，必各用其体乃为合格"。③ 合格的诗歌，显然必须遵从其相应的文体规范。

---

① 严羽：《答吴景仙书》，载丁福保辑《历代诗话续编》，中华书局，1983，第 707 页。
② 胡应麟：《诗薮》，上海古籍出版社，1979，第 20 页。
③ 李东阳：《麓堂诗话》，载丁福保辑《历代诗话续编》，中华书局，1983，第 1369 页。

李梦阳确立的古诗与律诗的最高典范分别是汉魏和盛唐，此外皆不必学。就五古而言，他将自己的作品分为"《选》古"与"唐古"，已经体现出了明确的五古分辨界限。关于这一点论者多无异议，但李攀龙在此基础上提出的"唐无五言古诗而有其古诗。陈子昂以其古诗为古诗，弗取也"，①却在当时及后世引起了很大的争论。这一争论贯穿明清两代，参与者众多，明显体现了明清时期诗歌"辨体"意识及理论的发展与演变。

作为诗坛盟友的王世贞当然是支持李攀龙这一论断的，称其"此段褒贬有至意"。②他还生动描述了自己在李攀龙的启发下建立古诗观的过程。

> 余少年时称诗盖以盛唐为鹄云，已而不能无疑于五言古。及读李于鳞氏之论曰唐无五言古诗而有其古诗，则洒然悟矣。进而求之三谢之整丽，渊明之闲雅，以为无加焉。及读何仲默之书曰"诗盛于陶谢，而亦亡于陶谢"，则窃怪其语之过。盖又进之而上为三曹，又进之而上为苏李枚蔡，然后知何氏之语不为过也。③

正如大多数年轻人的学习历程一样，少年时期的王世贞接受的是复古派"近体学盛唐，古体法汉魏"的诗学主张，但在具体的实践过程中，这一理论却不无矛盾处：盛唐的五言古诗在时代上属于盛唐，诗体上属于古诗，既然论诗以盛唐为标榜，那么盛唐的任何诗体包括五言古诗都应该是值得效法的对象，但以汉魏古诗为评价基准的话，盛唐五言古诗又明显不能作为第一义来效法，那么，如何评价盛唐的五言古诗呢？这就成了少年王世贞心中莫大的疑惑。而让他豁然开朗的，正是李攀龙的"唐无五言古诗而有其古诗"这一说法。李攀龙对唐代古诗给予了明确定位：从诗体上来看，以五言古诗初兴时期汉魏古诗的格调风貌为评价基准，李攀龙否定了唐代五古，即"唐无古诗"，但从时代来分辨不同时代五言古诗的格调风貌，他又肯定了唐代"有其古诗"。明代学者在普遍讲求诗歌体格声调的诗学观念下，开始分辨不同时代各体诗歌的不同格调，他们以各体诗歌

---

① 李攀龙编《古今诗删》卷一〇，文渊阁四库全书第 1382 册，第 91 页。
② 王世贞：《艺苑卮言》，载丁福保辑《历代诗话续编》，中华书局，1983，第 1005 页。
③ 王世贞：《弇州四部稿》续稿卷五五，文渊阁四库全书第 1282 册，第 727 页下栏。

初兴时期的格调风貌为基准来衡量诗歌的高下，所以论五古以汉魏为上，七言以初唐为上，绝句以六朝乐府为上，离初始的时代越远，诗歌价值越低，这是当时普遍的看法。这种看法从理论上讲并无异议，但如果按照这一逻辑来推断，以汉魏古诗为评价基准，那么六朝古诗肯定要高于唐代古诗，而这又有悖于当时人的一般看法，至少陈子昂在古诗上的成就和地位就很难处理。所以李攀龙特地提出了"陈子昂以其古诗为古诗，弗取也"，所不取的就是陈子昂那些具有汉魏古诗风格的作品。他从第一义的原则出发否定了唐代古诗，指出其不具汉魏古诗格调风貌，这与当时的普遍看法一致，但李攀龙高明的地方在于，在否定之后，他并没有沿着离初始时代越远诗歌价值就越低这一惯常思路走下去，而是转向了不同时代的诗歌具有不同格调这一看法，肯定了唐代古诗本身所具有的自己独特的格调风貌，是谓"有其古诗"。他还进一步用陈子昂来说明自己的古诗主张，并在《古今诗删》的选诗中贯彻了这一诗学主张。李攀龙不仅用最简洁的语言准确清晰地概括了当时的普遍看法，而且对普遍看法中较为模糊的地方做了精确有力的判断和表述，的确不乏当时诗坛领袖的魄力与魅力，所以有王世贞"洒然悟也"的疑惑顿消，有胡应麟"可谓具眼"[1] 的称赞褒扬。王夫之谓"历下谓唐无五言古诗，自是至论"，[2] 李维桢、于慎行等亦赞同此论。当然，区分汉魏五古与唐代五古的同时，他们仍旧认为唐代五古毕竟还是不及汉魏五古，胡应麟在《诗薮》中说：

> 子昂《感遇》，尽削浮靡，一振古雅，唐初自是杰出。盖魏晋之后，惟此尚有步兵余韵。虽不得与宋齐诸子并论，然不可概以唐人。近世故加贬抑，似非笃论。第自三十八章外，余自是陈隋格调，与《感遇》如出二手。[3]

虽然肯定了陈子昂的复古成就，但明言"不可概以唐人"，对唐代五古的整体评价并不高，与汉魏无法相提并论。态度在半认同半批评之间的

---

① 胡应麟：《诗薮》，上海古籍出版社，1979，第35页。
② 王夫之评选《明诗评选》，陈新校点，文化艺术出版社，1997，第138页。
③ 胡应麟：《诗薮》，上海古籍出版社，1979，第37页。

许学夷①说：

> 盖子昂《感遇》虽仅复古，然终是唐人古诗，非汉魏古诗也。且其诗尚杂用律句，平韵者犹忌上尾。至如《鸳鸯篇》《修竹篇》等，亦皆古、律混淆，自是六朝余弊，正犹叔孙通之兴礼乐耳。②

许学夷在此指出了两点：第一，陈子昂《感遇诗》虽然是复古之作，但终究还是唐代的古诗，不是汉魏的古诗；第二，陈子昂古诗受六朝诗风影响而古律混淆，乃六朝余弊。他用叔孙通为汉高祖刘邦制定礼仪的典故来比拟陈子昂的复古，正如叔孙通顺应时代的变化和需求对古礼加以变通一样，表面上看是恢复古礼，但实质上已经是汉代的礼了，陈子昂的文学复古概亦可做如是观。这个业已改变的唐代古诗，自然是比不上汉魏古诗的。

当然，还有批评。钟惺说：

> 感遇诗，正字气运蕴含，曲江精神秀出，正字深奇，曲江淹密，各有至处，皆出前人之上。盖五言古诗之本原，唐人先用全力付之，而诸体从此分焉，彼谓唐无五言古诗，而有其古诗，本之则无。不知更以何者而看唐人诸体也？③

钟惺肯定了陈子昂《感遇》诗出于前人之上，他认为唐人先是以全部精力致力于五言古诗创作，所以陈子昂等人才能在各自擅长的地方取得了足以碾压前人的成就，唐代的其他各体诗歌都是从五言古诗分化出来的，像李攀龙那样否定唐代五言古诗，就是失去了唐诗的根本，如果连唐诗的

---

① "于鳞似宗雅正，而实多谬戾，学者苟不睹诸全集，不免终为所误耳。孔子恶似而非，予于鳞亦云。"（许学夷：《诗源辩体》，杜维沫校点，人民文学出版社，1998，第368页）"谓子昂以唐人古诗为汉魏古诗弗取，犹当；谓唐人古诗非汉魏古诗而皆弗取，则非。"许学夷：《诗源辩体》，杜维沫校点，人民文学出版社，1998，第345页。
② 许学夷：《诗源辩体》，杜维沫校点，人民文学出版社，1998，第144页。
③ 钟惺、谭元春选评《唐诗归》，张国光等点校，湖北人民出版社，1985，第92页。

根本都加以否定的话，又是基于何种原因而如此看重唐人其他各体诗歌呢？也就是说，既然"唐无五言古诗"，那么又何来"近体法盛唐"呢？钟惺的立论很明显是站在将李攀龙的说法理解为否定唐代古诗的基础上的。所以"每读唐人五言诗妙处，未尝不恨于鳞孟浪妄语"。[①] 更有名的批评来自钱谦益，他在《列朝诗集小传》中说：

> 彼以昭明所谬为古诗，而唐无古诗也，则胡不曰魏有其古诗，而无汉古诗，晋有其古诗，而无汉魏之古诗乎？……论古则判唐、《选》为鸿沟，言今则别中、盛为河汉，谬种流传，俗学沈锢，昧者视舟壑之密移，愚人求津剑于已逝，此可为叹息者也！[②]

钱谦益不满李攀龙唐无五言古诗之说，认为以"选诗"这样一个固定的评价基准来判定唐代没有五言古诗，是无异于刻舟求剑的愚昧之举。在钱谦益看来，每个时代的诗歌都有自己的特色，不能以一个固定单一的标准来评判所有诗歌。与李攀龙等以诗体初兴时期的审美特征为正宗不同，钱谦益"在正与变之间更偏向于变的一面。在他的审美观中没有正宗"，[③]他是主张兼取古人之长、自成一家的。与钟惺一样，钱谦益也只截取了李攀龙诗论"唐无五言古诗"一句加以批评，对其"有其古诗"之结论直接予以忽视，这当然不是由于粗心遗漏，而是有意借此来凸显自己的理论主张，意在反对李攀龙复古至上的文学思想。

钱谦益的弟子冯班，虽然肯定七子派古体学汉魏、近体法盛唐的主张，但对李攀龙的唐无古诗说也是持否定意见的：

> 李于鳞云：唐无五言古诗，陈子昂以其古诗为古诗。立论甚高，细详之，全是不可通。……陈子昂上效阮公感兴之文，千古绝唱，格调不用沈宋新法，谓之古诗。唐人至此诗有古律二体。云古者，对近

---

① 钟惺、谭元春选评《唐诗归》，张国光等点校，湖北人民出版社，1985，第 164 页。
② 钱谦益：《列朝诗集小传》，上海古籍出版社，1983，第 429 页。
③ 张健：《清代诗学研究》，北京大学出版社，1999，第 148 页。

体而言也。①

冯班肯定陈子昂古诗效仿阮籍，又摈弃当时流行的沈宋新法，形成了有别于律诗的唐代古诗，"唐人至此有古律二体"，是把唐代古诗独立出来加以评判，肯定陈子昂的开创之功。"云古者，对近体而言也"，这个"古"，是与律诗相对而言的，冯班对"古"的理解显然与李攀龙不同，他说："子昂法阮公，尚不谓古，则于鳞之古，当以何时为断?"②他看重的是时间及诗体意义上的"古"，而李攀龙所言之"古"更偏重于体格风貌上的。

其实不管赞同还是批评，诸家对唐代五古与汉魏五古体格风貌不同这一点基本是认同的，他们争论的焦点在于评价基准及孰优孰劣。赞同者肯定李攀龙的观点，认为唐代古诗自有其体格风貌，但终究还是不及汉魏古诗，这是以汉魏古诗为评价基准的。而反对者不管出于何种目的，利用何种方式，都要力证唐代古诗不亚于汉魏古诗，这就不能以汉魏古诗为评价基准，所以钟惺要以唐代其他各体诗歌都来源于唐代五古来突出唐代五古的地位；钱谦益片面截取一句话来讥讽李攀龙以汉魏古诗为极则的荒唐可笑；冯班则主要从诗体意义上肯定陈子昂的开创之功。这些批评对于厘清二者体貌之不同、审美之差异提供了更多的视角和理论支持。

针对钱谦益的批评，王士禛在《诗问》中说：

> 沧溟先生论五言，谓"唐无五言古诗而有其古诗"，此定论也。常熟钱牧翁宗伯但截取上一句，以为沧溟罪案，沧溟不受也。③

王士禛对钱谦益不顾整句意思而只截取上句"唐无五言古诗"就对李攀龙大加批评的做法加以否定，肯定了李攀龙"唐无五言古诗而有其古诗"之说乃定论，但王士禛借批评钱谦益对李攀龙加以肯定，并非简单的

---

① 冯班：《钝吟杂录》，何焯评，中华书局，1985，第42页。
② 冯班：《钝吟杂录》，何焯评，中华书局，1985，第42~43页。
③ 张宗柟纂集《带经堂诗话》，戴鸿森校点，人民文学出版社，1998，第826页。

否定之否定。王士禛与李攀龙一样肯定汉魏五古与唐代五古的区别，但与李攀龙不同的是，他对唐代五古的价值是持肯定态度的。他在《五言古诗选》中"把唐体五言古诗又分为两种类型：一类是以王维、孟浩然为代表的一派，一类是以杜甫为代表的一派。……对于杜甫的五言古诗，王士禛虽然并不推崇，但也承认其'别是一体'，并不否认其价值。王士禛肯定唐体五言古诗的价值，表明他不以汉魏传统作为价值标准来评价唐代的五言古诗。这一点与七子派不同。七子派持的是单一的价值标准，就是汉魏传统；王士禛持的并不是单一的价值标准，则汉魏体与唐体各有其价值"。① 这就吸纳了钱谦益等批评者不以汉魏古诗为评价基准的看法，虽然对钱谦益断章取义歪曲李攀龙本意的做法给予了批评，但实际上经过了否定之否定，王士禛与李攀龙的诗学主张已经有了本质的不同。

论诗沿袭钱谦益一向强调"变"的叶燮对李攀龙的"唐无五言古诗而有其古诗"做了充分的肯定：

盛唐诸诗人，惟能不为建安之古诗，吾乃谓唐有古诗。若必慕汉魏之声调字句，此汉魏有诗，而唐无古诗矣。②

正因为盛唐诗人能不作汉魏古诗，唐代才有了自己的古诗，如果唐代诗人一定要模拟汉魏古诗，那就不会有唐代的古诗了。以这一变化的诗歌观为基础，叶燮一方面肯定陈子昂变汉魏古诗为唐代古诗，另一方面对陈子昂古诗中尚有"蹈袭汉魏蹊径""不能以其古诗为古诗"，失掉自己面貌之作表示了遗憾：

旦彼所谓陈子昂"以其古诗为古诗"，正惟子昂能自为古诗，所以为子昂之诗耳。然吾犹谓子昂古诗，尚蹈袭汉魏蹊径，竟有全似阮籍《咏怀》之作者，失自家体段，犹訾子昂不能以其古诗为古诗，乃翻勿取其自为古诗，不亦异乎！③

---

① 张健：《清代诗学研究》，北京大学出版社，1999，第408页。
② 叶燮：《原诗》，霍松林校注，人民文学出版社，1998，第8页。
③ 叶燮：《原诗》，霍松林校注，人民文学出版社，1998，第8页。

按照叶燮的思路，陈子昂之所以为陈子昂，正因为他能不唯汉魏马首是瞻，而是"以其古诗为古诗"，形成了不同于汉魏古诗的陈子昂古诗。在他看来，陈子昂的问题并不在于其古诗不像汉魏，而是"蹈袭汉魏蹊径""竟有全似阮籍咏怀之作者"，由于太像汉魏以至于失去了"自家体段"。叶燮遗憾的就是陈子昂不能完全"以其古诗为古诗"，对李攀龙因为"陈子昂以其古诗为古诗"而"弗取也"的做法自然就表示不满了。叶燮对唐代古诗的肯定较王士禛还要充分彻底。在他这里，唐代古诗的价值就在于不似汉魏古诗，不似汉魏古诗非但不是唐代古诗的缺点，反而正是其特色所在，是该发扬的地方。翁方纲亦持此看法：

> 所谓唐无五言古诗者，正谓其无《选》体之五言古诗也。先生乃谓讥沧溟者，不合其下句观之，而但执唐无五古一句以归咎于沧溟，沧溟不受也。岂知沧溟之咎，正专在此唐无五言古诗一句乎？彼谓唐之古诗皆不仿效《选》体耳，岂知唐古诗正以不仿《选》体为正。[1]

所谓"讥沧溟者"，正是钱谦益，"先生"者，王士禛也。王士禛批评钱谦益误读了李攀龙之本意，翁方纲又批评王士禛只知道为李攀龙辩护但实际上并不知道李攀龙之错误正在于此，因为唐代古诗之正宗正在于其与汉魏古诗不同，明确肯定了唐代古诗非但不逊于汉魏古诗，而且其价值正在于能自成面貌，与汉魏古诗不同。

我们可以看到，李攀龙提出的"唐无五言古诗而有其古诗"总结了当时对于五言古诗的普遍看法，以汉魏古诗为评价基准，对唐代古诗也有一定程度的肯定，但总体上还是认为唐代古诗不如汉魏古诗。钱谦益等人批评李攀龙复古至上的文学思想，不以汉魏古诗为评价基准，从不同的角度肯定唐代古诗不亚于汉魏古诗。王士禛一方面指出钱谦益批评李攀龙之片面武断；另一方面又吸纳了钱谦益等反对者不以汉魏古诗作为评价基准的诗学理念，认为唐代古诗并不逊于汉魏古诗。而翁方纲又对王士禛进行了批评，指出唐代古诗非但不逊于汉魏古诗，而且它的独特面貌正是其价值

---

① 翁方纲：《复初斋文集》，续修四库全书第 1455 册，第 421 页。

所在。在不断肯定否定的过程中，学者不再以汉魏古诗为价值评判的唯一基准，唐代古诗的独特价值也逐渐凸显，汉魏古诗与唐代古诗之间的关系也更为清晰。

二　关于"陈子昂以其古诗为古诗"

在中国古代诗歌的发展进程中，陈子昂的确具有特别的地位，他的诗歌复古主张及创作实践既与汉魏传统相连接，又与唐代诸体诗歌相关联，在中国古代诗论偏好频频回顾历史的过程中，占据着相当大的讨论篇幅。从关于李攀龙"唐无五言古诗而有其古诗"的探讨中，我们亦可看到这些争论多是以陈子昂为议论话题的，但因为行文的集中与方便，前文仅在必要时论及陈子昂，此处即对"陈子昂以其古诗为古诗"这一问题进行集中探讨。

（一）陈子昂与汉魏风骨

在唐代，陈子昂首先是以复古的面貌出现的。他在《与东方左史虬修竹篇序》中提出了自己的复古主张：

> 文章道弊，五百年矣。汉魏风骨，晋宋莫传，然而文献有可征者。仆尝暇时观齐、梁间诗，彩丽竞繁，而兴寄都绝，每以永叹。思古人，常恐逦迤（一作逶迤）颓靡，风雅不作，以耿耿也。一昨于解三处，见明公《咏孤桐》篇，骨气端翔，音情顿挫，光英（一作暎）朗练，有金石声。遂用洗心饰视，发挥幽郁。不图正始之音，复睹于兹，可使建安作者，相视而笑。①

陈子昂在这里明确指出他所要恢复的文章之道乃继承了《诗经》风雅精神的汉魏风骨。对于中国古代文学来说，《诗经》是根，是源头，叶燮在《原诗·内篇下》中对此有非常巧妙的比喻：

---

① 《全唐诗》卷八三，中华书局，1960，第896页。

譬诸地之生木然，三百篇则其根，苏、李诗则其萌芽由蘖，建安诗则生长至于拱把，六朝诗则有枝叶，唐诗则枝叶垂荫，宋诗则能开花，而木之能事方毕。自宋以后之诗，不过花开而谢，花谢而复开。①

叶燮的诗歌想象犹如一棵生机盎然的大树，作为这棵大树的根，《三百篇》的地位不可撼动。对于中国文学史来说，作为根文学的《诗经》有力地规定、诱发了文学及人们审美指向的形成、更移和发展。也因此，《诗经》成了整个中国古典诗歌价值判断的基础。汉魏因为距离诗经的时代最近，因而也最能体现诗经的传统。当以沈、宋为代表的馆阁诗人醉心于咏物应制，专注于律诗形式之美的追求时，陈子昂却提出了鲜明的复古主张。他反对片面追求华丽辞藻的齐梁诗风，主张诗歌要有风骨、兴寄，回到已经中绝了的汉魏传统，并进而提出了一种"骨气端翔，音情顿挫，光英朗练"的诗美理想。他对于诗歌的正统以及正统的延续，是有明确的诗学理论的。不仅如此，陈子昂还以他出色的创作实践了他的诗学理论，著名的《感遇》诗三十八首就是明证。陈子昂诗论的核心在于恢复汉魏风骨，接续汉魏传统。

（二）陈子昂的诗歌史地位

唐代即有很多诗人肯定陈子昂的复古首倡之功，卢藏用称"道丧五百年而得陈君"，即已肯定了陈子昂在风雅之道沦丧了五百年后重新将其扭转回正道的功劳。杜甫在《陈拾遗故宅》中谓其"有才继骚雅，哲匠不比肩。公生扬马后，名与日月悬"。韩愈《荐士诗》称其"国朝盛文章，子昂始高蹈"。一个"始"字，揭示了陈子昂在文学史上的重要地位。也就是说，陈子昂的作品未必是最好的，但其开创之功是不容置疑的。宋代亦如此。欧阳修、宋祁等编撰的《新唐书·陈子昂传》评价他说："唐兴，文章承徐庾余风，天下祖尚，子昂始变雅正"，② 在徐庾余风盛行的诗坛风气下，是陈子昂将文章扭转回雅正这一文学正统上来，被肯定的是其先驱

---

① 叶燮:《原诗》，霍松林校注，人民文学出版社，1998，第34页。
② 欧阳修、宋祁:《新唐书》，中华书局，1975，第4078页。

者的地位。刘克庄《后村诗话》亦言:"唐初,王、杨、沈、宋善鸣,然不脱齐梁之体,独陈拾遗首倡高雅冲澹之音,一扫六朝之纤弱,趋于黄初、建安矣",[1] 陈子昂以高雅冲淡之音扫去了六朝纤弱之习,使唐诗重新回到了风雅正统的道路上,"首倡"之功,非其莫属。朱熹《斋居感兴二十首序》云:"余读陈子昂《感寓》诗,爱其词旨幽邃,音节豪宕,非当世词人所及。如丹砂空青,金膏水碧,虽近乏世用,而实物难得,自然之奇宝",[2] 将陈子昂置于当代词人之上。方回说:"陈子昂《感遇》古诗三十八首,极为朱文公所称。天下皆知其能为古诗,一扫南北绮靡",[3] 评其《度荆门望楚》曰:"陈拾遗子昂,唐之诗祖也。不但《感遇诗》三十八首为古体之祖,其律诗亦近体之祖也",[4] 肯定的都是其复古开创之功。金代元好问《论诗三十首》(其八)谓:"沈宋横驰翰墨场,风流初不废齐梁。论功若准平吴例,合著黄金著子昂",称赞的也是陈子昂的复古对盛唐诗风的开启之功。可以说,后代对他的尊崇,大都集中在其革梁陈之弊、开古雅之源、复汉魏之旧这几点上。明代亦延续了这一看法,如高棅在《唐诗品汇》中说:

> 唐兴,文章承陈隋之弊,子昂始变雅正,夐然独立,超迈时髦,初为《感遇诗》,王适见之曰:"是必为海内文宗。"噫!公之高才倜傥,乐交好施,学不为儒,务求真适;文不按古,伫兴而成。观其音响冲和,词旨幽邃,浑浑然有平大之意,若公输氏当巧而不用者也。故能掩王卢之靡韵,抑沈宋之新声,继往开来,中流砥柱,上遏贞观之微波,下决开元之正派。呜呼,盛哉![5]

高棅接续了唐宋以来对陈子昂的评价,称赞陈子昂诗"始变雅正""音响冲和,词旨幽邃",抑制了"王卢之靡韵""沈宋之新声",于唐诗

---

① 刘克庄:《后村诗话》,王秀梅点校,中华书局,1983,第6页。
② 岳珂撰《桯史》,吴敏霞校注,三秦出版社,2004,第319页。
③ 方回选评《瀛奎律髓汇评》,李庆甲集评校点,上海古籍出版社,1986,第78页。
④ 方回选评《瀛奎律髓汇评》,李庆甲集评校点,上海古籍出版社,1986,第2页。
⑤ 高棅编选《唐诗品汇》,上海古籍出版社,1982年影印本,第47页上栏。

有继往开来之功，肯定了他在诗歌发展史上的地位和作用。明代的复古派
既以复古相号召，陈子昂自然是他们的知音，谢榛在《四溟诗话》中引用
李仲清的话来赞扬陈子昂：

> 李仲清曰："陈伯玉诗高出六朝，惟渊明乃其伉俪者，当与两汉
> 文字同观。"①

指出其诗风可以上比陶渊明，与两汉古诗同观。以当时人对汉魏古诗
的推崇，这是极高的赞誉。杨慎评《登幽州台歌》曰："其辞简直，有汉
魏之风"，② 《登金华山玉京观中有陈子昂书台》同样称："古调今寥落，
令人忆拾遗。不图垂拱世，复睹建安诗"，③ 称陈子昂诗恢复了建安传统、
汉魏古调。二者强调的都是陈子昂诗歌在体现并接续了汉魏古调这一点上
所取得的成绩。而李攀龙所断然否定的，亦是陈子昂诗歌中的汉魏古调。
如前所述，李攀龙强调"陈子昂以其古诗为古诗，弗取也"，是借不选陈
子昂那些带有汉魏古调的诗歌来表明自己对唐代古诗的选取标准，即具有
唐代风格的唐代古诗。虽然其中所含价值判断的意味并不强烈，但他明确
提出了汉魏古诗和唐代古诗这两种不同的"体"，自然就产生了二者孰高
孰低的议论，既然汉魏古诗是风雅传统的最好体现与接续者，那么唐代古
诗在价值上自然就不高。把陈子昂看作汉魏传统的继承者，还是唐代古诗
的体现者，其诗歌史地位与价值自然也就不同。胡应麟《诗薮》曰：

> 子昂《感遇》，尽削浮靡，一振古雅，唐初自是杰出。盖魏晋之
> 后，惟此尚有步兵余韵。虽不得与宋齐诸子并论，然不可概以唐人。
> 近世故加贬抑，似非笃论。④

他认为陈子昂的复古之功是不容否定的，李攀龙对陈子昂的"故加贬

---

① 谢榛：《四溟诗话》，宛平校点，人民文学出版社，1998，第61页。
② 杨慎：《升菴诗话》，载丁福保辑《历代诗话续编》，中华书局，1983，第763~764页。
③ 杨慎：《升菴集》，文渊阁四库全书第1270册，第18页。
④ 胡应麟：《诗薮》，上海古籍出版社，1979，第37页。

抑"是不合理的，"尽削浮靡，一振古雅""惟此尚有步兵余韵"，是从诗歌发展的角度对陈子昂诗史地位的肯定。胡震亨亦云：

> 子昂自以复古反正，于有唐一代诗功为大耳。正如伙涉为王，殿屋非必沈沈，但大泽一呼，为群雄驱先，自不得不取冠汉史。王弇州云："陈正字淘洗六朝铅华都尽，托寄大阮，微加断裁，第天韵不及。"胡元瑞云："子昂削浮靡而振古雅，虽不能远追魏晋，然在唐初，自是杰出。"斯两言良为折衷矣。①

与王世贞和胡应麟的意见大体相同。胡震亨更以陈涉为喻，正如陈涉之于汉代，虽无创建之实，但有先驱之功，陈子昂于唐诗亦然。王士禛亦云：

> 唐五言古诗凡数变，约而举之：夺魏晋之风骨，变梁陈之俳优，陈伯玉之力最大。曲江公继之，《感遇》《古风》诸篇，可追嗣宗《咏怀》、景阳《杂诗》。②

都从恢复汉魏古诗传统、开创唐诗新局面上对陈子昂在诗歌史上的地位进行了肯定。而钟惺对陈子昂的肯定则更进一步：

> 予尝谓陈子昂、张九龄《感遇》诗，格韵兴味，有远出《咏怀》之上者。③
>
> 《感遇》数诗，其韵度虽与阮籍《咏怀》稍相近，身份铢两实远过之。④

一般论者多是像胡应麟那样将陈子昂《感遇》与阮籍《咏怀》相比

---

① 胡震亨：《唐音癸签》卷五，古典文学出版社，1957，第38页。
② 王士禛：《五言古诗选·凡例》，四部备要集部总集六，第3页。
③ 钟惺、谭元春选评《诗归》，张国光等点校，湖北人民出版社，1985，第144页。
④ 钟惺、谭元春选评《唐诗归》，张国光等点校，湖北人民出版社，1985，第24页。

较，认为《感遇》"尚有步兵余韵"，钟惺则直接肯定《感遇》之格韵兴味身份铢两皆远远超过了《咏怀》，在评汉《古诗》三首中说：

> 托物之旨，深宛巽顺，得微贱自达高远之意。上本《离骚》，下为陈正字、张曲江《感遇》诸诗语之祖。①

将陈子昂《感遇》诗的源头上溯到离骚，其"格韵兴味""身份铢两"当然非阮籍《咏怀》所能比拟，这就从诗歌发展的本源上提高了陈子昂的诗歌史地位。以陈子昂为汉魏古诗的继承者、唐诗的开创者，强调他对诗歌发展的贡献，显然与李攀龙的"陈子昂以其古诗为古诗弗取也"不同。但被赞扬为汉魏古诗继承者甚至超越者的陈子昂古诗，与李攀龙所说的唐代古诗究竟有何不同，诸家却多是语焉不详。

（三）陈子昂诗歌的声律体调

以复古相倡导并努力实践之的陈子昂，在其相当数量的作品中还是不由自主或曰不可避免地带着六朝元素，实际上，陈子昂在具体的创作中模拟运用了很多他所批评的六朝诗人的作品。胡应麟《诗薮》曰：

> 子昂"古木生云际，孤帆出雾中"，即玄晖"天际识归舟，云中辨江树"也。②

"古木生云际，孤帆出雾中"乃陈子昂《白帝城怀古》中的诗句，化用了谢朓有名的诗句"天际识归舟，云中辨江树"。而陈子昂《春日登金华观》中"鹤舞千年树，虹飞百尺桥"二句，胡应麟亦谓"唐人句律有全似六朝者"。③ 许学夷也看到了这一点：

> 五言古自汉魏流至元嘉，而古体亡。自齐梁流至初唐而古、律混

---

① 钟惺、谭元春选评《诗归》，张国光等点校，湖北人民出版社，1985，第118页。
② 胡应麟：《诗薮》，上海古籍出版社，1979，第65页。
③ 胡应麟：《诗薮》，上海古籍出版社，1979，第60页。

淆，词语绮靡。陈子昂始复古体，效阮公《咏怀》为《感遇》三十八首，王适见之，曰："是必为海内文宗。"然李于鳞云："唐无五言古诗，而有其古诗。陈子昂以其古诗为古诗，弗取也。"何耶？盖子昂《感遇》虽仅复古，然终是唐人古诗，非汉魏古诗也。且其诗尚杂用律句，平韵者犹忌上尾。至如《鸳鸯篇》《修竹篇》等，亦皆古、律混淆，自是六朝余弊，正犹叔孙通之兴礼乐耳。①

《感遇》诗三十八首可以说是陈子昂最重要的代表作。这一组有感而发、随遇而作的多篇系列作品，一方面继承了阮籍《咏怀》、左思《咏史》等以抒情言志为主的作品，另一方面又影响了张九龄《感遇》、李白《古风》等后来类似的作品，形成了一个传承明确、脉络清晰的咏怀系列。这一传承脉络中承前启后最关键的人物就是陈子昂。在彩丽竞繁、纤细靡弱之风弥漫诗坛的情况下，陈子昂力倡回归汉魏风骨的高雅醇厚的诗歌理想，《感遇》诗三十八首就是他贯彻自己诗歌理想、扭转诗坛风气的有力杰作。这一点也得到了唐宋以来的公认。但自从李攀龙提出"陈子昂以其古诗为古诗，弗取也"之后，对《感遇》诗的评价就出现了很大的不同。如前所论，李攀龙之所以不取陈子昂古诗，是因为在李攀龙看来，唐代古诗与汉魏古诗不同，他虽然论诗主张古体法汉魏，但在实际的选诗过程中，对各个时代诗歌的选取都是以能体现时代特色为选取标准的，故而唐代古诗自然不能选择像《感遇》诗三十八首那样带有明显汉魏古诗特色的作品。他在《唐诗选序》中所说的"陈子昂以其古诗为古诗，弗取也"，价值判断色彩并不强烈，更多的是阐明自己的诗歌选取标准。但由于李攀龙复古派领袖的诗坛地位，他的选取标准被更广泛地作为诗学主张而大加讨论，而很多论者又往往仅截取对自己议论有用的一句或几句，造成了很多断章取义的解读和批评。许学夷解释李攀龙不取陈子昂古诗的原因是"盖子昂《感遇》虽仅复古，然终是唐人古诗，非汉魏古诗也"，可以说与李攀龙的原意完全相反。当然，他之所以做此解，也是因为看到了陈子昂古诗古律混淆的现象，这种古律混淆，不是汉魏古诗的特点，而是沾染了

① 许学夷：《诗源辩体》，杜维沫校点，人民文学出版社，1998，第144页。

六朝元素的唐代古诗的特点。许学夷在这里表达的是对陈子昂古诗沾染六朝余弊的惋惜。

冯班更进一步指出陈子昂的贡献在于恢复了汉魏传统，将古诗重新"引进"唐诗，使唐代五言诗从此有了古律二体：

> 陈子昂上效阮公感兴之文，千古绝唱，格调不用沈宋新法，谓之古诗。唐人自此诗有古律二体。云古者，对近体而言也。①

在冯班的理论中，陈子昂的古诗与当时的近体是相对而言的，他还特别说明如此言说的原因：

> 唐自沈宋已前，有齐梁诗，无古诗也。气格亦有差古者，然其文皆有声病。②

显然也是以声律为区分古体与近体的标准。但同样是以声律为区分标准，胡应麟、许学夷认为陈子昂是古律混淆，冯班则认为陈子昂是古体，可见所谓的古体与律体之区别在当时尚不甚清晰。当然，以汉魏古诗为评价基准，古律混淆，就意味着不是汉魏传统的接续者，至少不是很好的接续者，所以"盛唐古诗已不及汉魏"。而纯为古体，则无疑具有更高的价值，是古体还是古律混淆，是含有明确的价值判断的。但以声律为判断标准事实上是很难区分古体和近体的，因为"梁陈以后，随着五言诗大面积地近体化，这一时段的五言诗大都处于半古半律之间。判断一首诗是否合律，并不困难，因有声律规则为准；而要确认一首诗是古体还是齐梁体，却颇不容易"。③ 同样，要判断陈子昂的五言古诗是古体还是近体，其实是颇为不易的，因为没有定规可循，所以有人看到的是古律混杂的一面，有人看到的是纯为古体的一面。但李攀龙区分唐代古诗和汉魏古诗的标准显

---

① 冯班：《钝吟杂录》，何焯评，中华书局，1985，第42页。
② 冯班：《钝吟杂录》，何焯评，中华书局，1985，第40页。
③ 葛晓音：《陈子昂与初唐五言诗古、律体调的界分——兼论明清诗论中的"唐无五古"说》，《文史哲》2011年第3期，第101页。

然不是声律，而是"明代学者一致标榜的'体调'，但体格声调只是一种综合的感觉，宽严尺度的把握随人而异，这就必然导致人们的争议"。①

许学夷论唐代五古与汉魏五古不同曰：

> 汉魏五古，体多委婉，语多悠圆。唐人五言古变于六朝，则以调纯气畅为主。若高岑豪荡感激，则又以气象胜；或欲以含蓄蕴藉而少之，非所以论唐古也。②

汉魏五古的特点是委婉悠圆，所以整体的格调是含蓄蕴藉；而唐代五古的特点在于调纯气畅，所以整体的格调是明快显豁，这就与汉魏五古在体格风貌上有非常大的不同，论唐代五古，就不能衡之以汉魏五古的含蓄蕴藉。郝敬亦持同样见解：

> 唐诗佳者，多是古体，然亦唐之古体耳。棱角峥嵘，而少圆融；雕刻细琐，而少浑厚。佳句可摘，而天趣不及汉魏六朝自然妙丽。③

在郝敬的论述中，唐代古诗由于人工雕琢痕迹太重，所以棱角峥嵘、雕刻琐细，不像汉魏古诗那样圆融浑厚、自然天成。在自然天成这一点上，唐代古诗甚至不如六朝，这是从诗歌的整体风貌来立论。陆时雍则从情感深度上基本否定了《感遇》诗：

> 阮籍《咏怀》出自深衷，子昂《感遇》情已虚设，言复不文，虽云不乏风骨，然此是顽骨不灵也。其诗三十八首，余谓首首俱可省得。④

---

① 葛晓音：《陈子昂与初唐五言诗古、律体调的界分——兼论明清诗论中的"唐无五古"说》，《文史哲》2011年第3期，第101页。
② 许学夷：《诗源辩体》，杜维沫校点，人民文学出版社，1998，第156页。
③ 郝敬：《艺圃伧谈》，载《全明诗话》第四册，齐鲁书社，2005，第2905页。
④ 陆时雍选评《诗镜》，任文京、赵东岚点校，河北大学出版社，2010，第436页。

虽然肯定了《感遇》诗不乏汉魏风骨，但因其情感空虚，表达不美，所以三十八首全部可以舍弃，这已经是完全的否定了。陆时雍在《诗镜总论》中对汉代古诗与唐代古诗从八个方面进行了比较：

> 观五言古于唐，此犹求二代之瑚琏于汉世也。古人情深，而唐以意索之，一不得也；古人象远，而唐以景逼之，二不得也；古人法变，而唐以格律之，三不得也；古人色真，而唐以巧绘之，四不得也；古人貌厚，而唐以姣饰之，五不得也；古人气凝，而唐以佻乘之，六不得也；古人言简，而唐以好尽之，七不得也；古人作用盘磲，而唐以径出之，八不得也。①

总括来说，汉诗情感深厚，而唐诗舍情取意；汉诗意象悠远，而唐诗写景鲜明；汉诗诗法变换自然，而唐诗受格法束缚；汉诗色真貌厚，而唐诗巧绘姣饰；汉诗气格凝重，而唐诗格调轻薄；汉诗语言简朴，而唐诗务求穷尽；汉诗是整体上的浑然天成，而唐诗有路径可循。总之，汉诗的自然天成，是唐代靠巧思和材力所无法达到的。这是从诗歌的整体风貌格调上来论汉诗与唐诗之不同。

由李攀龙"唐无五言古诗而有其古诗"而引起的争论，一方面致力于辨别陈子昂古诗是汉魏古诗还是唐代古诗，另一方面从声律和体格风貌入手分辨汉魏古诗与唐代古诗之不同，他们关于汉魏古诗与唐代古诗的区分不是基于陈子昂所提出的汉魏风骨，也就是说，他们的关注点并不在汉魏古诗所体现出的精神上，而更多地注重于声律、体格风貌等外在形式上。应该说，这与复古派的诗学主张相一致，他们所倡导的文学复古，要恢复的是汉魏盛唐的审美传统，关注点在诗歌的形式风格上，也与明清的诗学走向相一致。

第二节　明清古诗选本与汉魏五古之别

在明清诗论中，作为五言古诗源头的汉诗，与后代诗歌最显著的区别

---

① 陆时雍：《诗镜总论》，载丁福保辑《历代诗话续编》，中华书局，1983，第 1413 页。

就是自然天成。魏诗由于离汉诗最近，与后代诗歌相比，其“作意”也相对较低，所以在诗歌辨体意识不甚明晰、将其作为共同体与其他朝代古诗对比时，通常汉魏并言，如陆时雍在《诗镜》中说“汉魏一语百情”，[①] 陈祚明在《采菽堂古诗选》中说“汉魏诗质而雅者也”，[②] 各家对汉魏古诗的认识也基本上是一致的：作为五言古诗的源头，汉魏古诗离三百篇的时代最近，因而也最能体现风雅传统；它们的自然天成、无阶可循，是后代诗人难以企及的境界，因而是五言古诗的最高格。这种看法大致沿袭了宋代以来对汉魏古诗的看法，如严羽在《沧浪诗话》中说：

　　论诗如论禅：汉魏晋与盛唐之诗，则第一义也。[③]
　　诗有词理意兴。南朝人尚词而病于理；本朝人尚理而病于意兴；唐人尚意兴而理在其中；汉魏之诗，词理意兴，无迹可求。[④]
　　汉魏古诗，气象混沌，难以句摘。晋以还方有佳句，如渊明“采菊东篱下，悠然见南山”，谢灵运“池塘生春草”之类。谢所以不及陶者，康乐之诗精工，渊明之诗质而自然耳。[⑤]

以第一义为原则，汉魏晋为古诗的源头，在严羽这里，汉魏晋还是并称为第一义的。从诗歌的审美特性看，汉魏古诗气象混沌，无迹可求，是古诗的最高格。明清诗论在这一基础上进一步离析汉魏，从不同的角度对汉诗与魏诗的独特审美特征及品格进行了辨析，虽然在二者的比较中几乎一致认为汉诗高于魏诗，但诸家所给出的汉诗高于魏诗的原因却不尽相同，鲜明地体现了各自诗学主张的差异。

一　汉诗的自然与魏诗的造作

对于汉魏古诗，明清诗论更多的是辨析其不同，许学夷说：

① 陆时雍：《诗镜总论》，载丁福保辑《历代诗话续编》，中华书局，1983，第 1411 页。
② 陈祚明选评《采菽堂古诗选》，李金松点校，上海古籍出版社，2008，第 166 页。
③ 严羽：《沧浪诗话》，郭绍虞校释，人民文学出版社，1961，第 11 页。
④ 严羽：《沧浪诗话》，郭绍虞校释，人民文学出版社，1961，第 148 页。
⑤ 严羽：《沧浪诗话》，郭绍虞校释，人民文学出版社，1961，第 148 页。

汉魏五言，沧浪见其同而不见其异，元瑞见其异而不见其同。愚按：魏之于汉，同者十之三，异者十之七，同者为正，而异者始变矣。①

所谓"沧浪见其同而不见其异"，即如以上严羽所论，皆汉魏并称，他尚未区分汉魏诗歌之不同，看到的是它们相同的一面；"元瑞见其异而不见其同"，是说胡应麟论汉魏诗歌时通常着眼于其不同。

严氏往往汉魏并称，非笃论也。②
汉诗自然，魏诗造作，优劣俱见。③
汉人诗，质中有文，文中有质，浑然天成，绝无痕迹，所以冠绝古今。魏人赡而不俳，华而不弱，然文与质离矣。④
汉诗如炉冶铸成，浑融无迹，魏诗虽极步骤，不免巧匠雕镂耳。⑤
三百篇降而为骚，骚降而为汉，汉降而魏，魏降而六朝，六朝降而三唐，诗之格以代降也。⑥

胡应麟都是汉魏分言的，在他看来，汉诗与魏诗各有其特点：汉诗自然，魏诗造作；汉诗文质合一，魏诗文质已离；汉诗浑融无迹，魏诗多人工雕饰，这是从是否自然天成无作意的角度进行的区分，他说：

汉人直写胸臆，斲削无施，严氏所云，庶几实录。建安以降，稍属思惟，便应悬解，非缘妙悟，曷极精深？观魏文《典论》，极赞文章之无穷；陈思书牍，欲以翰墨为勋绩；点窜相属，笔削不遑，锻炼推敲，殆同后世，岂直曰悟而已。吾为易曰：两汉尚矣，不假悟也。

① 许学夷：《诗源辩体》，杜维沫校点，人民文学出版社，1998，第71页。
② 胡应麟：《诗薮》，上海古籍出版社，1979，第31页。
③ 胡应麟：《诗薮》，上海古籍出版社，1979，第29页。
④ 胡应麟：《诗薮》，上海古籍出版社，1979，第21页。
⑤ 胡应麟：《诗薮》，上海古籍出版社，1979，第19页。
⑥ 胡应麟：《诗薮》，上海古籍出版社，1979，第1页。

曹刘以至李杜，透彻之悟也。①

　　与汉诗直抒胸臆、浑然一体的毫无人工安排的自然天成相比，建安以后诗歌都是经过锻炼推敲、反复修改的，像曹丕在《典论》当中称赞文章为"经国之大业，不朽之盛事"，曹植把文章当作政治上已无建功立业可能的替代品，把文章的功用看得如此之重，又怎么可能像汉人那样直抒胸臆、不假思索呢？他们的文章必定是经过了反复的推敲和锤炼的。胡应麟评古诗十九首曰：

　　　　蓄神奇于温厚，寓感怆于和平。意愈浅愈深，词愈近愈远；篇不可句摘，句不可字求。盖千古元气，钟孕一时，而枚张诸子，以无意发之，故能诣绝穷微，掩映千古。②

　　古诗十九首所以能掩映千秋，正在于其是作者无意发之之作，不可句摘，不可字求，浑然一体，温厚和平。胡应麟的诗歌史观是"格以代降"，也就是一代不如一代，那么，魏诗自然不如汉诗，他说："两汉之诗所以冠绝古今，率以得之无意。不惟里巷歌谣，匠心信口，即枚李张蔡，未尝锻炼求合，而神圣工巧备出天造。……建安黄初，才涉作意，便有阶级可寻，门户可入"，③ 不仅里巷歌谣等民间作品，即使是枚李张蔡等诗人之作，也都是没有作意，这种浑然天成，毫无痕迹的诗作与魏诗相比，当然是"汉诗自然，魏诗造作，优劣俱见"。许学夷还从"情兴"入手分析了魏诗渐见作用之迹的原因：

　　　　汉魏同者，情兴所至，以情为诗，故于古为近。魏人异者，情兴未至，以意为诗，故于古为远。④
　　　　汉魏同者，情兴所至，以不意得之，故其体皆委婉，而语皆悠

---

① 胡应麟：《诗薮》，上海古籍出版社，1979，第139页。
② 胡应麟：《诗薮》，上海古籍出版社，1979，第25页。
③ 胡应麟：《诗薮》，上海古籍出版社，1979，第23页。
④ 许学夷：《诗源辩体》，杜维沫校点，人民文学出版社，1998，第71页。

圆，有天成之妙。魏人异者，情兴未至，始着意为之，故其体多敷
叙，而语多结构，渐见作用之迹。故汉人篇章，人不越四五，而魏人
多至于成什也。①

"情兴所至"，是外物触发了诗人的情感而自然成诗，强调的是诗歌生
成的自然而然，而"情兴未至，始着意为之"，则是在外物触发人的情感
之前就有了主观做诗的意愿，先有作意然后才有外物触发而成诗，二者的
区别就在于有意与无意。魏诗之所以不如汉诗，就在于缺少汉诗的自然而
然无作意。

竟陵派也是从这一角度来论述汉魏诗歌差异的。竟陵论诗以"厚"为
最高境界，他们在《古诗归》中选取的最能体现"厚"的典范是古诗十九
首、苏李诗、汉郊祀歌、汉铙歌以及魏武乐府，除魏武乐府外，其余皆为
汉诗。虽然就诗体而言有古诗、有乐府，但皆为汉代作品，可见"厚"之
典范即汉诗。《古诗归》所选历代诗歌，亦以汉代为最多，达四卷 197 首。
竟陵评古诗十九首与苏李诗曰：

> 有如元气大化，声臭已绝，此以平而厚者也，古诗十九首、苏李
> 是也。②

所谓的"有如元气大化，声臭已绝"，说的就是古诗十九首浑然一体、
无迹可循的特征。他们评苏武《诗四首》"骨肉缘枝叶"曰："只是极真、
极厚，若云某句某句佳，亦无寻处。后人一效拟，便失之远矣"，③ 无佳句
可摘，自然是因其浑然一体，而"魏以下，步步套仿汉人，便失之矣。"④

二 汉诗的深婉与魏诗的直露

除了上述的自然与造作，明清时期的古诗选本还从汉诗情感的深沉、

---

① 许学夷：《诗源辩体》，杜维沫校点，人民文学出版社，1998，第 71 页。
② 钟惺：《隐秀轩集》，李先耕、崔重庆标校，上海古籍出版社，1992，第 474 页。
③ 钟惺、谭元春选评《诗归》，张国光等点校，湖北人民出版社，1985，第 56 页。
④ 钟惺、谭元春选评《诗归》，张国光等点校，湖北人民出版社，1985，第 91 页。

情致的深婉与魏诗铺排华丽、表达的直露等方面辨析汉魏诗歌之不同。

陆时雍在《诗镜总论》中说："五言在汉，遂为鼻祖。西京首首俱佳。"① 评价魏诗则说：

> 魏人精力标格，去汉自远，而始影之华，中不足者外有余，道之所以日漓也。李太白云："自从建安来，绮丽不足珍。"此豪杰阅世语。②

陆时雍很认同李白的"自从建安来，绮丽不足珍"，他认为魏诗不仅精力标格上与汉诗相去甚远，而且由于诗中情感不够深厚，只能用外在词采的华美来补足，他总结魏诗的弊病说：

> 建安诗高华胜而沉挚稀，物色繁而情性寡。〇汉人修耸，魏氏铺排。〇诗以婉而深，婉则多风，直则寡致，建安多坐此病。③

相比于汉诗，魏诗更多华丽和铺排，表达更为直露，缺少汉诗的情性深沉和婉转含蓄。他评曹植《君子行》曰："风骨棱厉，断非汉语，其为子建作无疑也"，④ 所谓"风骨棱厉"，即锋芒外露，缺乏汉诗的含蓄。他评阮籍《咏怀》"出门望佳人"曰：

> 缓缓着词，丁丁着意，是汉人诗；借景摅情，凭胸倒臆，是魏人诗；曲喻旁引，离合往复，是阮籍诗。⑤

汉诗词缓意舒，魏诗刻意直露，二者在情性和审美上有着本质的不同。

---

① 陆时雍：《诗镜总论》，载丁福保辑《历代诗话续编》，中华书局，1983，第 1402 页。
② 陆时雍：《诗镜总论》，载丁福保辑《历代诗话续编》，中华书局，1983，第 1404 页。
③ 陆时雍选评《诗镜》，任文京、赵东岚点校，河北大学出版社，2010，第 31 页。
④ 陆时雍选评《诗镜》，任文京、赵东岚点校，河北大学出版社，2010，第 40 页。
⑤ 陆时雍选评《诗镜》，任文京、赵东岚点校，河北大学出版社，2010，第 62 页。

同样是分辨汉魏诗歌深婉与直露之不同，王夫之的立论基础是其气本论：

> 繁密沉至，与"冉冉孤生竹"同为东汉人语，终自与建安不等，无孤露傲岸之气。①

王夫之以气论诗，这里说《古诗》"兰若生春阳"与古诗十九首之"冉冉孤生竹"同为东汉人语，不像建安诗歌一样充满傲岸不平之气，所以审美表现为繁密沉至。不同的气会形成不同的审美表现，他评王粲《杂诗》曰：

> 古今有异词而无异气。气之异者，为嚣为凌为荏苒为脱绝，皆失理者也。以是定诗，《三百篇》以来至于今日，一致而已。建安去西京无时代之隔，何遽不当如西京？黄初之于建安，接迹耳，亦何遂不如建安乃遽标一格，画建安以为桎梏？若世推尚王仲宣之作，率以凌厉为体，此正当时诸子气偏所累。子桓、元瑜即不尔矣。如仲宣此诗，岂不上分《十九首》之席，而下为储光羲、韦应物作前矛，讵必如《公宴》《从军》硬腕死板，而后得为建安也哉？有危言而无昌气，吾不知之矣。②

建安与西汉相去不远，黄初与建安亦为比邻，三者其实并无时代之隔，但建安诗歌不如西汉，黄初与建安诗歌特色又不相同，其中的原因就在于气不同。建安诗歌因时露"孤露傲岸之气"，故诗歌审美表现上就是雄快、遒劲、刚健，这与汉诗所要求的含蓄蕴藉是完全相反的。建安诗歌的确存在一种激昂刚健之气，这本也是建安风骨的内涵之一，叶嘉莹在《汉魏六朝诗讲录》中说："古诗十九首一定是建安以前的作品，其原因之一就是风格问题。古诗十九首写得含蓄温厚，……深情之中带有一种收敛

---

① 王夫之评选《古诗评选》，张国星校点，文化艺术出版社，1997，第147页。
② 王夫之评选《古诗评选》，张国星校点，文化艺术出版社，1997，第159页。

之意。可是建安诗歌就不同。建安诗歌都带有一种激昂和发扬的精神。"①
这种傲岸不平之气，在诗歌表现上，就是表达的直露，王夫之评"橘柚垂
华实"一首曰：

> 魏晋以下人诗，不著题则不知所谓，倘知所谓，则一往意尽。唯
> 汉人不然，如此诗一行入比，反复倾倒，文外隐而文内自显，可抒独
> 思，可授众惑。②

汉诗的含蓄曲折和魏晋以后诗歌的一往意尽相对比，高下优劣一望
便知。

三　汉音的古朴与魏响的鲜妍

在一般诗论皆将自然天成作为汉诗与后代诗歌最大的区别时，注重诗
歌审美特质的陆时雍与陈祚明却视其为苦心经营之作。陆时雍评《悲
歌》曰：

> "悲歌可以当泣，远望可以当归"，情至处无复余情，此汉人苦
> 构。骚人任意摅写，无此造作，然二语实奇而奥。③

陆时雍将"悲歌可以当泣，远望可以当归"两句视为"汉人苦构"，
认为其造作，与前述视自然天成为汉诗特征的诗论完全不同。陈祚明在
《采菽堂古诗选》中更是将古诗十九首视为惨淡经营之作：

> 十九首所以为千古至文者，以能言人同有之情也。人情莫不思得
> 志，而得志者有几，虽处富贵，慊慊犹有不足，况贫贱乎！志不可得
> 而年命如流，谁不感慨！人情于所爱莫不欲终身相守，然谁不有别

---

① 叶嘉莹：《汉魏六朝诗讲录》，河北教育出版社，1997，第 126 页。
② 王夫之评选《古诗评选》，张国星校点，文化艺术出版社，1997，第 147 页。
③ 陆时雍选评《诗镜》，任文京、赵东岚点校，河北大学出版社，2010，第 8 页。

离？以我之怀思，猜彼之见弃，亦其常也。夫终身相守者，不知有愁，亦复不知其乐。乍一别离，则此愁难已。逐臣弃妻，与朋友阔绝，皆同此旨。故十九首唯此二意，而低迴反复，人人读之，皆若伤我心者。此诗所以为性情之物，而同有之情人人各具，则人人本自有诗也。但人有情而不能言，即能言而言不能尽，故特推十九首以为至极。言情能尽者，非尽言之之为尽也。尽言之则一览无遗。惟含蓄不尽，故反言之，乃使人足思。盖人情本曲，思心至不能自已之处，徘徊度量，常作万万不然之想。今若决绝，一言则已矣，不必再思矣！故彼弃子矣，必曰"亮不弃"也。见无期矣，必曰"终相见"也。有此不自决绝之念，所以有思，所以不能已于言也。十九首善言情，惟是不使情为径直之物，而必取其宛曲者以写之。故言不尽，而情则无不尽。后人不知，但谓十九首以自然为贵，乃其经营惨淡，则莫能寻之矣。①

陈祚明称古诗十九首为"千古至文"，与其他论者的评价一致，但他认为古诗十九首不是自然天成之作，而是惨淡经营之作，其中的情感表达是经过了艺术构思与锤炼的。古诗十九首中所表达的不过就是逐臣弃妻与朋友阔绝这两种情感而已，但人人读了都能产生共鸣，仿佛写的就是自己。这是因为古诗十九首抒发的乃是人类共通的情感，但人人皆有的情感，却不是人人都能用语言表现出来的，有的人是有情说不出来，有的人虽然能说出来但也不能尽情地表达自己的情感，所以大家才会在看到古诗十九首时产生共鸣。因为它不但表达的是人人都有的情感，而且把这种共有之情非常婉转曲尽地表达出来了。后人都认为古诗十九首可贵处在自然天成，但人的情感本来就是曲折反复的，心里想的和嘴里说的常常是相反的，要用语言表达出这种曲折反复更是非常不易，而古诗十九首能够把这种情感如此婉转曲折地表现出来，没有苦心经营是不可能的。他在评谢灵运《邻里相送至方山》诗中说："余谓十九首工于炼意，此粗似之"，② 说

① 陈祚明选评《采菽堂古诗选》，李金松点校，上海古籍出版社，2008，第80~81页。
② 陈祚明选评《采菽堂古诗选》，李金松点校，上海古籍出版社，2008，第524页。

的就是古诗十九首的锻炼琢磨。陈祚明从诗歌的艺术表现着眼，从古诗十九首婉转曲尽的艺术表现上来说其必经过了锤炼和雕琢，的确是有一定道理的。他辨析曹操父子诗歌曰："孟德全是汉音，丕、植便多魏响"，[1] 评嵇康诗曰："五言句法，初不矜琢，乏于秀气。时代所限，不能为汉音之古朴，而复少魏响之鲜妍，所缘渐沦而下也。"[2] 虽然陈祚明以情与辞为衡量诗歌的标准，认为情是千秋不变的，辞则一代不如一代，汉音自然优于魏响，但他在这里比较高下的意味并不明显，更多的是指出其特征而已。他对汉诗与魏诗的区别，不是是否自然天成无作意，而是诗歌审美表现上的古朴与鲜妍。

四　汉诗的道德价值

明清时期对汉魏诗歌的区分当然不仅仅着眼于二者审美价值之不同，如果仅仅是审美价值上胜于魏诗，汉诗是不足以成为五言古诗典范的。明清古诗选本更普遍称颂的是汉诗的道德价值。王世贞在《艺苑卮言》中将古诗十九首比附于《诗经》：

> 谈理不如三百篇，而微词婉旨，遂足并驾，是千古五言之祖。[3]

古诗的道德价值，主要取决于其在多大程度上继承了风雅传统，古诗十九首虽然谈理不如三百篇，但其"微词婉旨"足以与三百篇并驾齐驱，因而是千古五言之祖，这是对古诗十九首最大的肯定。

吴淇在《六朝选诗定论》中将诗歌发展分为"王迹""汉道""唐制"三际，并以"汉道"为基点来透视整个诗歌史，认为学诗当以"汉道"为本，诗歌好坏的标准，要看它在多大程度上体现了"汉道"。他首先从诗歌体裁入手将乐府与四言诗排除在"汉道"之外，然后将既能体现《离骚》之情，又能继承《三百篇》之性的作品作为"汉道"的典范，吴淇选出的汉道五言典范之作为古诗十九首、古乐府四篇、苏李诗七首、班姬

---

[1]　陈祚明选评《采菽堂古诗选》，李金松点校，上海古籍出版社，2008，第127页。
[2]　陈祚明选评《采菽堂古诗选》，李金松点校，上海古籍出版社，2008，第218页。
[3]　王世贞：《艺苑卮言》，载丁福保辑《历代诗话续编》，中华书局，1983，第978页。

一首。他评价这些古诗曰：

> 十九首不出于一手，作于一时，要皆臣不得于君，而托意于夫妇朋友，深合风人之旨。后世作者，皆不出其范围。①
>
> 宏壮、宛细、和平、险急，各极其至，而总归之浑雅。②
>
> 苏李古诗，组织风骚，咸折交质之衷；抒发性情，深合和平之旨，故可超赋凌骚，直接风雅。③
>
> 是以汉之诗取《离骚》之情，合三百之性，故美而可传也。④
>
> 汉道祖三百篇而宗《离骚》也。

都是从继承风雅的角度来论"汉道"的。以此为评价基点，魏诗当然不如汉诗：

> 至于建安之际，当途父子，倡于邺下，群彦和之，于是曹刘之坛帜聿盛而汉道寝微矣。识者忧之，此古诗十九首之所由选也。⑤

"曹刘之坛帜盛而汉道寝微"，由于魏诗盛行而导致了汉道的衰微，当时之所以有古诗十九首之选，原因即在于意欲以此来拯救"汉道"之沦丧。

王夫之称"十九首该情一切，群怨俱宜，诗教良然，不以言著"，⑥ 沈德潜在《说诗晬语》中谓十九首"大率逐臣弃妻，朋友阔绝，游子他乡、死生新故之感。或寓言，或显言，或反覆言，初无奇辟之思，惊险之句，而西京古诗，皆在其下。是为国风之遗"，⑦ 都是从继承了诗经的风雅传统这一角度来肯定古诗十九首的。陆时雍还对古诗十九首的比兴寄托给予了

---

① 吴淇撰《六朝选诗定论》，汪俊、黾进德点校，广陵书社，2009，第77页。
② 吴淇撰《六朝选诗定论》，汪俊、黾进德点校，广陵书社，2009，第77页。
③ 吴淇撰《六朝选诗定论》，汪俊、黾进德点校，广陵书社，2009，第62页。
④ 吴淇撰《六朝选诗定论》，汪俊、黾进德点校，广陵书社，2009，第45页。
⑤ 吴淇撰《六朝选诗定论》，汪俊、黾进德点校，广陵书社，2009，第76页。
⑥ 王夫之评选《古诗评选》，张国星校点，文化艺术出版社，1997，第140页。
⑦ 沈德潜：《说诗晬语》，载《清诗话》，上海古籍出版社，1963，第530页。

极高评价：

> 诗之妙在托，托则情性流而道不穷矣。……夫所谓托者，正之不
> 足而旁行之，直之不能而曲致之。情动于中，郁勃莫已，而势又不能
> 自达，故托为一意、托为一物、托为一境以出之，故其言直而不讦，
> 曲而不污也。十九首谓之风余，谓之诗母。①

比兴寄托使诗歌不易正面、直接表达的情感，可以从侧面、婉转地表
达，这样的表达方式使诗歌更为含蓄，陆时雍将古诗十九首视为"风余"
"诗母"，不但继承了儒家传统的诗教精神，还成为孕育后代诗歌的母体，
可以说是对古诗十九首的至高评价。

不过，尽管许学夷也认为古诗十九首继承了风雅传统，并称其为五言
之祖，但他对其中所表现的情感却颇有微词：

> 盖十九首本出于国风，但性情未必皆正，如"何不策高足，先据
> 要路津""无为守贫贱，轗轲长苦辛""燕赵多佳人，美者颜如玉"
> "思为双飞燕，衔泥巢君屋"，其性情实未为正。而意亦时露，又不得
> 以微婉称之，然于五言则实为祖先，正谓"兴寄深微，五言不如四
> 言"是也。②

"何不策高足，先据要路津""无为守贫贱，轗轲常苦辛"，如果不以
比兴解诗，单就其中所表达的情感而言，这两句诗的确有非常功利世俗的
倾向，与儒家安贫乐道、君子固穷等说法南辕北辙。"燕赵多佳人，美者
颜如玉""思为双飞燕，衔泥巢君屋"，也满是男女相爱相守的一己私情，
甚至有艳情的成分，实在称不上"性情之正"。实际上古诗十九首所写
"大率逐臣弃妻，朋友阔绝，游子他乡、死生新故之感"，这些来自民间或
下层文人的作品，表现的就是他们的世俗情怀。古诗十九首之所以流传千

---

① 陆时雍选评《诗镜》，任文京、赵东岚点校，河北大学出版社，2010，第18页。
② 许学夷：《诗源辩体》，杜维沫校点，人民文学出版社，1998，第57页。

古，抛开其政治伦理层面的解读，主要就在于其中所写乃人类共有的情感，能够引起人的共鸣，触动人某一方面的思绪。许学夷所举古诗十九首中这些带有艳情倾向、世俗向往的诗句，从儒家诗教观来看，"其性情实未正""而意亦时落，又不得以微婉称之"，尽管有这么多"缺陷"，就五言诗而言，古诗十九首仍旧是"五言之祖"。许学夷如此立言的基础，应该是就其诗体意义而言的。从诗歌第一义的原则来看，汉诗是五言古诗的初兴诗体，即使是表现的情感不符合儒家诗教的要求，但作为五言古诗典范的地位并不会因之而改变。另外，古诗十九首因其作者的不确定性，从时间上看早于有确定作者的作品，这种佚名性也通常被视为"古"的标志，从而被赋予了正面价值，成为中国文学史上的奠基性文本。[1] 其实，如果我们从另一个角度来看的话，许学夷的这一解读事实上更接近古诗十九首的原意，更接近文学的解读。

明清古诗选本中的汉魏诗歌评价，从诗歌写作的有无作意、诗歌表现得深婉与否、整体风格是否古朴以及继承风雅的程度等多个方面对汉魏诗歌进行了细致的区分，汉诗的自然天成、情性的深沉、表达的深婉、风格的古朴以及最大限度地继承了诗经的风雅传统，都与魏诗的造作、情性的寡淡、表达的直露、风格的鲜妍形成了强烈的对比，汉魏诗歌各自的诗体特征也在这一过程中得以凸显和明确。

第三节　明清古诗选本与古诗乐府
"辨体" 批评

一　古诗十九首与乐府之差异

作为五言古诗中最早期、最成熟的作品，古诗十九首脱离了诗经四言、楚辞骚体，开启了中国古代诗歌沿袭了两千年之久的五七言体式。从某种程度上说，古诗十九首就是五言古诗的代名词，后人辨析古诗与乐府不同的诗体特征也多是以古诗十九首与汉乐府相比较，故此处关于古诗的

---

[1] 参见宇文所安《中国早期古典诗歌的生成》。生活·读书·新知三联书店，2012。

探讨亦以古诗十九首为主。

古诗十九首并非一开始就是我们今天看到的一组诗,它们是萧统从零散的、不知作者和题目的古诗中挑选出来的,因为《文选》的编选,给了它们一个集体的名字——古诗十九首。作为后代公认的五言古诗典范之作,古诗十九首在诗歌史上地位崇高,但在当时以及之后很长一段时间中,它并不如我们今天所看到的那样重要。"我们倾向于从后代的角度赋予五言诗在五世纪末叶之前本身很可能并不具有的重要性。""《嵇康集》中大约一半的诗歌都是四言,陆云的绝大多数诗作也都是四言。这一部分可能只代表这两位诗人的特别情况,但是这提醒我们,我们对这一时期诗歌的总体印象在很大程度上受到后人喜好的影响。""在《世说新语·文学篇》的一百零四则条目里,只有四则涉及五言诗;而赋和散文被提到的次数远远多于五言诗。这向我们显示,在书中想象的四世纪和五世纪初叶的文学生活中,五言诗扮演了一个相当小的角色。"[①] 这种在汉魏甚至正始时期都不甚重要的五言诗体,却在后代的诗歌史阐释中获得了重要的地位。

钟嵘提出"其体源于国风",对于中国古代诗歌而言,《诗经》不仅是整个诗歌史的源头,而且是整个诗歌价值判定体系的基础,后代诗歌的价值取决于其继承《诗经》风雅传统的程度。钟嵘谓其源于国风,这是对古诗十九首在诗歌史地位上的肯定和提升,事实上已经将古诗十九首提升到了仅亚于《诗经》的地位。除了继承风雅传统的一面,钟嵘对古诗十九首的艺术价值也给予了充分的肯定,"文温以丽,意悲而远""惊心动魄,一字千金",并将其列于上品当中。在当时普遍受儒家诗学影响重四言而轻五言的情况下,钟嵘却指出四言诗"每苦文繁而意少",而五言却"是众作之有滋味者",其"指事造形,穷情写物,最为详切",将五言诗的地位提升到四言诗之上。钟嵘的这一看法影响深远,可以说,他从继承风雅与艺术价值两个层面对古诗十九首所做的肯定,开启了后代古诗十九首品评的两个方向,从某种程度上说,后代的古诗十九首品评,基本不出钟嵘所说的两个范围。或重其在诗歌史上对《诗经》的继承,从风雅比兴角度对其进行阐释。或重其艺术价值上的自然天成,无迹可寻。或二者兼顾,只

---

① 宇文所安:《中国早期古典诗歌的生成》,生活·读书·新知三联书店,2012,第366页。

是随着社会时代诗学思潮的变迁而侧重点有所不同、论述角度有所扩充而已。

刘勰在《文心雕龙》中称赞古诗十九首"观其结体散文，直而不野，婉转附物，怊怅切情，实五言之冠冕也"，① 而乐府则是"桂华杂曲，丽而不经，赤雁群篇，靡而非典""若夫艳歌婉变，怨志诀绝，淫辞在曲，正响焉生？"② 所谓的不经、非典、艳歌、淫辞，是对其诗学政教价值的否认。虽然《汉书·艺文志》谓其"亦可以观风俗，知薄厚云"，但其正宗色彩毕竟没有古诗十九首强。不过，"感于哀乐，缘事而发"的乐府诗，却又有其独特的表现方式和魅力，胡应麟称"汉乐府歌谣，采摭闾阎，非由润色。然质而不俚，浅而能深，近而能远。天下至文，靡以过之"。③ 钟惺在《与高孩之观察》中说：

> 弟尝谓古人诗有两派难入手处：有如元气大化，声臭已绝，此以平而厚者也，古诗十九首、苏李是也。有如高岩峻壑，岸壁无阶，此以险而厚者也，汉郊祀、铙歌、魏武帝乐府是也。④

他用"平而厚"概括十九首，"险而厚"概括乐府，"厚"是竟陵论诗的最高境界，十九首与乐府皆"厚"，它们的区别在于"平"与"险"。古诗十九首如"元气大化，声臭已绝"，乐府诗如"高岩峻壑，岸壁无阶"，钟惺形象地说出了古诗十九首与乐府诗的区别。他在总评《古诗十九首》时说：

> 苏、李、十九首与乐府微异，工拙浅深之外，别有其妙。乐府能着奇想，着奥辞，而古诗以雍穆平远为贵。乐府之妙在能使人惊；古诗之妙在能使人思。⑤

① 范文澜：《文心雕龙注》，人民文学出版社，1958，第66页。
② 范文澜：《文心雕龙注》，人民文学出版社，1958，第101页。
③ 胡应麟：《诗薮》，上海古籍出版社，1979，第3页。
④ 钟惺：《隐秀轩集》，李先耕、崔重庆标校，上海古籍出版社，1992，第474页。
⑤ 钟惺、谭元春选评《诗归》，张国光等点校，湖北人民出版社，1985，第116~117页。

古诗的特征是"平",所以"雍穆平远为贵",妙处在"能使人思";乐府的特征是"险",所以"能着奇想,着奥辞",妙处在"能使人惊"。二者相较,古诗平和,乐府新异,陆时雍曰:

> 诗微而约,铙歌屈而壮,乐府广而肆,潦倒嚣眇,纵横排荡,快所欲言乃已。诗言情,乐府极备景色。①

又评《古诗》"十五从军征"曰:"直而肆,似乐府语意"。②所谓"广而肆""直而肆",大体是说相较于古诗的幽微有则,乐府则直露任意,在表达上散漫无拘束,想要表达的全部要尽情表达出来,整体上就会形成一种纵横豪放的风格。与古诗的言情相比,乐府更倾向于言无不尽地展现所有物色。这种尽情展开的描写即铺写,陈祚明、沈德潜评《陌上桑》皆曰:

> 乐府体总以铺陈艳异为工,与古诗确分二种。③(陈祚明)
>
> 铺陈浓至,与辛延年《羽林郎》一副笔墨,此乐府体别于古诗者在此。④(沈德潜)

都是将极尽铺陈作为乐府区别于古诗的主要特征。陈祚明接着评曰:

> 将写罗敷容饰之盛,乃先用"笼系""笼钩"二语,与下相排。一则文气变宕不羁,再则自采桑而转到容饰,无过渡之迹。其法甚妙。写罗敷全须写容貌。今止言服饰之盛耳,偏无一言及其容貌,特于看罗敷者尽情描写,所谓虚处著笔,诚妙手也。罗敷致辞,截然严正,但二语已足,此诗意便可竟。后解又极写一段,傲使君耳!当时不必一一言及此,然若非此夫婿,几无以谢使君者然。如此淋漓大

---

① 陆时雍选评《诗镜》,任文京、赵东岚点校,河北大学出版社,2010,第3页。
② 陆时雍选评《诗镜》,任文京、赵东岚点校,河北大学出版社,2010,第17页。
③ 陈祚明选评《采菽堂古诗选》,李金松点校,上海古籍出版社,2008,第24页。
④ 沈德潜选《古诗源》,中华书局,1963,第50页。

篇，无三解极写一段，势不可住。①

《陌上桑》写罗敷之美，完全未写其容貌，而是写其容饰之盛："头上倭堕髻，耳中明月珠。缃绮为下裙，紫绮为上襦"，写观者之忘情："耕者忘其犁，锄者忘其锄。来归相怨怒，但坐观罗敷"，罗敷之美是通过容饰之盛的铺写衬托出来的，是通过观者的忘情烘托出来的。而且，写罗敷的容饰之盛，也不是直接写，而是先用"青丝为笼系，桂枝为笼钩"来铺垫过渡，然后再用一系列的排比来描摹。沈德潜谓其"铺陈浓至"，的确如此。陈祚明将此诗分为三解，从开头至"但坐观罗敷"为一解，"使君从南来"至"罗敷自有夫"为一解，"东方千余骑"至结尾为一解。当使君问罗敷"宁可共载不"，罗敷只要回答"使君自有妇，罗敷自有夫"即已义正言辞地表达了自己的意思，全篇到这里就可以结束了。但罗敷用了一解来铺写自己夫婿的尊贵和美好，就是我们很熟悉的"东方千余骑，夫婿居上头。何用识夫婿？白马从骊驹，青丝系马尾，黄金络马头；腰中鹿卢剑，可值千万余。十五府小吏，二十朝大夫，三十侍中郎，四十专城居。为人洁白晰，鬑鬑颇有须。盈盈公府步，冉冉府中趋。坐中数千人，皆言夫婿殊"。陈祚明解此为"傲使君耳"，因为如果不是如此尊贵出色的夫婿是不足以谢绝自我感觉良好的使君的。这种极尽铺陈的手法在乐府诗中比比皆是，如《饮马长城窟行》与古诗十九首"孟冬寒气至"同样写客从远方来，表现却不同：

> 客从远方来，遗我一书札。上言长相思，下言久离别。置书怀袖中，三岁字不灭。一心抱区区，惧君不识察。（《古诗十九首》）
>
> 客从远方来，遗我双鲤鱼。呼儿烹鲤鱼，中有尺素书。长跪读素书，书中竟何如？上言加餐食，下言长相忆。（《饮马长城窟行》）

吴淇评《饮马长城窟行》曰：

---

① 陈祚明选评《采菽堂古诗选》，李金松点校，上海古籍出版社，2008，第24页。

　　此章"客从"以下，从《古诗》"遗我一书札"翻来，彼是明己
之厚，故直言寄书，却于读书后写一段珍重意态。此是形人之薄，故
写一段意态于读书前，曰"长跪"，重之至、望之深也；"竟何如"，
大失望也，故以上有二句作煞，若歇后语。然至其不直写寄书，先诡
言遗鲤烹鲤，此古诗与乐府之辨也。①

　　古诗十九首是直写，而《饮马长城窟行》则先铺陈，二者表现手法完
全不同，古诗与乐府之分别即在于此。

二　古诗十九首与乐府之相通

　　古诗与乐府的关系很多时候又是纠缠不清的，郭茂倩的《乐府诗集》
中就收录了古诗十九首中的"冉冉孤生竹"和"驱车上东门"；《文选》
李善注称"明月皎夜光"为"古乐府"；"驱车上东门"一诗，《文选》和
《玉台新咏》称古诗，《艺文类聚》称"古驱车上东门行"，《乐府诗集》
称"杂曲歌辞"。对于这些诗到底是古诗还是乐府，二者各自的诗体特征
是什么，历来就有很大的分歧。胡应麟在《诗薮》中说：

　　至汉《郊祀十九章》《古诗十九首》，不相为用，诗与乐府，门类
始分，然厥体未甚远也。如"青青园中葵"曷异古风；"盈盈楼上女"
靡非乐府。②

　　胡应麟指出的是古诗与乐府的相似性，冯班则直言"《文选》注引古
诗多云枚乘乐府诗，知《十九首》亦是乐府也"。③马茂元说："古诗和乐
府除了在音乐意义上有所区别之外，实际是二而一的东西。"④谓其完全相
同或有过于绝对之嫌，但二者的确界限模糊，比如古诗十九首中"有些作
品可能就是乐府，因为后来音乐环境的变化，辞与乐分离，久而久之人们

①　吴淇撰《六朝选诗定论》，汪俊、黄进德点校，广陵书社，2009，第94页。
②　胡应麟：《诗薮》，上海古籍出版社，1979，第13页。
③　冯班：《钝吟杂录》，载《清诗话》，上海古籍出版社，1963，第38页。
④　马茂元：《古诗十九首探索》，作家出版社，1957，第2页。

无从认识其乐府身份而归为古诗"。① 明清诗论中对于二者的相似性多有论述，王夫之说：

> 乐府固有与古诗通者，此及《伤歌行》是也。当由或倚弦管，或但清歌，彼非骈宕，则为八音所杂；此不凄清，则益入下里。后人固不容以意妄制。②

王夫之谓所评这首《古八变歌》与《伤歌行》皆与古诗相通，区别只在入乐不入乐。这两首乐府诗的确与古诗更类似，如《古八变歌》与古诗十九首"东城高且长"前半极似：

> 北风初秋至，吹我章华台。浮云多暮色，似从崦嵫来。枯桑鸣中林，纬络响空阶。翩翩飞蓬征，恰恰游子怀。故乡不可见，长望始此回。（《古八变歌》）
>
> 东城高且长，逶迤自相属。回风动地起，秋草萋已绿。四时更变化，岁暮一何速！晨风怀苦心，蟋蟀伤局促。荡涤放情志，何为自结束！燕赵多佳人，美者颜如玉。被服罗裳衣，当户理清曲。音响一何悲！弦急知柱促。驰情整中带，沉吟聊踯躅。思为双飞燕，衔泥巢君屋。（《东城高且长》）

王夫之评古诗十九首《东城高且长》曰："微觉汗漫，遂令盲人疑非一首。然浸更相收放，令盲人不疑为一首，则愈下矣"，③ 如果将其后半"燕赵多佳人"至结尾去掉，则二者结构、表达都基本相同。陈祚明评此诗曰："景中有情，语极萧瑟"，④ 与乐府的极尽铺写、一览无余完全不同，更像古诗的温厚深婉。

吴淇是"辨体"意识非常明确的诗评家，他论诗以"汉道"为基准，

① 吴大顺：《汉魏六朝诗歌传播研究》，中国社会科学出版社，2017，第153页。
② 王夫之评选《古诗评选》，张国星校点，文化艺术出版社，1997，第9页。
③ 王夫之评选《古诗评选》，张国星校点，文化艺术出版社，1997，第143页。
④ 陈祚明选评《采菽堂古诗选》，李金松点校，上海古籍出版社，2008，第52页。

将乐府诗排除在了"汉道"之外，他说：

> 诗与乐府之体异也。夫乐府之名昉于汉，其体不惟与五言汉道不合，即与汉之四言、七言及杂言之诗体亦不合。而乐府四篇，却与五言汉道同体，何也？汉道五言倡于苏李，乐府四篇本于班姬，而班姬之源，又出自李都尉。是以乐府四篇，不合乐府《十九章》及《安世》《房中》诸歌，而与《古诗十九首》合。正惟其合也，愈不得不分耳，恐久而混也。①

他认为乐府与"汉道"不合，不仅如此，他还认为其与四言、七言及杂言之诗体皆不合，事实上将乐府排除在古诗之外，是一种单独的诗体。但他仍旧选取了《饮马长城窟行》《君子行》《伤歌行》《长歌行》等四首合乎"汉道"的作品，认为这四首乐府与其他乐府诗不同，而与古诗十九首同。他说：

> 夫《古诗十九首》，浑沦一体，绸缪相连，犹如元气，宁得而甲乙之哉？至古乐府《饮马长城窟行》一章，风华摇曳，仿佛西京，目以蔡邕，未敢执为是，亦未敢执为非也。其余三章，亦与《十九首》无复差别。②

在他看来，《饮马长城窟行》与古诗十九首一样犹如元气，浑沦一体，其余《君子行》等三章也与古诗十九首没什么差别。至于为什么相通，明清诗论基本未给出具体的标准，只是就感觉言其相似而已。

可见，明清时期试图从风格、写作手法等方面对古诗与乐府所做的分辨，事实上并未真正厘清二者之间的关系，二者之间的夹缠不清，直到今天依然如此。

---

① 吴淇撰《六朝选诗定论》，汪俊、黄进德点校，广陵书社，2009，第76页。
② 吴淇撰《六朝选诗定论》，汪俊、黄进德点校，广陵书社，2009，第61页。

第二章　明清古诗选本与典范
诗人之选择

文学史的构建，事实上是一个作家作品经典化的过程，"诗话、序跋、评点，举凡一切具有价值判断意义的批评形式都会在不同程度上推动经典化，但最终的结果总是体现于选本"，① 选本对作家作品的取舍排列，"反映出该作家及其作品在文学史的不同历史时期地位与声望的盛衰起伏"。② 由诗歌入选数量及诗人评价共同构成的典范诗人选择，以直观的形式表明了选者的诗学主张。虽然出于不同的诗学主张，各古诗选本对典范诗人的选择或有这样或那样的不同，但明清时期共同推崇的典范诗人基本集中在陶渊明、谢灵运、鲍照、谢朓等诗人身上，本书上编所述八部古诗选本中入选诗歌数量在前六位的诗人分别如下表所示。

单位：首

排名 选本	1	2	3	4	5	6
古今诗删	谢朓 34	陶渊明 24	鲍照 23	陆机 15	谢灵运 13	王融、何逊 12
古诗归	陶渊明 51	谢灵运 25	谢朓 22	鲍照 18	颜延之 14	简文帝 13
诗镜	鲍照 70	简文帝 56	武帝 46	陶渊明 45	庾肩吾 40	谢朓 39
采菽堂古诗选	庾信 232	陶渊明 160	鲍照 128	谢朓 118	沈约 96	陆机 95
六朝选 诗定论	陆机 52	谢灵运 44	阮籍 25	曹植 23	谢朓 21	颜延之 16
古诗评选	鲍照 36	谢灵运 33	陶渊明 29	曹丕 27	江淹 23	庾信 22
五言古诗选	陶渊明、 韦应物 80	谢朓 47	鲍照 39	何逊 37	阮籍、 江淹 32	谢灵运 31
古诗源	陶渊明 81	鲍照 42	谢朓 33	曹植 29	颜延之 26	谢灵运 25

---

① 蒋寅：《古典诗歌传统最后的整体重塑——沈德潜历代诗选的诗歌史意义》，《求索》2016年第 8 期，第 140 页。

② 邹云湖：《中国选本批评》，上海三联书店，2002，第 4 页。

我们可以看到，入选诗歌数量排名第一的诗人，《古诗归》、《五言古诗选》与《古诗源》皆为陶渊明，《诗镜》与《古诗评选》为鲍照，《古今诗删》为谢朓，《采菽堂古诗选》为庾信，《六朝选诗定论》为陆机。入选诗歌数量排名第二的诗人，《古今诗删》与《采菽堂古诗选》为陶渊明，《古诗归》、《六朝选诗定论》与《古诗评选》为谢灵运，《诗镜》为简文帝，《五言古诗选》为谢朓，《古诗源》为鲍照。入选作品数量排名第三的诗人，《古诗归》与《古诗源》皆为谢朓，《古今诗删》、《采菽堂古诗选》与《五言古诗选》皆为鲍照，《诗镜》为武帝，《古诗评选》为陶渊明，《六朝选诗定论》为阮籍，列表如下。

排名 诗人	1	2	3	入选前三名排名
陶渊明	3	2	1	6
鲍照	2	1	3	6
谢朓	1	1	2	4
谢灵运	0	3	0	3

在前三名中，出现频次最高的当属陶渊明，文学史上一贯将陶、谢并称，但第二名并非谢灵运，而是鲍照、谢朓，然后才是谢灵运，本章即以陶渊明等四人为观照对象，就经典作家选择中出现的诗学现象、诗学理论、诗学论争及原因等进行探析。

第一节　明清古诗选本中的陶渊明评价

历史上由边缘走向中心并被经典化的文人并不多，陶渊明在他所生活的那个时代，无疑是个"边缘人"。从颜延之《陶徵士诔》、沈约《宋书·隐逸传》到钟嵘《诗品》，陶渊明一直是以一个隐逸者的形象出现的，钟嵘虽然称其为"古今隐逸诗人之宗"，但在《诗品》中仅将其列为"中品"，可以说对其文学评价并不很高。此后，经过唐宋两代的不断阐释、模仿，尤其是苏东坡和朱熹两位影响一时风气的大人物的阐扬，陶渊明被推上了艺术与思想殿堂的最高位置。① 苏轼在《与苏辙书》中说："吾与诗人无所甚好，独好渊明之诗。渊明作诗不多，然其诗质而实绮，癯而实腴，自曹、刘、鲍、谢、李、杜诸人，皆莫过也"，② 将陶诗置于李杜之上，虽未必准确，但评价甚高，尤其"质而实绮，癯而实腴"早已成为对陶诗艺术特色的定评。苏轼还仰慕陶渊明的为人，遍和陶诗，他说陶渊明"欲仕则仕，不以求之为嫌；欲隐则隐，不以去之为高。饥则扣门而乞食；饱则鸡黍以迎客。古今贤之，贵其真也"，③ 苏轼拈出的这一"真"字，可谓陶诗法门，也是陶渊明精神所在。作为理学家的朱熹对陶渊明诗歌的审美风格及其与人格之关系看得很清晰："渊明诗平淡出于自然，后人学他平淡，便相去远矣"④ "渊明诗所以为高，正在不待安排，胸中自然流出"，⑤ 因是胸中自然流出之平淡，故陶之平淡非学能至。明清时期的陶渊明评价，基本上是沿着"真""平淡出于自然"及人品几个方面继续深入，但也出现了一些争议，呈现出独特的时代风貌。

一 何景明的"诗弱于陶"

何景明在《与李空同论诗书》中说：

> 仆尝谓诗文有不可易之法者，辞断而意属，联类而比物也。上考古圣立言，中征秦汉绪论，下采魏晋声诗，莫之有易也。夫文靡于隋，韩力振之，然古文之法亡于韩。诗弱于陶，而谢力振之，然古诗

---

① 第一个将陶渊明提到文学上经典地位的是杜甫。杜甫在《遣兴五首》之一中说："陶潜避俗翁，未必能达道。观其著诗集，颇亦恨枯槁"，杜甫在这几句诗中要传达的是陶渊明避俗却不免俗，他的诗集中很有恨自己一生枯槁之意。这里的"枯槁"是一生潦倒之意，因为陶渊明在《饮酒》诗中用"虽留后世名，一生亦枯槁"来形容颜回之窘迫，陶渊明以此自嘲。而杜甫一生潦倒，诗作中一再提到陶渊明，也是以陶之落魄来自比自嘲。而后代将杜甫谓陶"颇亦恨枯槁"的"枯槁"解为"风格上的平淡"，所以认为杜甫是在批评陶渊明诗风的平淡，胡应麟即说"子美不甚喜陶诗，而恨其枯槁也"。参见孙康宜《文学经典的挑战》，百花洲文艺出版社，2001，第16~17页。
② 苏轼：《苏轼文集》，孔凡礼点校，中华书局，1986，第2515页。
③ 苏轼：《苏轼文集》，孔凡礼点校，中华书局，1986，第2148页。
④ 朱熹：《御纂朱子全书》卷六五，文渊阁四库全书第721册，第757页。
⑤ 朱熹：《御纂朱子全书》卷六五，文渊阁四库全书第721册，第757页。

之法亡于谢。①

　　何景明的这段论述，是针对"诗文之法"而言的。何景明将"辞断而意属，联类而比物"视为诗文不可改变的规则，他说自己考察了从古圣到魏晋的所有诗文，这一法则一直没有改变。开始改变古诗文之法的，文章上是隋朝文，诗歌上是陶渊明；而完全改变了古诗文之法的，文章上是韩愈，诗歌上是谢灵运。就诗而言，"诗弱于陶"之"弱"、"古诗之法亡于谢"之"亡"都是否定性词汇，虽然"何景明只不过指出了文学发展史上一种普遍存在的现象，即旧'法'不得不变为新'法'，新'法'生则旧'法'不得不废"，② 但因为陶谢是历来公认的大家，所以何景明的这一观点，在明清两代引起了广泛的讨论和批评。

　　后七子之一的王世贞在叙述自己学诗过程时说：

　　　　余少年时称诗盖以盛唐为鹄云，已而不能无疑于五言古。及李于鳞氏之论曰唐无五言古诗而有其古诗，则洒然悟矣。进而求之三谢之整丽，渊明之闲雅，以为无加焉。及读何仲默氏之书曰"诗盛于陶谢，而亦亡于陶谢"，则窃怪其语之过。盖又进之而上为三曹，又进之而上为苏李枚蔡，然后知何氏之语不为过也。③

　　王世贞自述的学诗历程与我们的学习过程很相似，是一个不断提出疑问解决疑问的过程。在对唐代五古产生疑惑向上追溯诗歌史的过程中，他先是由唐代上溯到三谢、陶渊明，认为没有比"三谢之整丽，渊明之闲雅"更好的诗歌了，所以当他最初看到何景明"诗盛于陶谢，而亦亡于陶谢"的论断时是不甚许可的，但当他将追溯的目光再上移到三曹以至苏李枚蔡等汉魏古诗时，他的判断就又发生了转变。我们可以看到，王世贞在这里已将何景明的表述更改为"诗盛于陶谢，而亦亡于陶谢"，与何景明

---

① 何景明：《大复集》，文渊阁四库全书第 1267 册，第 291 页。
② 廖可斌：《明代文学复古运动研究》，上海古籍出版社，1994，第 120 页。
③ 王世贞：《弇州四部稿》续稿卷五五，文渊阁四库全书第 1282 册，第 727 页下栏。

就诗法意义上谈"诗弱于陶，谢力振之，然古诗之法亡于谢"是不同的。但我们也可以看到，王世贞最初的疑惑不解与最后的疑惑顿消，区别就在于论诗的基点。立足于三谢、陶渊明看五古，三谢与陶皆古诗之极；立足五古源头看古诗，则汉魏古诗与陶谢诗之不同是显而易见的。如果以作为古诗源头的汉魏为基准，何景明以陶谢为古诗盛衰关节点的评价其实是较为合乎实际的。

许学夷却认为陶诗"自然浑成"，"弱"字无从谈起：

> 语有似是而实非者，最易惑人，如何仲默云："文靡于隋，韩力振之，然古文之法亡于韩；诗弱于陶，而谢力振之，然古诗之法亡于谢。"其论诗有三病，而元美又称述之，可谓惑矣。渊明诗真率自然而气韵浑成，而谓"诗弱于陶"，一病也；五言自太康变至元嘉，乃理之必至，势之必然，而谓"谢有意振之"，二病也；灵运之名实被一时，渊明之诗后世始知宗尚，当时谢岂有意于振之耶？三病也。①

许学夷的这段议论，三病中有两病是针对谢灵运所发的议论，两病都集中在由陶到谢的诗风转变中谢是否"有意振之"，在许学夷看来，这种转变乃势所必然，谢非"有意振之"，也不可能"有意振之"，应该说这是遵从诗歌发展规律的议论。对于"诗弱于陶"，许学夷的着眼点是陶渊明诗歌的"真率自然而气韵浑成"，所谓自然浑成，正是汉诗的特点，从这一点来看，陶渊明的诗歌很好地继承了汉诗的传统，不能说"诗弱于陶"。许学夷从诗歌审美特征入手来谈陶诗与汉诗合，而胡应麟则从审美特征入手来谈陶诗与汉诗相背离：

> 元亮得步兵之澹，而以趣为宗，故时与灵运合也，而于汉离矣。②

胡应麟以"澹"与"趣"为陶诗的审美特征，而"澹""趣"与汉诗

---

① 许学夷：《诗源辩体》，杜维沫校点，人民文学出版社，1998，第112页。
② 胡应麟：《诗薮》，上海古籍出版社，1979，第143页。

的浑厚朴拙是相背离的审美取向。许学夷和胡应麟看到的是陶诗不同的面向，胡应麟看到的是其"澹"与"趣"，许学夷看到的是其自然浑成，故一言其与汉离，一言其与汉合。从不同的标准与角度出发，看到的是诗人不同的面向，得到的结论自然也就千差万别。不过，虽然都是论陶诗与汉诗关系，二人从诗歌审美特征角度所论的陶诗与汉诗之离合，其实与何景明从诗法意义上而发的议论并不相同。

　　明代对何景明这一说法的探讨基本上还是正常的学术讨论，清代的探讨则呈现出讨论与攻击两重性。杭世骏斥其为"病狂"，钱谦益则采取一贯的断章取义，谓其"大言无当，矫诬轻毁""割时代为鸿沟，画晋宋为鬼国，徒抱刻舟之愚，自违舍筏之论"，① 将复古派塑造成一个食古不化，且好大言以欺世的形象。当然，还有很多正常的探讨，毛先舒在《诗辩坻》中说：

　　　　何大复尝称："文靡于隋，韩力振之，然古文之法亡于韩；诗弱于陶，而谢力振之，然古诗之法亡于谢。"斯言世共推其鉴，予尝疑之。夫文至魏氏，渐启俳体，典午以后，遂为定制；隋即增华，无关创始，徐、庾先鞭，波荡已极，归狱杨氏，议非平允。靖节清思遥属，筋力颓然，"诗弱于陶"，则诚如何说；至谓"谢力振之"，而古法更亡于谢，则尤为谬悠也。②

　　毛先舒批评"诗亡于谢"，但对"诗弱于陶"的说法表示赞同，他着眼于诗歌发展史，认为陶诗清思相连，已无汉魏诗遒健之骨力，说"诗弱于陶"确不为过。陈祚明在《采菽堂古诗选》中也从不够遒健的角度指出陶渊明诗歌当中的弱句：

　　　　其情颇真切，特多弱句。如"悲泪应心零""何意尔先倾""园林独余情"之类，皆不健。公诗真率，每嫌体弱。是时诸家皆务矜

---

① 钱谦益：《列朝诗集小传》，上海古籍出版社，1983，第 323 页。
② 毛先舒：《诗辩坻》，载《请诗话续编》，郭绍虞编选，上海古籍出版社，1983，第 40 ~ 41 页。

琢，琢则远自然，然自成其古；率则近自然，然每流于弱。①

陈祚明视"悲泪应心零""何意尔先倾""园林独余情"之类的表达为弱句，这些表达哀伤情感的诗句沉湎于悲情中，都不够遒健。当时其他诗人作诗都致力于精雕细琢，虽然这使他们的诗歌失之自然，但也增加了诗歌的古雅，而陶诗则过于真率，真率虽然形成了陶诗自然的风格，但同时也带来了"弱"的弊病。虽然与何景明所言诗体之弱于陶角度不同，但也从不同的侧面解析了诗歌发展到陶渊明已逐渐失去了汉魏之遒劲。与汉魏风骨之遒劲相比，陶诗的平淡自然是弱。清代后期的学者朱庭珍（1841~1903）对这一问题的论述可谓后出转精，他在《筱园诗话》中说：

> 何大复答空同书，谓诗盛于陶、杜，文盛于韩、欧，而诗之亡即自陶、杜始，文之亡即自韩、欧始。后人执为口实，群起而攻，此论遂为诟府。其实确有所见，意非尽妄，特放言高论过易，故招尤丛谤，理无由伸耳。自古极衰之根，每伏于极盛之中，循环往复，不止诗文为然。陶、杜出而人争学为陶、杜，韩、欧出而人争学为韩、欧，既未窥见本原，又未洞其得失，于是陶、杜、韩、欧独至之诣不能法也。其不至处，与无心之失，率意之病，则尽法之，遗其内之精英，袭其外之面目，高自位置，流弊百出，不可救药矣。此非陶、杜、韩、欧之过，学为陶、杜、韩、欧之过也。极衰始于极盛，理本不诬。大复任意纵笔，故作大言惊人，而词不达意，致招掊击，原属自取。第不究其言之所以然，一味诋诃，则又耳食之过也。②

从"自古极衰之根，每伏于极盛之中，循环往复，不止诗文为然""极衰始于极盛，理本不诬"可以看出，朱庭珍极富辩证思维，他认为盛衰处于变化之中，事物达到极盛，必是衰之始，极衰必孕育于极盛当中，

---

① 陈祚明选评《采菽堂古诗选》，李金松点校，上海古籍出版社，2008，第434页。
② 朱庭珍：《筱园诗话》，载《清诗话续编》，郭绍虞编选，上海古籍出版社，1983，第2360页。

理性地解释了何景明"诗弱于陶""诗亡于谢"的说法。古诗发展到陶谢，已达到了古诗的顶点，到达了顶点的古诗，由此而后就是衰亡，陶是衰亡之起点，谢是衰亡之顶点，但古诗的衰亡，也就意味着新诗体律诗的开启，诗体之盛衰变化即如此，何景明的说法的确只是指出了这一变化的趋势，褒贬意味并不强烈。然争论甚至攻击如此之多，诚如朱庭珍所说："第不究其言之所以然，一味诋诃，则又耳食之过也。"耳食之过，亦不止诗文然。

二　基于文如其人的陶诗评价

胡应麟看到的是陶诗与汉诗背离的一面，他抛开了以汉魏诗歌为基准评论古诗的做法，将陶渊明视为开创者。

> 惟陶之五言，开千古平淡之宗；杜之乐府，扫六代沿洄之习。真谓自启堂奥，别创门户。然终不以彼易此者，陶之意调虽新，源流匪远；杜之篇目虽变，风格靡超。故知三正迭兴，未若一中相授也。"①

胡应麟继承了钟嵘"千古隐逸诗人之宗"的看法，将陶渊明作为平淡诗风的开创者，虽然二者立论角度不同，钟嵘从隐逸诗人的角度，而胡应麟从平淡诗风的角度，但将陶渊明作为开创者的角度是一致的。袁宏道《叙呙氏家绳集》曰：

> 苏子瞻酷嗜陶令诗，贵其淡而适也。凡物酿之得甘，炙之得苦，唯淡也不可造；不可造，是文之真性灵也。浓者不复薄，甘者不复辛，唯淡也无不可造；无不可造，是文之真变态也。风值水而漪生，日薄山而岚出，虽有顾、吴，不能设色也，淡之至也。元亮以之。东野、长江欲以人力取淡，刻露之极，遂成寒瘦。香山之率也，玉局之放也，而一累于理，一累于学，故皆望岫焉而却，其才非不至也，非淡之本色也。……今之学陶者，率如响搨，其勾画是也，而韵致非，

---

① 胡应麟：《诗薮》，上海古籍出版社，1979，第33页。

故不类。公以身为陶，故信心而言，皆东篱也。余非谓公之才遂超东野诸人，而公实淡之本色，故一往所诣，古人或有至有不至耳。①

陶渊明诗中那种不可达到的"淡"，正是公安派所强调的"文之真性灵"，如水中的涟漪、山间的雾气一样的自然之"淡"，是技艺再怎样高超的顾恺之、吴道子也无法画出的，孟郊、贾岛欲以人力取淡，结果形成的是寒瘦的风格。白居易取其真率，但伤于说理过多；苏东坡取其放达，但累于学问太大。孟郊、贾岛、白居易、苏轼达不到陶渊明的"淡"，并非因为他们才情不够，而是因为他们的本色本就不是"淡"。正如朱熹所说"渊明诗平淡出于自然，后人学他平淡，便相去远矣"，因为"渊明诗所以为高，正在不待安排，胸中自然流出"，也就是说，没有"淡"之本色之人，是写不出陶渊明那样的平淡之作的。袁宏道批评当时很多学陶者，只学其形，未学其韵，而邴氏之所以学陶像陶，并非因为才能超过了孟郊他们，而是因为其人就如陶渊明之为人，"淡"就是其本色，所以信心而言，都是陶之言语，诗自然就是陶诗之"淡"。

接着以本色论陶的还有竟陵派。《古诗归》中选陶渊明诗最多，他们评陶诗：

即从作息勤厉中，写景观物，讨出一段快乐。高人性情，细民职业，不作二义看，惟真旷远人知之。②

无一字不怡然自得，生涯性情，矫作不来。○陶公山水朋友诗文之乐，即从田园耕凿中一段忧勤讨出，不别作一副旷达之语，所以为真旷达也。③

每诵老陶真实本分语，觉不事生产人，反是俗根未脱，故作清态。④

---

① 《袁宏道集笺校》，钱伯城笺校，上海古籍出版社，2008，第 1103~1104 页。
② 钟惺、谭元春选评《诗归》，张国光等点校，湖北人民出版社，1985，第 170 页。
③ 钟惺、谭元春选评《诗归》，张国光等点校，湖北人民出版社，1985，第 179 页。
④ 钟惺、谭元春选评《诗归》，张国光等点校，湖北人民出版社，1985，第 179 页。

　　陶渊明的旷达，是建立在日常勤苦的田园生活上的，并非不食人间烟火的超脱，他在躬耕田园这种细民职业的"忧勤"当中自得其乐，如果不是纯粹出于性情，不可能有诗文当中的怡然自得，陶渊明的旷达才是真正的旷达，他的诗文都是他真实心性的自然流露，所以看到陶渊明的这些文字，才会让人觉得我们通常以为的不事生产的清新脱俗才是真俗。陶诗中流动的那种自然与心灵、与生命融为一体的美，才是其"淡""远"之底色。陆时雍亦曰：

　　　　渊明未尝做诗，诗自从中流出，灵襟颢气，陶冶性情远矣。[①]

　　陶渊明作诗是从胸臆之中自然流出，完全是性情的反映，所以陶诗"似月到柳梢，风来水面，自然之妙，难以力与也"。[②] 王士禛在《五言古诗选》中选陶渊明诗 80 首，与韦应物并列第一。他在《五言古诗选·凡例》中说：

　　　　过江而后，笃生渊明，卓绝后先，不可以时代拘墟也。[③]

　　对于其他诗人，王士禛皆在其所属时代论之，如"宋代词人，康乐为冠""齐有玄晖，独步一代"等，唯有陶渊明是卓绝后先，不以时代拘墟的，可见对陶渊明评价之高。他在回答门人"五古句法宜宗何人，从何人入手简易"的提问时说：

　　　　古诗十九首如天衣无缝，不可学已。陶渊明纯任真率，自写胸臆，亦不易学。六朝则二谢、鲍照、何逊；唐人则张曲江、韦苏州数家，庶可宗法。[④]

---

① 　陆时雍选评《诗镜》，任文京、赵东岚点校，河北大学出版社，2010，第 87 页。
② 　陆时雍选评《诗镜》，任文京、赵东岚点校，河北大学出版社，2010，第 87 页。
③ 　王士禛：《五言古诗选》，四部备要集部总集六，第 3 页。
④ 　张宗柟纂集《带经堂诗话》，戴鸿森校点，人民文学出版社，1998，第 829 页。

与作为五古源头的古诗十九首天衣无缝不可学一样，陶渊明诗歌的纯任真率、自然抒写胸臆，也是不容易通过学习达到的。换言之，通过学习可以习得的，是诗歌的技巧，而像陶渊明这种全从胸臆自然流出、无技巧可言的诗歌创作水平，是很难通过学习达到的。要想写出陶渊明那样的诗文，必须有陶渊明那样的胸襟怀抱，只从技巧上学习，是永远无法写出陶渊明那样的诗文的。

三 基于儒家诗教观的陶诗评价

明清时期的陶诗评价，除了就陶诗之自然品性而论外，还有来自以儒家诗教观为基准的或褒或贬。李梦阳《刻陶渊明集序》曰：

> 朱子曰："《咏荆轲》诗渊明露出本相，知渊明者，朱子耳。……渊明高才豪逸人也，而复善知几，厥遭靡时，潜龙勿用。然予读其诗，有俛仰悲慨、玩世肆志之心焉。呜呼！惜哉！"①

所谓"露出本相"，即朱熹所云"渊明诗，人皆说平淡，某看他自豪放，但豪放得来不觉耳。其露出本相者，是《咏荆轲》一篇，平淡底人，如何说得出这样的言语出来"。②荆轲刺秦一事本就有着慷慨悲壮之意蕴，选择这一题材本身就意味着诗歌不会平淡，陶渊明的《咏荆轲》诗风也的确是豪放而非平淡的，在风格豪放的同时，这类题材又很容易"引人遐想"，故联类比拟也多，朱熹的"平淡底人，如何说得出这样的言语出来"，本身就蕴含着陶渊明的人生选择并非本愿，而是无奈而为之之意，所以平淡之下有豪放。李梦阳进一步发挥了朱熹的说法，将陶渊明的归隐解为"潜龙勿用"，然虽不用，龙性不会改，故其诗中时见"俛仰悲慨、玩世肆志之心"，儒家的用世之志是潜藏在平淡表面之下的。正如施补华《岘佣说诗》所云："陶公诗一往真气，自胸中流出，字字雅淡，字字沈痛。盖系心君国，不异《离骚》，特变其面目耳。"③陶渊明与屈原有着相

---

① 李梦阳：《空同集》卷五〇，文渊阁四库全书第 1262 册，第 465 页。
② 朱熹：《御纂朱子全书》卷六五，文渊阁四库全书第 721 册，第 757 页。
③ 施补华：《岘佣说诗》，载《清诗话》，上海古籍出版社，1963，第 977 页。

同的心性，只不过他选择的道路与屈原不同，在高洁的心性与污浊的现实无法调和之时，屈原选择的是自我毁灭，陶渊明选择的是逍遥归去，他"将儒家的道德力量与道家的审美态度相结合，形成自己独特的'傲然自足，抱朴含真'的人格。在漫长而苦难深重的封建社会现实中，为逆境中的士子提供了一种保存个体生命尊严的行为模式。尤其是在平凡的现实生活中品味生命的艺术，使之更具弹性，好比充了气的球被捺到水下，一旦有机会便会挣出水面。当然，其代价也是巨大的，即放弃对社会的正面冲击"。① 明末黄文焕《陶诗析义自序》亦云：

> 古今尊陶，统归平淡；以平淡概陶，陶不得见也。析之以炼字链章，字字奇奥，分合隐现，险峭多端，斯陶之手眼出矣。钟嵘品陶，徒曰隐逸之宗；以隐逸蔽陶，陶又不得见也。析之以忧时念乱，思扶晋衰，思抗晋禅，经济热肠，语藏本末，涌若海立，屹若剑飞，斯陶之心胆出矣。②

黄文焕对历来以平淡与隐逸来评价陶渊明的现象提出了批评，他认为，平淡与隐逸都不能概括陶渊明，它们在一定程度上遮蔽了陶渊明，陶诗除了平淡外，尚有险峭，由此可见陶之手眼；隐逸外，尚有忧时，由此可见陶之心胆。正因为陶诗中蕴含着"忧时念乱，思扶晋衰，思抗晋禅"这样的"经济热肠"，所以才会有豪放凌厉之表达。陈祚明也是看到了陶诗的这一点：

> 千秋以陶诗为闲适，乃不知其用意处。朱子亦仅谓《咏荆轲》一篇露本旨。自今观之《饮酒》《拟古》《贫士》《读山海经》，何非此旨？但稍隐耳！往味其声调，以为法汉人而体稍近。然揆意所存，宛转深曲，何尝不厚？语之暂率易者，时代为之。至于情旨，则真《十九首》之遗也。驾晋宋而独道，何王、韦之可拟？抑文生于志，志幽故言远。惟其有之，非同泛作。岂不以其人哉？千秋之诗，谓惟陶与杜，可也。③

---

① 林继中：《激活传统——寻求中国古代文论的生长点》，上海古籍出版社，2007，第29页。
② 黄文焕：《陶诗析义》，齐鲁书社，1997年影印本，第157页。
③ 陈祚明选评《采菽堂古诗选》，李金松点校，上海古籍出版社，2008，第388页。

陈祚明进一步指出，陶诗中露出本旨的并非只有《咏荆轲》一篇，像《饮酒》《拟古》《贫士》《读山海经》等皆是，不过没有那么明显而已。他承认从文体风格上看，陶诗的确与汉诗不同，更接近近体，但这也是诗歌发展的时势之必然，至于陶诗中的情旨，则继承了古诗十九首，与汉诗无异。陈祚明评《拟古》九首曰："《拟古》九章，情思回曲，辞旨缠绵。王元美之论《离骚》修郤者，不能摘故也。即其句调，往往邻《十九》首矣"，① 然后几乎在每一首下都从不同侧面言其似古诗十九首，如评其一曰："'初与'二句，'未言'二句，'离隔'句，皆十九首句法"，② 从句法上言其相似；评其三曰："情见乎词，比意命句，直似十九首"，③ 从意旨上言其相似；评其五曰："末段与十九首何分古今？"④ 评其八曰："笔调俨是十九首。"⑤ 他将陶诗地位提高到"驾晋宋而独遒"，因为诗中"志幽""故言远""非同泛作"，直接与杜甫并列为不能无一、不能有二之作。更进一步将陶渊明提升为"圣贤之徒"的是吴淇，他在《六朝选诗定论》中评陶渊明曰：

> 《诗》三百篇，作者不必尽圣贤之徒，而圣贤之徒为多，而周公尤拔革。故删《诗》十仅存一，而周公无逸诗。六朝诗，其作者圣贤之徒甚少，相类者止陶靖节一人。其所为诗，每合乎圣贤之道。使夫子生六朝之后，其于诸人之诗，诚未知其取舍。若靖节之诗，必多所存。惜《选》主词不主意，所取者少耳。靖节之人，圣贤之人也，其言纯乎圣贤之言。唐以后合乎圣贤之言者，惟杜少陵而已。⑥

吴淇将陶渊明视为圣贤之人，是六朝仅存的可以接续三百篇圣贤之作的人。既为圣贤之人，其诗自然合乎圣贤之道，吴淇甚至说假使孔子生于六朝之后，看到六朝诗如此背离了圣贤之道，估计都不知该如何进行取

① 陈祚明选评《采菽堂古诗选》，李金松点校，上海古籍出版社，2008，第422页。
② 陈祚明选评《采菽堂古诗选》，李金松点校，上海古籍出版社，2008，第423页。
③ 陈祚明选评《采菽堂古诗选》，李金松点校，上海古籍出版社，2008，第423页。
④ 陈祚明选评《采菽堂古诗选》，李金松点校，上海古籍出版社，2008，第424页。
⑤ 陈祚明选评《采菽堂古诗选》，李金松点校，上海古籍出版社，2008，第425页。
⑥ 吴淇撰《六朝选诗定论》，汪俊、黄进德点校，广陵书社，2009，第292页。

舍，但对于陶渊明的诗，一定是会多加选择的。作为圣贤之作，唐以后能接续陶潜的，也只有杜甫而已。吴淇在这里构建的纯粹的"汉道"源流是《三百篇》—陶渊明—杜甫，这完全是基于儒家诗教观而发的议论，但也在传统范围内将陶渊明的诗歌地位提到了最高处。

同样是以儒家诗教观为标准，王夫之则对陶渊明的格局不大加以批评，他在评谢灵运《初往新安桐庐口》中说：

> 乃世人乐吟陶而不解吟谢，则以陶诗固有米盐气、帖括气，与流俗相入，而谢无也。[1]

王夫之认为世人喜陶而不喜谢的原因在于陶渊明的诗歌富有生活气息，跟世俗生活息息相关，所以世人对其喜闻乐见，这是讲陶诗之俗。又评陶渊明《读山海经》曰：

> 此篇之佳，在尺幅平远，故托体大。如托体小者，虽有佳致亦山人诗尔。"少无适俗韵""结庐在人境""万族各有托"，不满余意者以此。[2]

世人所熟知并喜爱的"少无适俗韵""结庐在人境""万族各有托"等诗句，在王夫之看来，所写不出自己的生活范围，即使写得好也不过是山人之诗而已，没有什么思想蕴含。王夫之批评陶诗的米盐气、帖括气，托体不大，都是说陶诗表现的是一己之性情与生活，而不是大而公的情志，不符合儒家诗教对情志的要求。

四　沈德潜陶诗评价的集大成

沈德潜最为推崇的诗人是陶渊明，他首先肯定的是其人格上合乎儒家标准、诗歌有风雅遗意。他称陶渊明为"六朝第一流人物"。

---

[1]　王夫之评选《古诗评选》，张国星校点，文化艺术出版社，1997，第223页。
[2]　王夫之评选《古诗评选》，张国星校点，文化艺术出版社，1997，第206页。

> 渊明以名臣之后，际易代之时，欲言难言，时时寄托，不独《咏荆轲》一章也。六朝第一流人物，其诗有不独步千古者耶?①

沈德潜谓"汉人以下，宋儒以前，可推圣门弟子者，渊明也"，② 在《说诗晬语》中亦言：

> 晋人多尚放达，独渊明有忧勤语，有自任语，有知足语，有悲愤语，有乐天安命语，有物我同得语，倘幸列孔门，何必不在季次、原宪下?③

在崇尚放达的晋人之中，陶渊明是特殊的，他的诗有的描写田家生活的忧愁辛苦，有的写自我担当与安贫乐道，有的写民胞物与的物我同乐，也有对社会的忧虑悲愤，举凡儒者所关心的社会内容，在陶渊明的诗歌中都有所表现，如果用孔门弟子来比拟的话，其地位恐怕不在季次、原宪之下。沈德潜又评陶渊明《归鸟四章》曰：

> 他人学三百篇，痴而重，与风雅日远；此不学三百篇，清而腴，与风雅日近。④

沈德潜认为其他人学《三百篇》，却与风雅日远，而陶渊明不学《三百篇》，却与风雅日近。究其原因，只能是陶渊明天性更接近风雅了。可见他对陶渊明的推重，首先是由于陶诗符合风雅传统。这是沈德潜论陶诗的基础，继承了李梦阳、陈祚明、吴淇以来肯定陶渊明诗歌中与儒家诗教传统相合相承的一面。

作为《古诗源》中入选诗歌数量最多的作家，沈德潜当然不仅关注其合乎儒家诗教传统的一面，陶诗的自然天成也是他所推崇的。

---

① 沈德潜选《古诗源》，中华书局，1963，第182页。
② 沈德潜选《古诗源》，中华书局，1963，第204页。
③ 沈德潜：《说诗晬语》，载《清诗话》，上海古籍出版社，1963，第532页。
④ 沈德潜选《古诗源》，中华书局，1963，第188页。

陶诗合下自然，不可及处，在真在厚，谢诗追琢而返于自然，不可及处，在新在俊。千古并称，厥有由夫。①

陶诗是未经任何雕琢的自然而然，谢诗是极力雕琢而不露雕琢之痕的自然。在陶谢之间，沈德潜更为推崇的还是陶渊明，他认为：

陶诗高处在不排，谢诗胜处在排，所以终逊一筹。②

"排"与"不排"的区别，正是人工与天然的区别，陶谢相较，谢灵运经过人工雕琢的自然是终逊一筹的。谢灵运有些诗"过于雕镂，渐失天趣"，③ 虽然谢灵运诗歌之新俊也是非常难得，但较之陶渊明诗歌整体的浑厚自然，还是要略逊一筹。这一点也是吸取了明清以来关于陶诗平淡出于自然这方面的评价，沈德潜诗论融合各家的集大成性可谓是体现在方方面面。

第二节　明清古诗选本中的谢灵运评价

与陶渊明的边缘化不同，谢灵运的诗歌在他生活的那个时代就已经获得了足够的声誉，据史书记载，"每有一诗至都邑，贵贱莫不竞写。宿昔之间，士庶皆遍，远近钦慕，名动京师"。④ 其诗传写范围之广，受关注程度之高，在当时文字传播途径并不那么广泛的情况下，的确是一时盛事。也与陶渊明在岁月流逝中静待着后人的发掘不同，谢灵运所获得的评价之高与追仿者之众也是广泛而持久的。鲍照在回答颜延之问自己与谢灵运优劣时说："谢五言如初发芙蓉，自然可爱；君诗若铺锦列绣，亦雕缋满眼。"⑤ "初发芙蓉"这一形象的比喻，成为谢灵运诗歌美学风貌的一个定评。钟嵘《诗品》引汤惠休语亦云："谢诗如芙蓉出水，颜诗如错采镂金"，⑥ 与鲍照评价

---

① 沈德潜选《古诗源》，中华书局，1963，第232页。
② 沈德潜选《古诗源》，中华书局，1963，第232页。
③ 沈德潜选《古诗源》，中华书局，1963，第238页。
④ 沈约：《宋书·谢灵运传》，中华书局，1974，第1754页。
⑤ 李延寿：《南史·颜延之传》，中华书局，1975，第881页。
⑥ 陈延傑：《诗品注》，人民文学出版社，1961，第43页。

大体相同。后代学谢灵运诗者亦多，以至有"谢灵运体""谢康乐体"
"谢体"等专名。① 由个人诗歌的风格特征转变为独特的诗体特征，这是在
文学接受过程中由谢灵运诗歌与众多的效仿者共同完成的。到了宋代，由
于苏轼、朱熹等人对陶渊明的大力揄扬，陶诗中的人格、情感、隐逸、自
然等要素不断被发掘阐释，其性情、品格更是成为中国古代士人阶层理想
的人格典范，逐渐形成了崇陶抑谢的主流诗歌史面貌，宋金元大抵如此。
在明清时期的陶谢诗歌接受中，谢灵运的诗歌史地位虽然仍旧不如陶渊
明，甚至在有些古诗选本中入选数量不如学习他诗风的谢朓和鲍照，但总
体评价是较高的。《古诗归》、《六朝选诗定论》和《古诗评选》所选谢诗
数皆为入选作品的第二名，陆时雍曰："诗至于宋，古之终而律之始也。
体制一变，便觉声色俱开。谢康乐鬼斧默运，其梓庆之鐻乎"，② 吴淇曰：
"康乐之诗，横绝古今"，③ 陈祚明谓其"详谢诗格调，深得三百篇旨趣，
取泽于离骚、九歌，……千秋而下播其余绪者，少陵一人而已"，④ 王士禛
在《五言古诗选》中极力凸显谢灵运作为山水诗派宗祖的地位，沈德潜
曰："宋人诗，日流于弱，古之终而律之始也。无鲍、谢二公，恐风雅无
色。"⑤ 明清诗论还从自然本色、诗中哲理、情感内蕴、写作技巧等诸多方
面对谢诗进行了分析和评价。

一 关于"古诗之法亡于谢"

还是要从何景明的"古诗之法亡于谢"开始。何景明在这一论断之后
给出的原因是：

> 比空同尝称陆、谢，仆参详其作：陆诗语俳，体不俳也；谢则体
> 语俱俳矣；未可以其语似，遂得并例也。⑥

① 见陈庆元《严羽论谢灵运——读〈沧浪诗话〉札记》，《贵州社会科学》1987 年第 2 期；
曹道衡、沈玉成《南北朝文学史》等。
② 陆时雍：《诗镜总论》，载丁福保辑《历代诗话续编》，中华书局，1983，第 1406 页。
③ 吴淇撰《六朝选诗定论》，汪俊、黏进德点校，广陵书社，2009，第 348 页。
④ 陈祚明选评《采菽堂古诗选》，李金松点校，上海古籍出版社，2008，第 519 页。
⑤ 沈德潜选《古诗源》，中华书局，1963，第 222 页。
⑥ 何景明：《大复集》，文渊阁四库全书第 1267 册，第 291 页。

李梦阳在《刻陆谢诗序》中说："子亦知谢康乐之诗乎？是六朝之冠也，然其始本于陆平原。陆、谢二祖则又并祖曹子建"，[①] 谢诗虽出于陆诗，但二者之间有着本质的差异，陆诗只是"语俳"，谢诗则"体语俱俳"。对于浑厚质朴的古诗而言，俳就意味着失去了古诗这一诗体自身的特征，陆机的"语俳"仅仅是语言上的缺失，到了谢灵运的"体语俱俳"，就是古诗诗体特征的全面缺失了。何景明所谓的"古诗亡于谢"，是就古诗诗体特征的完全泯灭而言的，应该说，这一论断本身是有一定道理的。

在五言古诗的发展过程中，作为源头的以古诗十九首为代表的汉代古诗，相较于《诗经》的四言体，本身就是"俗体"，必然表现出"俗体"必有的浑朴自然、无迹可求的诗体特征，然而建安以后经过文人整合继续发展的五言古诗，必然要朝向"雅"的方向发展，也就必然要追求诗歌文字体式的华美对偶等形式表现上的雅化。其实，古代诗论在这方面论述颇多，只是对于这个变化的关键到底在哪里，也就是具体表现在哪些诗人身上，历来都是各执一见。

从李梦阳与何景明的论述来看，李梦阳虽然也认为五古在陆谢身上已经出现了变化，是汉魏古诗之后退而求其次的选择，但仍旧不失为可以模仿的对象。而对于何景明而言，五古在陆机身上已经部分失去了其诗体特征，到了谢灵运，就已完全失去了古诗之法。从比较宽泛的角度讲，俳偶与对句是区分古体与近体最主要的形式要素，严羽在《沧浪诗话》中就说过"建安之作，全在气象，不可寻枝摘叶。灵运之诗，已是彻首尾成对句矣，是以不及建安也"。[②] 谢灵运诗所以不如建安，就在于对句太多，谢诗是可以摘出很多工整的对句的，这与古诗的不可句摘、气象浑成有很大的不同。许学夷赞同何景明"古诗之法亡于谢"的说法：

> 太康五言，再流而为元嘉。然太康体虽渐入俳偶，语虽渐入雕刻，其古体犹有存者；至谢灵运诸公，则风气益漓，其习尽移，故其体尽俳偶，语尽雕刻，而古体遂亡矣。[③]

---

① 李梦阳：《空同集》卷五〇，文渊阁四库全书第 1262 册，第 465 页。
② 严羽：《沧浪诗话》，郭绍虞校释，人民文学出版社，1961，第 158 页。
③ 许学夷：《诗源辩体》，杜维沫校点，人民文学出版社，1998，第 108 页。

与何景明说法完全相同，只不过说得更为具体。陆时雍也是持同样看法：

> 谢康乐诗，佳处有字句可见，不免硁硁以出之，所以古道渐亡。康乐神工巧铸，不知有对偶之烦。①

陆时雍也是认为谢灵运诗之佳句迭出是古道渐亡的标志，只是其神工巧铸，没有意识到俳而已。在他看来，"诗至于宋，古之终而律之始也。体制一变，便觉声色俱开。谢康乐鬼斧默运，其梓庆之鐻乎？"谢灵运就是体制一变这个转换的关键，变之前尚是古诗，变之后则声色俱开，已为近体。不过，陆时雍虽然与何景明一样认为诗至谢灵运乃古道之渐亡，但他认为谢灵运的俳偶仍旧还是自然的，他在比较陶谢诗时说：

> 谢康乐人巧尽后，宛若天工；陶诗似月到柳梢，风来水面，自然之妙，难以力与也。②

尽管不如陶渊明"月到柳梢，风来水面"之自然，但谢灵运的诗其实也是自然的，只不过是经过雕琢之后的自然，所谓"人巧尽后，宛若天工"，这也是极其难得的，仅次于陶渊明。同样以宋为古、律分界的还有沈德潜，他说："宋人诗，日流于弱，古之终而律之始也。"③

与何景明等人认为古诗亡于谢灵运不同，明清时期还有相当一部分诗论认为古诗亡于谢朓。

王世贞在《艺苑卮言》中说：

> 玄晖不惟工发端，撰造精丽，风华映人，一时之杰。青莲目无往古，独三四称服，形之词咏。《登九华山》云："恨不携谢朓惊人诗

---

① 陆时雍：《诗镜总论》，载丁福保辑《历代诗话续编》，中华书局，1983，第1407页。
② 陆时雍选评《诗镜》，任文京、赵东岚点校，河北大学出版社，2010，第87页。
③ 沈德潜选《古诗源》，中华书局，1963，第222页。

来。"特不如灵运者，匪直材力小弱，灵运语俳而气古，玄晖调俳而气今。①

王世贞认为谢灵运高于谢朓。虽然谢朓也是一时之杰，但不如谢灵运，不仅仅是其才气不够、诗力卑弱，更重要的是他"调俳而气今"，不如谢灵运之"语俳而气古"。在以各体诗歌第一义来品评诗歌的复古派看来，古今之分就是高下之分，虽然都是俳，但程度不同，显然相比于谢灵运，谢朓才是古今诗歌转捩的那个关键点。胡应麟亦云：

> 安仁、士衡，实曰冢嫡，而俳偶渐开。康乐风神华畅，似得天授，而骈俪已极。至于玄晖，古意尽矣。②

从潘岳、陆机开始出现的俳偶之风，经谢灵运之阐扬，到谢朓达到极点，古意亦尽。胡应麟说："世目玄晖为唐调之始，以精工流丽故"，③ 精工流丽与古诗的自然浑朴，基本上是两个极端，可见在明末将谢朓视为古诗之终、律诗之始是极为普遍的观点。钟惺评谢朓诗说：

> 往往以排语写出妙思，康乐亦有之。然康乐排得可厌，却不失为古诗。玄晖排得不可厌，业已浸淫近体。④

从俳偶运用的精巧程度上讲，谢朓当然比谢灵运好，但越精巧就意味着离近体越近，谢灵运虽然"排得可厌"，但更接近古诗；而谢朓排得虽好，却更接近近体。吴淇在《六朝选诗定论》中说得更明白：

> 齐之诗，以谢朓为称首。其诗极清丽新警，字字得之苦吟，较之梁江淹仿佛近之；而沈约、任昉辈皆所不逮，遂以开唐人一代之先。

①　王世贞：《艺苑卮言》，载丁福保辑《历代诗话续编》，中华书局，1983，第996页。
②　胡应麟：《诗薮》，上海古籍出版社，1979，第27页。
③　胡应麟：《诗薮》，上海古籍出版社，1979，第146页。
④　钟惺、谭元春选评《诗归》，张国光等点校，湖北人民出版社，1985，第251页。

然汉魏之遗音，浸以微矣。何大复曰："文靡于隋，韩力振之而古文亡于韩；诗弱于陶，谢力振之而古诗亡于谢。"则齐固古诗与唐诗中间一大关键也。①

吴淇将何景明的"古诗亡于谢"之谢解读为谢朓，谓谢朓诗字字得之苦吟，则安排雕琢之意甚明，自与古诗之自然浑成、不待安排相背，古诗与唐诗中间的转捩点，是以谢朓为代表的齐。陈祚明评谢朓曰：

> 玄晖去晋渐远，启唐欲近。天才既隽，宏响斯臻。斐然之姿，宣诸逸韵。轻清和婉，佳句可赓。然佳既在兹，近亦由是古变为律，风始攸归。②

谢朓诗歌的丰姿逸韵、轻清和婉，是其好的地方，也是其接近近体的地方，同样是以谢朓为古、近体的转捩点。

二 谢灵运诗歌的"自然"

传统诗论中拿来与谢灵运比较的，通常是陶渊明和谢朓。与陶渊明相比，谢灵运不够自然，雕琢成分多；与谢朓相比，谢灵运则更多自然，更少雕琢。当然，是否更接近自然天成，也是区分古体与近体的一个标准。明清时期诗论对谢灵运之"自然"论述较多。王世贞晚年在《书谢灵运集后》中说：

> 余始读谢灵运诗，初甚不能入，既入而渐爱之，以至于不能释手。其体虽或近俳，而其意有似合掌者，然至秾丽之极，而反若平淡；琢磨之极，而更似天然，则非余子所可及也。鲍照对颜延之之评骘，而谓谢如初发芙蓉，自然可爱，君若铺锦列绣，亦复雕缋满眼也，自有定论。③

---

① 吴淇撰《六朝选诗定论》，汪俊、黼进德点校，广陵书社，2009，第406页。
② 陈祚明选评《采菽堂古诗选》，李金松点校，上海古籍出版社，2008，第635页。
③ 王世贞：《读书后》卷三，文渊阁四库全书第1285册，第35页下栏。

　　谢灵运与颜延之都是刘宋时期著名的诗人，当时并称"颜谢"，二人诗歌风格大不相同，《诗品》与《南史》皆指出了谢诗自然、颜诗铺陈的特点。谢灵运诗歌这种不假雕琢的自然，是当时人所称道的。虽然谢灵运诗歌也有看起来不那么自然的繁富特征，但这种特征是由其才情随意挥洒所带来的，并非雕琢。钟嵘说：

　　　　其源出於陈思，杂有景阳之体。故尚巧似，而逸荡过之，颇以繁富为累。嵘谓若人兴多才高，寓目辄书，内无乏思，外无遗物，其繁富，宜哉！然名章迥句，处处间起；丽典新声，络绎奔会。譬犹青松之拔灌木，白玉之映尘沙，未足贬其高洁也。①

　　谢灵运诗歌刻画景物形象鲜明，生动逼真，但有时写过了，就颇有繁富芜杂之弊。一般来说，诗要写得繁富，就需要雕琢，也就缺乏自然。但谢灵运的繁富，钟嵘认为是因为"兴多才高"，因兴会淋漓、才高不遏而导致的表达上的繁富芜杂，就是"才高词盛"。无法遏制的激情和才思因为外物的触发而自然引起的诗情，因为内在的才思源源不断，外在的表达穷形尽相，所以形成了谢灵运诗歌的繁富特征。但这种才情尽情挥洒一方面会带来表达上的繁富，另一方面也很容易带来芜杂的弊病，所以谢灵运的繁芜是出于自然，与人工雕琢不同。

　　与钟嵘不同，皎然将谢灵运的自然视为苦心经营之后的自然：

　　　　直于情性，尚于作用，不顾词采，而风流自然。②

　　这里强调的是谢灵运的自然是经过"作用"之后而呈现出的"风流自然"。而在以质朴平淡为最高审美追求的黄庭坚看来，谢诗已经是雕琢不遗余力了：

---

　　①　陈延傑：《诗品注》，人民文学出版社，1961，第29页。
　　②　释皎然：《诗式》，载何文焕辑《历代诗话》，第30页。

> 谢康乐、庾义城之于诗，炉锤之功不遗力也。然陶彭泽之墙数仞，谢、庾未能窥者，何哉？盖二子有意于俗人赞毁其工拙，渊明直寄焉耳。①

"炉锤之功不遗力"，这种锻炼雕琢，与陶渊明的"直寄"，当然是高下不同的。严羽在论及谢灵运不如陶渊明的原因时说："谢所以不及陶者，康乐之诗精工，渊明之诗质而自然耳"，② 也是天然与人巧的区别。王世贞初读谢灵运诗时的不能入与既入而渐爱之的不能释手，原因主要在于"秾丽之极，而反若平淡；琢磨之极，而更似天然"，谢灵运的诗歌是经过琢磨的，具有人工的秾丽之美，这种秾丽之美又如《南齐书》所云：

> 启心闲绎，托辞华旷，虽存巧绮，终致迂回，宜登公宴，本非准的。而疏慢阐缓，膏肓之病，典正可采，酷不入情。此体之源，出灵运而成也。③

谢诗辞藻华丽，但表达上是迂回的，就像公宴诗，典雅厚重，这种类型的诗歌因为形式上的板重而让人感觉形式拖沓、情感内蕴不够，一开始是很难欣赏的，但一旦真正进入其中，真正理解欣赏了它，谢灵运诗歌事实上是平淡自然的，这种平淡自然是经过锤炼之后的平淡自然，不易入，但更有韵味。许学夷也说："五言至灵运，雕刻极矣，遂生转想，反乎自然。"④ 陆时雍综合了钟嵘、司空图与黄庭坚等人关于谢诗自然的看法，对谢灵运诗歌的自然做了更为细致的分析，他说：

> 谢康乐灵襟秀色，挺自天成，清贵之气，抗出尘表，大抵性灵物秽，诗之美恶，辨于此矣。⑤

---

① 黄庭坚：《山谷题跋》，屠友祥校注，上海远东出版社，1999，第184页。
② 严羽：《沧浪诗话》，郭绍虞校释，人民文学出版社，1961，第151页。
③ 萧子显：《南齐书》，中华书局，1997，第908页。
④ 许学夷：《诗源辩体》，杜维沫校点，人民文学出版社，1998，第109页。
⑤ 陆时雍选评《诗镜》，任文京、赵东岚点校，河北大学出版社，2010，第119页。

所谓"灵襟秀色，挺自天成"，是说谢灵运的胸襟性灵之美好乃天生所有，他身上的清贵之气，是超拔出尘的，因为有美好的性灵胸襟，所以有美妙的诗歌。这是从"文如其人"的角度来称赞谢诗的。但光有灵襟还不够：

> 诗有灵襟，斯无俗趣矣；有慧口，斯无俗韵矣。……如"乱流趋正绝"，景极无色，而康乐言之乃佳。①

人有美好的胸襟，就不会有俗趣；有高超的语言，就不会有俗韵。谢灵运的"乱流趋正绝"，写的不过是江中乱流汇聚这一普通的景物，如陆时雍所言"景极无色"，非但说不上美，反而是极其不美的景色，但谢灵运写出来却是别有一番风味。因为"灵襟""慧口"，他能看到景物的独特美好，又能用高超的语言将其表现出来，所以才能写出平常景物的美好。正如"樵夫渔父，日夕出没山水，而灵运独赏其神。终身于此而不觉，是以口不能道耳。'猿鸣'四语，亦只人眼前事，以谢见之独亲，而言之独切也。'苹萍泛沉深，菰蒲冒清浅'，濯濯如洗"。②那些整天出没于山水之间的樵夫、渔父，终生置身其中而不觉其美，而谢灵运独能赏其神韵，像"苹萍泛沉深，菰蒲冒清浅"这种我们平时常见的景色，因为谢灵运对其心赏神会，语言表现又很恰切，就形成了谢灵运那"濯濯如洗"的清新自然的诗风。这是沿袭了钟嵘"若人兴多才高，寓目辄书，内无乏思，外无遗物，其繁富宜哉"的说法。陆时雍又接受了司空图、黄庭坚等人关于谢灵运诗锻炼不遗余力的说法，谓"谢康乐人巧尽后，宛若天工"，自然还是自然，但是人巧之后的宛若天工。他说：

> 谢灵运始生字法，诚欲探境穷微，追情入妙，然非本来灵妙，别具炉锤，未易登其堂奥也。③

---

① 陆时雍：《诗镜总论》，载丁福保辑《历代诗话续编》，中华书局，1983，第1141页。
② 陆时雍选评《诗镜》，任文京、赵东岚点校，河北大学出版社，2010，第126页。
③ 陆时雍选评《诗镜》，任文京、赵东岚点校，河北大学出版社，2010，第438页。

谢灵运诗歌开始工于字句，意欲使诗歌表现达到穷形尽相的程度，但如果不是本来就具有灵妙的胸襟，再加上锻炼琢磨，也不可能达到这样的境界。很明显结合了钟嵘、司空图、黄庭坚以来关于谢诗自然的说法，既承认其天性自然，又肯定其人巧尽后的宛若天工。

陈祚明对谢诗自然的看法也大体相同，他说：

> 康乐公诗《诗品》拟以初日芙蓉，可谓至矣。而浅夫不识，犹或以声采求之。即识者，谓其声采自然，如"池塘生春草"等句是耳。乃不知其钟情幽深，构旨遥远，以凿山开道之法，施之惨淡经营之间。细为体味，见其冥会洞神，蹈虚而出。结想无象之初，撰语有形之表。孟凯生天，康乐成佛，不虚也。智慧如此，所证岂凡？洵可称诗中之佛，贾岛外道，谬为魔推。吾今当奉康乐佛矣！①

陈祚明对钟嵘《诗品》"谢诗如初日芙蓉"的说法深表赞同，也批评了当时世人单纯从声采来认识谢诗的弊病。他指出，这种看法事实上只看到了事物的表面，并未看到谢诗当中的幽深之情、遥远之旨。谢灵运将高蹈之情与自然万物冥会契合，从最初的没有具体形象到形成精丽流美的诗歌，其间的苦心经营，是连有识之士都没有看到的。谢灵运诗歌的超特处，其实根本不在表面的声采华丽，而是其苦心经营而出的自然。

王夫之从情景关系的角度来肯定谢诗的自然：

> "池塘生春草""蝴蝶飞南园""明月照积雪"，皆心中目中与相融浃，一出语时，即得珠圆玉润，要亦各视其所怀来而与景相迎者也。②

像"池塘生春草"等佳句，都是心中之情与目中之景相值相迎时自然产生的，所谓"骇其奇者，以为百炼方就，而不知彼实得之无意耳。即如

---

① 陈祚明选评《采菽堂古诗选》，李金松点校，上海古籍出版社，2008，第518~519页。
② 王夫之：《姜斋诗话》，戴鸿森笺注，上海古籍出版社，2012，第50~51页。

'池塘生春草'，'生'字极现成，却极灵幻。虽平平无奇，然较之'园柳变鸣禽'更为自然"。① "池塘生春草"之"生"所以看起来平平无奇却又极其灵幻，主要在于其物我、情景融合之自然，既是自然流出，又极其形象生动，相较之下，"园柳变鸣禽"的"变"，刻意成分的确更多一些。王夫之评《游南亭》一诗曰：

> 即如迎头四句，大似无端，而安顿之妙，天与之以自然。无广目细心者，但赏其幽艳而已。且此四语承授相仍，而吹送迎远，即止为行，向下条理，无不因之生起，呜呼，不可知已！虽然作者初不作尔许心为之早计，如近日倚壁靠墙汉说"埋伏""照映"，天壤之景物。作者之心目如是，灵心巧手，磕著即凑，岂复烦其踟蹰哉！②

此诗抒写的是谢灵运的羁旅忧愤之思，但开头四句"时竟夕澄霁，云归日西驰。密林含余清，远峰隐半规"，描绘的却是一派雨后澄澈明净的景色，作者为清景所引，从旅馆眺望郊野，看到的是"泽兰渐被径，芙蓉始发池"的美景，这自然的美景引起的却是由物及人美好终将逝去的悲慨："未厌青春好，已睹朱明移。戚戚感物叹，星星白发垂。"而往日的欢乐都已成空，真实的唯有倏忽而至的衰弱老病，"药饵情所止，衰疾忽在斯"，那么，要怎样面对这人生的悲愤？只有"逝将候秋水，息景偃旧崖"，忘掉物我是非，返归自然才是真正的赏心乐事。看似无端而起的前四句，却是下面诗情展开的基础，企图借景物的清净来排遣心中的忧愤，而忧愤不但未因清景而解，反而在清景中越发沉重。而清景又让作者意识到唯有摆脱世间羁绊，返归到清景之中方能解此沉重。诗中情感反复曲折，皆承前四句而起，又围绕其展开、回旋，情思由开头的清逸，转向中间的沉重，再转向结尾的超越，情感在层层转折中越转越深。即如王夫之所言虽然谢灵运并未如今日作者般巧言安排，但其"安顿之妙"，实在是"天与之以自然"，因为"心目如是"，所以能"灵心巧手，磕著即凑"。

---

① 贺贻孙：《诗筏》，载郭绍虞编选《请诗话续编》，富寿荪校点，上海古籍出版社，1983，第164~165页。

② 王夫之评选《古诗评选》，文化艺术出版社，1997，第214页。

内在心灵的自然超越、外在景物的清净美好与语言表现的巧妙高超凑合在一起，完全不需要费心安排，皆是出于自然。沈德潜说：

> 陶令合乎自然，不可及处，在真在厚。谢诗追琢而返于自然，不可及处，在新在俊。千古并称，厥有由夫。①

沈德潜也是认为"谢诗追琢而返于自然"，谢灵运诗歌的自然，是经过人工锤炼之后又不见人工痕迹的自然，与发自天然的自然不同，与人工雕琢也不同。

三　谢灵运诗中的哲理

谢灵运诗歌是在东晋玄言诗的基础上发展而来的，其时"庄老告退，而山水方滋"，但毕竟受玄风影响，不仅大量的玄言词语出现在谢灵运诗中，且大多诗作在景物描摹中带有一个玄言的尾巴，颇有前后割裂之感，如《登永嘉绿嶂山诗》：

> 裹粮杖轻策，怀迟上幽室。行源迳转远，距陆情未毕。澹潋结寒姿，团栾润霜质。洞委水屡迷，林回岩愈密。眷西谓初月，顾东疑落日。践夕奄昏曙，蔽翳皆周悉。蛊上贵不事，履二美贞吉。幽人常坦步，高尚邈难匹。颐阿竟何端，寂寂寄抱一。恬如既已交，缮性自此出。

这是一首很典型的谢灵运山水玄言诗。全诗分两层，从开头到"蔽翳皆周悉"为一层，写游览的经历及山水景物；"蛊上贵不事"至结尾为第二层，写自己在山水中体悟到的玄理。生动直观的山水形象与抽象思辨的玄学义理结合在一起，这里的山水形象，在很大程度上是体道的对象，而玄理才是其最终目的。尽管写景形象生动，但玄言的部分无疑还是晦涩的。谢灵运又博览群书，《诗经》、楚辞、《论语》、《史记》等常被引用，

---

① 沈德潜选《古诗源》，中华书局，1963，第232页。

加之其佛学修养又极为高深，佛经中的用典和词语也经常出现在诗歌中，如《石壁立招提精舍》：

> 四城有顿踬，三世无极已。浮欢昧眼前，沈照贯终始。壮龄缓前期，颓年迫暮齿。挥霍梦幻顷，飘忽风雷起。良缘迨未谢，时逝不可俟。敬拟灵鹫山，尚想祇洹轨。绝溜飞庭前，高林映窗里。禅室栖空观，讲宇析妙理。

不管诗歌结构、表达如何精巧，但初读的晦涩难懂就很难引起人的共鸣。吴淇评《初去郡》曰："康乐之诗，语多生撰，非注莫解其词，非疏莫通其义"，[①] 正如王世贞前言所云："始读谢灵运诗，初甚不能入。"然而，谢灵运超拔峻洁的灵性与高超的艺术表现力融合而成的诗歌艺术，又的确有着让人"既入而渐爱之，以至于不能释手"的质素。理语入诗在一定程度上妨碍了诗歌的情感表达与艺术审美，明代复古派之所以反对宋诗，很重要的原因就在于宋诗的理性化。但诗歌的理性化又不可也不必避免，王夫之在《姜斋诗话》中对王世懋所言"诗有妙悟，非关理也"进行了反驳：

> 谢灵运一意回旋往复，以尽思理。吟之使人忄躁之意消。《小宛》亦不仅此，情相若，理尤居胜也。王敬美谓"诗有妙悟，非关理也"，非理抑将何悟？[②]

严羽以"夫诗有别材，非关书也；诗有别趣，非关理也"来对抗宋诗的理性化倾向，明代前后七子也反对理，李梦阳说："宋人主理作理语，于是薄风云月露，一切铲去不为。又作诗话教人，人不复知诗矣"，[③] 李攀龙更是"修辞宁失之理"。王夫之反驳王世懋所说的"诗有妙悟，非关理也"，他举谢灵运诗歌因思理表露无遗而使人忄躁顿消来说明诗中有理的

---

① 吴淇撰《六朝选诗定论》，汪俊、茹进德点校，广陵书社，2009，第361页。
② 王夫之：《姜斋诗话》，戴鸿森笺注，上海古籍出版社，2012，第31页。
③ 李梦阳：《空同集》卷五二，文渊阁四库全书第1262册，第477页。

必要性和好处。王夫之还举出《诗经·小宛》来进一步说明诗中有理的必要性和根据，他认为《小宛》所表达的情感与谢灵运诗差不多，但其中的理比谢灵运诗更多，理就是妙悟的结果，诗中如果没有理的话，那妙悟的是什么呢？细思的确如此。戴鸿森笺注曰："船山于此，其赞成与反对此命题，端在'理'字作何理解，态度极其明确。盖一切客观存在彼此间联系影响的规律性，无不可说是'理'，诗如不顾此理，只能是神秘主义的呓语，故驳之曰：'非理抑将何悟？'……谢灵运诗的特色也在寄寓着理。不是诗中不可说理，而是所说的理必须与作者的身世遭遇、修养怀抱密切结合，带有鲜明的个别性、具体性，即使说的是理，却依然饱含着情。"①王夫之在《古诗评选》中评司马彪《杂诗》曰：

> 王敬美谓："诗有妙悟，非关理也。"非谓无理有诗，正不得以名言之理相求耳。且如飞蓬何首可搔？而不妨云"搔首"，以理求之，讵不蹭蹬？②

谢灵运诗歌的特色就是诗中有理。因为是发自内心、与经历、修养密切结合的谢灵运自身对事物规律的认识，就与别人说的"名言之理"不同，是自身体悟而得，因而也带着情感，所以会让人不觉得枯燥乏味。事实上，影响诗歌情感表达的并不只有理，"不因自得，则花鸟禽鱼累情尤甚，不徒理也。取之广远，会之清至，出之修洁，理顾不在花鸟禽鱼上邪？"③ 如果不是出自我之心灵体悟，不仅理，举凡花鸟禽鱼都会有碍于情感的表达，所以理语入诗必须要经过"琢"，也就是要经过反复的思考与安排，要与诗歌的情感表达和艺术表现融为一体，只有这样才能让理语健而不卑，增加诗歌的理性而又不损害其艺术性。陈祚明评《从游京口北固亭应诏》亦曰："理语入诗，气皆厚，不落宋人"，④ 因为诗中有浑厚朴拙之气，所以即使是以理语入诗，也尚未落入宋诗窠臼，并未损害诗歌的

---

① 王夫之：《姜斋诗话》，戴鸿森笺注，上海古籍出版社，2012，第 32 页。
② 王夫之评选《古诗评选》，文化艺术出版社，1997，第 176 页。
③ 王夫之评选《古诗评选》，文化艺术出版社，1997，第 91 页。
④ 陈祚明选评《采菽堂古诗选》，李金松点校，上海古籍出版社，2008，第 523~524 页。

情感与审美特征。谢诗往往融情致思理于山水描摹之中，陈祚明评谢灵运曰：

> 详谢诗格调，深得三百篇旨趣，取泽于《离骚》《九歌》。江水江枫，霁冰积雪，是具所师也。间作理语，辄近《十九首》。然大抵多发天然，少规往则，称性而出，达情务尽。钩深索隐，穷态极妍，陈思、景阳，都非所屑。至于潘、陆，又何足云？千秋而下播其余绪者，少陵一人而已。①

谢灵运诗虽间作理语，但很少受前人影响，大都发自心性自然，谢灵运又苦思经营，力图用最合适的语言将其表达出来。陈祚明谓谢诗的间作理语与古诗十九首相近，是从与作为五言古诗源头的古诗十九首的相似性上来肯定谢诗的间作理语。理语不但并未损害其诗歌表达的形象性，而且使其更接近古诗十九首的深厚内涵。陈祚明和王夫之都强调理语来自"自得"，是自我与万物交融而得的个人独特感悟，王夫之曰：

> 谢诗有极易入目者，而引之益无尽；有极不易寻取者，而径遂正自显。然顾非其人，弗与察尔。言情则于往来动止缥缈有无之中，得灵蠁而执之有象；取景则于击目经心丝分缕合之际，貌固有而言之不欺。而且情不虚情，情皆可景；景非滞景，景总含情。神理流于两间，天地供其一目，大无外而细无垠，落笔之先，匠意之始，有不可知者存焉。岂徒兴会标举如沈约之所云者哉？自有五言，未有康乐；既有康乐，更无五言。或曰不然，将无知量之难乎？②

谢灵运诗歌并非沈约所说的"兴会标举"那么简单，其不仅情致高超，而且情景交融、神理交会，写作构思之前，即有"不可知者存焉"，然后神理周流于天地之间，与天地万物交会融合，选取与缥缈情感相对

---

① 陈祚明选评《采菽堂古诗选》，李金松点校，上海古籍出版社，2008，第519页。
② 王夫之评选《古诗评选》，文化艺术出版社，1997，第217页。

应的意象，摄取与心中灵性相契合的景物，并且情皆可景，景总含情，才会使谢诗既有那种看起来平淡自然实际上又韵味无穷的诗作，又有看起来典雅晦涩实际上情理显豁的作品。王夫之谓谢灵运是"自有五言，未有康乐；既有康乐，更无五言"，戴鸿森笺注说："船山论诗，每多非议，不轻许可，而独心折谢灵运，极口称赞，一无保留。谢五言诗之特点为：模山范水而渊含哲理，耐人咀嚼；时寓身世遭遇之感而声容不迫，可供从容涵咏；较之在先之五言诗辞藻加富，形貌充腴，而又不像齐梁以下之专讲音律藻饰，辞气近俳，诗格卑下。此数点正与船山诗见相合，遂被推许为情景交尽、内外无间的范例。"① 沈德潜在《古诗源》中总评谢灵运曰：

> 前人评康乐诗，谓东海扬帆，风日流利，此不甚允。大约经营惨淡，钩深素隐，而一归自然。山水闲适，时遇理趣，匠心独运，少规往则。②

沈德潜不同意前人仅从审美风貌来评价谢灵运诗歌的做法，他从谢诗惨淡经营之自然与时遇理趣的独创性两个方面来评价谢诗，正是综合了明清诗论中评论谢灵运诗歌着力最多的地方。

第三节　明清古诗选本中的鲍照与谢朓评价

从本书所探讨的明清古诗选本所选诗歌数量来看，鲍照与谢朓是仅次于陶渊明的古诗作者，虽然各家关注审视的角度略有不同，但从不同的侧面丰富了鲍照与谢朓诗歌的接受和解读。

一　乐府圣手鲍明远

明清古诗选本之所以选鲍照诗歌较多，与其乐府诗在艺术上的独特性

---

① 王夫之：《姜斋诗话》，戴鸿森笺注，上海古籍出版社，2012，第50页。
② 沈德潜选《古诗源》，中华书局，1963，第232页。

与开创性有很大关系。诸家对鲍照乐府诗的特点、诗歌史地位等进行了多方面的探讨。在乐府与古诗的选取和评价上，多以乐府为主，如《诗镜》选鲍诗 70 首，其中乐府 38 首；《采菽堂古诗选》选鲍诗 128 首，其中乐府 60 首；《古诗评选》选鲍诗 36 首，其中乐府 18 首；《古诗源》选鲍诗 42 首，其中乐府 21 首；只有《五言古诗选》选鲍诗 39 首，其中乐府仅 4 首。相比于其他作家的选诗比例，足见各家对其乐府诗的重视。

钟惺曰："鲍参军灵心妙舌，乐府第一手"，[1] 肯定了鲍照乐府诗的成就。并指出了鲍照乐府诗融乐府与古诗为一体的个性特征，他说：

> 鲍照能以古诗声格作乐府，以五言性情入七言，别有奇响异趣。[2]
> 促节厉响，情思婉转，乐府中古诗也。[3]

鲍照的《代东门行》一诗，"促节厉响"，是典型的乐府诗诗体特征；"情思婉转"，又是典型的古诗特征，所以钟惺言其"能以古诗声格作乐府""乐府中古诗"。古诗与乐府具有不同的诗体特征，古诗温厚和平，乐府铺陈艳异，而鲍照乐府兼有二者之长，故谓其为"乐府第一手"。竟陵评其《拟行路难》"泻水置平地"亦曰：

> 全副苏、李、《十九首》性情，从七言中脱出。乐府歌行，出入其中，游戏其外，可知而不可言。[4]

一则以乐府而有古诗特征，二则拟之苏李十九首，评价不可谓不高。评"春禽喈喈旦暮鸣"亦曰：

> 此一诗之妙，散之可作苏、李、《十九首》，约之只如《子夜》

---

① 钟惺、谭元春选评《诗归》，张国光等点校，湖北人民出版社，1985，第 225 页。
② 钟惺、谭元春选评《诗归》，张国光等点校，湖北人民出版社，1985，第 225 页。
③ 钟惺、谭元春选评《诗归》，张国光等点校，湖北人民出版社，1985，第 225 页。
④ 钟惺、谭元春选评《诗归》，张国光等点校，湖北人民出版社，1985，第 227 页。

《读曲歌》四语。难言！难言！①

都是就鲍照乐府融古诗与乐府于一体的独特性而言的。

陆时雍从快爽、凌厉、一发无遗，能够带给人强烈的情感震撼等方面称赞鲍照乐府诗的开创性。陆时雍《诗镜》选鲍照诗为入选作家的第一名。他在《诗镜总论》中评鲍照：

> 材力标举，凌厉当年，如五丁凿山，开人世之所未有。当其得意时，直前挥霍，目无坚壁矣。骏马轻貂，雕弓短剑，秋风落日，驰骋平冈，可以想此君意气所在。②

鲍照诗歌的抒情特色，是直抒胸臆，外露、强烈、慷慨激昂。陆时雍对鲍照乐府诗多从这一角度进行评价。

> 棱棱精爽，筋力如开百斛弓。③
> 扼腕肮脏，是猛男儿语。④
> 搔首平生，抚怀悲咤，是讽伏枥诗，击壶尽裂。⑤

但这种过于凌厉直接的表达，必然无法含蓄，会带来韵味的不足。

> 鲍照快爽莫当，丽藻时见，所未足者，韵耳。⑥

对于以神韵论诗的陆时雍来说，鲍照诗歌的情感表达及开拓性都令人耳目一新，但缺乏韵味。而陆时雍在《诗镜》中选取最多的又是鲍照诗，

---

① 钟惺、谭元春选评《诗归》，张国光等点校，湖北人民出版社，1985，第228页。
② 陆时雍：《诗镜总论》，载丁福保辑《历代诗话续编》，中华书局，1983，第1407页。
③ 陆时雍选评《诗镜》，任文京、赵东岚点校，河北大学出版社，2010，第135页。
④ 陆时雍选评《诗镜》，任文京、赵东岚点校，河北大学出版社，2010，第136页。
⑤ 陆时雍选评《诗镜》，任文京、赵东岚点校，河北大学出版社，2010，第136页。
⑥ 陆时雍选评《诗镜》，任文京、赵东岚点校，河北大学出版社，2010，第133页。

这可以说是诗论的概括性与实践的丰富性之间经常存在的一种矛盾，也足见神韵并不足以概括陆时雍的诗学。

王夫之则不仅看到了鲍照乐府诗跌宕凌厉的一面，也看到了其含蓄蕴藉的一面，并极力称赞其含蓄的一面，称其为七言之祖。与陆时雍一样，王夫之在《古诗评选》中选鲍照诗最多，但与陆时雍快爽、凌厉、一发无遗的评价不同，王夫之评其《代东门行》曰：

> 空中布意，不堕一解，而往复萦回，兴比宾主，历历不昧。虽声情爽艳疑于豪宕，乃以视《青青河畔草》，亦相去无三十里矣。①

鲍照诗从表面上看不无豪宕成分，但其诗意的多向性、表达的曲折性，都与古诗十九首之《青青河畔草》相差无几，王夫之评《代东武吟》曰：

> 中间许多情事，平叙初终，一如白乐天歌行。然者，乃从始至末，但一人口述语耳，于《琵琶行》才占得一段，而言者之平生，闻者之感触，无穷无方，皆所含蓄。故言若已尽，而意正未发，自非唐宋人力所及、心所谋也。②

王夫之将其与白居易《琵琶行》相比较，鲍照《代东武吟》的叙事从始至终是平叙，所叙仅相当于《琵琶行》的一段，但所叙之事能引起人无穷无尽的感触，正是言有尽而意无穷，是唐宋人极尽心力也无法达到的。在王夫之这里，鲍诗非但不缺乏韵味，反而正是含蓄蕴藉的典范。评《拟行路难》其三曰："冉冉而来，若将无穷者，倏然澹止，遂终以不穷"，③"冉冉而来""终以不穷"，正是含蓄。王夫之评《代结客少年场行》曰：

> 满篇讥诃，一痕不露。明远乐府自是七言至极，顾于五言歌行，

---

① 王夫之评选《古诗评选》，文化艺术出版社，1997，第42页。
② 王夫之评选《古诗评选》，文化艺术出版社，1997，第44页。
③ 王夫之评选《古诗评选》，文化艺术出版社，1997，第47页。

亦以七言手笔行之，句疏气迫，未免失五言风轨。但其谋篇不杂，若《门有车马》《东武》《结客》诸作，一气内含，自踞此体肠。①

鲍照此诗，叙游侠之行为，"失意杯酒间，白刃起相仇。追兵一旦至，负剑远行游。去乡三十载，复得还旧丘"，摹游侠之不平，"扶宫罗将相，夹道列王侯。日中市朝满，车马若川流。击钟陈鼎食，方驾自相求。今我独何为？坎壈怀百忧"，诗中寄寓了强烈的身世之感和对现实的愤慨之情，但仅用"今我独何为？坎壈怀百忧"来表达自己的愤慨不平，的确如王夫之所言，是"满篇讥诃，一痕不露"。其《拟行路难》亦如此。王夫之谓其"'愁思忽而至'五字，正是一篇正杀着，更以淡漠出之。熟六代时事，即知此所愁所思者何也。当时忠孝铲地灭尽，犹有明远，忽焉之一念，恻怆而不能言，其志亦哀也"。② 一篇杀着而以淡漠出之，悲慨不能明言，鲍照乐府之含蓄一如此。故"看明远乐府，别是一味，急切觅佳处，早已失之。吟咏往来，觉蓬勃如春烟弥漫，如秋水溢目盈心"，③ 形象描绘了鲍照乐府带给人的含蓄悠远的美感。王夫之对鲍照的七言歌行评价极高：

七言之制，断以明远为祖何？前虽有作者，正荒忽中鸟径耳。柞械初拔，即开夷庚，明远于此，实已范围千古。故七言不自明远来，皆蒉稗而已。④

将鲍照放在七言之祖的地位上，谓鲍照之前虽有作者，但不过是荒忽中开辟了一条小路而已。七言诗是在鲍照手里一下子发扬光大的，就像拔掉了树木忽见康庄大道一样，鲍照七言诗实际上是包含万有的，后代学习七言诗，如果不从鲍照入手，所得皆杂草，毫无价值。又谓"《行路难》诸篇，一以天才天韵吹宕而成，独唱千秋，更无和者。太白得其一桃，大

---

① 王夫之评选《古诗评选》，文化艺术出版社，1997，第44页。
② 王夫之评选《古诗评选》，文化艺术出版社，1997，第48页。
③ 王夫之评选《古诗评选》，文化艺术出版社，1997，第49页。
④ 王夫之评选《古诗评选》，文化艺术出版社，1997，第45页。

者仙，小者豪矣"，① 以李白之才情，仅得其一桃，对鲍照评价之高可见一斑。

陈祚明《采菽堂古诗选》选取鲍诗数量亦为入选作家第三位。他总论鲍照曰：

> 夫诗惟情与辞，情辞合而成声。鲍之雄浑，在声，沉挚在辞。而于情，反伤浅近，不及子山，乃以是故。然当其会心得意，含咀宫商，高揖机、云，远符操、植，则又非子山所能竞爽也。要之自宋以后，此两家洵称人杰。鲍境异于庾，故情逊之；庾时后于鲍，故声逊之。不究此二家之蕴，即不知少陵取法何自。②

《采菽堂古诗选》选诗最多、总体上评价最高者为庾信，陈祚明说鲍照诗声辞雄浑沉挚，只是情感较为浅近，不如庾信之深厚，但是他的会心得意之作又非庾信所能比。陈祚明将鲍照和庾信视为刘宋之后最为杰出的诗人。鲍照没有庾信那样的人生境遇，所以诗歌情感的深厚不如庾信；庾信时代在鲍照之后，所以声调上不如鲍照高古。可以说，二家是各有短长的。不过，鲍照诗歌总体上不如庾信，其诗缺乏含蓄蕴藉之美，陈祚明批评鲍照"述情总是直，直故能尽，直故不深"，③ 直陈的好处是能描摹殆尽，但不好的地方就是缺乏深沉的蕴含，当然就缺少余味，而古诗是以含蓄蕴藉为美的。

吴淇和王士禛则对鲍诗的风骨赞赏有加。吴淇在《六朝选诗定论》中选鲍照诗18首，为入选作家的第六位，对其评价也很高：

> 当晋宋波靡之余，振拔为难。出颜、谢盛名之后，兴起匪易。参军挺尔奋举，以骏逸之气，运清丽之词。虽造诣之深不及颜、谢，而其板重拙晦之语，淘洗净尽，居然自名一家之体。得与并驱者，唯谢

---

① 王夫之评选《古诗评选》，文化艺术出版社，1997，第46页。
② 陈祚明选评《采菽堂古诗选》，李金松点校，上海古籍出版社，2008，第563页。
③ 陈祚明选评《采菽堂古诗选》，李金松点校，上海古籍出版社，2008，第589页。

宣城一人。然宣城工于琢句，而参军风骨更胜，复兼擅乐府之长。故同为唐人权舆，而参军尤为供奉所服膺已。①

吴淇对鲍照在颜谢之后能够自成一家表示了肯定，将鲍照与谢朓作为颜谢之后的并驾齐驱者，二者之间，鲍照虽然不如谢朓琢句之工，但更有风骨，并且更兼擅乐府，所以虽然二人同为唐诗的开启者，但李白更欣赏的是鲍照。

王士禛《五言古诗选》中选鲍照诗 39 首，为入选作家作品第三位，他在总论中说：

> 宋代词人，康乐为冠。诸谢奕奕，迭相映蔚。明远篇体惊奇，在延年之上。谢之于鲍，可谓分路扬镳。仲伟之品于明远多微词，愚所未解。②

王士禛虽然将谢灵运作为刘宋诗人之冠，但对钟嵘《诗品》对鲍照多有微词表示不解，谓"谢之于鲍，可谓分路扬镳"，事实上是将鲍照作为与谢灵运并列的刘宋诗人的，只是其诗风不同而已。他在《五言古诗选》中除了选取大量山水田园诗外，还选取了很多具有汉魏风骨之作，正是所谓"谢之于鲍，可谓分路扬镳"，完全是两个不同的方向，但不影响其同样优秀。王士禛谓"明远篇体惊奇"，鲍诗不仅语言华美自然，而且诗中抒发的多是不得志的人生感慨，带有浓烈的感情色彩。萧子显亦谓其"发唱惊挺，操调险急，雕藻淫艳，倾炫心魄"。鲍诗的抒情特色，是直抒胸臆，外露、强烈、慷慨激昂，带给人心灵强烈的震撼。这和建安诗歌重视强烈的抒情、追求慷慨悲凉之美的特色是一脉相承的。

沈德潜则综合了各家对鲍照乐府诗的评价，既称赞其跌宕豪壮，又欣赏其含蓄蕴藉，并对其开创性给予了充分的肯定。沈德潜《古诗源》中鲍照诗歌入选数量位列第二。他评鲍诗说：

---

① 吴淇撰《六朝选诗定论》，汪俊、黾进德点校，广陵书社，2009，第335页。
② 王士禛：《五言古诗选》，四部备要集部总集六，第2页。

　　诗至于宋，体制渐变，声色大开。康乐神工默运，明远廉俊无
前，允称二妙。①

　　明远乐府，如武丁凿山，开人世所未有，后太白往往效之，五言
古亦在颜、谢之间。五言古雕琢与谢公相似，自然处不及。②

　　沈德潜总体上将鲍照与谢灵运作为刘宋成就最高的两位诗人。于乐
府，称赞其开创性；于五古，将其定位在颜谢之间，雕琢与谢灵运相似，
但自然不及谢灵运。评《拟行路难》"剉蘖染黄丝"与《代出蓟北门
行》曰：

　　　　悲凉跌宕，曼声促节，体自明远独创。③
　　　　明远能为抗壮之音，颇似孟德。④

　　与陆时雍一样，沈德潜指出鲍照乐府的跌宕豪壮与开创性，也看到了
鲍照乐府含蓄的一面，评《拟行路难》"泻水置平地"曰："妙在不曾说
破，读之自然生愁。"⑤沈德潜还从品性之雅俗上评《拟行路难》"对案不
能食"曰："家庭之乐，岂宦游可比，明远乃亦不免俗见耶。江淹《恨
赋》，亦以左对孺人，顾弄稚子为恨，功名中人，怀抱尔尔。"⑥鲍照此诗
"对案不能食，拔剑击柱长叹息"的是"丈夫生世会几时，安能蹀躞垂羽
翼"的失志之悲，诗中有"弄儿床前戏，看妇机中织。自古圣贤尽贫贱，
何况我辈孤且直"的不平与自解，鲍照感慨的是人生价值无法实现的悲
哀，沈德潜将其解为对功名的追求，谓其"功名中人，怀抱尔尔"，否定
了其失志之悲。鲍照出身寒族，社会地位低微，毕生为衣食奔波，他在诗
中抒发种种不得志的人生感慨，带有浓烈的感情色彩，这种失志之悲，与
一般意义上对功名利禄的追求完全是两回事，可以说是对鲍照的误解。

---

① 沈德潜：《说诗晬语》，载《清诗话》，上海古籍出版社，1963，第532页。
② 沈德潜选《古诗源》，中华书局，1963，第249页。
③ 沈德潜选《古诗源》，中华书局，1963，第256页。
④ 沈德潜选《古诗源》，中华书局，1963，第252页。
⑤ 沈德潜选《古诗源》，中华书局，1963，第255页。
⑥ 沈德潜选《古诗源》，中华书局，1963，第255页。

明清诗论在鲍照诗歌是含蓄蕴藉还是直露乏韵、情感浓烈还是浅近、是雅还是俗等问题上或许有这样那样的分歧，但对鲍照乐府跌宕豪壮的独特性，对鲍照诗歌对七言以及近体诗的开创性上都是持一致意见的。

二　唐诗先声谢玄晖

与其他几位诗人评价颇多争议不同，明清古诗选本对谢朓诗的评价相对较为一致。谢朓的诗歌，在当时即已获得了普遍的认可和赞赏，沈约赞其"二百年来无此诗也"，[①] 以沈约当时的文坛地位及其在文学上的开拓精神，这可以说是极高的评价。《南齐书·谢朓传》谓其"文章清丽"，钟嵘《诗品》评谢朓曰：

> 其源出于谢混。微伤细密，颇在不伦。一章之中，自有玉石。然奇章秀句，往往警遒。足使叔源失步，明远变色。善自发诗端，而末篇多踬，此意锐而才弱也。至为后进士子之所嗟慕。[②]

《南齐书》与《诗品》中所说的"清丽""微伤细密""善自发诗端，而末篇多踬"以及严羽所说"谢朓之诗，已有全篇似唐人者"，[③] 皆被明清诗论所继承并有所发展。

（一）　清丽细密与开启唐音

明清诗论大抵是以清丽为谢朓诗歌风格特征的。陆时雍《诗镜》谓谢朓诗"清绮绝伦""清绮"，即清丽；《古诗归》称"谢玄晖灵妙之心，英秀之骨，幽恬之气，俊慧之舌，一时无对"，也就是《古诗源》中所说的"玄晖多清俊""清俊"，亦即"清丽"。沈德潜将其与谢灵运相对比，"康乐每板拙，玄晖多清俊，然诗品终在康乐下，能清不能厚也"，[④] 谢灵运诗歌的板拙与谢朓诗歌的清俊恰好形成了鲜明的对比。虽然从艺术表现上

---

①　萧子显：《南齐书·谢朓传》，中华书局，1972，第826页。
②　陈延杰：《诗品注》，人民文学出版社，1961，第48页。
③　严羽：《沧浪诗话》，郭绍虞校释，人民文学出版社，1961，第158页。
④　沈德潜选《古诗源》，中华书局，1963，第272页。

看，谢朓的清俊胜于灵运的板拙，但板拙可以达到深厚的境界，而清俊则不能。谢朓诗歌之清俊确实是一时无敌，但清俊同时也很容易带来纤弱的弊病。钟嵘说谢朓诗"微伤细密"，像谢朓有名的佳句"鱼戏新荷动，鸟散余花落"，鱼儿嬉戏触动新荷，众鸟飞散残花飘落，鱼儿的嬉戏也好，众鸟的飞散也罢，都是极其轻微的动作，就是这种极其细微的变化，触动了新荷，飘散了残花，谢朓对大自然的观察是纤细入微的，他对大自然瞬间变化衰亡过程的刻画达到了深邃细密的地步，当然就不可能如谢灵运诗歌那样典雅厚重，也就不可避免地会出现纤弱的倾向。陆时雍《诗镜》评谢朓曰：

> 谢朓清绮绝伦，每苦气竭。其佳处则秀色天成，非力所构。《诗品》谓其微伤细密，非也，其病乃在才不继耳。若情事关生，形神相配，虽秋毫毕具，愈见精奇。累幅连篇，深知博大，诗之臧否，不系疏密间也。①

陆时雍不赞同钟嵘《诗品》认为谢朓诗伤于细密的说法，他认为谢朓诗歌的弊病是其才力不继导致的，并非因为过于细密。谢朓那些"情事关生，形神相配"的诗作，虽然写得细密到了"秋毫毕具"这种极端的程度，非但不损害其诗歌的表达，反而越是细致入微才越能见出其精巧新奇，谢朓的诗歌连篇累幅都是如此，唯其如此才更见其广博阔大。所以细密并非其缺点，反而是其独特的个性化特征。陆时雍诗论于诗歌艺术上的分析的确更为到位，谢朓诗歌的这一特点，也是影响唐诗最多的地方，胡应麟《诗薮》曰：

> 六朝句于唐人，调不同而语相似者，"余霞散成绮，澄江静如练"，初唐也；"金波丽鳷鹊，玉绳低建章"，盛唐也；"天际识归舟，云中辨江树"，中唐也；"鱼戏新荷动，鸟散余花落"，晚唐也，俱谢

---

① 陆时雍选评《诗镜》，任文京、赵东岚点校，河北大学出版社，2010，第161页。

玄晖诗也。①

谢朓诗歌的确对唐代影响颇多，吴淇《六朝选诗定论》总评谢朓亦曰：

> 盖诗不贵议论，要在叙事点景写情而已。朓诗专精于写景，而情与事寓焉，如"鱼戏新荷动，鸟散余花落""日影涧疑空，云出岫如复""天际识归舟，云中辨江树""余霞散成绮，澄江静如练""日华川上动，风光草际浮"等语，真一字千金、惊魂动魄者，故唐人每摘其句以为诗题云。②

不仅佳句，正如严羽所谓"谢朓之诗，已有全篇似唐人者"，陈祚明评《玉阶怨》曰："此首竟是唐绝，其情亦深"；③ 评《同王主簿有所思》曰："即景含情，怨在言外。法同唐绝，而调稍高"；④ 评《怀故人》曰："起语流逸，其意欲仿汉人。结语佻薄，其体竟沦唐代"；⑤ 评《之宣城郡出新林浦向板桥》曰："'天际'二句竟堕唐音。然在'选体'，则渐以轻漓；入唐调，则犹用朴胜"，⑥ 诸如此类。如前所述，明清时期很多诗论将古今诗歌的转捩点归结为谢朓，对唐诗的开启之功，的确是谢朓对诗歌史莫大的贡献。

（二）善自发端与末篇多踬

关于钟嵘所说的"善自发诗端，而末篇多踬"，明清诗论亦颇多议论。
王世懋《艺圃撷余》曰："诗称发端之妙者，谢宣城而后，王右丞一人而已"，⑦ 胡应麟《诗薮》曰："杨用修论发端，以玄晖'大江流日夜'

---

① 胡应麟：《诗薮》，上海古籍出版社，1979，第 150 页。
② 吴淇撰《六朝选诗定论》，汪俊、黄进德点校，广陵书社，2009，第 406 页。
③ 陈祚明选评《采菽堂古诗选》，李金松点校，上海古籍出版社，2008，第 639 页。
④ 陈祚明选评《采菽堂古诗选》，李金松点校，上海古籍出版社，2008，第 639 页。
⑤ 陈祚明选评《采菽堂古诗选》，李金松点校，上海古籍出版社，2008，第 649 页。
⑥ 陈祚明选评《采菽堂古诗选》，李金松点校，上海古籍出版社，2008，第 650 页。
⑦ 王世懋：《艺圃撷余》，载何文焕辑《历代诗话》，中华书局，1981，第 780 页。

为妙绝。余谓此未足当也",① 陈祚明《采菽堂古诗选》谓其"发端结想，每获骊珠，结句幽寻，亦铿湘瑟"。② 王夫之评其《暂使下都夜发新林至京邑赠西府同僚》曰：

> 旧称朓诗工于发端，如此发端语，寥天孤出，正复宛诣，岂不夐绝千古？非但危唱雄声已也。以危唱雄声求者，一击之余必得衰飒，千钧之力且无以善后，而况其余哉？太白学此，往往得踬，亦低昂之势所必然也。③

此诗发端即为谢朓有名的佳句"大江流日夜，客心悲未央"，王夫之谓其如"寥天孤出，正复宛诣"，如寥廓天地间拔地而起的"大江流日夜"，而又深沉婉转至极的"客心悲未央"，两句所形成的恢宏阔大的气势，个人与天地融为一体的广漠的悲哀，而且这种起势不凡并非一击即衰的"危唱雄声"，而是深沉婉转含蕴无穷，真的是气魄非凡、让人震撼，王夫之谓其"夐绝千古"绝不为过。但这种宏大的气势在接下来的诗中渐渐消失，结尾"常恐鹰隼击，时菊委严霜。寄言蔚罗者，寥廓已高翔"则回到了自己对时局以及个体安危的担忧。正如钟嵘所批评的那样，谢朓不乏灵感和创造力，因此开端多绝妙，但由于才气不够，就无法将其延续下去，到诗歌的结尾基本就是强弩之末了。由于后面很难衬得起开头，就形成了"末篇多踬"的弊病。但陈祚明在《采菽堂古诗选》中批评"《诗品》以为末篇多踬"云：

> 发端结想，每获骊珠，结句幽寻，亦铿湘瑟。而《诗品》以为末篇多踬，理所不然。夫宦辙言情，旨投思遁。赋诗见志，固应归宿是怀。仰希逸流，贞观丘壑，以斯托兴，趣颇萧然。恒见其高，未见其踬。但嫌篇篇一旨，或病不鲜。幸造句各殊，岂相妨误？盖玄晖密于

---

① 胡应麟：《诗薮》，上海古籍出版社，1979，第148页。
② 陈祚明选评《采菽堂古诗选》，李金松点校，上海古籍出版社，2008，第635页。
③ 王夫之评选《古诗评选》，文化艺术出版社，1997，第243页。

体法，篇无越思。揆有作之情，定归是柄。如耕者之有畔焉，蹂是则不安矣！至乃造情述景，莫不取稳善调。理在人之意中，词亦众所共喻。而寓目之际，林木山川，能役字模形，稍增隽致。大抵运思使事，状物选词，亦雅亦安，无放无累，篇篇可颂，蔚为大家；首首无奇，未云惊代。希康乐则非伦，在齐梁诚首杰也。①

"对于'末篇多踬'在小谢诗作体现的内容，陈祚明所言最为明晰，主要是指'思遁'的隐居思想。"② 谢朓很多诗反反复复说的是一个意思，"希望或将要隐居，字面话头虽然不一样，却定的同一个调子，加上宣城前后在京所做的重复，约30首之多，占其诗1/5，陈祚明就其《冬日晚郡事隙》说：'结亦数见，必索新语，故不觉重复。'确实如此，在那么多的结尾都说要归隐，很少见到相同的习言常语，也就是说他能用许多不同语言不同的构思表述同一思想，这确实需要有一定的才力"。③ 不过，虽然"把同一意思用不同的语言与方式千变万化地表现，这本身就是以一种才资富赡的体现"，④ 但谢朓诗歌的"末篇多踬"并不仅仅是末篇多回归自我感伤的千篇一律，更多的还是起势雄峻与末篇不能继起所形成的强烈对比。王夫之评《观朝雨》曰：

> 发端峻甚，遽欲一空今古声情；所引太高，故后亦难继，正赖平缓持之，不致轻踬。⑤

此诗开头两句"朔风吹飞雨，萧条江上来"，也是发端雄峻，但往往开端境界越雄浑，越让人震撼，后面就越需要能够衬得起开端的相应的表现。一般而言，像谢朓这样诗思敏锐的诗人，他有敏锐的感受力和创造力，但这种敏锐的感受力，也就是灵感，通常是一触即发的，难以持久，

---

① 陈祚明选评《采菽堂古诗选》，李金松点校，上海古籍出版社，2008，第635页。
② 魏耕源：《谢朓诗论》，中国社会科学出版社，2004，第42页。
③ 魏耕源：《谢朓诗论》，中国社会科学出版社，2004，第43页。
④ 魏耕源：《谢朓诗论》，中国社会科学出版社，2004，第44页。
⑤ 王夫之评选《古诗评选》，文化艺术出版社，1997，第247页。

正如王夫之所言"所引太高，故后亦难继"。光有令人震撼的开端还不够，重要的是能够将其承接延续下来，这首《观朝雨》因为继之以平缓，将雄峻的开端承接延续下来，所以没有出现"末篇多踬"的现象。但这种承接延续需要相当的才力，谢朓诗歌普遍存在"末篇多踬"的现象。陆时雍评《暂使下都夜发新林至京邑赠西府同僚》曰："起四语属高调，然一唱气尽，下无余音"，① 说的就是这种开端雄起，末篇难继的现象。又评《和伏武昌登孙权故城》曰："谢朓诗，所谓朝华方披，夕秀已殒，独此作为收全力"，② 虽然对《和伏武昌登孙权故城》一诗赞誉有加，但这是此诗独有，不是谢朓诗歌的普遍现象，谢朓诗歌中普遍存在的是"朝华方披，夕秀已殒"，讲的还是谢朓之诗开端如早晨开放的花朵般美好，但末篇又如傍晚就凋落的花朵般难以为继，谢朓诗歌的这一特点还是较为明显的。

三　小结

从明清古诗选本关于陶渊明、谢灵运、鲍照以及谢朓的选诗与评论来看，陶渊明以其自然本真的人格和诗格成为毫无争议的第一名。对于诗歌史上多与陶渊明并称的谢灵运，明清古诗选本对其诗歌评价较高，即使是选鲍照诗歌最多的《诗镜》，评鲍照《从登香炉峰》一诗亦曰："山水景趣，谢灵运写得圆映，鲍明远写得精警。圆快得神，精警得意，然而灵运之境地超也。"③ 选谢朓诗较多的《古诗归》和《古诗源》皆谓谢朓不如谢灵运之"厚"，《古诗归》曰："谢玄晖灵妙之心，英秀之骨，幽恬之气，俊慧之舌，一时无对。似撮康乐、渊明之胜，而似皆有不敌处，曰厚，然是康乐以下诸谢以上。"④ 《古诗源》曰："康乐每板拙，玄晖多清俊，然诗品终在康乐下，能清不能厚也。"⑤ 王夫之更是对谢灵运推崇备至，甚至将其置于陶渊明之上，他评谢灵运《初往新安桐庐口》中说："亦闲旷，亦清宛，秋月空山、夕阳烟水中吟此萧然，岂不较'结庐在人

---

① 陆时雍选评《诗镜》，任文京、赵东岚点校，河北大学出版社，2010，第 164 页。
② 陆时雍选评《诗镜》，任文京、赵东岚点校，河北大学出版社，2010，第 167 页。
③ 陆时雍选评《诗镜》，任文京、赵东岚点校，河北大学出版社，2010，第 137 页。
④ 钟惺、谭元春选评《诗归》，张国光等点校，湖北人民出版社，1985，第 245 页。
⑤ 沈德潜选《古诗源》，中华书局，1963，第 272 页。

境'为尤使人恬适？乃世人乐吟陶而不解吟谢，则以陶诗固有米盐气、帖括气，与流俗相入，而谢无也。"① 王士禛在《五言古诗选》中着重突出了谢灵运作为山水诗派宗祖的地位，各家对谢灵运的评价基本上是高于鲍照和谢朓的，但在选诗数量上，总体来说谢灵运少于鲍照和谢朓。如果从五言古诗这一诗体的品格上来评价，谢灵运高于鲍照和谢朓；如果从诗歌的多样性、开创性以及对律诗的影响来说，鲍照和谢朓要高于谢灵运，明清古诗选本在选诗数量上鲍照和谢朓多于谢灵运，应该与此有一定关系。

---

① 王夫之评选《古诗评选》，文化艺术出版社，1997，第 223 页。

第三章 明清古诗选本与六朝诗歌之"误读"

第一节 明清时期六朝诗歌评价之演变

在中国古代诗歌发展史上,六朝诗歌处于关键地位。这一时期,文学摆脱了哲学和伦理的束缚,强调情性,作家对作品美学价值的追求、艺术技巧的积累都远远超过了前代,为唐代诗歌的繁荣打下了坚实的基础。可以说,如果没有六朝时期广泛的诗学探索和实践,就不可能有唐诗的发展和繁荣。但相对于中国儒家诗学的主流价值观,六朝诗歌对文学社会功能的忽视,偏重于各种诗歌形式技巧的探索,尤其是齐梁以后的声色大开,使六朝诗常常成为批评的对象。客观地说,这一时期的作家相对来讲普遍缺乏远大的理想、高尚的胸襟,他们大多轻视文学的社会功能,在形式技巧上争奇斗艳,这就不可避免地造成了六朝文学相对格局狭小、气格卑弱、缺乏深厚的蕴含等一系列缺点。

对于六朝文学,唐宋人多是在创作上取其精华,而在理论上予以批评;对于个别作家有所肯定,而对整个六朝文学,尤其是齐梁陈文学予以否定。唐初陈子昂主张诗歌要有风骨、兴寄,回到已经中绝了的汉魏传统,反对的就是片面追求华丽辞藻的齐梁诗风。韩愈在《荐士》诗中说:"建安能者七,卓荦变风操。逶迤抵晋宋,气象日凋耗。中间数鲍谢,比近最清奥。齐梁及陈隋,众作等蝉噪。搜春摘花卉,沿袭伤剽盗。"[1] 明代中期诗坛的情况大体也是如此。当时诗坛的主流思潮是复古派倡导的文学

---

① 韩愈:《韩愈全集》,钱仲联、马茂元校点,上海古籍出版社,1997,第44页。

复古运动，他们以汉魏古诗为取法对象，对六朝诗也略有所取，如李梦阳就认为六朝诗可学，只不过要"择而取之"，他辑录刊刻了陆机、谢灵运及陶渊明等人的诗集，他在《刻陆谢诗序》中说："夫五言不祖汉则祖魏，固也。乃其下者即当效陆谢矣。"① 这实际上代表了明代中期诗人对六朝诗的大体看法，他们只是在退而求其次的程度上肯定了六朝的个别作家。较早从整体上对六朝诗做出评价的是杨慎，他在《选诗外编序》中说：

> 六代之作，其旨趣虽不足以影响大雅，而其体裁实景云、垂拱之先驱，天宝、开元之滥觞也。②

杨慎是从律诗之滥觞的角度对六朝诗予以肯定，正如《诗经》之于后代古诗一样，六朝古诗是五言律诗之祖。他还编有《五言律祖》，作诗亦由初唐上溯至汉魏六朝，以博雅宏丽见称于时。尽管从个人情感和审美偏好上来说他欣赏六朝诗，也从律诗滥觞的角度充分肯定了六朝诗，但站在儒家传统诗学的立场上，他自己也不能很有说服力地将六朝诗纳入这个大的传统之内，所以他只能说六朝初唐之作"盖缘情绮靡之说胜，而温柔敦厚之意荒矣。大雅君子，宜无所取"。③ 这是来自文学内部的尴尬：文学发展的自觉要求文学要表达真情、追求形式上的美感，而儒家文学传统对性情的规定、对文学社会功能的强调，必然要造成二者之间的矛盾。六朝文学偏重于一己之性情、追求形式上的美感，偏离了儒家诗学传统，这是其在后代不被肯定的一个主要原因。明代中后期诗坛对六朝诗的态度，虽然有肯定的倾向，但显然是比较谨慎的，这正如杨慎在《自知堂集序》中对李杜的评论一样：

> 天下之言诗者而则李杜矣。李之言曰：大雅久不作，吾衰竟陈谁。又曰：自从建安来，绮丽不足珍。杜之言曰：欲攀屈宋宜方驾，恐与齐梁作后尘。慎诵而疑之，夫挟天子以令诸侯，诸侯莫敢不服，

① 李梦阳：《空同集》卷五〇，文渊阁四库全书第 1262 册，第 465 页。
② 杨慎：《升菴集》卷二，文渊阁四库全书第 1270 册，第 22 页。
③ 杨慎：《升菴集》卷二，文渊阁四库全书第 1270 册，第 22 页。

然谓之真尊天子则不可。挟风雅、屈宋令建安、齐梁则戚矣，谓之真尊风雅、屈宋则不可。挟之为病也大矣。卑之无甚高论可乎？观李之作则扬阮左之洪波，览江鲍而动色，同建安之影响也；观杜之作，则颜谢之孤高，杂徐庾之靡丽，实齐梁之后尘也。前哲欺予哉！①

杨慎显然看到了李、杜对六朝诗说和做的不同，他对李、杜有所不满，但他自己也并没有完全摆脱前人对六朝诗的看法。传统的压力毕竟是强大的，在多大程度上继承了风雅传统还是衡量诗歌价值的最重要尺度，而六朝诗本身所固有的气格卑弱、缺乏社会功能等弱点，也的确很难找出将之纳入儒家传统诗学框架的切入点。嘉靖时，薛应旂从理学的角度对六朝诗所做的解释，是试图解决这个问题的一个尝试，在为佚名《六朝诗集》所作序中，他说：

今天下论诗者谓不关理，论理者多病诗，一及六朝，不遑究观，而袭闻传听已概拟其侈靡矣。乌乎！诗本性情，衰正污隆，理无不在，不有独见，率同耳食，未可与论诗，可与论理也与哉？故曰商赐始可与言诗也。或谓六朝诗恶得与三百篇比？不知先民所询，圣人所择，往夫采薪，咸为陈列，故仲尼归卫而正，季札聘鲁而观，盖未尝遗乎列国之风也。齐梁间人士，独非闾巷歌谣，弃妻思妇类耶？昔王通氏圣之修者也，其所续诗，今不概见，然观其称士衡之文，以及灵运之傲，休文之冶，鲍照、江淹之急以怨，吴筠、孔珪之怪以怒，谢庄、王融之纤碎，徐陵、庾信之夸诞，孝绰兄弟之淫，湘东诸王之繁，谢朓之捷，江总之虚，颜延之、王俭、任昉之约以则，是其所谓续诗者，大都皆夫人之诗尔。四名五志，意义所系，岂微乎哉？然则斯集也，其殆续诗之散逸，固匪直两汉之余波、初唐之滥觞也。矧夫诸侯不贡诗，行人不采风，乐官不达雅，国史不明变，而列代之风泯焉久矣。论世以微化者，于斯可以弗之观耶？②

---

① 蔡汝楠：《自知堂集》，明嘉靖三十七年德清知县胡定刻本。
② 佚名编《六朝诗集》，续修四库全书第 1589 册，第 2 页。

　　薛应旂认为六朝诗不仅是汉代古诗之余波、初唐律诗之滥觞，还与三百篇一样，具有观风俗、知世变的作用，并非无关于教化的侈靡之作。他明确指出："然则斯集也，其殆续诗之散逸，固匪直两汉之余波、初唐之滥觞也。矧夫诸侯不贡诗，行人不采风，乐官不达雅，国史不明变，而列代之风泯焉久矣。论世以徵化者，于斯可以弗之观耶？"虽然缺乏理论的支持，但他毕竟将六朝诗与风雅传统挂上了钩，他强调的不是六朝诗本身的审美特征，而是以《诗经》的风雅传统为评价的基点，把六朝诗这个一贯被排除在风雅传统之外的诗歌群体纳入了风雅这个大传统中，说明六朝诗也符合风雅传统，并非人们通常认为的那样徒为侈靡之作。这就为六朝诗找到了一个可以进入以汉魏古诗为代表的符合风雅传统的古诗群体的切入点。薛应旂的论述显然并不能改变时人的看法，明人对六朝诗，主要肯定的还是其作为律诗之滥觞的一面，如徐献忠在其所编《六朝声偶集》后序中说：

　　　　予读六朝人诗，取其偶切成律者焉。夫六朝人诗绮靡鲜错，失之轻且弱，予虽取之，安得而掩焉？乃予究观诗人之作，代出意匠，以增前人之能，则数文之极而流弊之至于此也。乃后世之为律者，实六朝人创始，言之至于今，承信宗袭，世无有废律而成诗者，则六朝人之汛波，亦岂可少哉？①

　　徐献忠认为，没有六朝人对诗歌形式的反复试验，就不可能有唐代律诗的繁荣，即"若其偶切排联，固世之所不能废者"，从这一点上来说，六朝诗功不可没，自有其存在的价值。但不可否认的是，六朝诗歌本身所具有的轻且弱的弊病，使其"不能猎风人之韵而汛文雅之波"，②与杨慎等人一样，徐献忠还是从文辞、风格之美以及作为律诗滥觞等方面对六朝诗所做的肯定。

　　李攀龙是后期复古派的代表人物，他编选的《古今诗删》历来被视为

---

①　徐献忠选《六朝声偶集》，四库全书存目丛书第 304 册，第 84 页。
②　徐献忠选《六朝声偶集》，四库全书存目丛书第 304 册，第 85 页。

体现复古派诗学主张的诗选。但他在此选中古诗部分选录最多的却是谢朓、陶渊明、谢灵运等六朝诗人风格清新流丽的诗作，而非汉魏诗，这就与复古派古诗尊汉魏的诗学主张不完全一致。李攀龙虽然没有在理论上表明对六朝诗的态度，却在具体的选诗上表现出了一定的倾向性，虽然这种态度还比较暧昧，但他以谢朓等六朝诗人为学习最佳典范这一选择本身，就在一定程度上表明了文学自身发展的内在要求所具有的强大力量。明人对六朝诗欲肯定而又不能完全肯定的态度，直到钟惺、谭元春编选《古诗归》，仍没有本质上的改变。他们在评晋诗时说：

> 读晋宋以后《子夜》《读曲》诸歌，想六朝人终日无一事，只觉一副精神时日，于情艳二字上体贴料理，参微入妙。其发为声诗，去宋元填词途径甚近甚易。读者当知其深妙处，有高于唐人一格者。然非唐人一反之，顺手做去，则填词不在宋元而在唐人矣。此物理世运人事起复顿挫之微，常与谭子反复感叹之。①

在这里，他们对六朝艳情诗评价颇高，所谓"读者当知其深妙处，有高于唐人一格者"，评价不可谓不高。但谭元春在《奏记蔡清宪公前后笺札》中又说：

> 春选古诗，至齐梁陈隋而叹焉，顾伯敬曰：岌岌乎殆哉！诗至此时，与填辞差一黍耳。隋以后即当接元，被唐人喝断气运。天清风和，可谓炼石重补矣。伯敬以为然，相与咨嗟久之。然有真能动人者亦不能舍。②

在钟、谭看来，古诗的发展史可以齐为分界线，齐梁以后的诗歌不可取。在具体的选诗中，他们也确实贯彻了这一原则，《古诗归》选齐以前诗525首，齐以后诗183首，表现出了比较明显的倾向性，从这一点上看，

---

① 钟惺、谭元春选评《诗归》，张国光等点校，湖北人民出版社，1985，第206页。
② 谭元春：《谭元春集》，陈杏珍标校，上海古籍出版社，1998，第758页。

他们所批评的六朝诗，主要是指齐以后诗，这些诗的缺点在于缺乏古人的真精神，应该说这是他们对六朝诗比较明确的评价。这就与前面的看法相矛盾了。从理性上来说，他们认为六朝诗脱离了正道，但明代后期重情色的时代风气又使明人对艳情有种割不断的联系，这就导致了二者之间呈现一种若即若离的状态。晚明社会对个性、"真"、"情"的追求，对传统道德观念的反拨，在各个领域产生了巨大的影响，戏曲、小说、散文、小品是如此，诗歌这一最称主要传统形式的文学载体也同样如此。尽管由于自身形式的制约，以及儒家传统诗教观在相当长的历史发展中赋予的诗歌正统的内在要求，明人在对六朝诗的评判上表现得有些含糊，但时代风气的影响是巨大的，竟陵派对艳情诗的肯定在某种程度上来说就是一个飞跃。明末接续了竟陵派而对六朝诗尤其是艳情诗给予充分肯定的是陆时雍。

陆时雍论六朝诗说：

六朝一语百媚，汉魏一语百情，唐人未能办此。①

六朝气韵高迥，故不琢而工，不饰而丽，唐人专求物象，所以去之愈远。②

前此论者对六朝诗或持批评态度，或不做明确评价，即便是肯定，最多不过是从律诗之滥觞的角度对其艺术形式上的成就给予肯定，而陆时雍却将其与唐诗相比较，在他以情韵为主、自然天成为最高境界的评价基准下，六朝诗的成就高过了唐诗，这可以说是前此少有的评价。③ 他论六朝诗最具个性的地方当为对以简文为代表的宫体诗人的推崇，他说：

"香汗浸红纱"，韵胜，故得不俗。④

---

① 陆时雍：《诗镜总论》，载丁福保辑《历代诗话续编》，中华书局，1983，第 1411 页。
② 陆时雍选评《诗镜》，任文京、赵东岚点校，河北大学出版社，2010，第 172 页。
③ 陆时雍对晋诗评价不高，认为"晋多能言之士，而诗不佳，诗非可言之物也。""晋诗如丛绿为花，绝少生韵。"（陆时雍：《诗镜总论》，载丁福保辑《历代诗话续编》，中华书局，1983，第 1405 页）他从以情韵为主的论诗标准出发否定了晋诗，但对六朝诗的整体评价不可谓不高。
④ 陆时雍选评《诗镜》，任文京、赵东岚点校，河北大学出版社，2010，第 188 页。

三四语有风韵。善赋物者不必奇情怪句，只要气韵得佳，然此却最难能处。①

肩吾推炼精工，气韵香美，当是声律绝技。②

张正见高韵凌空，奇情破冥，当与庾肩吾对垒。③

　　陆时雍在《诗镜》中选梁诗最多，占所选汉至隋诗歌总数的30%，而梁以后诗，又不出宫体诗之范围，简文帝、庾肩吾、徐陵等人更是宫体诗的代表诗人，则陆时雍所谓韵，在很大程度上是与宫体诗相关联的。以我们今天的评价基准来看，尽管宫体诗有形式美的一面，但缺乏感情色彩，没有深厚的蕴含，因而也称不上有韵，但陆时雍的看法与我们却正相反。梁代主导文坛的文学观念是"缘情"，文人对"情"有两种不同的看法：一种以萧统、刘勰为代表，认为"情"必须要在一定程度上接受"志"的规范；④另一种以梁简文帝为代表，认为文主性情就是要不受任何约束地表现自我。⑤六朝诗大多也是真性情的表现，之所以在后代屡遭批评，主要是因为他们所表达的"情"不合乎后来的标准，其中尤以简文帝为代表的宫体诗人最为突出。而陆时雍对情的看法和六朝人一致，与中国古代诗学抒情言志、注重诗歌社会功能的传统有所偏离，他对宫体诗极为推崇，和晚明时期求"真"主"情"的时代思潮是密切相关的。

　　与陆时雍一样对六朝诗做出明确肯定性评价的还有明末清初的陈祚明。在陈祚明的诗学体系中，诗歌可以分为情与辞两个层面，在他看来，辞以代降，而情则千秋不改，他对六朝诗的肯定是从这一角度着眼的，他说：

① 陆时雍选评《诗镜》，任文京、赵东岚点校，河北大学出版社，2010，第190页。
② 陆时雍选评《诗镜》，任文京、赵东岚点校，河北大学出版社，2010，第217页。
③ 陆时雍选评《诗镜》，任文京、赵东岚点校，河北大学出版社，2010，第278页。
④ 如萧统在《文选序》中说："诗者，盖志之所之也，情动于中而形于言。《关雎》《麟趾》，正始之道著；桑间濮上，亡国之音表。"李善注《文选》，上海古籍出版社，1996，第2页。
⑤ 如萧纲在《诫当阳公大心书》中说："立身先须谨重，文章且须放荡。"严可均校辑《全上古三代秦汉三国六朝文》，中华书局，1999，第3010页。

故因近体以遡梁、陈，因梁、陈以遡晋、宋，要其归于汉、魏，此诗之源也。今夫诗之不可废者，以其情与辞。辞则代降矣，情则千秋勿之有改已。悲欢得失，感时命物，合离慕怨之遇，中怦怦然动。已不自已而言之，且咏歌嗟叹之，如必上古，则《三百篇》四言足矣，何以有五言、七言？何以有歌行、律、绝？是晋、宋未为失，而陈、梁亦未可厚非也。①

自古以来，诗歌表达的都是人类普遍的情感，因为各种情感引起了人的感发，这种不能自已的感发都通过诗歌的形式表达出来。人类的情感是千古不变的，但每个时代的表达方式是不同的，不然，都是表达相同的情感，有三百篇四言诗就够了，为什么还要有五七言、歌行、律绝等各种表达形式呢？从这个角度看，晋宋梁陈都没有什么好非议的，他们只是用不同的形式表达了人类共有的情感而已。陈祚明对六朝诗的肯定虽然不像陆时雍那样全面、彻底，但与陆时雍一样，他对简文帝等人之诗也给予了特别的关注：

子建之辞也华，康乐之辞也苍，元亮之辞也古，玄晖之辞也亮，明远之辞也壮，子山之辞也俊，子坚、仲言之辞也秀，休文、彦升之辞也警。尚其清也，晋宋以上之清，人犹知也，昭明选以是也。梁陈以下，微诸大家，即简文、后主、张正见、江总、王褒无弗清者，人不知也。夫雅者，因俗而命之也，清尤要矣。②

在陈祚明看来，雅是与俗相对而言的，清尤其是雅区别于俗的标志，从三百篇至隋，历代优秀诗人之辞都各有特色，但又有一个共同的特点，那就是清。不但晋宋以上，就是梁陈以下，诗文也没有不清的。六朝诗文以清为主导的审美倾向是历来公认的，曹丕首先提出了"气之清浊有体，不可力强而至"的文气论，虽然他所说的气与审美风格尚有很大的距离；

---

① 陈祚明选评《采菽堂古诗选·凡例》，李金松点校，上海古籍出版社，2008，第2页。
② 陈祚明选评《采菽堂古诗选·凡例》，李金松点校，上海古籍出版社，2008，第7页。

陆机在《文赋》中也多次使用了清作为审美概念，如论文体曰"箴顿挫而清壮"；论辞美曰"藻思绮合，清丽千眠"；论辞简洁曰"或清虚以婉约"等。在《文心雕龙》中，更是大量使用了清的审美概念，如称曹丕"乐府清越"（《才略篇》）；称简文帝曰："简文勃兴，渊乎清峻"（《时序篇》）；"嵇志清峻。阮旨遥深"；"四言正体，则雅润为本；五言流调，清丽居宗"等（《明诗篇》）。稍后的钟嵘《诗品》也多次用清来评诗。这些诗论表明了六朝时期以清为主导的审美倾向。但对简文帝、陈后主、张正见、江总、王褒等人之诗，却是称其绮靡者多，称其清雅者少。而在陈祚明看来，这些人的诗也是清的、雅的，这就与陆时雍称赏简文等人之诗有韵一样，是比较独特的见解。他们着重肯定的都是六朝诗中最不符合儒家诗学传统的那一部分，在中国传统诗学价值体系中，梁陈诗是没有地位的，它们在内容上多表现为艳情，这在儒家诗学传统中是受贬抑的；在风格上多表现为艳丽，这在传统的审美价值系统中品格就不高。肯定梁陈诗，就要面临一个问题：这种表现艳情、风格艳丽的诗作，是否违背儒家诗教精神。陆时雍与陈祚明从真情以及修辞之清雅上对梁陈诗所做的肯定，虽然与当时的文学思潮一致，但在整个社会现实没有发生实质性变化、人们对儒家传统诗教精神的信仰不可能发生根本性的转变的情况下，这种对梁陈诗的充分肯定与梁陈诗本身一样，是很难长久、普遍得到承认的。

前面说过，嘉靖时期薛应旂以三百篇的闾巷歌谣、弃妻思妇来比附梁陈诗，说它与三百篇一样具有观风俗、知世变的作用。这样一来，它就不但不违背儒家思想，反而是儒家思想很好的体现者了。承袭这种观点来解释六朝诗的，还有万历时期的李维桢，他在为邵一儒的《六朝声偶删补》所作序中称："所删所补，禀仰孔门言诗，法六朝诗，不敢上拟雅颂，方之列国变风，庶几近之。"[1] 李维桢从从变风的角度肯定邵一儒对六朝诗所作的删补继承了国风往往以夫妇之辞表现君臣朋友之义的传统，他认为唐诗虽"称盛一代，而比物连类，该博精美，不能无逊六朝矣"。[2] 邵一儒

---

① 邵一儒：《六朝声偶删补》，四库存目补编第 23 册，第 2 页。
② 邵一儒：《六朝声偶删补》，四库存目补编第 23 册，第 2 页。

《六朝声偶删补》亦说自己所作"意殊深远,未可以孝穆《玉台》例视矣"。① 明确表明自己所选虽为六朝诗歌,但与《诗经》以夫妇喻君臣之义相通,寄意深远,绝不能将其等同于专门选录艳情之作的《玉台新咏》。他们都是将六朝诗与国风以夫妇之辞表现君臣朋友之义的传统联系起来,虽然不如薛应旂将六朝诗的价值看得那么高,但以变风拟之,亦将之纳入儒家传统诗学价值系统中。薛应旂、李维桢等人的比附显然都有些牵强,缺乏理论的支持,真正从理论上比较成功地将六朝诗纳入儒家传统诗学价值系统当中的当属冯班。他在《陈邺仙旷谷集序》中说:

> 徐庾为倾仄之文,至唐而变,景龙、云纪之际,沨沨乎盛世之音矣。温李之于晚唐,犹梁末之有徐庾,而西昆诸子则似唐之有王杨卢骆。杜子美论诗有"不废江河万古流"之言,欧阳永叔论诗不言杨刘之失,而服其功。古之论文者必有道也。盖徐庾、温李,其文繁缛而整丽,使去其倾仄,加以淳厚,则变而为盛世之作。文章风气,其开也有渐,为世道盛衰之征。②

在儒家诗学中,诗歌往往与世道的盛衰相关联,所谓"声音之道与政通",以此为衡量标准,梁陈诗自然就成了衰世之音,而衰世之音是不会被予以肯定性评价的。冯班则一反前人的看法,将梁陈与盛唐相联系,认为徐摛、徐陵与庾肩吾、庾信父子等梁陈诗人开了盛唐风气之先,盛唐的诗风是在徐庾体的基础上逐步发展而来的。这样,齐梁陈诸代的诗歌就成了走向盛世之前的初始之音,而儒家诗学对初始之音是基本上给予肯定性评价的。冯班这样阐释六朝诗,就使它们在儒家诗学价值系统中的地位发生了变化,由否定的对象转变为可肯定的对象,六朝诗与儒家诗学传统的矛盾,因此也由对立关系转变为一种可转变的关系。而前此的诗论对六朝诗作为律诗滥觞的肯定,也在客观上为冯班的阐释做了理论上的准备。

由明代中后期开始的对六朝诗的探讨,走过了一段遮遮掩掩,欲肯定

---

① 邵一儒:《六朝声偶删补》,四库存目补编第23册,第2页。
② 王镇远、邬国平编选《清代文论选》,人民文学出版社,1999,第44页。

而不敢明言的阶段，到明末逐渐形成了肯定性的评价，陆时雍、陈祚明等从诗歌本身的艺术成就上对六朝诗所做的明确的正面评价，是前此少有的；冯班又从理论上解决了六朝诗与儒家传统诗学不相融的问题，对六朝诗的正面肯定性评价，到此可以说是达到了高峰。六朝诗在后代很难得到肯定性评价的一个主要原因是它们所表达的"情"不符合后来的标准，而晚明时期主"真"重"情"的时代风气恰好可以容纳六朝诗，于是六朝诗的价值在这一时期得到了前所未有的凸显。然而，六朝诗本身的正统色彩毕竟过于稀薄了，它们所表达的"情"可能在某个时期得到认可，但儒家诗学传统所要求的政治伦理价值却很难真正贯彻到六朝诗上，而明末清初的社会变革又导致了文化思想领域内儒家诗学政教精神的复兴，刚刚获得肯定性评价的六朝诗，在社会思潮、审美需求的巨大变化中又回到了被批评的地位。与陈祚明《采菽堂古诗选》大体同时，吴淇有《六朝选诗定论》。他在《总论六朝选诗》中说：

> 余将论"选诗"，先分古今诗为三际者，《三百》，"选诗"之源；唐诗，"选诗"之流。不谙其源流，则"选诗"不可得而论也。前既统论其大概，兹乃总论《选》中六朝一际之诗。一际之中，又分为三会：一曰汉魏、一曰晋、一曰宋，而齐梁为闰余焉。[1]

吴淇所谓的"六朝"与我们通常所说的"六朝"不同，指的是汉、魏、晋、宋、齐、梁六朝，他统称之为"汉道"。我们姑且不论他对六朝的划分，先看一下他对齐梁的态度，他把齐梁诗看成多余的东西，因为在他看来，"汉道至此不绝如线矣"，而他所谓的"汉道"，是"祖三百篇而宗《离骚》"的。祖三百篇而宗离骚，也就是要符合儒家传统的诗教精神，齐梁诗不符合这一要求，故而吴淇视之为"闰余"。

大力提倡儒家温柔敦厚诗教精神的王夫之在其编选的《古诗评选》中也对齐梁诗做了否定性的评价。王夫之论诗以气本论为基础，他以为"文者气之用，气不昌则更无文"。从气本论出发，他否定了齐梁诗，因为在

---

① 吴淇撰《六朝选诗定论》，汪俊、祖进德点校，广陵书社，2009，第43页。

他看来，"气之异者，为嚣、为凌、为苷苺、为脱绝，皆失理者也"。而齐梁诗歌苷苺又脱绝，柔弱而失于正，正是"气之异者"。在论到齐梁诗歌弊病时，他说：

> 文笔两涂，至齐而衰，非腴泽之病也。欲去腴泽以为病，是涸天之雨，童地之山，髡人之发，存虎之韡焉耳矣！文因质立，质资文宣，衰王之由，何关于此！齐梁之病，正苦体踢束而气不昌尔。文者气之用，气不昌则更无文。顾昌气者非引之荒大，出之驲庚也。行于荣卫之中，不见其条理，而自不相失，苟顺以动，何患乎室？故有文采煜煌而经纬适，文情惊踔而纲维调，若气有或至或不至，小顿求工而失其初度，则削肉留筋，筋之绝理者早已为庚矣。齐梁之失，唯此为甚，庸人不知，徒以缘饰诮之，不知唐宋之自诩以"起衰"者，其病正等，亦安能以豺之骨立，夸狉之肥腯哉？[①]

齐梁诗向以浮华淫靡多缘饰而为世所诟病，王夫之却认为齐梁之病并不在此，而在于"体踢束而气不昌"，所谓"体踢束"，即诗体狭小；"气不昌"，即气不够正，诗文文采斐然、文情激荡都是好的，但要协之以则，文学发展到齐梁就衰落了，根本原因就在于齐梁诗徒有华美的外貌，但诗体狭小，气不够正，这也是从儒家传统诗学的角度出发对齐梁诗所做的否定。王夫之站在儒家传统诗学的立场上否定了齐梁诗，但从总体上看，他并没有完全否定六朝诗，对六朝诗的文辞之"丽"，他是有所认同的，只是这种"丽"要建立在气的基础上。

六朝诗歌的弊病在于气质弱，而不在于文辞的绮丽，这是明清人普遍的看法，这就与前人对六朝诗的批评有了不同。我们可以把魏晋到明清作为一个总体来考察文学自觉的整个流程，魏晋开始的对作品美学价值的追求，是文学自觉的一个表现，明清时齐梁诗被有条件地接受了，同齐梁一样，明清人保留了对文学"丽"的要求，各家虽主张各异，但陶谢基本上是共推的典范，如李攀龙虽论诗以汉魏为宗，但在《古今诗删》中选取最

---

① 王夫之评选《古诗评选》，文化艺术出版社，1997，第239页。

多的是谢朓、陶渊明及谢灵运的诗；钟谭所编《古诗归》，选诗亦以陶谢为最多；陆时雍在《诗镜》中，对历代诗人评价最高的为陶谢；陈祚明的《采菽堂古诗选》对陶谢诗采取的也是肯定的态度；吴淇在《六朝选诗定论》中对萧统选录陶渊明诗不多的现象进行了批评；王夫之虽然对陶诗的米盐气、帖括气进行了批评，但对神清韵远的晋宋诗给予了肯定的评价，各家的理论主张虽各不相同，但对陶谢诗基本上持肯定态度，可以说这是文学自觉已深入人心的一个表现。即使是站在儒家传统诗学立场上极力反对齐梁诗的王夫之，对其"丽"的一面也都是有所保留的，这不能不说是文学发展自觉的内在趋势，其后以王士禛、沈德潜为代表的盛世格调继续保留了文学作品的"丽"，应该说是基于同样的原因。

　　一种诗学思潮的盛行，在一定程度上是与当时的社会现实相关联的。明末清初儒家传统诗教精神的复兴，是当时士大夫面对家国之乱所做出的文化选择；而时间稍后的康、雍、乾三朝的盛世景象，就要求冲和、典雅、雍容、静穆等审美意义上的气格体调与之相适应，所以在诗学思想上会有王士禛对温厚和平盛世之音的倡导，沈德潜对温柔敦厚诗教精神的强调。

　　对六朝诗的批评，到了王士禛这里，已经转变为对山水田园诗的重视。在《五言古诗选》中，王士禛选取最多、评价最高的是陶渊明具有古澹风格的诗作，并通过对诗人的排序有意突出了具有清远特色的山水诗的地位。王士禛对陶谢的评价，大体上沿袭了明清以来的主流看法，但他对山水诗的重视，则是此前少有的。如前所述，首先，他有意突出了谢灵运山水诗宗祖的地位：《五言古诗选》选入谢混《游西池》一篇，位置在谢灵运之后。谢混是谢灵运的族叔，对灵运的文学创作有不可忽视的影响，而王士禛却将其置于灵运之后，与灵运、谢瞻、惠连、谢庄共为一卷。他说："宋代词人，康乐为冠。诸谢奕奕，迭相映蔚。"又言自己将"叔原列于诸谢"，是存有微旨的，这所谓的微旨，其实主要是要凸显谢灵运在山水诗派的宗祖地位。其次，在选取梁代诗歌时，王士禛以何逊冠于卷首：何逊生卒年较沈约、范云为后，是二人大力提携的后辈，王士禛将其置于二人之前，明显地表现出对其诗歌的重视，而何逊又是他举出的山水诗代表诗人，则对何逊的重视，也就是对山水诗的重视。这样，宋齐梁三代位于卷首的就都是山水诗人了，宋为谢灵运、齐为谢朓、梁为何逊，由此可见具有清远特色的山水诗在王士禛心目中的重要地位。王士禛在指导别人把握神韵时，经常借用的都是司空图、严羽乃至禅宗的话头，但这些表述本身又都是扑朔迷离、难以确指的，这就需要一个既可以说明其神韵主张，又能让他人容易"悟入"的中介，于是他选择了具有清远特色的山水诗。王士禛如此重视山水诗，主要是由于山水诗在审美层面上符合其神韵主张，在内在气质上适应盛世基调对冲淡、平和、典雅等诗风的要求。

在王士禛之前，王夫之从气本论出发，肯定了有"晋宋风味"的诗歌。他认为晋宋诗歌是气之正者，所以具有神清韵远、静善不轻薄、雅的特征，他所谓的"晋宋风味"，主要是作为一种诗歌风格，而不是时代段限，其主体就是山水诗。在王士禛之后，沈德潜以格调说领导文坛，虽诗学主张与王士禛不同，但选诗的基本框架承袭王士禛《五言古诗选》。王夫之、王士禛、沈德潜，都是儒家温柔敦厚诗教的倡导者，他们都对山水诗给予了特别的肯定和重视，可见在内在气质上，山水诗与冲和、典雅、静穆等审美意义上的气格体调是相适应的。这也是沈德潜诗学主张与王士禛不同，而选诗的基本框架与其大体相同的一个原因。

第二节 明清时期对六朝诗的"误读"

面对传统，每一个诗人都不可避免地会产生一种自己是后来者的心理，而作为一个后来者，怎样使自己有资格加入前辈开创的传统之中，是深深困扰着后起诗人的一个阴影，这就是布鲁姆所谓的"影响的焦虑"。根据他的理论，"诗的传统——诗的影响——新诗形成"乃是后起诗人误读前辈诗人的结果。后起诗人就像一个具有俄狄浦斯情结的儿子，与"诗的传统"这一父亲形象是绝对对立的。在布鲁姆这里，传统不再是后起者汲取灵感和力量的源泉，而是其要力图挣脱的桎梏。既然诗歌的各种主题和技巧已经被前辈诗人使用殆尽，那么后起诗人要想超越前人，摆脱这种影响的焦虑，就必须以各种方式去"误读"前人，通过贬低和否定前人（亦即传统价值）来树立自己的风格。布鲁姆的理论很清晰地说明了诗人与传统之间的矛盾关系。

我国古代文论虽然没有提出如此明确的认识,但"通变"论其实讲的就是这个道理。所谓"变则通,通则久",通变的玄机就在于"误读"。但我国儒家文化传统的性质又决定了这个"变"不能无止境,《毛诗序》为其规定了一个"止乎礼义"的标准:

> 至于王道衰,礼义废,政教失,国异政,家殊俗,而变风、变雅作矣。国史明乎得失之迹,伤人伦之废,哀刑政之苛,吟咏情性,以风其上,达于事变而怀其旧俗者也。故变风发乎情,止乎礼义。

也就是说,不管怎样"变",最终都要回到"正"上来。后来儒者多主张"伸正诎变",不同程度地压抑新风气而有明显的复古倾向,以复古为通变的路线遂成为后代寻求文学变革的一个基本手段。当然,经过了"正—变—正"这一过程,回归之后的"正"与原来的"正"已迥然不同。这与布鲁姆的"误读"理论有相通的一面,也有不同的一面。二者虽然都通过"误读"来树立自己的新面貌,但布鲁姆的"误读"是通过贬低和否定前人(亦即传统价值)来树立自己的风格,中国式的"误读"则恰恰相反,是以对某一传统的"肯定"为革新的手段,通过回归传统来达到革新的目的。我们在这里借用布鲁姆的概念,一方面为了表达的方便,另一方面也可以由此看出中西文论在这一点上的沟通、互补与兼容。

如前所述,明代中后期以后,一直以来备受批评的六朝诗,居然摇身一变成了诗人眼中的宠儿。在以儒家诗教观为主体的中国古代,无论从哪方面说这都是一个非常独特的存在。以杨慎为代表的六朝派的出现,唐寅等吴中文士对六朝诗的偏爱,以及为数众多的六朝诗歌选本的出现,都表明了六朝诗在当时备受关注。当然,我们可以很轻易地将其与明代中后期盛行的"主情"思潮相联系,由于六朝诗歌所强调的"情性",偏重在感情、本性、情欲等自然属性的自由表达,与明代中后期盛行的"主情"思潮颇为一致,明人自然对六朝诗有一种本能的亲近。与盛行的文学思潮相一致,这无疑是六朝诗歌在当时颇受关注的主要原因之一,但除了这种本能的亲近,明人关注六朝诗,当有更重要的原因。

我们可以先审视一下中国古代诗歌的发展历程。中国古代诗歌发展到宋代，各种体裁、内容经过先秦、汉魏、六朝以及唐、宋各个阶段方方面面的探索和努力，都已达到了顶点，宋以后之诗，主要是在重复以前的形式和内容，诚如叶燮《原诗·内篇下》所言：

> 譬诸地之生木然：三百篇，则其根；苏李诗，则其萌芽由蘖；建安诗，则生长至于拱把；六朝诗，则有枝叶；唐诗，则枝叶垂荫；宋诗则能开花，而木之能事方毕。自宋以后之诗，不过花开而谢，花谢而复开。

叶燮的这一比喻确实说出了明清人在寻求诗歌艺术进一步发展时所面临的困境。花开而谢，花谢而复开，重复而已，如何超越前人，形成自己的风格及在诗坛的位置，是摆在明人面前的一个课题。我们可以看到，明人试图开创新局面所选取的正是以复古为通变这一路线，几乎贯穿明代中后期的文学复古运动就是明显的例子。同样，企图以整体审美趣味有异于正统的六朝诗来拯救诗坛千篇一律现象、开辟诗歌新面貌的杨慎走的也是这一路线，虽然这并不能完全排除其个人趣味的影响。在企图超越前人的过程中，后起诗人一方面主动接受前人精华的影响，另一方面对其比较薄弱的部分进行改造，并发展这一前人没有充分注意而又具有特色的部分，使之由边缘走向中心。明代中后期社会形态、思想文化等在某些方面的确与六朝时期有很多相近相通之处，这就使他们很容易将关注的目光聚焦六朝诗上。而就中国古代诗歌发展而言，六朝诗虽非正统，却仍以暗流的形式不绝如缕地汇入传统。通过对这一传统上比较薄弱而又独具特色的部分进行"误读"来摆脱传统"影响的焦虑"，的确是一个比较容易成功的选择。

一　对六朝诗歌性情蕴含之"误读"

不过，六朝诗不合儒家诗学传统本身又是一个矛盾。因此明人首先要解决的问题就是，从理论上证明六朝诗也符合传统，这就导致了明人要想让六朝诗为自己所用，就必须对其进行"误读"。

自梁陈之后，六朝诗基本上处于一个被批评的位置，批评的指向最集中的一点：六朝诗所表达的"情性"不合儒家诗学传统。诗歌中表达"情志"，本是中国诗歌历来就有的传统。先秦所谓"志"，指的是怀抱，与"情"义同。而儒家说诗，加入了教化的成分，《毛诗序》开头就提出了"风以动之，教以化之"，"情志"遂被"风教"所代替，诗中所抒之情要受"志"节制，诗歌沦为政治伦理的附庸。汉末魏晋对儒学的冲击，出现了陆机所提倡的"诗缘情而绮靡"，对"情性"的强调成了这一时期的文学主潮，不管是盛行于东晋的玄言诗，还是晋宋之交开始的越来越重视文辞技巧的形式化诗歌，甚而是后代臭名昭著的宫体诗，其"情性"的表达或有深浅厚薄的不同，但总归是自我情性的真实坦露，也是当时特定的时代和社会环境在诗歌内容上的反映。尽管从儒家诗教的角度来看缺乏深厚的蕴涵，但反映的也是当时人的真性情，即使是一些以女性为描写对象的宫体诗，也是包含当时作者真情的，只是当时的时代与环境，决定了他们所抒之情只能是纤弱的、个人化的，甚至是我们在宫体诗中所看到的艳情，这是六朝诗的本然状态。而在一向偏重于儒家诗教观的中国诗歌史上，这种对"情性"的空前强调，无疑是一个异数，脱离了"志"的"情"，显然不能被儒家所认可，尤其是梁陈时期宫体诗的偏向艳情，更是背离了儒家诗学传统。因而后代对六朝诗内容方面的这一"缺陷"很难处置，即使喜爱六朝诗如杨慎，也仍旧在肯定其形式的同时，对其内容上的"不足以影响大雅"无可奈何。

> 六代之作，其旨趣虽不足以影响大雅，而其体裁实景云、垂拱之先驱，天宝、开元之滥觞也。[1]

这是杨慎的无奈，也是来自文学内部的尴尬：文学的自觉，要求文学要表达真情、追求形式上的美感，而儒家文学传统对性情的规定、对文学社会功能的强调，必然要造成二者之间的矛盾。要改变这种状况，只能对六朝诗中所表达的性情加以"误读"，不再像以往一样对其背离儒家诗学传统的一面予以批评，而是承认其存在，并进而肯定其存在的合理性，证明它也"符合"儒家诗学传统。

---

[1]　杨慎：《升菴集》卷二，文渊阁四库全书第 1270 册，第 22 页。

明清之际对六朝之情的"误读"大体上是通过两种途径来进行的：一是从儒家诗学传统本身入手，找出六朝诗中与其相合的一些因素，将六朝诗纳入儒家诗学传统价值体系中。从"误读"理论来说，这是一种以对立方式对六朝之情进行的"误读"。二是由情入手，扩大情的范畴，将不合儒家诗学传统的六朝之情合理化。从"误读"理论来说，这是一种以扩充方式对六朝之情进行的"误读"。

（一）以对立方式进行的"误读"

薛应旂为佚名《六朝诗集》所作序曰：

今天下论诗者谓不关理，论理者多病诗，一及六朝，不遑究观，而袭闻传听已概拟其侈靡矣。乌乎！诗本性情，衰正污隆，理无不在，不有独见，率同耳食，未可与论诗，可与论理也与哉？故曰商赐始可与言诗也。或谓六朝诗恶得与三百篇比？不知先民所询，圣人所择，往夫采薪，咸为陈列，故仲尼归卫而正，季札聘鲁而观，盖未尝遗乎列国之风也。齐梁间人士，独非闾巷歌谣，弃妻思妇类耶？……然则斯集也，其殆续诗之散逸，固匪直两汉之余波，初唐之滥觞也。矧夫诸侯不贡诗，行人不采风，乐官不达雅，国史不明变，而列代之风泯焉久矣。论世以徵化者，于斯可以弗之观耶？[1]

六朝诗多描摹女性本是其遭人诟病的原因之一，但薛应旂却反其道而行之，非但不回避这一点，反而抓住了六朝诗与《三百篇》中闾巷歌谣、弃妻思妇一类诗歌内容的相似性，从有益于风雅政教的角度将二者进行了比附。这一"误读"所产生的实际后果就是六朝诗这个一贯被排除在风雅传统之外的诗歌群体得以合理地进入风雅这一大传统中。稍后的李维桢在为邵一儒《六朝声偶删补》所作序中亦称："所删所补，禀仰孔门言诗，法六朝诗，不敢上拟雅颂，方之列国变风，庶几近之。"[2] 虽然不如薛应旂

---

① 佚名编《六朝诗集》，续修四库全书第 1589 册，第 2 页。
② 邵一儒：《六朝声偶删补》，四库存目补编第 23 册，第 2 页。

将六朝诗的价值看得那么高，但亦以变风拟之，将之纳入了儒家传统诗学价值系统中。

像薛应旗和李维桢这样将六朝诗多描摹女性的这一部分提升为与《三百篇》闾巷歌谣、弃妻思妇相同的"列国之风"，是一种与前人相反的立意方式。把本原状态的艳情提升为列国之风，这是对传统的逆反，而提升的目的是将其纳入传统之中，这不仅是对六朝诗的"误读"，也是一种对传统的"误读"，六朝艳情诗由此得以进入儒家诗学传统，而儒家诗学传统这一方面的内涵也因六朝艳情诗的进入而有所扩充。清初冯班更是从"声音之道与政通"的角度出发对六朝诗做了新的"误读"，其《陈邺仙旷谷集序》云：

> 徐庾为倾仄之文，至唐而变，景龙、云纪之际，沨沨乎盛世之音矣。温李之于晚唐，犹梁末之有徐庾，而西崑诸子则似唐之有王杨卢骆。杜子美论诗有"不废江河万古流"之言，欧阳永叔论诗不言杨刘之失，而服其功。古之论文者必有道也。盖徐庾、温李，其文繁缛而整丽，使去其倾仄，加以淳厚，则变而为盛世之作。文章风气，其开也有渐，为世道盛衰之征。①

在儒家诗学中，诗歌往往与世道的盛衰相关联，所谓"声音之道与政通"，六朝诗被称为"亡国之音"即由于此。梁陈诗是古诗的终结，以此为衡量标准，自然就成了衰世之音，而衰世之音是不会被予以肯定性评价的。冯班则将梁陈与盛唐联系了起来，认为盛唐诗风是在徐庾体的基础上逐步发展而来的。这样，齐梁陈诸代的诗歌就成了走向盛世的初始之音，而儒家诗学对初始之音是基本上给予肯定性评价的。冯班对六朝诗的这种"误读"，就使它们在儒家诗学价值系统中的地位发生了变化，由否定的对象转变为可肯定的对象，六朝诗与儒家诗学传统的矛盾，因此也由对立关系转变为一种可转变的关系。②

① 王镇远、邬国平编选《清代文论选》，人民文学出版社，1999，第44页。
② 参见张健《清代诗学研究》，北京大学出版社，1999。

（二）以扩充方式进行的"误读"

与薛应旂等人不同，陈祚明对六朝之情的"误读"带有更强的理论色彩。如前所述，他所谓的"情"具有一种"泛情化"倾向，包括了与内容相关之所有要素，不仅情感，还有命旨、神思、理、解、悟；而包含在此层面中的情感亦具有"泛情化"特征，人人同有之情，个人独感之志，流连景物之作，因文所生之情，只要文辞得当，万事万物就都有情，从这样一个"泛情化"的视角来看六朝之情、看艳情，它们就与汉魏之情处于同一个大的平面之上，完全是平等的，也就没有所谓不合儒家诗学传统之说了。这就超越了厚古薄今或厚今薄古的争辩，是在用更广阔的视野审视文学现象。这种对情的范畴的扩大，是以扩充的方式对儒家诗学传统进行的"误读"，也就是布鲁姆所说的"苔瑟拉"，亦即"一种以逆向对照的方式对前驱的续完，诗人以这种方式阅读前驱的诗，从而保留原诗的词语，但使它们别具他义，仿佛前驱走得还不够远"。这样一种"误读"，虽然与西方的"误读"理论有相通之处，但它在摆脱传统"影响的焦虑"的过程中，并不否定传统的价值观念，也不力图挣脱传统的桎梏，而是通过对传统也对六朝诗种种方式的"误读"，力图把目前不合传统的观念纳入传统之中，表明它也符合传统，且原本就是传统的一部分。

客观地说，六朝诗同儒家诗学对性情的规定、对文学社会功能的强调实际上存在很大的差异，它所走的正是一条与儒家诗学传统相背离的道路，这也是六朝诗的本然状态。而明清人对六朝诗的这一"误读"，显然是在利用六朝诗为自己开辟道路。应该说，不管是从儒家诗学传统本身入手，找出六朝诗中与其相合的一些因素，将六朝诗纳入儒家诗学传统价值体系中；还是由情入手，扩大情的范畴，将不合儒家诗学传统的六朝之情合理化，明清之际在这两方面所做的努力都是比较成功的。然而，六朝诗本身的正统色彩毕竟过于稀薄了，它们所表达的"情"可能在某个时期得到认可，但儒家诗学传统所要求的政治伦理价值却很难真正贯彻到六朝诗上，而在整个社会现实没有发生实质性变化、人们对儒家传统诗教精神的信仰不可能发生根本性转变的情况下，这种对六朝诗的充分肯定与六朝诗本身一样，是很难长久、普遍地得到承认的。随着明末清初巨大的社会变革，文化思想领域内出现了儒家诗学政教精神的复兴，刚刚获得肯定性评价的六朝诗，在社会思潮、审美需求的巨大变化中又回到了被批评的地位。

虽然结果是以失败告终，但也不能说毫无收获。明清之际对六朝之"情"的"误读"看似与文学自觉相背离，对文学与政教的关系不是淡化而是强化，但实质上他们更清醒地认识到了文学的抒情特质，自觉地抒情，并自觉地将情合理化，这种有意识的努力本身就表明他们已经清晰地认识到了文学要表达情，在一定程度上，我们可以将其看作明清时代文学自觉已深入人心的一个表现。

二 对六朝诗歌审美趣味之"误读"

"误读"还沿着审美趣味的方向推进。

"清"是六朝时期文学创作和批评最为重要的一个审美追求和审美标准。"'清'既是原始道家哲学和美学的重要概念，也是'道'的本体特征，更是'道'的本体之美。它后来才演变为广泛的审美标准和审美范畴"。[1] 后人的文学趣味在相当大的程度上继承了六朝人对清的爱好，唐宋明清皆如此。作为中国古典诗学中的一个重要概念，清在其发展过程中也不断被赋予了新的时代的美学精神，这个发展更多是在审美的框架内进行的，它集中体现了中国古代文人的生活情趣和审美倾向，并在某种程度上与古典艺术的终极审美理想相联系。但明清之际对清的认识却超出了单纯的审美范畴，在未改变其基本内涵的情况下，为清增添了一层功利的色彩。

（一）王夫之"晋宋风味"的功利色彩

王夫之在《古诗评选》中四次提到了"晋宋风味"：[2]

> 神清韵远，晋宋风流，此焉允托。[3]

---

① 王玫：《道玄思想与六朝以"清"为美的意识》，《厦门大学学报》2006年第2期。
② 王夫之提到此种风格时，有时称"晋宋风味"，有时称"晋宋风流""晋宋风旨"，要之其主旨皆一致，本章以"晋宋风味"称之。
③ 王夫之评选《古诗评选》，文化艺术出版社，1997，第109页。

静善不佻达，犹存晋宋风旨。①

命笔轻超，已开吴均、柳恽一派。就此派中自有雅俗之异：一往
驶，健中自有留势则雅；规恢大，结束不遽则雅。雅者犹存晋宋风
味，俗者则纯乎唐矣。②

江南声偶既盛，古诗已绝，晋宋风流仅存者，北方一鹏举耳。③

这里的"晋宋风味"包含了神清韵远、静善不轻薄、雅等几方面的内
涵。神清韵远说的是诗歌的审美特征；静善不轻薄是言其符合诗教精神；
雅则是表现方式的含蓄蕴藉。可见他对晋宋风味的强调，并非仅着眼于审
美特征，而是带着宣扬温柔敦厚诗教精神的功利色彩。六朝之清本是一个
单纯的审美概念，而经过王夫之"误读"之后的"神清韵远"与"静善
不轻薄"紧紧联系在一起，附着上了一层功利色彩。表面上看，这是文学
自觉的倒退，诗歌又一次成为儒家思想的附庸，但从本质上说，这种带有
功利性的审美追求，也是他对诗歌功能的认识有了进一步发展的表现。

王夫之对诗歌的功能是有着深刻认识的。明清之际的社会大动乱，给
士大夫带来极大的震撼，王夫之与当时许多思想家一样，把社会动乱以至
明代灭亡的责任都归到了李贽、钟谭所倡导的学术风气上。那么，要改变
这种状况，就要从根本入手，恢复儒家的传统文化。因而，在文学领域，
复兴儒家传统的诗教精神，成了这一时期各个诗学流派共同的主张。但同
是复兴儒家传统的诗教精神，其立足点与侧重点又有所不同。明清之际两
个影响最大的诗学流派，以陈子龙为代表的云间、西泠派和以钱谦益为代
表的虞山派，都站在明王朝的立场上提倡儒家传统的诗教精神，他们认为
诗歌应该抒发哀怨愤怒之情，导扬盛美，刺讥当时，以诗歌为现实政治服
务。而时间稍后的以施闰章、王士禛等顺治年间新进士为主体的新诗群，
则站在清王朝的立场上倡导温柔敦厚的诗教精神，他们反对诗中抒发怨愤
之情，力倡温厚和平的盛世之音。偏处一隅的王夫之应该说与当时的政治

---

① 王夫之评选《古诗评选》，文化艺术出版社，1997，第 241 页。
② 王夫之评选《古诗评选》，文化艺术出版社，1997，第 242~243 页。
③ 王夫之评选《古诗评选》，文化艺术出版社，1997，第 285 页。

瓜葛不大,他一直以明遗民自居,论诗自然也是站在明王朝的立场上。但他与新诗群诸人一样,反对在诗中抒发怨愤之情,不管是影射讥刺,还是直言申伤,都是他所反对的,就连刚健遒劲的文风他也反对,这一点比新诗群还要极端。王士禛可以说是新诗群的代表了,他的神韵主张也还包括继承建安风骨的诗作。王夫之远离当时的主流文化,隐居石船山麓,潜心学术研究,所著所撰毫无现实功利性可言,不存在新诗群诸人那种迎合新王朝的动机,从这一点上看,他对儒家传统诗教精神的自觉贯彻,更是他理论上的自觉,是经过对文化传统及民族前途的深刻思考而得出的结论。这种结论在今天看来或许保守落后,但在王夫之,却是出于内心的真诚并具有强烈的现实针对性。他不仅要求情感的大而公,还要求情感的宣泄要有度,即"情已盈而姑戢之以不损其度",① "导天下以广心,而不奔注于一情之发",② 在王夫之看来,拘泥于一己之私情以及过度宣泄情感,都可能给社会带来不安定因素,以致造成社会动乱,他对儒家规定的诗歌社会功能"兴观群怨"中的"怨"是持反对态度的。正是基于这样一种对诗歌社会功能的认识,本应纯粹作为诗歌审美特征的"晋宋风味",也就不可避免地带上了功利的色彩。以诗歌为服务政治的工具,虽然是儒家诗学一贯的主张,但很少有人将其加诸审美功能之上,王夫之的这种"误读"应该说是对诗歌功能认识进一步深化的结果。

(二) 王士禛"神韵说"的功利色彩

另一个要提到的人物是王士禛。严迪昌在《清诗史》中对他的神韵说做了非常恰切深入的分析:"王士禛在自己的大旗上标举出的'神韵'二字,是他的创作论和风格论的核心主张,也是其自身创作实践过程中追求的特定审美情趣。所以'神韵说'不只是理论的倡导,而且还是创作的实行;不仅是一个诗学批评理论的派别,事实上它乃是启开风气的强烈体现特定理论主张的诗的流派。这种命名形态有别于唐宋以来或以题材,或以年代,或以地域命派的各类诗群,正是清诗流变的一个特点。它意味着理

---

① 王夫之:《诗广传》,王孝鱼点校,中华书局,1981,第4页。
② 王夫之:《诗广传》,王孝鱼点校,中华书局,1981,第76页。

论自觉性较之前代愈益强化，审美追求的功利性更见明确，而这又是与对诗的功能认识的进一步得到发展有着密切的关联。可以这样认为，儒家诗教的'兴、观、群、怨'之义原本还是体现为自下而上地发挥诗的功能性作用，对统治集团来讲，意在谋求起到一点'致君尧舜上'的推助力的话，那么'神韵说'的出现，这种推助力则已转化为自上而下的自觉为盛世'文治'服务。"① 虽然王士禛的"神韵说"并不完全基于六朝诗，但从审美内涵上看"神韵说"与六朝之清是一致的。

自觉地用以清远为主要审美内涵的神韵说来迎合新王朝，反对诗中抒发怨愤之情，力倡温厚和平的盛世之音，虽然王士禛与王夫之立场不同，但二人在审美追求的功利性上是一致的，他们对诗歌功能认识的深化也是一致的。王夫之的学说在当时并未产生大的影响，王士禛则稍晚出，二人不存在互相影响的问题，但他们能够殊途而同归，足以说明审美追求功利性的深入，同时也可见当时对诗歌功能的认识已经达到了相当的水平。如果说内容上的"误读"还是在"破"的话，那么，形式上的"误读"则明显是在"立"，明清之际对清的这一"误读"，是意在将其当代化、共识化，在这一过程当中，清被肯定并保留下来。

以复古求革新，求正变，可以说是中国文学史上的老办法了。然而"复古"又如何能"革新"？这仍然是一个有待深入探究的问题。本节借助"误读"理论重新观照这一问题，通过对明清时期的六朝诗歌"误读"状况进行的总结和梳理，我们可以较为清晰地看到六朝诗歌在流传过程中不断被"误读"的过程，这种以或对立或扩充或破或立等方式进行的合乎诗论家们"主观目的性"的"误读"，实际上都是通过"误读"在使传统为我所用，所谓的以"复古"为"革新"即在于此。形式上是回顾从前的"复古"，实际上是悄然已变的"革新"，在所谓的通变之"正—变—正"这一过程中，传统的某些部分已在不知不觉中被悄悄改变，在不断改变的过程中，传统的内容更为丰富，而经过"变"后的"正"，与"变"前的"正"，已然是不同的东西了。与西方文论的大破大立不同，中国古代文论的演变大体是以这样一种从内部攻破、局部改变的方式进行的。

---

① 严迪昌：《清诗史》，浙江古籍出版社，2002，第456页。

结　语

　　明清时期选本选评结合的批评方式，使其在文学理论的构建与完善过程中充当了重要的角色，而作为中国古代诗歌源头的古诗，又是明清时期各种诗歌理论为自己寻找传统支撑时必然的落脚点，古诗选本在文学批评中就显得尤其重要。本书着力探讨的就是古诗选本与明清诗论、文学思潮的夹缠与共构。

　　上编四章，通过"格调""神韵""风雅"等核心诗学理念在古诗选本中的传承与流变，考察古诗选本之间如何相互吸收、借鉴与转化，并如何在此基础上最终完成了具体诗学理论的建构与完善。

　　第一章通过勾勒"格调"与"性灵"这一对核心诗学理念在《古今诗删》、《古诗归》和《采菽堂古诗选》中从对抗到融合的过程，探讨了古诗选本在诗学理念建构、借鉴与转化过程中发挥的作用。第二章以吴淇《六朝选诗定论》和王夫之《古诗评选》为观照对象，探讨了古诗选本与诗学思潮之间的互动关系。第三章以"神韵"理论在明清时期的演变轨迹为主线，探讨其如何借助《诗镜》与《五言古诗选》两部古诗选本得到了进一步发展与完善。第四章则通过《古诗源》在吸收、借鉴、融合上述复古、性灵及神韵等诗学理论上的具体表现，探讨沈德潜诗学理论的集大成性及其在诗学史上的地位和意义。其基本结论如下。

　　首先，李攀龙编选的《古今诗删》多被视为体现复古派"古诗宗汉魏，近体法盛唐"主张的诗选，但他在这部选本中选取最多的却是谢朓、陶渊明、谢灵运等六朝诗人清新流丽的古诗。由于《古今诗删》只选不评，我们并不能由此增加对其"格调"论的了解，但我们至少可以看到他的理论与实践之间存在一定的差异，正如复古派丰富全面的"格调"论通常被解读为欠缺"情志"、偏重形式一样。当然，复古派企图由形式上的模拟达到古典诗歌审美理想的做法，也的确会形成千篇一律的弊端，这就必然引起破法的要求。公安派就是这个破法者，他们的工具就是"性灵说"。虽然"独抒性灵，不拘格套"令人耳目一新，但他们过于重视个性化情感及反对束缚的理论主张与传统主流话语相违背，影响势必不能长久。公安派的"性灵"被竟陵派继承并加以改造，竟陵派是充分认识到了选本的巨大作用的，所谓"选者之权，能使人归，又能使古诗之名与实俱狗之"。选本也的确给他们带来了巨大的声誉，《诗归》一出，"海内称诗者靡然从之，谓之钟谭体"，甚至到了"家置一编，奉之如尼丘之删定"的程度。竟陵派试图打通复古与性灵的藩篱，将"性灵"之"灵"与"格调"之"厚"结合在一起，以"幽深孤峭"为审美取向，在一定程度上避免了公安与复古的弊病。但"幽深孤峭"本身又偏离了审美正统，加上明末清初的社会大变动，竟陵于是成了亡国之音的代名词。清初陈祚明的《采菽堂古诗选》"会王李、钟谭两家之说，通其蔽，折衷焉"，他一方面"以言情为本"，另一方面"择辞而归雅"，纠正了竟陵派的审美偏狭。经过竟陵派与陈祚明的理论修订，"格调"论"情志"欠缺的一面得以补充，《采菽堂古诗选》就是陈祚明情辞并重选取标准的产物。

其次，回归风雅是明清之际的诗学主潮。吴淇在《六朝选诗定论》中对《选》诗进行了重新解读，他一方面反对《文选》主辞不主意的选择标准、对有材有情的寺人女子以及奸雄之流的诗作加以肯定，另一方面构建了以温柔敦厚为主要特征的"汉道"评价标准，不管是对至真之情的肯定，还是对儒家诗教传统的回归，都体现了时代特色。王夫之以气本论这一哲学命题为基础建构的诗学理论，是中国古代诗论中少有的思辨性、逻辑性较高的理论探讨，但即使是最偏重审美、艺术探讨的情景关系理论，最终也都以儒家传统诗教精神为旨归。这在一定程度上削弱了其思辨的深度和广度，但也体现了明清之际诗学回归风雅的时代思潮。

再次，"韵"是我国古代诗歌批评的一个重要审美范畴。自唐代皎然起诗歌批评中就不断用"韵"来概括诗歌的审美特质。到宋代，"韵"已经成为中国艺术自觉追求的终极理想，这一时期对"韵"的追求，大多偏向于清虚淡远的一面。明人也对"韵"做了多方面的探讨和使用，其中以陆时雍在《诗镜》中的探讨最为集中且具有时代精神。他将六朝诗歌的

"香美"加入"韵"的内涵之中，使"韵"的内涵有所扩充，并且形成了以情为基础、以自然天成为最高审美境界的"神韵"理论，这和晚明时期求"真"主"情"的时代思潮是一致的。王士禛的"神韵说"虽然对"神韵"的内涵并没有多大的扩充，但他运用"缩削式误读"凸显了"神韵说"的主旨。他的《五言古诗选》选诗尚兼取唐宋、分诗歌为山水田园与继承魏晋风骨两大类，到《唐诗十选》则专取唐诗，再到《唐贤三昧集》仅取王孟、高岑两派诗。这种缩削使王士禛的诗歌主张变得更为明确，《唐贤三昧集》一出，"读者靡不叹其神简，盖集中所载，直取性情，归之神韵，凌前迈后，迥然出众家之上，由是先生论诗之宗旨，益足征信于天下"。可见选本在其诗学理论确立过程中发挥了至关重要的作用。当然，在这一过程当中，对哪一部分进行舍弃，对哪一部分进行保留并有所扩大，王士禛也是迎合了康熙朝的艺术理想的。这种主动迎合时代审美需求的举动，也为"神韵说"这一纯粹的审美范畴增加了一丝功利的内涵。

最后，沈德潜《古诗源》的编选，在思想内容上继承了风雅传统，以诗歌的伦理价值优先，在审美上则对明代以来偏重于追求诗歌审美特征的诗学主张皆有所取，其选诗的基本框架取王士禛《五言古诗选》，对诗歌的具体评价取《古诗归》求真求厚、《诗镜》宗尚自然之标准，其间还杂有一些与《诗镜》《采菽堂古诗选》相似或相同的评语。他在继承"格调"论的基础上融合"神韵"说所形成的新格调说，可以说是中国古典诗歌理论的总结和终结。

上编四章是主题式的横向探讨，在"格调"论、"神韵"说以及风雅传统等主题下，我们可以清晰看到古诗选本在这些诗学理论发展与完善过程中所起到的作用。

下编三章，通过古诗选本在诗学辨体、典范诗人选择及六朝诗歌评价等方面出现的批评现象，动态地展现明清时期各流派诗学理念的对抗与交融，探讨诗学理念在对抗与交融中逐步清晰的过程。

第一章就明清时期对汉魏五古与唐代五古、汉诗与魏诗、古诗与乐府等问题的辨析与论争探讨诗学"辨体"观念与理论的发展。明清时期出现了针对李攀龙所提出的"唐无五言古诗而有其古诗"的大论争，五言古诗的诗体特征在众多诗评家的不断辨析中愈加明确。这一时期还出现了汉魏古诗由合称到分称并分别论定汉诗、魏诗价值的趋向，对于古诗与乐府的区分也愈加严密，这些都体现了"辨体"意识以及"辨体"理论的发展。

第二章通过明清时期古诗选本的典范诗人选择与排序，探析其中所体现出的诗学理论及诗学思潮变化。明清时期的古诗选本选取的典范诗人分别是陶渊明、鲍照、谢朓、谢灵运，与我们通常的陶谢并称不同，虽然明清古诗选本对谢灵运的评价普遍高于鲍照和谢朓，但在具体的选诗数量上，却是谢灵运少于鲍照和谢朓。从明清古诗选本对鲍照和谢朓的评价来看，对鲍照的重视主要集中在其乐府诗艺术上的独特性与开创性；对谢朓则看重其对唐诗的开启之功。如果从五言古诗这一诗体的品格上来评价，谢灵运高于鲍照和谢朓；如果从诗歌的多样性、开创性以及对律诗的影响来说，鲍照和谢朓要高于谢灵运，明清古诗选本在选诗数量上鲍照和谢朓多于谢灵运，应该与此有一定关系。

第三章探讨了明清时期古诗选本对六朝诗歌的接受与接受中出现的"误读"现象。在中国古代诗歌中，六朝诗是与儒家诗学传统偏离最大的。明清时期，既要肯定六朝诗歌在中国古代诗歌发展中的地位，又要将其中情感表达不合儒家诗学传统的部分加以合法化，于是出现了针对六朝诗歌的种种"误读"。运用布鲁姆的"误读"理论来透视这一时期六朝诗歌如何通过"误读"被合理地纳入传统之中，是这一部分研究的主要内容。

在这些就具体论题的纵向探讨上，更为清晰地展现了明清古诗选本中各种诗学理念在对抗与交融过程中的逐步完善。

可以看出，古诗选本事实上充分发挥了其选评结合的优势，以零散、具象、片段化的方式渗入诗学理论的方方面面，虽然不像诗话等理论著作那样集中，但在明清诗学理论的建构与完善过程中，发挥了独特而重要的作用。

参考文献

萧统：《文选》，李善注，上海古籍出版社，1986。

徐陵：《玉台新咏》，吴兆宜注，中州古籍出版社，1991。

方回：《瀛奎律髓》，上海古籍出版社，1993。

高棅：《唐诗品汇》，上海古籍出版社，1982 年影印本。

佚名：《六朝诗集》，续修四库全书第 1589 册。

徐献忠：《六朝声偶集》，四库全书存目丛书第 304 册。

李攀龙：《古今诗删》，文渊阁四库全书第 1382 册。

钟惺、谭元春：《诗归》，张国光等点校，湖北人民出版社，1985。

邵一儒：《六朝声偶删补》，明泰昌元年刊本。

陆时雍：《诗镜》，任文京、赵东岚点校，河北大学出版社，2010。

陈祚明：《采菽堂古诗选》，李金松点校，上海古籍出版社，2008。

吴淇：《六朝选诗定论》，汪俊、苪进德点校，广陵书社，2009。

王夫之：《古诗评选》，张国星校点，文化艺术出版社，1997。

王夫之：《唐诗评选》，王学太校点，文化艺术出版社，1997。

王夫之：《明诗评选》，陈新校点，文化艺术出版社，1997。

王士禛：《五言古诗选》，四部备要集部总集六。

沈德潜：《古诗源》，中华书局，1963。

逯钦立：《先秦汉魏晋南北朝诗》，中华书局，1983。

范文澜：《文心雕龙注》，人民文学出版社，1958。

陈延傑：《诗品注》，人民文学出版社，1961。

黄庭坚：《山谷题跋》，屠友祥校注，上海远东出版社，1999。

刘克庄：《后村诗话》，王秀梅点校，中华书局，1983。

严羽：《沧浪诗话》，郭绍虞校释，人民文学出版社，1961。

谢榛：《四溟诗话》，宛平校点，人民文学出版社，1961。

黄文焕：《陶诗析义》，齐鲁书社，1997年影印本。

胡应麟：《诗薮》，上海古籍出版社，1958。

许学夷：《诗源辩体》，杜维沫校点，人民文学出版社，1987。

叶燮：《原诗》，霍松林校注，人民文学出版社，1979。

王夫之：《姜斋诗话》，戴鸿森笺注，人民文学出版社，1981。

王夫之：《诗广传》，王孝鱼点校，中华书局，1981。

冯班：《钝吟杂录》，何焯评，中华书局，1985。

胡震亨：《唐音癸签》，古典文学出版社，1957。

王士禛：《带经堂诗话》，张宗柟纂集，戴鸿森校点，人民文学出版社，1963。

沈德潜：《说诗晬语》，霍松林校注，人民文学出版社，1979。

何文焕：《历代诗话》，中华书局，1981。

丁福保：《历代诗话续编》，中华书局，1983。

周维德：《全明诗话》，齐鲁书社，2005。

王夫之等：《清诗话》，上海古籍出版社，1982。

郭绍虞：《清诗话续编》，上海古籍出版社，1983。

蔡景康：《明代文论选》，人民文学出版社，1993。

袁震宇、刘明今：《明代文学批评史》，上海古籍出版社，1991。

陈文新：《明代诗学》，湖南人民出版社，2000。

王镇远、邬国平：《清代文论选》，人民文学出版社，1999。

郭绍虞：《中国文学批评史》，上海古籍出版杜，1979。

朱东润：《中国文学批评史大纲》，上海古籍出版社，2001。

王运熙、顾易生：《中国文学批评史新编》，复旦大学出版社，2001。

方孝岳：《中国文学批评》，生活·读书·新知三联书店，1986。

〔日〕铃木虎雄：《中国诗论史》，许总译，广西人民出版社，1989。

叶朗：《中国美学史大纲》，上海人民出版社，1985。

萧统：《昭明太子集校注》，俞绍初校注，中州古籍出版社，2001。

仇兆鳌：《杜诗详注》，中华书局，1979。

韩愈：《韩愈全集》，钱仲联、马茂元校点，上海古籍出版社，1997。

元稹：《元稹集》，冀勤点校，中华书局，1982。

苏轼：《苏轼全集》，孔凡礼点校，中华书局，1986。

李梦阳：《空同集》，文渊阁四库全书第 1262 册。

何景明：《大复集》，文渊阁四库全书第 1267 册。

杨慎：《升菴集》，文渊阁四库全书第 1270 册。

李攀龙：《沧溟先生集》，包敬第标校，上海古籍出版社，1992。

王世贞：《弇州四部稿》，文渊阁四库全书第 1282 册。

袁宏道：《袁宏道集笺校》，钱伯城笺校，上海古籍出版社，2008。

袁宗道：《白苏斋类集》，钱伯城标点，上海古籍出版社，1989。

袁中道：《珂雪斋集》，钱伯城点校，上海古籍出版社，1989。

钟惺：《隐秀轩集》，李先耕、崔重庆标校，上海古籍出版社，1992。

谭元春：《谭元春集》，陈杏珍标校，上海古籍出版社，1998。

王夫之：《船山全书》，船山全书编辑委员会编，岳麓书社，1991。

袁世硕主编《王士禛全集》，齐鲁书社，2007。

沈德潜：《归愚诗文钞》，清乾隆间刻本。

房玄龄等：《晋书》，中华书局，1974。

沈约：《宋书》，中华书局，1974。

萧子显：《南齐书》，中华书局，1972。

姚思廉：《梁书》，中华书局，1973。

姚思廉：《陈书》，中华书局，1972。

李延寿：《南史》，中华书局，1975。

李延寿：《北史》，中华书局，1974。

魏征等：《隋书》，中华书局，1973。

欧阳修、宋祁：《新唐书》，中华书局，1975。

张廷玉：《明史》，中华书局，1974。

赵尔巽：《清史稿》，中华书局，1976。

孟森：《明清史讲义》，中华书局，1981。

钱谦益：《列朝诗集小传》，上海古籍出版社，1983。

王夫之：《读通鉴论》，中华书局，1975。

钱仲联：《清诗纪事》，江苏古籍出版社，1987。

邓之成：《清诗纪事初编》，上海古籍出版社，1984。

马茂元：《古诗十九首探索》，作家出版社，1957。

萧涤非：《汉魏六朝乐府文学史》，人民文学出版社，1984。

余冠英：《汉魏六朝诗论丛》，商务印书馆，2010。

叶嘉莹：《汉魏六朝诗讲录》，河北教育出版社，1997。

曹道衡、沈玉成：《南北朝文学史》，人民文学出版社，1991。

曹道衡、刘跃进：《南北朝文学编年史》，人民文学出版社，2000。

罗宗强：《魏晋南北朝文学思想史》，中华书局，1996。

木斋：《古诗十九首与建安诗歌研究》，人民出版社，2009。

李祥伟：《走向"经典"之路：〈古诗十九首〉阐释史研究》，暨南大学出版社，2011。

王玫：《建安文学接受史论》，上海古籍出版社，2005。

李华：《陶渊明新论》，北京师范大学出版社，1992。

魏耕源：《谢朓诗论》，中国社会科学出版社，2004。

葛晓音：《先秦汉魏六朝诗歌体式研究》，北京大学出版社，2012。

吴大顺：《汉魏六朝诗歌传播研究》，中国社会科学出版社，2017。

罗宗强：《隋唐五代文学思想史》，中华书局，1999。

左东岭：《王学与中晚明士人心态》，人民文学出版社，2000。

雷磊：《杨慎诗学研究》，中国社会科学出版社，2006。

郑利华：《王世贞研究》，学林出版社，2002。

廖可斌：《明代文学复古运动研究》，上海古籍出版社，1994。

陈国球：《唐诗的传承：明代复古诗论研究》，台湾学生书局，1991。

戴红贤：《袁宏道与晚明性灵文学思潮研究》，武汉大学出版社，2012。

陈广宏：《竟陵派研究》，复旦大学出版社，2006。

夏咸淳：《情与理的碰撞：明代士林心史》，河北大学出版社，2001。

陶水平：《船山诗学研究》，中国社会科学出版社，2001。

萧驰：《抒情传统与中国思想——王夫之诗学发微》，上海古籍出版社，2003。

查清华：《明代唐诗接受史》，上海古籍出版社，2006。

岳进：《明代古诗、唐诗选本与诗学论争》，中国社会科学出版社，2019。

孙立：《明末清初诗论研究》，广东高等教育出版社，2003。

严迪昌：《清诗史》，浙江古籍出版社，2002。

刘世南：《清诗流派史》，人民文学出版社，2004。

张健：《清代诗学研究》，北京大学出版社，1999。

李世英、陈水云：《清代诗学》，湖南人民出版社，2000。

邬国平、王镇远：《清代文学批评史》，上海古籍出版社，1995。

邬云湖：《中国选本批评》，上海三联书店，2002。

贺严：《清代唐诗选本研究》，人民出版社，2007。

张伯伟：《中国古代文学批评方法研究》，中华书局，2002。

郭英德：《中国古典文学研究史》，中华书局，2000。

蒋寅：《古典诗学的现代诠释》，中华书局。2003。

钱钟书：《谈艺录》，中华书局，1996。

钱钟书：《七缀集》，生活·读书·新知三联书店，2002。

周振甫、冀勤：《钱钟书〈谈艺录〉读本》，上海教育出版社，1983。

林继中：《文化建构文学史纲》，三秦出版社，1994。

林继中：《文学史新视野》，北京大学出版社，2000。

王文生：《论情境》，上海文艺出版社，2001。

文楚安：《垮掉的一代及其他》，江西教育出版社，2010。

〔美〕宇文所安：《中国早期古典诗歌的生成》，胡秋蕾、王宇根、田晓菲译，生活·读书·新知三联书店，2012。

〔美〕田晓菲：《烽火与流星：萧梁王朝的文学与文化》，中华书局，2010。

〔美〕孙康宜：《文学经典的挑战》，百花洲文艺出版社，2002。

〔美〕孙康宜：《抒情与描写：六朝诗歌概论》，钟振振译，上海三联书店，2006。

〔美〕哈罗德·布鲁姆：《影响的焦虑》，徐文博译，江苏教育出版社，2006。

〔美〕亚伯拉罕·马斯洛：《人性能达到的境界》，曹晓慧等译，世界图书出版公司，2014。

〔意〕安伯托·艾柯：《读者反应批评：理论与实践》，文楚安译，中国社会科学出版社，1998。

后　记

　　《明清古诗选本的诗歌阐释与批评》一书，在我博士学位论文的基础上修改增订而成。

　　说起博士学位论文，实在也是有些遥远了。

　　当初庆元师提出以明清古诗选本为题、继中师耳提面命细为指点之时，古诗选本尚是一个较为新鲜的话题。转眼十五年蹉跎而过，再拿出来时，多多少少有些"老"了。

　　之所以放了这么久，是因为出版一直不在计划中。我于学问，多少还是心怀敬畏，理想之境界，或如庆元师钩沉索隐之严谨，或如继中师议论洞见之闳深，高山仰止，虽不能至，心向往之。然高境空悬，终不能达其一二，每思及此，实不免惶恐懊丧。兼之一向性懒才疏，入得此中，本属机缘巧合，所得所论，亦仅从众之见，况逢高著迭出之时代，深感无充数之必要。然因缘际会，终又不免于此。盖此即所谓人生，一切皆在变动中。

　　当然，小书出版，亦未尝不欣欣自慰，无论如何，这是一段人生岁月的纪念。

　　因了此次的修改，又重新拾起的学术兴趣与乐趣，倒是意料之外的最大收获。

　　小书付梓，实多要感谢的人与事。

　　蒙继中师、庆元师不弃，得以杖履相从有年，虽老大无成，幸得其为人为学之沾溉；林怡、苗健青等师兄弟姐妹的帮助与关爱，让本是他乡的福州成了我温暖的第二故乡；福州大学中文系诸位同人的和谐友善，让我免去了许多无谓的人事纷争与烦扰；还有我各个时期的朋友们，感谢生命中有你们。

　　福州大学社会科学处和人文社会科学学院为此书提供了出版资助，社会科学文献出版社徐永清编辑细心校阅，在此一并致谢。

　　最后，将此书献给我的家人，风雨同行，谢谢你们的爱与陪伴。

景献力

庚子处暑于怡山

图书在版编目（CIP）数据

明清古诗选本的诗歌阐释与批评 / 景献力著. -- 北京 : 社会科学文献出版社，2020.11
ISBN 978-7-5201-7403-9

Ⅰ.①明…　Ⅱ.①景…　Ⅲ.①古典诗歌-诗歌评论-中国-明清时代　Ⅳ.①I207.22

中国版本图书馆 CIP 数据核字（2020）第 186848 号

明清古诗选本的诗歌阐释与批评

著　　者 / 景献力

出 版 人 / 王利民
责任编辑 / 徐永清

出　　版 / 社会科学文献出版社（010）59367156
　　　　　　地址：北京市北三环中路甲 29 号院华龙大厦　邮编：100029
　　　　　　网址：www.ssap.com.cn
发　　行 / 市场营销中心（010）59367081　59367083
印　　装 / 三河市龙林印务有限公司

规　　格 / 开本：787mm×1092mm　1/16
　　　　　　印张：20.75　字数：327千字
版　　次 / 2020 年 11 月第 1 版　2020 年 11 月第 1 次印刷
书　　号 / ISBN 978-7-5201-7403-9
定　　价 / 108.00 元

本书如有印装质量问题，请与读者服务中心（010-59367028）联系